KB267918

사랑, 아프다

사랑, 아프다

초판 1쇄 찍은 날 | 2013년 5월 3일
초판 1쇄 펴낸 날 | 2013년 5월 10일

지은이 | 이수림
펴낸이 | 서경석

편집장 | 권태완
편 집 | 장미연
디자인 | 신현아

펴낸곳 | 도서출판 청어람
등록번호 | 제1081-1-89호
등록일자 | 1999. 5. 31
어람번호 | 제5-0335호

주소 | 경기도 부천시 원미구 심곡2동 163-2 서경B/D 3F (우) 420-822
전화 | 032-656-4452 팩스 | 032-656-4453
http://www.chungeoram.com
E-mail | chungeorambook@daum.net

© 이수림, 2013

ISBN 978-89-251-3279-2 03810

사랑, 아프다…

이수림 장편 소설

Chungeoram romance novel

도서출판 청어람

CONTENTS

프롤로그

그는 하얀색이 싫었다.

아무것도 들어 있지 않은 텅 빈 색이라 그런 건 아니었다. 금세 다른 색에 물들어 사라질 게 뻔한 허무한 빛이라 그런 것도 아니었다.

단지 병원이 연상되기 때문이다. 짜증 나고 괴롭고 힘든 장소.

강현은 단정한 이마를 보이지 않게 찌푸리며 창문 너머를 바라보았다. 먼지 한 톨 없는 자동차의 투명한 창문 너머로 몇십 미터 앞에 있는 병원 건물이 선명하게 보였다.

5년 전과는 달랐다. 당시 생모가 사망했을 때 병원은 칙칙하고 음울하며 위압적일 정도로 거대한 건물이었다. 그리고 지금은……

엷은 회색의 우울한 빛깔은 마치 껍질을 벗은 것처럼 새하얀 색으로 바뀌어 깨끗했다. 드넓은 부지 위에 암병동, 어린이병동, 치과병동 등이 세워져 있는 가운데, 가장 커다란 본관은 중앙의 큰 건물을 중심으로 엑스 자 모양으로 연결된 네 채의 건물을 추가로 증축한 상태였다. 그럼에도 이전처럼 압도적일 만큼 커 보이지는 않았으나 강현은 병원 안으로 들어가게 되면 답답함에 짓눌리게 될 거라는 사실을 잘 알았다.

차가 완전하게 멈추자 손 수행비서가 조수석에서 내려서 뒷좌석의 문을 열어주었다. 강현은 움직이지 않았다.

"이사님."

손 수행비서가 재촉의 의미로 짧게 불렀다. 결국 강현은 보이지 않게 고개를 끄덕인 뒤 차 밖으로 걸음을 디뎠다. 겨울 특유의 시리도록 차가운 공기가 공격했으나, 강현은 수행비서가 권하는 코트를 외면하고 슈트 차림으로 걷기 시작했다.

본관 정문 앞은 병원 안으로 들어가려는 사람들과 나오는 사람들, 그리고 잠깐이라도 바깥 공기를 쐬기 위해 나와 있는 환자와 보호자들로 그득했다. 시장 한구석처럼 시끌벅적한 공간에 있는 사람들은 각자의 목적 때문에 바빴으나, 훤칠한 남자가 주차장을 가로질러 걸어오자 찰나의 순간 시선을 주게 되었다.

최고급 맞춤으로 보이는 짙은 갈색 슈트를 걸친 남자는 늘씬하고도 단단한 몸에 길고도 우아한 팔과 다리를 가지고 있었다. 짧은 까만 머리카락은 단정하고도 반듯했고, 하얀색의 얼굴에 자리 잡은 이구비(耳口鼻)는 깔끔하면서도 수려해서 귀족적인 느낌을 주었다. 쓰고 있는 은색의 안경은 이지적인 분위기를 물씬 풍겼다.

그러나 남자는 온몸으로 싸늘하고도 냉정한 기운을 내뿜고 있었다. 접근했다간 동상을 입을 것 같아 대부분 저도 모르게 시선을 돌리게 되었다. 몇몇 여자들만이 빠르게 변한 심장박동의 지시에 따라 눈을 떼지 못하고 빤히 쳐다보는 가운데, 남자는 주변의 익숙한 반응을 무심하게 흘리고는 세 개의 문 가운데 중앙의 것으로 들어갔다.

본관 정문을 통과하자 넓은 로비 옆의 한 면에 펼쳐져 있는 접수처가 보였다. 십여 명의 직원이 책상에서 응대하는 가운데 환자 혹은 보호자들은 책상 앞의 딱딱한 의자에 삼삼오오 모여서 앉아 있거나 서성이고 있었다. 상당한 숫자의 방문객도 빠른 걸음으로 다니면서 존재감을 과시 중이었으며, 하얀 가운이나 반듯한 간호복, 혹은 병원 소속임을 의미하는 각종 유니폼을 걸친 사람도 몇몇 섞여 있었다.

마음에 들지 않는다.

강현은 다시금 이맛살을 찌푸렸다. 아무리 로비리고 해도 지나치게 시끄러운데다가 사람도 너무 많았다. 병든 사람들은 온몸에 아픔을 짊어지고 있었고, 환자를 지켜보는 이들 또한 얼굴에 고통을 드리우고 있었다.

보기 싫다. 당장에라도 뛰쳐나가고 싶다!

그러나 EH그룹의 신강현에겐 위치에 걸맞은 의무가 있었다. 여섯 살에 본가로 들어온 이후부터 항상 수행했던 것.

오늘의 병원 방문도 마찬가지였다. 그는 반드시 이곳에 와야 했다.

　엘리베이터가 VIP 병실이 있는 층에서 멈추자 강현은 눈을 감았다. 땡 하는 소리와 함께 문이 열리면서 눈을 뜬 강현은 더 이상 병원을 혐오하는 사람이 아니었다. 그는 갑작스러운 과로로 입원한 사람을 진심으로 걱정하는 다정한 남자가 되어 있었다.

　강현은 빠른 걸음으로 복도를 걸어 들어갔다. 병실 앞에 한 사람이 서 있었다. 입원해 있는 사람의 오른팔인 최 비서였다.

　"이, 이사님."

　최 비서는 강현의 등장에 화들짝 놀라다 못해 경악하는 표정이다. 강현은 상대가 저런 반응을 보이는 이유를 알아차렸다.

　단순히 과로 때문에 병원에 실려온 게 아니라는 뜻.

　"저, 아가씨께선 주무시고 계십니다."

　최 비서는 잽싸게 말하며 허리를 굽실거렸다. 두꺼운 옷 때문에 보이지 않으나 강현은 최 비서가 등으로 식은땀을 줄줄 흘리고 있다는 것을 잘 알았다.

　"얼굴이라도 보고 싶군요."

　"죄, 죄송합니다. 주치의가 푹 쉬어야 한다고 신신당부를 한지라……. 현재 방문자를 받을 수 없습니다."

　최 비서는 연신 고개를 숙이면서도 병실 앞에 굳건하게 서 있었다. 마치 새끼를 등 뒤에 둔 어미 새처럼 필사적인 태도였다. 그래 봤자 새는 육식동물의 먹이일 따름이었으나 강현은 상대의 목을 뜯는 대신 뒤로 물러났다.

　"아쉽군요. 깨어나면 내가 다녀갔다는 말을 전해주겠습니까?"

“그렇게 하겠습니다. 바쁘실 텐데 걸음해 주셔서 정말 감사드립니다.”

최 비서는 허리를 더욱 깊숙하게 숙였다. 아쉬움의 미소를 보여주며 강현은 최 비서의 이마에 흐르는 땀을 눈에 담고 돌아섰다. 엘리베이터로 걸어가는 강현은 귓가에 최 비서가 내뱉는 안도의 한숨 소리가 들리는 기분이었다.

강현은 뒤따라오는 손 수행비서와 함께 엘리베이터에 탔다. 단둘이 있게 되자 그는 입가에 삐뚜름한 비웃음을 머금은 채 내뱉었다.

“조사하세요.”

손 수행비서는 가볍게 머리를 끄덕였다. 그러면서도 조심스럽게 조언을 올렸다.

“직접 병실에 들어가서 확인하시는 게 더 좋았을 것 같습니다.”

“네, 그렇겠지요.”

“그런데 어째서 안 그러셨습니까?”

강현은 말없이 고개를 돌려 엘리베이디 내부의 벽을 쳐다보았다. 한편에 있는 화면에서 이식 후의 건강 강좌 개최 날짜와 건강 검진에 대한 정보를 방영하고 있었다.

싫다. 정말이지, 혐오스럽다.

강현은 엘리베이터가 어서 1층에 도달하기를 기다렸다. 문이 열리자마자 뛰쳐나갈 생각이었으나 장벽처럼 앞에 그득한 사람들 때문에 그럴 수가 없었다. 그는 얼굴을 일그러뜨리지 않기 위해 노력하면서 사람들을 헤치고 나온 뒤 병원 밖으로 가장 빠르게 나갈 수 있는 탈출구를 찾아보았다.

본관 정문까지는 거리상으로는 가깝지만 아득하게 멀어 보였고, 로비에는 여전히 많은 사람들이 득실거리고 있었다. 아픈 환자들이 갑자기 더 많아진 것 같아 강현은 그들을 보지 않으려고 노력하면서 아주 빠른 걸음으로 나아가기 시작했다.

손 수행비서의 연락을 받은 운전기사가 본관 정문 앞에 차를 대기시켜 두었다. 강현은 수행비서가 앞서 달려와 뒷좌석의 문을 열어주기 전에 직접 손으로 열고 빠르게 들어갔다.

"출발하세요."

강현은 손 수행비서가 조수석에 타자마자 내지르듯 뱉었다. 운전기사는 즉시 출발했으나 병원 앞에 접촉사고라도 났는지 속도를 낼 수가 없었고, 도로 위는 병원을 빠져나가려는 차로 빼곡했다. 강현은 소리 없이 신음을 내뱉고 고개를 떨구다가 무릎 위에 둔 손등에 퍼런 힘줄이 돋아난 것을 발견했다. 그뿐만이 아니다. 이마에 맺힌 땀이 턱으로 주르르 흘러내렸다.

하, 겨우 병원에 왔다고 이러다니? 겨우 십 분 정도밖에 머무르지 않았는데.

비상식적이다. 어이없고 황당한 일. 이래서는 안 된다. 모든 것이 완벽해야 하는 EH그룹의 신강현이 이런 비정상적인 반응을 보여서는 결코 안 되었다.

강현은 눈을 감고는 어둠 속에서 숨을 코로 천천히 들이마셨다가 참고 잠시 정지한 뒤, 치아 사이로 조금씩 끊어서 내쉬었다. 평정심이 흔들릴 때마다 하는 복식호흡. 익숙한 이것은 이번에도 마찬가지의 효과를 발휘했다.

흐르던 땀이 멈추고 온몸을 짓눌렀던 긴장감이 썰물처럼 빠져 나갔다. 강현은 안도의 한숨을 내쉬며 눈을 떴다. 손등 위로 치솟았던 푸른 힘줄이 사라진 것을 확인한 그는 고개를 들어 창문을 바라보았다.

자동차의 전면은 까맣게 선팅이 되어 외부에서는 내부를 볼 수 없으나 반대의 상황은 가능했다. 자동차가 아직까지도 병원 내부 도로 위에 서 있었지만 강현은 한결 침착한 눈을 할 수 있었다. 투명한 안경알 너머로 그는 본관 건물에서 앞문까지 이어지는 회색의 돌담길을 보았다.

두어 사람이 걸어 다닐 수 있는 길 위를 오가는 건 유니폼을 걸친 병원 직원이나 환자복을 입은 환자들이 아니라 각양각색의 차림을 한 방문자들이 대부분이었다. 병원 건물 밖이라 그런 것일 터.

강현은 외출복을 입은 일반인들을 응시했다. 본관 쪽으로 걸어 가는 사람의 눈빛에서 불안한 걱정이 흘러나왔다. 본관에서 나와서 앞문으로 가는 사람들도 엇비슷했다. 병원과 연결된 곳이니 저런 반응이 당연할 터.

하지만 나는 그래선 안 된다. 나는…….

강현이 본인의 위치를 또다시 되씹을 때였다. 드디어 도로가 뚫려 서 있던 차가 속력을 내기 시작했다.

차는 점점 빠르게 움직이며 병원 내에 있는 여러 사람들을 스치고 지나갔다. 잘 보이지 않는 사람들을 무심하게 바라보기 시작한 강현의 눈이 한 여자를 발견했다.

1월 중순의 추운 겨울이었으나 혹독한 냉기는 없는 날이었다. 다른 사람들은 모자를 쓰거나 목도리를 거의 두르지 않았지만 강현의 눈에 들어온 여자는 무릎까지 오는 두꺼운 패딩을 걸치고 새하얗고 긴 목도리로 목을 두 번이나 감았으며 얼굴에 코를 거의 가리는 커다란 마스크까지 하고 있었다. 보이는 이목구비는 두 눈과 마스크를 걸고 있는 귀뿐. 하지만 강현에게는 그것만으로도 충분했다. 그는 즉시 알아보았다.

그녀다, 그녀!

강현은 입을 벌렸다. 그러나 순간 메마른 목에서는 아무 말도 나오지 않았다. 그는 양손으로 운전석과 조수석 의자를 으스러뜨릴 것처럼 힘주어 붙잡으며 소리쳤다.

"당장 멈추세요!"

직속상사가 귓가에 천둥처럼 고함을 내질렀으나 운전기사는 이성적으로 행동했다. 즉시 브레이크를 밟아서 뒷차와 접촉 사고를 일으키는 대신 주변을 빠르게 살핀 뒤 안전한 곳에 차를 주차시켰다.

그러기까지 걸린 시간은 십여 초였다. 짧은 시간. 그러나 여자는 그 시간 동안 모퉁이를 돌아 본관 쪽으로 사라져 버렸다.

강현은 차가 멈추자마자 이를 으득 깨물고는 문을 박차고 뛰쳐나갔다. 이십여 미터에 이르는 거리를 단숨에 뛰어가 본관으로 다시금 들어갔지만 그가 발견한 여자는 보이지 않았다. 다시 병원에 들어온 상황이었으나 강현의 머릿속은 그 사실이 아니라 방금 발견한 여자만으로 가득했다.

어디로 갔지? 어디로 간 거야?

강현은 소리 없이 부르짖으며 서둘러 주변을 둘러보았다. 아무리 찾아봐도 로비에서는 보이질 않자 이어지는 복도를 필사적으로 뒤져 보았다.

그러나 없었다. 여자는 보이질 않았다.

잘못 본 건가? 그저 환상이었나?

어느새 이마에 맺힌 식은땀이 흘러내려 눈을 적셨다. 강현이 안경을 벗고 손등으로 땀을 훔칠 때, 뛰쳐나간 상사를 간신히 쫓아온 손 수행비서가 손수건을 건넸다. 손수건을 받아 든 강현은 미세하게 흔들리는 손으로 땀을 닦은 뒤 다시 안경을 썼다. 손수건을 도로 받아 든 수행비서가 조심스럽게 입을 열었다.

"이사님?"

왜 그랬냐는 질문이다. 강현은 무슨 답을 해야 할지 알 수가 없었다. 그가 입술을 열었다가 침묵을 내뱉고 닫을 때, 몇 미터 떨어져 있지 않은 화장실에서 한 여자가 나왔다.

여자는 길고 새하얀 목도리는 벗어서 손에 들었지만, 커다란 마스크는 그대로 쓴 상태였다. 얼굴에서 보이는 건 눈뿐. 그러나 강현은 즉시 알아보았다.

"현주야."

생각이 떠오르기도 전에 말이 먼저 나왔다. 헐떡거림 같은 그의 목소리는 시장통처럼 시끄러운 로비의 소음을 뚫고 여자에게 안착했다. 여자, 현주는 고개를 들었다.

대체 무슨 생각을 하고 있었는지 방금까지 현주의 눈동자는 어지럽고 흐릿했다. 그러나 강현을 발견하자마자 흑갈색 눈은 시리 도록 차가운 빛을 강렬하게 뿜기 시작했다.

"현주야."

강현은 다시 내뱉었다. 이번에는 침착한 목소리이다.

다행인가? 아니, 다행이든 아니든…….

이번에도 생각하기도 전에 먼저 몸이 움직였다. 그는 뛰어가듯 단숨에 한 걸음 앞까지 걸어갔다.

"장현주."

그는 눈앞에 있는 여자의 이름을 다시 불렀다. 거의 2년 만이 다. 이렇게 이름을 말하는 것도, 만나는 것도.

"잘 있었니?"

또다시 입에서 제멋대로 질문이 튀어나갔다. 오랜만에 만나는 사람에게 으레 그러하듯 안부 인사였다.

답을 할까?

그를 알아보고 싸늘하게 변했던 현주의 눈동자는 이제 시퍼런 칼날 같은 빛을 뿌리기 시작했다. 그제야 강현은 자신이 실수했다 는 것을 깨달았다. 이렇게 아무 일도 없었던 것처럼 인사를 해선 안 된다. 아니, 애초에 인사 자체를 해서는 안 되었다.

"어떻게."

마스크 밑으로 현주의 목소리가 흘러나왔다.

"그렇게 아무 일도 없었던 것처럼 행동할 수 있는 거지?"

그녀의 질문에는 증오나 미움, 짜증처럼 강현이 예상했던 감정 은 없었다. 현주는 그저 궁금하게 여기고 있었다.

"너한테는 아무 일도 없어서 그런 건가?"

현주는 혼잣말을 하고 있었다. 답을 요구하는 게 아니었다.

"현주야?"

"이렇게 마주치는 것도 싫네. 뻔뻔하기 그지없는 신강현 씨, 다음부터는 모른 척 그냥 가버려."

현주는 몸을 돌려 옆으로 걸어갔다. 강현의 몸은 이번에도 제멋대로 움직여 그녀의 왼팔을 잡아챘다. 강현이 팔의 감촉을 느끼기 전, 현주는 움찔거리더니 그대로 그의 손을 뿌리쳤다.

"현주야!"

그녀가 그의 부르짖음을 무시하며 가장 가까운 여자 화장실로 뛰어 들어가자 강현은 쫓아갈 수가 없었다. 그는 입구에서 몇 미터 떨어진 곳에 선 채로 기다렸다. 아니, 기다리려고 했다.

"이사님."

강현이 현주를 발견한 뒤 몇 걸음 떨어져서 상사의 사생활을 지켜주던 손 수행비서가 다시 나섰다. 매우 난처한 기색이다.

"이러시면 안 됩니다."

맞는 말이다. 병원 여자 화장실 앞을 지키는 멍청한 짓거리 따윈 정상인이라면 해선 안 되었다. 더군다나 신강현은 EH그룹 일가이다.

"알았습니다."

라고 바로 내뱉었으나, 강현이 움직인 건 손 수행비서가 다시 독촉한 뒤의 일이다. 차가 정말로 병원에서 빠져나갈 때 강현은 참기 힘든 고통을 내리누르듯 눈을 질끈 감았다. 그러나 그렇다고 현실이 바뀌는 건 아니었다.
　그와 현주는 헤어졌다.
　“아니야.”
　강현은 조용히 내뱉었다.
　“내가 버렸지.”
　2년 전, 신강현은 장현주를 내버렸다.

제1부 · 과거

I

아프다.

그러나 소년은 작은 입술을 꾹 다물어 신음 한 점 흘리지 않았다. 그랬다간 더 얻어맞을 거라는 사실을 잘 알기 때문이다.

아무 소리도 내지 말고 몸을 웅크린 채 때리는 대로 그냥 가만히 맞을 것.

이제 여섯 살이 된 소년은 아직 어렸다. 하지만 본능을 통해 덜 고통스러운 방법이 무엇인지 알았고, 그렇게 행동했다. 그럼에도 오늘따라 아주 많이 아프고 얼굴 한쪽이 축축했다.

피인가?

새삼스러운 일은 아니다. 언젠가부터 엄마는 물건을 내던졌고, 소년은 물건에 맞아 여기저기 찢어졌다. 피가 새어 나오는 건 당연한 일.

　피비린내가 콧속을 찔렀으나 소년은 가만히 참고 참았다. 그래야 덜 아프고, 이렇게 맞아야만 엄마가 밥을 줄 테니까.

　배고파.

　굶는 거야 하루 이틀 일이 아니지만 소년은 오늘따라 더욱 허기가 졌다. 엄마가 평소보다 더 아프게 때려서 그런지 뱃속이 그야말로 텅 빈 것 같았다.

　나도 배가 빵빵해질 수 있다면 얼마나 좋을까?

　소년은 벽에 난 구멍을 통해서 몰래 훔쳐본 옆집 애를 떠올렸다. 깨끗한 옷을 입었고, 뺨과 배가 볼록하게 튀어나온 아이.

　미웠다. 내 옷에는 구멍도 나 있고 뭔가 잔뜩 묻어서 더러운데. 그리고 내 뱃속은 비어 있는데…….

　몸을 감싼 손 밑으로 튀어나온 갈비뼈가 만져졌다. 이 속에는 아무것도 들어 있지 않다.

　마지막으로 뭔가를 먹은 게 언제지? 이틀 전이었나?

　소년은 여섯 살답게 숫자를 잘 몰랐으나 이틀 전이 언제인지는 알았다. 그때 먹은 밥은 아주 맛있었다. 하얀 쌀밥과 김. 그전에 맞아서 많이 아팠지만, 배부르게 먹을 수 있어서 행복했다.

　오늘은 엄마가 더 많이 아프게 하니까 밥을 더 주겠지?

　소년은 저도 모르게 고개를 살짝 들었다가 배시시 웃었다. 엄마는 비명을 내질렀다.

　"웃지 말라고 했지! 너 웃으면 그 개놈이랑 똑같단 말이야! 진짜 내다 버릴 거야! 버릴 거라고!"

엄마는 언제나 버린다고 소리쳤다. 항상 듣는 말이지만 오늘따라 소년은 머리끝부터 발끝까지 오싹했다.

진심인가? 엄만 정말로 날 버릴 건가? 안 돼! 싫어! 버림받기 싫어! 혼자가 되기 싫단 말이야!

소년이 제발 버리지 말아달라고 사정하기 전, 쿵 하고 아주 무거운 소리가 났다. 소년은 익숙한 어둠의 절벽 속으로 추락했다.

배고파……. 밥……. 엄마, 정말 나 버리는 거야? 엄마, 제발…….

까만 세상 속에서도 소년은 기대했다. 깨어났을 때 밥과 김을 먹을 수 있기를, 엄마가 떠나지 않았기를. 그러나 눈을 뜬 소년 앞에 있는 건 음식도 엄마도 아니었다.

엄마의 손도 흠 하나 없었으나, 앞에 있는 사람의 손은 그 정도가 아니라 빛이 날 정도로 아주 곱고 매끈했다.

또한 엄마는 예쁜 얼굴이지만 항상 낡은 옷을 걸치고 다녔었다. 때때로 외출을 나갈 때면 깨끗했으나 집으로 돌아왔을 때는 얼굴에 바른 뭔가가 이리저리 번진데다기 미리카릭도 제멋내로 헝클어진 모습이었다. 그때 엄마는 술 냄새를 풍기는 건 물론이거와 가끔 집 화장실에서 오랫동안 있다가 나온 뒤처럼 비틀거리며 흰자위를 번뜩거리곤 했다. 아주 무섭고 예쁘지 않은 엄마.

그에 비해 눈앞의 사람은 주름 하나 없는 팽팽한 피부에다가 텔레비전에 나오는 사람들처럼 완벽하게 화장을 했고, 윤기가 반들반들 흐르는 두꺼운 모피를 걸친 상태였다. 그뿐만이 아니었다. 손가락과 귀에는 반짝반짝 빛나는 커다란 보석 여러 개가 걸려 있었다.

부잔가 보다.

부러운 마음이 샘솟는 가운데 소년은 문득 알아차렸다. 눈앞의 사람은 표정이 약간 이상했다. 엄마가 항상 그러하듯 화난 얼굴은 아니지만, 미간을 살짝 찌푸린 것으로 보아 기분이 좋지 않아 보였다. 더군다나 그런 표정으로 침대 앞에 석상처럼 서서 소년을 뚫어져라 쳐다보고 있었다.

왜 그러지? 내 얼굴에 뭐가 묻었나?

이유는 알 수 없으나, 어쨌든 정말 예쁜 사람이다.

"천사야?"

어딘가에서 듣기로 천사가 가장 아름답다고 했다. 소년이 보기에 눈앞의 사람이 딱 그랬다. 반짝반짝 밝게 빛나고 정말 예뻤다. 정말로 천사가 맞는지 손으로 만져 보고 싶었지만 이상하게도 손이 올라가질 않았다. 그냥 일어나서 앉는 게 고작일 뿐 더 움직일 수가 없었다.

"천사? 나 말이니?"

의아한 표정이 된 천사는 목소리도 꾀꼬리처럼 고왔다.

"응, 천사야?"

천사는 그제야 미소를 지었다. 기쁘면서도 어딘가 슬픈 느낌이 났다.

"아니란다."

소년은 시무룩하게 어깨를 밑으로 축 내렸다. 천사가 아닌 사람, 아줌마는 이렇게 물었다.

"왜 내가 천사라고 생각했니?"

"예뻐서. 막 빛나는 것 같아. 엄마도 예쁘지만 아줌마가 더 예뻐."

"네 엄마랑 비교하지 마렴. 그딴 여자는……."

아줌마는 이를 악문 채 내뱉었다. 소년은 고개를 갸웃거렸다.

"울 엄마 싫어해? 왜 그런 거야?"

아줌마는 답하지 않았다. 다시 소년을 뚫어져라 쳐다보며 이렇게 물었다.

"너, 영양실조더구나. 주기적인 폭행에 시달렸고. 이번엔 심해서 정말로 죽을 뻔했어."

"영양실조가 뭐야?"

"교육도 전혀 못 받았고. 영어는 얼마나 할 수 있니? 아니, 애초에 한글도 못 읽겠구나."

소년은 교육이 무엇인지 묻고 싶었으나 왠지 그래서는 안 될 것 같았다. 소리 지르는 엄마를 대할 때처럼 소년은 고개를 떨어뜨렸다가 알아차렸다. 자신은 집 방바닥이 아니라 새히얗고 거다린 침대에 앉아 있었다.

소년은 고개를 번쩍 들고 이리저리 둘러보았다. 집보다 훨씬 큰 방이다. 군데군데 벽지가 뜯어진 집과는 달리 이곳은 벽이 은은한 베이지색으로 고급스러웠고 커다란 텔레비전과 푹신한 소파도 있었다. 소년은 환호성을 질렀다.

"와, 텔레비전이다! 대빵 크다!"

"말버릇도 문제군. 대체 네 엄마라는 인간은 애를 어떻게 키운 건지······.”

아줌마는 손으로 입을 가리고는 길고 긴 한숨을 내쉬었다. 소년은 텔레비전으로 향하는 눈을 들어 아줌마를 쳐다보았다.

“엄마 욕하는 거야? 그러지 마!”

“네 엄마 욕하는 게 싫니? 널 때리는 인간 망종인데?”

“인간 망종이 뭔지 모르지만 그거 나쁜 말이지? 엄마, 나쁜 사람 아냐! 엄마는 날 때려야 밥을 줄 수 있단 말이야.”

아줌마의 고운 눈썹이 꿈틀거렸다.

“그게 무슨 말이니?”

“때려야 밥을 줄 수 있어서 그러는 거야. 엄마가 저번에 그렇게 말했어.”

아줌마는 눈을 질끈 감았다. 뭔가 말을 하려는 듯 고운 입술을 벌렸지만 다시 닫고는 손으로 입을 막았다. 나오려는 말을 필사적으로 막는 행동 같았다.

“아줌마, 왜 그래? 입 아파?”

“그래, 아프구나. 이럴 거라고 예상 못했는데. 너한테 이런 감정이 들 줄은······.”

아줌마는 다시금 소년을 응시했다. 너무도 강렬한 시선이라 소년은 얼굴이 따끔따끔했다.

“아니야. 아무래도 안 되겠어. 나는 매일같이 널 참아낼 자신이 없어.”

아줌마는 읊조리듯 내뱉고는 휴대전화를 손에 들었다.

“나갈 채비해. 그 여자는 밖에 있지? 들어오게 해.”

소년이 눈을 끔뻑거릴 때였다. 몇 분 뒤 문이 벌컥 열리더니 누군가가 등장했다. 태풍에 휘말린 것처럼 엉망이 된 머리카락에다가 시뻘건 얼굴을 한 여자였다.

"엄마!"

날 버린 게 아니었어!

온몸으로 안도감이 퍼지자 소년은 반갑게 외쳤지만 웃을 수가 없었다. 쏜살같이 달려온 엄마가 다시 손을 들어 소년의 얼굴을 내려쳤기 때문이다.

짝!

매정하리만치 커다란 소리가 병실 전체에 울리는 가운데 소년은 뒤로 밀려나 뒤통수를 벽에 박고야 말았다.

순간 눈에 별이 보일 만큼 정말 아팠지만 소년은 신음을 참으며 몸을 재빨리 웅크렸다. 그 위로 다시 엄마의 주먹이 내려왔으나 소년은 평상시처럼 참아냈다. 하지만 머리가 많이 아팠다.

나, 붕대를 하고 있네?

소년은 그제야 이마에 둘러진 것이 붕대라는 것을 알아차렸다. 엄마가 주먹질을 할수록 또 축축해진다는 것도. 익숙한 피비린내가 다시금 났다.

아파, 아파……. 그만 아프고 싶어. 그만 아프면 안 될까?

"그만! 박 비서, 들어와서 이 여자 잡아!"

다시금 의식이 가물거리기 시작할 때 아줌마가 내뱉는 고함이 들렸다. 곧 몸싸움을 하는 소리가 작게 울렸다가 조용해졌으나 엄마가 째지는 소리로 내뱉는 비명이 터졌다.

"이 애는 내 거야! 내 거라고!"

"신강현은 EH그룹의 단 하나뿐인 후계자예요."

아줌마는 언제 소리쳤냐는 듯 침착한 목소리였다.

"당신 같은 창부에게 줄 수 없어요."

창부가 뭐지? 그리고 신강현은 누구야? 난 박강현인데.

"나는 창부가 아니야!"

엄마는 부르짖었다.

"정정하죠. 당신은 창부만이 아니에요. 창부인데다가 정신병자이고 마약중독자이죠."

저게 다 무슨 뜻일까?

이해할 수 없었고, 궁금했다. 소년은 아주 조심스럽게 고개를 들었다. 엄마는 덩치가 커다란 어떤 남자에게 두 손목을 붙잡힌 상태였고, 아줌마는 소년의 앞에 등을 보인 채 서 있었다. 마치, 방패처럼.

혹시…… 아줌마는 날 보호해 주는 건가? 엄마가 날 더 이상 못 때리도록?

"내가 때맞춰 발견하지 않았다면 신강현은 죽었을 거예요. 엄마인 당신한테 맞아서. 더군다나 때려야 밥을 줄 수 있다고? 그게 인간이 할 말이야?"

이제 아줌마는 악을 쓰고 있을뿐더러 투명하게 반짝이는 고운 손톱이 손바닥을 깊게 찌를 만큼 주먹을 세게 쥐고 있었다.

날 위해서 화를 내는 건가? 그런데…….

"맞아야 밥 먹을 수 있는 거 아니야?"

소년은 물었다. 엄마는 얼굴을 일그러뜨린 채 아무 말도 하지 않았다. 입을 연 건 아줌마였다.

"그래, 아니야. 네 엄마가 나쁜 사람이라 그런 거짓말을 한 거였어."

소년은 입을 벌린 채 눈만 깜빡거렸고, 아줌마는 뒤를 돌아 소년을 바라보았다. 천사처럼 예쁜 사람.

"네 엄마는 나쁜 사람이야. 너를 때리고 말도 안 되는 거짓말을 하지. 네 엄마 밑에 있다간 넌 얼마 못 살 거야. 하지만……."

아줌마는 눈을 날카롭게 빛내고 있었다.

"나랑 가면 다를 거야. 나는 널 때리지도 않을 거고 밥도 잘 줄 거란다. 모자람 없이 풍족하게 자랄 거야. 네가 원하는 건 무엇이든, 저것보다 더 큰 텔레비전도 가질 수 있어."

소년은 눈을 휘둥그렇게 떴다. 그리고 엄마가 발작하듯 소리쳤다.

"쟨 내 거야!"

"당신은 자격 없어."

"내가 낳았어!"

"돈을 받아 챙길 목적으로 낳은 거지. 우리 가문 사람들에게 연락을 할 수가 없어서 그냥 키우고 있던 것이고. 이제 내가 찾아왔으니 좋지? 돈을 받아 챙길 수 있을 거라고 생각하니까. 안 그래?"

돈을 챙길 목적? 엄마는 날 사랑해서 낳고 기른 게 아니었단 말이야? 아니야! 그럴 리가 없어!

소년은 엄마가 부정해 주기를 기다렸다. 그러나 엄마는 소년의 기대를 산산이 깨부수며 이렇게 되물었다.

"얼마 줄 거야?"

엄마의 눈은 희번덕거리고 있었다. 종종 주사기를 들고 화장실에 들어갔다가 한참 뒤 나왔을 때의 그 표정이다. 무언가 거대한 기쁨에 휩싸인 것 같은, 그러면서도 무서운 얼굴.

"엄마, 정말 거짓말한 거야? 나 때려야만 밥 줄 수 있던 게 아니었어? 나 사랑하는 거 아냐?"

뭔가가 목을 가로막는지 말이 잘 나오질 않았지만 소년은 끝까지 질문을 완성했다. 하지만 엄마는 소년을 무시하고는 아줌마에게 이렇게 답했다.

"10억 이하면 안 돼. 저놈의 애새끼 키우느라 힘들었어. 그 정도는 받아야 돼."

그래서 소년은 답을 깨달았고, 아줌마는 코웃음을 치더니 자르듯 대답했다.

"한 푼도 줄 생각 없어."

"뭐라고?"

"난 쟤 필요 없어. 날 만나기 전이지만, 내 남편이 천한 여자와 몸을 섞었다는 증거잖아. 내가 왜 쟬 데려가고 싶어 할 거라고 생각해?"

"거짓말! 그러면 날 왜 찾아온 거야? 방금 애한테 한 말은 뭐고?"

엄마는 이제 절규하고 있었고, 소년은 무형의 무언가로 다시 호되게 얻어맞는 기분이 들었다.

엄마처럼 아줌마도 내가 필요 없는 거야? 날 버리려는 거야?

"내가 매일 쟤 얼굴을 보면서 버틸 수 있을지 확인해 본 거야. 그런데…… 잘 모르겠어. 얘, 신강현."

아줌마는 고심하는 얼굴이더니 소년을 똑바로 쳐다보았다.

"네 엄마는 널 때리고 밥도 안 주는 나쁜 사람이야. 방금 돈 달라고 한 것 들었지? 네 엄마는 너를 사랑하지 않아."

소년은 엄마를 지켜보았다. 고개를 흔들며 아니라고 말해주기를 다시금 간절하게 바라는 눈빛으로 보았다. 그러나 엄마는 짜증이 난 얼굴일 뿐.

진짜다. 아줌마 말대로 엄마는 나쁜 사람이다.

"답해봐. 그래도 네 엄마랑 있을 거니? 계속 그렇게 굶고 맞을 텐데? 언제든 널 버릴 자세가 되어 있는데?"

"……어."

"잘 안 들려. 다시 말해봐."

소년은 그렇게 했다.

"싫어, 엄마랑 있는 거 싫어! 맞기 싫어! 아프단 말이야! 배고파! 밥 먹고 싶어! 텔레비전도 보고 싶어! 갖고 싶어!"

그냥 싫다는 말만 하려고 했는데, 어느새 내뱉는 말은 넓은 병실 안을 울릴 정도로 큰 비명이 되어 있었다.

"아까도 말했지. 네가 원하는 건 뭐든 사줄 수 있어. 네 엄마처럼 때리지도 않을 거고 밥도 잘 줄 거야. 하지만 조건이 있어."

아줌마는 어느새 침대 바로 앞까지 다가온 상태였다. 소년은 목을 위로 한껏 올린 뒤에야 팔짱을 낀 채 자신을 내려다보는 아줌마와 시선을 맞출 수 있었다. 아줌마의 눈은 무섭도록 차가웠다.

"내 말을 잘 들어야 해. 내 밑으로 온다면 너는 정말로 EH그룹의 하나뿐인 후계자가 되는 거니까."

"그럴 거야! 말 잘 들을게!"

소년은 필사적으로 소리쳤다.

"안 때리고, 밥 잘 주고, 텔레비전 사주면 말 잘 들을 수 있어! 아줌마, 나 버리지 마!"

아줌마는 이제야 웃기 시작했다. 붉은 입술의 한쪽 끝이 위로 올라가는 웃음. 곧 아줌마는 다시 몸을 돌려 소년에게 등을 보여주며 엄마를 향해 섰다. 아까처럼 방패 같은 태도였다.

"당신 같은 여자한테는 한 푼도 못 줘."

"애를 데려가면서 뭐가 어째?"

"숙식은 제공해 주도록 하지. 마약중독자와 아동학대범에게 어울리는 곳이야. 정신병동 말이야."

엄마가 뭔가 날카로운 말을 내뱉기 전에 덩치 큰 사람이 커다란 손으로 엄마의 입을 틀어막고 질질 끌고 갔다. 소년은 엄마가 밖으로 완전히 사라지기 전에 얼굴을 보았다. 짜부라진 캔처럼 일그러져 있었다. 그리고 엄마의 한 손에 붉은 액체가 맺혀 있는 것도 발견했다.

내 피구나.

얼굴 왼쪽의 축축함이 더욱 커지다가 턱으로 피가 흘러내린 뒤에야 소년은 깨달았다. 엄마가 또 때렸기 때문이다. 밥을 주기 위해서가 아니라 싫어해서 때린 것이다.

엄마는 나를 사랑하지 않는다. 엄마는 나쁜, 나쁜 사람이다.

"아줌마."

소년은 조용히 물었다.

"나 사랑해?"

아줌마는 놀란 표정으로 침대 가장자리에 앉았다. 아줌마가 손을 뻗자 소년은 움찔거릴 수밖에 없었다. 엄마처럼 때릴까 걱정됐다.

"나는 네 엄마처럼 나쁜 사람이 아니야. 아까 약속했지? 널 때리지 않아."

아줌마는 부드러운 목소리로 속삭였고, 소년은 그냥 가만히 있었다. 곧 아줌마는 아주 가볍게 소년의 뺨을 만졌다.

실크처럼 부드럽고, 도자기를 만지는 것처럼 조심스러운 손길. 때리고 할퀴었던 엄마와는 완전히 달랐다.

"너 같은 아들이 갖고 싶었단다. 하지만 그럴 수 없었지. 그래, 널 아들로 삼아주마. 잘 자란다면 EH_그룹을 네게 안겨다 줄게."

"그런 건 몰라. 나 사랑해 줄 거야?"

소년은 이게 알고 싶었다.

엄마는 날 사랑하지 않는데, 아줌마는 어떨까?

"……노력해 볼게. 어찌 됐든 넌 내가 사랑했던 남자의 아들이니까."

"나 말 잘 들을 거야!"

사랑받기 위해 노력할 테다! 말 잘 들을 거다! 그러니 아줌마,

날 버리지 마!

"그래, 그래야지."

아줌마는 다시 미소 지었다. 왠지 슬픈 것 같기도 하고 기쁜 것 같기도 했다. 동시에 화가 난 것처럼 보이기도 했다.

눈앞의 사람이 이 세 가지 감정 전부를 회오리처럼 겪고 있다는 것을 소년은 알지 못했다. 박강현에서 신강현이 된 소년은 매일 때리는 엄마를 떠나게 됐다는 사실만으로도 뛸 듯이 기쁠 뿐이었다.

EH그룹의 유일한 후계자.

말 그대로였다. 신강현은 굴지의 대기업 EH그룹의 하나뿐인 핏줄이었다. 손이 귀하기로 유명한 집안인 만큼 정상적인 상황이었다면 태어난 순간부터 끝없이 사랑받고 세상 그 무엇보다 귀하게 자랐을 존재.

그러나 신강현이 그런 대접을 받게 된 건 여섯 살 때 본가로 들어온 뒤의 일이었다. 좀 더 나이가 든 후에야 강현은 왜 그렇게 됐는지 알게 되었다.

근본적으로 박희진 때문이었다.

박강현의 생모 박희진은 어렸을 때부터 워낙 가난하게 살아와 부(富)에 대한 욕구, 아니, 욕망이 매우 강력한 여자였다. 어두운 유혹에 빠져 화류계로 들어갔고, 돈 많고 순진한 남자들의 골수를 빼먹는 짓을 반복했다. 그러다가 잠깐 스쳐 지나갔던 상대가 바로 EH그룹의 유일한 후계자 신우찬이었다.

신우찬은 업무 능력은 뛰어났으나 여자 문제가 아주 지저분한 남자였다. 하지만 정계에서 알아주는 가문의 외동딸인 한은희와 결혼한 뒤로는 일절 문제를 일으키지 않았다. 정략결혼임에도 금슬이 매우 좋았으나, 결혼한 지 5년이 지났는데도 아이가 없었다. 원래 EH그룹은 손이 귀한데다가 한은희가 젊은지라 큰 걱정은 없었지만 그즈음 신우찬이 갑작스런 교통사고로 세상을 떠나고 말았다.

양쪽 집안 전체가 큰 충격에 사로잡혀 있을 때, 신우찬의 말단 비서 중 한 명이 신우찬에게 아이가 있을지도 모른다는 말을 조심스럽게 꺼냈다. 신우찬이 결혼 전에 잠시 만났던 화류계 여자가 아이를 낳았다면서 돈을 요구한 적이 있고, 신우찬이 말도 안 되는 소리라면서 호통 치며 여자를 쫓아냈다고 덧붙였다.

대가 끊겼다는 사실에 절망했던 신우찬의 부모가 서둘러 아이를 찾아 나선 건 물론이었다. 몇달간에 걸친 추적 끝에 아이 박강현과 아이의 생모 박희진을 발견한 건 한은희였다. 박희진은 마약을 한 채 화장실 안에 널브러져 있었고, 아이는 피를 흘리면서 의식을 잃은 채 바닥에 쓰러져 있었다. 더러운 차림새를 한데다가 제대로 끼니도 때우지 못해서 삐쩍 곯은 아이는 즉시 병원으로 수송되었고, 다행히 깨어났다.

그리고 소년은 생모에 대한 진실을 알고는 신강현이 되기로 했으며, 한은희와 이런 약속도 했다.

말을 잘 듣기.

소년은 한은희, 아줌마와의 약속을 매우 잘 지켰다. 엄마에게 다시 돌아가게 될까 봐 무척이나 겁이 났기 때문이다.

그리고 사실, 소년은 아줌마가 정말 좋았다. 퇴원한 뒤 따라가 자 아줌마는 약속대로 때리지도 않고 밥은 물론 간식도 아주 맛있 는 것으로 시시때때로 잔뜩 주었으며 엄마처럼 내다 버린다는 말 도 일절 안 했다.

그뿐만이 아니었다. 궁전같이 커다랗고 반짝이는 집에 살게 된 건 물론이거와 박강현, 아니, 신강현만의 방이 생겼으며, 새 옷과 장난감도 넘치도록 아주 많이 갖게 되었다. 또한 동화책을 읽어주 는 할머니와 말만 하면 뭐든 사주는 할아버지도 생겼다.

할머니와 할아버지는 수시로 강현에게 뽀뽀와 포옹을 해주었 다. 사랑한다고 말해주면서 함박웃음을 보여주셨고, 뭐든 원하는 대로 하게 두셨다.

그러나 아줌마는 달랐다. 강현에겐 손을 내밀지도 않았고 웃음 도 거의 보여주질 않았다. 강현은 그게 참 마음 아프고 슬펐다.

아줌마에게 사랑받고 싶었다. 뽀뽀와 포옹을 받고 싶었고 환한 웃음과 사랑한다는 말을 듣고 싶었다. 그러나 강현이 허락받은 건 호칭뿐이었다.

"어머니라고 부르렴."

커다란 본가로 들어온 지 1년이 흐른 뒤 어느 날 아줌마는 그렇 게 말했다. 이제 일곱 살이 된 강현은 그게 부탁이 아니라 요구라 는 것을 잘 알았다. 반드시 지켜야 한다.

"네."

이제 강현은 존댓말을 잘 사용했다. 할머니와 할아버지는 강현이 손으로 음식을 집어 먹고 반말을 마구 써대도 절대 야단친 적이 없었으나 아줌마는 달랐다. 조금이라도 예의에 어긋나면 즉시 지적을 한 뒤 제대로 행동할 때까지 매의 눈으로 지켜보았다.

"그렇게 하겠습니다, 어머니."

"……그래."

어머니의 말은 조금 늦게 흘러나왔다. 뭐랄까, 기쁘면서도 약간 당황한 것 같았다.

"아가, 네게 정말 고맙게 생각한단다."

할머니가 감격한 얼굴로 입을 열었다.

"그냥 재가(再嫁)해도 될 텐데 남은데다가 강현이도 정식으로 호적에 올려주고…… 회사도 네 덕분에 정상화됐지. 오히려 아범이 맡았을 때보다 더 좋아졌다고 하더구나."

"아직 멀었는걸요."

대답은 공손했으나 어머니는 눈을 강렬하게 빛내고 있었다.

"회사는 긱징하지 마세요. 미흡하지만 제게 조그만 재능이 있으니 앞으로 더 힘쓸 생각이에요. 나중에 강현이에게 물려줄 때까지 제가 책임지고 열심히 해보겠습니다."

"고맙구나."

할머니와 할아버지 모두 눈물을 글썽였다. 강현은 대화를 이해하지 못했으나 두 분이 어머니에게 고마워한다는 것 하나는 알 수 있었다.

어머니는 정말 대단한 사람이구나.

　며칠 후, 남들보다 한 살 빠른 일곱 살에 초등학교에 입학한 뒤 강현은 그 사실을 다시금 알게 되었다. 부유하고 힘 있는 집안의 자제들만 들어올 수 있는 곳에서 강현은 곱상한 얼굴 덕분에 여자아이들에게는 환대를 받았으나, 또래 남자아이들에게는 사생아라고 놀림받으면서 몇 대 얻어맞고 말았다. 얼굴에 난 상처 때문에 할머니와 할아버지는 누가 그랬냐며 화를 냈지만 강현은 입을 꾹 다문 채 아무 말도 하지 않았다. 강현이 입을 연 건 퇴근하고 돌아온 어머니 앞이었다.

　"누가 그랬는지 묻지 않으마. 내가 알고 싶은 건 맞기만 했냐는 거야."

　생각지도 못한 반응에 강현은 당황해서 되물었다.

　"네?"

　"너는 신강현, EH그룹의 후계자야. 장차 국내에서 열 손가락 안에 꼽히는 거대한 회사를 경영할 아주 중요한 사람인 거야. 너는 그렇게 대접받아서는 안 돼. 강현아, 누가 널 때리면 넌 반드시 한 대 더 때리렴. 격투기 선생을 붙여줄 테니 확실히 배워둬. 넌 다쳐선 안 돼."

　"놀리면요? 사생아라고 계속 놀리면?"

　어머니의 고운 두 눈썹 끝이 위로 쭉 올라갔다.

　"그래, 신강현. 너는 사생아로 태어난 게 맞아. 하지만 내 호적에 들어온 이상 넌 아들, 내 아들이야. EH그룹의 후계자이자 신우찬과 나 한은희의 아들이야. 그러니 그렇게 놀리는 애한테는."

　어머니는 치아를 악물었다가 다시 입을 벌렸다.

"이겨. 주먹으로든 공부로든 이겨. 너는 내 아들이니까, 다른 누구보다도 더 우월해야 해. 절대 지지 마. 물러나지 마. 싸워, 싸워서 이겨. 알았지?"

한은희의 아들.

때리고 굶기고 돈으로 자식을 파는 여자 박희진이 아니라 한은희의 아들.

"네, 그럴게요. 그렇게 할게요. 저는 어머니의 아들이니까요."

어머니의 붉은 입술의 한쪽 끝이 만족감으로 위로 올라갔다.

"그래, 그래야 내 아들이지."

다음날부터 강현은 사생아라고 놀리는 아이들에게 그냥 당하지 않았다. 맞는 건 익숙하므로 맷집으로 버티면서 어머니가 붙여준 킥복싱 선생에게 배운 대로 타격을 제대로 가하는 방법으로 이겼다. 이게 몇 번 계속되자, 사생아라고 놀리는 아이는 한 명도 없게 되었다.

강현은 다른 것으로도 이겼다. 초등학교라서 시험은 없었으나 그렇다고 겨룰 수 있는 게 없진 않았다. 무엇이든 잘하는 방법으로 선생님들의 칭찬을 받았으며 영어든 수학이든 체육이든 기를 쓰고 노력해서 이겼다.

위에 설 것이다. 어머니가 자랑스럽게 여기도록 무엇이든 뛰어난 존재가 되어 사람들 위에 설 것이다. 반드시!

불과 일곱 살에 불과했으나 강현은 그렇게 맹세했다. 그리고 현실을 깨달았다. EH그룹의 후계자라는 사실이 대단한 특혜라는 것을.

아무리 애들을 때려도 선생님들은 뭐라고 하지 않았다. 또한 친구들도 마찬가지였다. 나는 EH그룹의 하나뿐인 후계자이니, 니들을 가만두지 않겠다고 큰 소리로 외치면 몇몇은 확실하게 기가 죽었다.

힘이 있는 위치. 원하는 건 아무리 비싸도 무엇이든 가질 수 있는 신분.

그 모든 특혜도 마음에 들었으나 강현이 가장 좋아하는 건 한은희의 아들이라는 사실이었다.

박희진의 자식이고 싶지 않다. EH그룹을 경영하는 한은희의 아들이고 싶다!

강현은 소원대로, 갈망대로 행동했다. 어머니가 정해놓은 대로 공부했고, 어머니가 기대한 것 이상의 성적을 올렸다. 그래야 아들을 칭찬해 주고 자랑스러워할 테니까.

다시는 그 비참한 생활로 돌아가지 않을 것이다. 힘을 가진 이 자리를 굳건하게 지킬 것이다!

초등학교를 졸업한 뒤 중학교와 고등학교 6년 내내 강현은 전교 1등 자리를 거의 놓치지 않았다. 국내 최고의 대학 경영학과에 수석으로 입학한 건 물론이다. 또한 1학년이 끝난 뒤 자원해서 해병대에 들어갔다. 할머니와 할아버지는 군대쯤은 다른 방법을 써서 그냥 빠지라고 설득했으나 어머니가 노블리스 오블리제(Nobless Oblige)를 내세우셨기 때문이다.

복무는 힘들었으나 다녀올 만한 가치가 있었다. EH그룹의 후계자가 병역 의무를 훌륭하게 마쳤다는 기록을 공개적으로 남길 수 있었기 때문이다. 제대 후 강현은 복학해서 수석으로 졸업했고, 그 뒤에는 최고의 글로벌 컨설팅 업체인 A에 입사했다. EH그룹을 좀 더 객관적으로 판단하려면 외부 컨설팅 업체에서의 경험이 필요하기 때문이었다.

더군다나 강현은 국내파이기 때문에 해외 쪽 경험과 지식이 부족하다는 게 단점이었다. 그래서 세계적인 컨설팅 업체를 선택해 3년간 일한 뒤 미국에서 MBA 과정을 밟을 예정이었다.

이 모든 계획은 어머니 한은희의 구상이긴 했으나 강현이 그대로 따른 건 그게 옳기 때문이었다. 더군다나 근본적으로 강현은 세상에서 어머니를 가장 사랑하고 믿으며 존경했다.

결코 쉬운 일이 아니다.

사별한 남편이 결혼 전에 창부에게서 얻은 아이를 데려오는 것, 호적에 정식으로 올린 뒤 친아들처럼 훌륭하게 키우는 것.

어머니의 이런 행동은 웬만한 범인이라면 할 수 없는 일이었다. 더군다나 한은희는 아주 빼어난 경영 능력을 발휘하고 있었다. 막대한 금력과 권력을 가진 진정의 도움 덕분이기도 했지만 불과 50대 초반의 여자가 약육강식의 세계에서 이렇게까지 훌륭하게 그룹을 지휘하는 건 말로 이루 다 표현할 수 없을 만큼 대단한 일이었다.

이런 사람에게 거두어져서, 사랑받아서, 가르침을 받을 수 있어서 다행이다. 물론 어머니는 딱히 사랑을 직접적으로 부드럽게 표현한 적은 없었다. 즉, 안아주거나 따듯하게 미소 지어주거나 그런 것은 하지 않았다. 어렸을 때는 그 사실이 마음 한구석으로 섭

섭했으나 이제는 사랑을 표현하는 방법에는 여러 가지가 있다는 것을 알았다.

어머니는 나를 사랑하신다. 인생 최고의 행운. 평생 감사해야 하리라. 이 은혜를 갚을 수 있는 일이라면 무엇이든 하리라.

강현은 그래서 어머니가 바라는 건 뭐든 다 했다. 그게 박강현이 아닌 신강현의 의무니까. 그러나 스물여덟 살 때, 처음으로 어머니의 의지를 거스르는 짓을 저지르게 되었다.

그야말로 우연이었다. 며칠 뒤면 MBA 과정을 밟기 위해 출국할 예정이기에 이에 대해 어머니와 의견을 나누고자 강현은 본가의 2층으로 올라갔다. 어머니는 종종 서재에서 조용하게 경영 관련 책을 보시곤 했으나, 이날따라 살짝 열려 있는 문틈으로 목소리가 흘러나왔다.

엿듣는 건 무례한 짓이기에 강현은 문을 닫을 생각이었지만 그러지 못했다. 어머니가 격앙된 기색으로 휴대전화에 쏘아붙이는 말의 내용 때문이었다.

"박희진 그 천박한 창부가 죽든 말든 대체 무슨 상관이야? 이제 와서 강현이는 대체 왜 보겠다는 건데?"

박.희.진.

그 이름 뒤에 따라오는 적절한 호칭이 있었다. 창부, 마약중독자, 아동학대범.

벌써 22년이 지났으나 강현은 똑똑히 기억하고 있었다. 그동안 잊으려고 애썼다. 생모와 살았던 6년의 세월은 찰나의 순간에도 떠올리고 싶지 않을 만큼 너무도 고통스러웠으니까. 그러나 사진처럼 거의 모든 것을 암기하는 뛰어난 기억력은 그때의 상황마저도 또렷하게 뇌에 기록한 상태였다.

아들을 단순히 돈을 받기 위해 낳고 기른 존재. 아니, 길렀다는 표현도 적절하지 않았다. 학대했다는 말이 더 맞았다.

그러나 어떤 범죄를 저질렀든 박희진이 그의 생모인 건 사실이었다. 생물학적인 어머니. 구역질나는 사실이지만, 어떤 지우개로도 지울 수 없는 현실.

그런데 그 여자가 죽어간다고?

"그 창부는 그럴 권리가 없어! 강현이를 그렇게 때리고 학대한 인간이 이제 와서 어떻게 그런 말을 해! 곧 죽을 사람의 소원이라고 해도 절대 안 돼! 장 비서, 그 여자한테 똑바로 전해! 강현이는 내 아들이라는 걸! 신강현은 내 아들이야!"

어머니는 파르르 떨면서 악을 쓰고 있었다. 언제나 냉정을 유지하는 사람답지 않은 강렬한 감정 분출이었고, 그 사실은 강현에게 다시금 깨달음을 주었다.

정말로 어머니는 그를 아들로 생각한다. 피는 섞이지 않았으나 한은희와 신강현은 정말로 모자 관계이다.

그러니 어머니의 의사에 따라야 한다. 그 여자와 내가 만나는 걸 바라지 않으시니 찾아가선 안 된다.

그런데 어째서 마음 한구석이 이렇게나 무겁고 어두운 걸까. 마치 시커먼 돌덩어리가 하나 얹혀 있는 기분이다.

무시하자. 잊자. 그래야 한다.

강현은 그렇게 다짐했지만, 뜬눈으로 밤을 지새운 그는 다음날 아침 어머니가 출근하신 뒤 문을 꼭 닫고는 휴대전화를 손에 들었다. 어머니의 비서 가운데 장 씨는 단 한 명뿐이다.

"어머니는 모르십니다. 앞으로도 모르셔야 합니다."

상대방이 전화를 받자마자 강현은 그렇게 입을 뗀 뒤 물었다.

"박희진 씨는 지금 어디에 있습니까?"

잠시 동안의 침묵 뒤 장 비서는 아주 조심스러운 목소리로 알려주었다. 그리고 한 시간 후 강현은 병원 정문 앞에 서 있었다.

국내에서 가장 좋은 곳이자 그가 졸업한 대학교와 같은 이름의 B병원은 드넓은 부지 위에 여러 병원 건물이 세워진 곳으로 본관 하나만 봐도 어마어마하게 커 보였다. 실제로는 이렇게 위압적일 정도로 큰 곳이 아니라는 걸 이성적으로는 알았다. 하지만 지금 강현의 머릿속에 들끓는 건 감정뿐이었다.

이 이상한 느낌은 뭘까?

22년이 지났으나 아직도 강현의 왼쪽 이마에는 찢어진 자국이 희미하게 남아 있을뿐더러, 영양실조의 영향 때문에 어린 시절 내내 허약한 몸으로 꽤 힘들게 살았다. 어머니와 할머니, 할아버지가 사랑해 준 덕분에 지금은 괜찮아졌지만, 어렸을 때는 악몽 때문에 잠을 이루지 못한 적도 여러 번이었다.

이 모든 것은 박희진 때문.

밉다. 증오스럽다.

어렸을 때 당했던 학대를 똑같이, 아니, 수백 배로 되갚아주고 싶다! 복수하고 싶다!

그러나 그가 손을 쓸 필요도 없을 것이다. 어제 어머니가 통화할 때 외쳤던 것처럼 박희진은 죽기 일보 직전이니까.

죽는다. 소멸한다. 그대로 세상을 떠나 버린다…….

강현은 그 사실을 소리 없이 입속에서 되씹으며 걷기 시작했다. 병원 본관 건물에 가까워질수록 어깨가 무겁고 다리에서 힘이 빠졌다. 엘리베이터의 층수를 누르는 손이 떨리는 게 눈에 보인다. 어이없는 일이다.

어째서 이렇게나 긴장하는 걸까. 어째서 이렇게나 마음 한 부분이 괴로운 걸까. 마치 슬픈 이야기를 들은 것처럼.

아동학대범과 슬픔이라는 단어는 연결해서는 안 되었다. 분노라는 단어가 더 어울릴 터. 그러나 간호사가 지시하는 대로 소독약을 손에 바르고 중환자실 안에 들어선 강현은 자신이 슬픔에 휘감겨 있다는 것을 부정하지 못했다.

보기 흉한 줄을 온몸에 주렁주렁 연결한 채 중환자실 한편에 자리를 차지하고 있는 박희진을 본 순간 강현은 목이 메고야 말았다. 22년 전, 예쁜 얼굴이었으나 아들을 매섭게 구타하던 박희진은 지옥에서 온 악마처럼 강력해 보였다. 그러나 현재 눈앞의 여자는 사지가 바싹 말라 뼈만 남은 몸을 갖고 있었고 죽음의 그림자가 눈 밑에는 검게, 바싹 마른 입술에는 보랏빛으로 드리워진 상태였다. 생명의 가장 기본적인 것, 호흡조차 자기 힘으로 하지 못한 채 기계에 의지하고 있는 사람.

아픈 사람. 회생 가능성이 거의 없고 곧 죽어갈 환자.

강현은 이를 악물었다. 그는 받아들일 수가 없었다. 악마 같은 아동학대범이 죽음을 코앞에 두고 있다는 사실을 기뻐하는 대신 눈물을 흘리며 슬퍼하는 자신을 이해할 수 없었다.

그의 어머니는 한은희이다. 생모에게 맞아 죽을 뻔한 목숨을 구해주고, 사랑을 주었으며, 모두가 우러르는 EH그룹의 후계자라는 우월한 자리까지 선사한 한은희가 신강현의 진짜 어머니이다.

이 여자는 아무것도 아니다. 아니, 박강현의 생모이긴 하다. 하지만 난 박강현이 아니라 신강현이다. 그러니 이런 기괴한 마음 따위…….

"……안."

어떻게 그럴 수 있었는지 알 수 없었다. 강현이 차오르는 눈물을 강제하기 위해 눈을 질끈 감고 있을 때, 의식을 잃은 것처럼 보이던 여자가 젓가락처럼 가느다랗고 삐쩍 곯은 팔을 움직여 인공호흡기를 옆으로 밀고는 입을 열었다.

"미안."

삐 하고 인공호흡기가 귀를 찌르는 경고음을 터뜨리기 시작했다.

"항상…… 네게…… 이 말을…… 사과를 하고 싶…….."

여자는 경고음 사이사이 내뱉었다. 개미 소리처럼 희미했으나 강현의 귀에는 들렸다. 또한 강현의 눈에는 여자가 그를 응시하고 있는 것이 보였다.

여자의 눈은 오염으로 그득한 스모그처럼 흐릿했다. 그러나 분명 강현을 똑바로 바라보고 있었다.

"내…… 아들…… 강……."

나는 당신 아들이 아니야! 당신이 아니라 한은희의 아들이야!

강현은 비명을 지르고 싶었으나 그럴 시간이 없었다. 인공호흡기의 비명을 듣고 달려온 의료진에 의해 그는 뒤로 떠밀리게 되었다. 곧 여자는 눈을 다시 감았고, 입은 인공호흡기에 또다시 지배당했다.

강현은 기다렸다. 그러나 여자는 눈을 다시 뜨지 않았고, 30분이라는 시간이 흐르고 흘러 중환자실 면회 시간이 끝날 때까지 강현은 그렇게 멀찍이 물러선 채 여자를 보고 또 보았다.

그리고 다음날 강현은 장 비서에게 여자가 새벽에 사망했다는 전화를 받게 되었다.

꾸준히 운동을 하는 건장한 근육질의 남자답지 않게 버튼이 꺼진 것처럼 온몸에서 기운이 순식간에 빠져나갔다. 서 있을 최소한의 힘도 없어지자 강현은 그대로 화장실 바닥에 쓰러지듯 주저앉고 말았다.

[……님? 도련님? 괜찮으십니까?]

둔탁한 소리를 들었는지 휴대전화에서 튀어나온 장 비서의 부르짖음이 화장실 전체에 울렸다. 문득 강현은 장 비서에게서 전화가 오자 화장실로 들어와 문을 닫길 잘했다고 생각했다. 어머니는 출근하셨으나 집안 사람들에게 말이 새어 나갈 수 있었다. 그러면 어머니에게 소식이 들어가는 건 금방일 터.

어머니에게 알려지지 않는 것, 그게 중요하다. 하지만…….

강현은 눈을 질끈 감았다가 떴다. 흔들리는 시야 사이로 어느새 이마에 솟아난 땀이 바닥을 짚고 있는 왼쪽 손등에 똑똑 떨어지는 것이 보였다.

"괜찮……."

말이 잘 나오질 않았다. 아니, 호흡이 잘 되질 않았다. 강현은 견딜 수 없을 만큼 가슴을 크게 부풀리면서 깊게 호흡한 뒤 내뱉었다.

"괜찮습니다."

새빨간 거짓말. 장 비서도 그 사실을 알아차린 듯 걱정하는 목소리다.

[도련님, 많이 충격받으신 것 같은데……. 죄송합니다.]

"아닙니다. 장 비서님께서 사과하실 일이 아닙니다. 단지, 단지……."

강현은 말을 잇지 못했다. 어떤 말을 하고 싶은지 스스로도 알 수 없었다. 그는 다른 것을 꺼냈다.

"장 비서님, 궁금한 게 있습니다. 그…… 사람, 어떻게 살아온 겁니까?"

어제 병원을 방문한 뒤로 끝없이 떠올랐던 질문이다. 이미 과거의 일이고 그가 상관할 바는 아니었으나 알고 싶었다.

[오랫동안 정신병동에서 마약중독을 비롯해서 여러 가지 치료를 받았습니다. 그러다가 5년쯤 전에 치료가 끝났습니다만, 혹 도련님께 접근할까 싶어 사장님께서 박희진 씨를 일본으로 보냈습니다. 넉넉하게 살 수 있도록 조치를 취하신 건 물론입니다.]

답을 하는 장 비서의 목소리는 부드러웠다. 최대한 충격을 덜어
주기 위한 배려일 터.

[박희진 씨는 그쪽에서 만난 남자와 가정을 이루고 한동안 잘살
았습니다. 그러나 그 남자가 불의의 사고로 죽은데다가 지인에게
사기를 당한 모양입니다. 그 뒤에 행방불명이더니 어떻게 입국한
건지 석 달 전에 한국에서 발견되었습니다. 다시 마약에 손을 댔
고, 몸이 많이 망가진 상태였습니다. 그동안 병원에서 치료를 받
다가 어제…….]

"빈소는…… 누가 지키고 있지요?"

[그건…….]

강현은 깨달았다.

"바로 화장한 겁니까?"

[네, 박희진 씨가 당부한 부분입니다. 화장해서 고향에 뿌려달
라고 하더군요.]

"……하셨습니까?"

[아직입니다. 고향이 부산인지라 현재 내려가려고 준비 중입니
다.]

"제가 가겠습니다."

강현은 귀로 들은 뒤에야 자신이 무슨 말을 했는지 깨달았다.
그는 다시 말했다.

"제가…… 가고 싶습니다."

한 시간 뒤 강현은 부산으로 가는 기차 안에 있었다. 혼자 운전
해서 가고 싶었으나 EH그룹 일가는 아무리 가까운 거리라도 직접

운전하지 않는 게 불문율이었다. 그의 생부인 신우찬이 혼자 운전을 하다 사고를 당해서 사망했기 때문이다.

강현은 이 상황에서도 가문의 규칙을 지키는 자신이 신기했다. 아니, 그러는 게 당연하다는 생각이 들었다. 비록 두 손에 생모의 유골 단지를 신주 단지처럼 떠받들고 있으나 그의 어머니는 한은희이고 소속은 EH그룹이니까.

그래서 그런 걸까.

이상하게도 실감이 나질 않았다. 어제 오후 지척에서 바라보았던 여자가 뼛가루가 되어 이렇게 두 손 위에 있다는 사실을 믿을 수가 없었고, 아무 감정도 들질 않았다. 장 비서에게 유골함을 넘겨받기 전에는 며칠이나 불면증에 시달린 사람처럼 머릿속이 새하얗게 변한 상태였고, 손끝까지 떨렸었다.

그러나 현재 온몸의 흔들림은 기차의 덜컹거림 때문으로 다른 이유는 없었다. 머릿속 또한 휴식을 취할 때처럼 편안했다. 그렇다고 잠이 오는 건 아니기에 기차를 타고 가는 내내 강현은 침묵을 지킨 채 투명한 창문을 통해 밖을 바라보기만 했다. 두 손으로 잡고 있는 종이가방 안에 들어 있는 유골함의 무게를 느끼면서.

강현이 감정이란 것을 다시 느낀 건 몇 시간 뒤의 일이다. 어머니의 고향이라는 어느 동네의 산에 기계적으로 유골을 뿌린 뒤 그는 서둘러 몸을 돌렸다. 친구들과 오랜만에 회포를 푸느라 늦어질지 모른다고 미리 말은 해뒀으나, 서둘러 올라가야 거짓말을 들키지 않을 테니까.

그러나 몸이 다르게 움직였다. 강현은 가장 가까운 바다인 해운대로 가서 옆에 있던 신문지를 해변에 깔고 앉았다. 황금빛 태양이 핏빛으로 변하더니 지평선 너머로 사라졌다. 달빛과 별빛밖에 존재하지 않는 어둠 속에서 강현은 석상처럼 가만히 앉아 있었다. 그러나 어느 순간, 그는 무언가를 깨달았다.

처음에는 비가 오는 줄 알았다. 물방울이 신문지에 툭툭 떨어지는 소리가 들렸으니까. 그러나 내려다본 강현은 물방울이 자신의 두 눈에서 흘러내린다는 것을 알게 되었다. 처음에는 가느다란 물줄기였으나 자신의 것이라는 사실을 깨닫자마자 폭포 같은 울음으로 변했다.

한 번도 운 적이 없었다. 신강현이 된 이후 학교에서 아이들에게 사생아라 놀림받았을 때도, 그네들과 아프도록 싸울 때도, 며칠이고 밤새워서 코피 터지도록 공부할 때도, 군대에서 그렇게나 굴렀을 때도 눈물 흘린 적이 없었다. 그러나 지금 이 순간, 자신이 신강현이라고 생각하는 남자는 울었다. 22년 동안 가슴속에 맺힌 것을 풀어내기 위해 할 수 있는 건 그것뿐.

물병이 보였다. 그리고 손수건.

온몸의 수분을 다 뿜어낸 듯한 기분 속에서 희미한 현기증을 느끼던 강현은 처음에는 잘못 본 줄 알았다. 세상도 아직 어둡고 오랜 울음 때문에 시야가 흐릿해진 상태였다. 눈을 몇 번 깜빡거리고 손등으로 비비니, 그제야 확실하게 보였다.

500㎖짜리 물병 하나와 손수건이 맞았다. 그의 앞에 쪼그리고 앉은 여자가 양손에 들고 있는 그것들을 하나씩 내밀고 있었다.

강현은 멍하니 여자의 얼굴을 쳐다보았다.

때마침 지평선 너머로 태양이 다시 솟아오르고 있었다. 달빛과 별빛이 희미해졌으나, 새벽의 빛이 세상에 차오르자 덕분에 강현은 제대로 볼 수 있었다. D라는 글씨가 새겨진 야구 모자를 쓴 여자는 20대 초반으로 상당한 미인이었다. 조막만 한 얼굴에 새하얗고 매끄러운 피부, 고운 이목구비와 가슴까지 내려오는 결 좋고 청순한 생머리칼의 소유자였다. 언뜻 보기에도 알 수 있을 만큼 근사한 몸매까지 가진 빼어난 미인인지라, 뭇 사내라면 반드시 넋이 나갈 터였다. 그러나 강현은 달랐다.

EH그룹의 후계자인 그는 어려서부터 여자를 조심하라는 경고를 수없이 받은 사람이다. 더군다나 생모가 바로 그런 존재였기에 강현은 언제나 접근하는 여자들에게 시선 한 번 준 적이 없었다.

이번에도 마찬가지였다. 강현은 한순간 여자에게 주었던 시선을 돌려 고개를 반대로 움직였다. 명백한 외면의 뜻. 여자는 이렇게 반응했다.

"목마르시죠? 이 물 마시세요. 음, 아무래도 모자랄 것 같은데, 여기 더 드릴게요."

여자는 손에 들고 있는 물병을 그의 앞에 내려놓더니 옆으로 밀쳐 놓았던 다른 물병도 그렇게 했다.

"손수건도 쓰세요. 안 돌려주셔도 돼요."

여자는 손수건을 그가 깔고 앉은 신문지 옆에 내려놓았다. 약간 당황한 강현은 고개를 틀어 다시 여자를 바라보았다. 아니, 매섭게 노려보았다. 그러나 여자는 빙긋 웃을 따름이었다. 계산적인 마음이 전혀 없는, 그야말로 순수한 눈빛.

"제 아버지 성함은 장, 한 자, 구 자예요. 장한구 비서님이오. 전장 비서님 장녀예요."

강현은 입을 벌렸으나 깊게 잠긴 목에서 소리는 나오지 않았다. 여자는 주머니에서 휴대전화를 꺼내서 톡톡 만지더니 장 비서와 함께 찍은 사진을 보여주었다. 활짝 웃어 눈꼬리가 길게 올라간 모습은 부녀가 똑같았다.

"잠깐 일이 있어서 부산에 내려왔는데, 어제 오후 아버지께서 전화하셨어요. 도련님이 혼자 부산에 내려가신다는데 아무래도 마음이 놓이질 않는다며 보이지 않게 곁에 있어달라고 하셨어요. 그런데 아무래도 탈수 증상이 생길 것 같아서 물 드리는 거예요. 제가 누군지 밝히지 않으면 안 드실 것 같아서……. 그러면 안 돼요. 일어나려다 기절할지도 몰라요. 병원에 실려가면 안 되잖아요."

여자는 나긋하게 말하고 있었으며 눈빛은 진지했다. 강현은 무슨 말을 해야 할지, 어떤 반응을 보여야 할지 알 수가 없었다. 곧 새하얗게 탈색된 머릿속에 감정이 연달아 떠오르기 시작했다.

부끄럽다.

그렇게 오랫동안 목 놓아 우는 모습을 누군가에게 들켰다는 게 정말로 당혹스럽고 쑥스러웠다. 아니, 그 정도가 아니라 쥐구멍이 있다면 들어가고픈 충동이 들었다.

"그, 그러니까……."

목에서 쉰 소리가 나오자 강현은 말을 이어 할 수가 없었다. 그의 얼굴이 벌겋게 달아오를 때였다. 여자가 오른손 검지를 그녀의 입술로 가져갔다.

"쉿! 말하지 마세요. 전 여기 없는 거예요. 아버지가 도련님한테 절대 접근하지 말고, 말도 걸지 말라고 했거든요. 그러면 정말 혼내신다고 하셨어요. 아버지한테 들키면 저 혼나니까 그냥 이 물병이랑 손수건이 공중을 둥둥 떠다니다가 여기까지 온 거라고 생각하세요. 알았죠?"

"그러니까……."

강현은 기침으로 다시 목을 가다듬은 뒤 이어 말했다.

"투명인간이라 생각하라고요?"

여자는 고개를 끄덕이면서 다시 방긋 웃었다. 사진처럼 눈이 살짝 작아지자 꽤나 귀여웠다.

"이 투명인간은 이제 뒤로 물러날게요. 그럼 안녕~"

여자는 발랄하게 웃으며 작은 손을 이마에 붙여 나름 각이 진 자세로 경례를 하더니 눈앞에서 사라졌다. 강현은 한동안 눈을 깜빡이다가 몸을 돌려 뒤를 바라보았다. 십여 미터 떨어진 곳의 의자에 앉아서 강현을 쳐다보던 여자는 화들짝 놀라더니 양손으로 크게 엑스 자를 그렸다. 투명인간이니까 쳐다보면 안 된다는 뜻이리라.

"하."

강현은 소리를 들은 뒤에야 자신이 짧게나마 웃음 지었다는 것을 깨달았다. 그게 더 웃겼다. 한껏 열어놓은 수도꼭지처럼 눈물을 콸콸 흘린 게 5분 전이다. 그런데 갑자기 웃음을 터뜨리다니.

이런 게 인생인가? 이렇게 순식간에 바뀌는 게 인생인가?

생각이 길어지고 더 복잡해질 것 같았으나 강현은 그쯤에서 그만두었다. 정신이 돌아왔으니까.

"나는."

강현은 조용하게 읊조렸다.

"EH그룹의 신강현이다."

생모가 죽었든 말든, 생모가 죽기 전에 사과를 했든 안 했든, 그리고 생모에게 느끼는 마음과 감정이 무엇이든 간에 그럴 가치가 없다.

더 이상 눈물짓지 말자. 이미 흘린 것만으로도 충분하다. 아니, 차고 넘쳤다. 아무리 사과를 했다고는 하지만, 그런 아동학대범에게 이렇게까지 할 필요는 없다.

그러니 이만하고 잊겠어.

강현은 물병 뚜껑을 딴 뒤 손수건에 물을 축여 얼굴에 남은 눈물 자국을 꾹꾹 눌러서 닦기 시작했다. 추운 날씨는 아니었으나 긴 시간 해변기에 앉아서 밤의 바닷바람을 맞은 탓인지 얼굴이 딱딱하게 굳은 것 같았다. 아니, 손가락은 물론 몸 전체가 아주 오랜만에 움직이는 것처럼 삐걱거리는 기분이다.

강현은 그 자리에서 아주 천천히 움직이기 시작했다. 목을 한껏 돌렸고, 손목을 털며 기지개를 켰다. 그대로 일어나려다가 일단 주춤거렸다. 몸을 아주 잠깐 푼 것에 불과한데도 눈앞이 아찔해졌기에 이대로 몸을 일으켰다간 현기증에 쓰러질 것 같았다.

저 예쁜 아가씨의 말이 맞는군.

목이 타는 듯한 갈증이 갑자기 불처럼 찾아오자 강현은 열어놓은 물병을 잡고 고개를 뒤로 한껏 젖혀 물을 마시기 시작했다. 그러자 뒤쪽에서 야단치는 소리가 즉각 날아왔다.

"천천히 조금씩 마셔야죠! 그러다 체해요!"

투명인간이 다시 말을 하는군.

강현은 피식 웃었으나 조언대로 행동하기 시작했다. 갑자기 물을 많이 마셔서 그런지 속이 쓰라렸기 때문이다. 천천히 조금씩 그는 한 병을 비웠고, 그 뒤에 나머지 한 병을 다 마셨다. 갈증이 풀리는 느낌이 들자 이번에는 급격히 허기가 찾아왔다.

강현은 일어나려다가 일단 얼굴 확인이 우선이라는 사실이 생각났다. 분명 눈은 퉁퉁 부어 있을 테고, 흰자위는 빨갛게 실핏줄이 올라왔을 터. 그러나 확인할 방법이 없다. 어제 오후 장 비서를 만나기 직전에 휴대전화를 꺼놓았기 때문이다.

A업체를 다닐 때 과다한 업무량 때문에 밥 먹듯이 야근한데다가 때때로 외박도 했었다. 또한 유학을 얼마 앞둔 최근에는 친구들을 만나느라 늦게 들어간 적이 많았고, 늦을 수도 있다고 어제 오후에 미리 말해둔 터라 가족들은 크게 걱정하지 않을 터였다.

아마 할머니, 할아버지 그리고 어머니는 모르고 계실 터였다. 이렇게 그들의 손자이자 아들이 생모의 죽음 때문에 혼란을 겪었다는 것을.

앞으로도 모르셔야 한다.

강현은 아직 축축한 손수건으로 다시 얼굴을 문질렀다. 부어오른 눈가가 확실히 신경 쓰였다.

어렸을 때 주먹질을 했을 때도 코피가 터지든 입술이 찢어지든 얼굴만큼은 깔끔하게 단장한 뒤 다른 사람들 앞에 나섰다. 어머니께서 그가 다치는 걸 싫어하셨고, EH그룹의 후계자가 그런 모습으로 기억되면 안 되기 때문이었다. 지금은 어쩔 수 없는 상황이라는 건 잘 알지만 강현은 속으로 길고 긴 한숨을 내쉬었다.

이 엉망인 얼굴을 다른 사람들에게, 저 예쁜 아가씨에게 보여줘야 하다니.

더 엉망이었던 얼굴을 아까 보여줬지만, 갑자기 크게 신경 쓰였다. 강현은 손수건으로 박박 문지르듯 얼굴을 다시 닦고는 현기증이 나지 않는다는 것을 확인한 뒤에 아주 천천히 일어섰다.

몸을 숙여 빈 물병을 주워 가장 가까운 곳의 쓰레기통에 넣었다. 이제까지는 몰랐으나 새삼 시선이 느껴졌다. 일정한 거리에서 그를 지켜보는 사람의 것.

그러고 보니 내내 따라다녔다는 뜻이네. 힘들었겠군. 어떻게 보답하지?

강현은 윗사람이라면 아랫사람의 행동에 반드시 적절한 보상을 해주라고 어머니께 배웠다. 그래야 충성심이 생기는 거라면서.

하지만 장 비서에게 감사의 인사는 물론 저 아가씨에 대해 이야기해선 안 되리라. 저 아가씨는 그에게 접근하면 안 된다는 당부를 들었는데 그걸 어긴 것이니까.

그렇다고 저 아가씨와 직접 얼굴을 마주하고 싶진 않았다. 부끄러운 모습은 충분히 보여줬으니까. 다시 마주하게 된다면 평소의 제대로 된 얼굴을 보여주리라. 그래야 좋은 인상을 줄 수 있으니까.

강현은 바로 그 지점에서 생각을 바꿨다.

좋은 인상을 줄 필요는 없다. 상대는 비서의 딸. 얼마나 예쁘던 간에 그가 눈길을 줄 만한 배경을 가지지 못한 존재.

신경 쓰지 말자. 무시하자.

강현은 뒤돌아보지 않은 채 조용히 부산역으로 갔다. 기차에 탑승한 뒤 좌석에 몸을 깊게 묻고 눈을 감았다.

눈을 뜨고 그 예쁜 아가씨가 기차에 탔는지 확인하고 싶다. 아침 햇살 아래에서도 그 귀여운 눈이 반짝이는지 보고 싶다.

그러나 그래서는 안 되리라.

강현은 서울로 올라오는 내내 차가운 손수건을 눈에 대고 있었다. 부은 눈을 가족들에게 보여줄 순 없었다.

꼿꼿하게 뒤를 돌아보지 않은 채 본가로 돌아간 강현을 맞은 건 평소와 같은 가족들이었다. 그는 미소를 지으며 현실 속으로 다시 들어갔고, 며칠 뒤 MBA 과정을 밟기 위해 미국으로 떠났다. 그리고 그곳에서 예쁜 아가씨를 다시 보게 되었다.

2

이름이 뭘까? 몇 살일까?

관심을 가져서는 안 되었다. 강현은 비서의 딸이 EH그룹에 어울리지 않는다는 것을 잘 알았다. 그는 비천한 출생을 상쇄시켜 주고 그룹에 도움이 되는 힘 있는 가문의 여자와 결혼할 예정이다.

원래 할머니와 할아버지는 유학 가기 전에 결혼부터 하라고 하셨다. 마음 편하게 공부할 수 있도록 뒷바라지해 줄 수 있는 사람이 필요한데다가 그의 가문은 손이 귀한지라 어서 증손주가 생기길 바라는 마음 때문이었다. 그러나 어머니가 그에게 걸맞을 거라며 알려준 몇몇 주요 집안의 여식들은 아직 어릴뿐더러 강현이 A 업체에 다닐 때는 너무 바빠서 여자를 만날 시간 자체가 없었다.

2년 후쯤 MBA를 끝내고 한국으로 돌아가 EH그룹에 입사한 뒤에 적절한 상대와 결혼하게 되리라. 어머니가 정해준 후보 가운데 한 명과 평생 살아가게 될 터이다.

어머니께서는 아들이 진심으로 사랑하는 여자라면 배경은 상관없다고 하셨지만, 강현은 그 말을 100퍼센트 믿지 않을뿐더러, EH그룹의 안주인에게는 마땅한 힘이 있어야 한다고 생각했다.

그룹에 어울리는 배경을 가진 여자를 만나, 그 여자만 사랑할 것이다. 아버지의 전철을 밟아 더럽게 여자 문제를 일으킬 생각도, 사생아를 만들 생각도 전혀 없다.

EH그룹의 후계자로서 장차 그룹을 물려받아 더 발전시킬 것이다. 그러기 위해서 필요한 건 더욱 든든한 발판이 되어줄 배경을 가진 여자였다. 겨우 비서의 딸이 아니다.

그런데 어째서 떠오르는 걸까?

A업체에 다니면서도 오랫동안 준비를 했으나 그렇다고 MBA 공부가 결코 쉬운 건 아니었다. 더군다나 그가 선택한 MBA는 전 세계 최고라고 할 수 있는 C대학이었다.

각오한 바이지만 확실히 힘들었다. 수업 내용은 만족스러웠으나 두 달이 지난 뒤에야 강현은 조금이나마 정신이 들었다. 겨우 휴식 시간이 주어지자 그는 간만에 푹 자고 일어나 다운타운으로 나갔다.

맛있기로 소문난 곳에서 식사하고 느긋하게 카페에서 커피를 마시는 강현에게 다시금 기억이 떠올랐다.

장 비서의 딸.

이해할 수 없는 일이다. 약 두 달 전 부산에서 아주 잠깐 만났을 뿐이다. 더군다나 정상적인 상황도 아니었고 부끄러운 모습을 보여줬다.

그런데 공부하느라 바쁜 와중에서도 잊을 만하면 떠오르고 또 떠올랐다. 마치 전날 오후부터 새벽까지 그의 곁을 지켰던 해운대의 파도 같았다. 먼 곳으로 밀려갔다 싶으면 다시 가까이 오는 존재.

물론 상당한 미인이긴 했다. 그러나 비서의 딸 따위 이렇게 거듭 되새김질할 이유가 없었다. 그에겐 정해진 미래가, 정해진 여자가 있다.

강현은 짧게 한숨을 내쉬고는 운동이나 해야겠다고 생각하며 자리에서 일어났다. 투명한 문 너머로 어떤 사람이 이마까지 올라올 만큼 높이 쌓은 책을 손에 들고 다가오는 게 보였다. 강현은 서둘러 걸어가 대신 문을 열어주며 옆으로 비켜섰다. 여자가 씩씩하게 영어로 소리쳤다.

〈고맙습니다!〉

맑고 청아한 목소리다. 20대 동양인 여자의 것.

어디선가에서 들어본 듯한 기분에 강현은 그 자리에 우뚝 멈춰 선 채 자신을 스쳐 지나가는 여자를 보았다.

늘씬한 몸매에 반들거리는 우윳빛 피부, 가슴까지 내려오는 결 좋은 새까만 머리카락에 오밀조밀하면서도 예쁜 이목구비.

그녀다!

강현은 즉시 알아보았다. 그는 저도 모르게 손을 뻗었으나 여자가 앞만 보고 성큼성큼 걸어가자 붙잡지 못했다.

〈주! 와, 대단하다. 이걸 다 어떻게 들고 온 거야?〉

여자가 몇 걸음을 더 걸었을 때 구석에 있던 다섯 명의 여자가 튀어나왔다. 동양인 둘, 백인 하나, 흑인 하나, 남미인 하나로 다양한 인종인 그들의 얼굴은 감탄과 놀라움으로 가득했다.

〈진짜 힘세네.〉

〈장난 아니다.〉

여자는 혀를 내두르는 친구들에게 씩 웃어 보이고는 손을 앞으로 내밀어 테이블 위에 책을 올렸다. 쿵 하는 소리가 났다. 여자는 열 손가락을 물결치듯이 움직이며 연설조로 내뱉었다.

〈너희들은 힘의 여신에게 경배를 올려라!〉

여자들이 낄낄대기 시작했다.

〈오오, 여신님, 대단하십니다!〉

〈경배 대신 커피를 바치겠습니다!〉

〈야, 커피 가지고 안 되지. 스테이크가 더 낫지?〉

몇몇은 두 손을 기도하듯 붙잡은 채 여자에게 열렬하게 말했고, 상당한 미인인 흑인 여자는 배를 붙잡고 웃기만 했다. 여자는 웃는 친구들을 밉지 않게 흘겨보다가 흑인 여자에게 말했다.

〈뭐야, 첼시? 넌 힘의 여신님께 아무것도 안 바치겠다 이거야?〉

〈난 저번에 약속한 대로 남자를 바치겠습니다! 약속 잊지 않았…….〉

첼시라 불린 흑인은 말하다 말고 눈웃음을 지었다. 강현은 그녀가 자신을 쳐다본다는 것을 그제야 깨달았다. 그가 어떤 행동을 하기 전, 첼시가 은근하게 물었다.

〈혹시 주에게 반한 건가요?〉

강현은 어떤 반응을 보여야 할지 알 수 없었다. 그가 멍하니 쳐다보기만 할 때 '주'라고 불린 여자가 몸을 돌려 강현을 바라보았다. 여자의 눈이 보름달처럼 커졌다.

"도련님!"

도련님?

어릴 때부터 고용인들에게 들은 호칭이고, 현재까지도 듣고 있으며, 두 달 전에도 그렇게 불리긴 했다. 그러나 갑자기 상당히 거북했다.

"여긴 어쩐 일이세요?"

강현은 목기침을 한 뒤 입을 열었다.

"그건 내가 할 말인데요. 여긴 어쩐 일이지요? 혹시 지난번처럼 장 비서님이 부탁하신 건가요?"

"네? 아버지요? 아뇨, 그 부탁은……."

여자는 잠시 눈을 또르르 굴리다가 잽싸게 이어 말했다.

"그냥 그때뿐이었어요. 전 여기 학교 다니거든요."

"C대학이오?"

강현은 크게 놀라서 물었다. 어떻게 C대학에 들어올 수 있었냐는 뉘앙스가 기분 나쁘게 들릴 수도 있었으나 여자는 웃으면서 답했다.

"네, 영문학 박사 1년차예요. 저 공부 잘해요. 전액 장학금에 생활비도 받고 있답니다. 대단하죠?"

“네, 대단해요.”

강현은 진심으로 말했다. C대학은 장학금에 후한 편이지만 그건 어디까지나 영주권이나 시민권을 가진 사람을 대상으로 한 것이기에 외국인이 저런 조건으로 석사를 밟는 건 보통 인재가 아니라는 뜻이었다.

“제가 좀 대단하죠.”

여자는 다시 씩 웃더니 두 팔을 허리에 척 걸쳤다. 뽐내는 행동이었으나 한편으로는 부끄러운 듯 두 뺨은 발갛게 익은 상태였다.

정말 귀여웠다.

〈얘, 주, 아는 사람이야?〉

〈소개 좀 시켜주지?〉

무슨 말인지 알아듣지 못한 다섯 명의 여자들이 여자를 툭툭 치면서 은근하게 속삭이기 시작했다. 여자는 뭐라고 소개해야 할지 모르겠다는 표정이 되었다. 눈을 계속 또르르 굴리는 모습도 굉장히 귀여웠다. 강현은 웃음을 참으며 입을 열었다.

〈한국에서 잠깐 알던 사이입니다. 강현 신이라고 합니다.〉

“난 여기선 주라고 불려요. 장현주예요.”

“이름도 예쁘군요.”

강현은 저도 모르게 내뱉은 말에 당황했으나, 현주의 얼굴이 새빨갛게 달아오르는 것을 보고는 더 놀라고 말았다.

〈얘, 무슨 말을 들었는데 얼굴이 그래?〉

〈너 얼굴 토마토 같아.〉

친구들이 놀리는 가운데 현주는 쌩하니 카페 밖으로 도망쳐 버렸다.

남겨진 친구들과 강현은 잠시 어안이 벙벙한 채로 서 있었다. 친구들은 눈만 깜빡이다가 웃음을 터뜨렸고, 그중에 첼시가 은근하게 캐물었다.

〈뭐라고 말했기에 우리 주가 부끄럼쟁이가 되어서 도망간 거예요?〉

강현은 답을 할 수가 없었다. 얼굴이 달아오르는 기분이 들자 그는 고개를 살짝 숙여 다섯 명의 여자에게 목례하고는 카페 밖으로 나갔다. 왠지 귀신에게 홀린 기분이지만 기쁘고 즐거웠다.

"장현주……."

강현은 미소 지으며 걷기 시작했다.

다시 만날 수 있을까?

일주일 뒤 강현은 소망대로 현주와 재회했다. 그동안 시간이 날 때마다 이 카페에 방문한 덕분이었다.

커피를 좋아하는지 손에 커피잔을 쥔 현주의 눈이 반짝거렸다. 강현은 별이 떠올랐다. 어두운 밤하늘을 밝히고 여행자들에게 위치를 알려주는 고마운 존재. 강현은 다가가지 않을 수 없었다.

"안녕하세요."

"안녕…… 꽥!"

그를 돌아본 현주는 오리처럼 비명을 지르고는 두 손을 번쩍 들었다. 손에 들고 있던 커피가 그의 상의에 쏟아지는 건 이어지는 수순이었다. 다행히 뜨거운 종류가 아니었으나 강현은 순간 온몸에 소름이 돋았다.

"헉! 죄송해요! 죄송해요, 도련님!"

현주는 얼굴이 새파랗게 질리더니 연신 허리를 숙였다. 몇몇 사람들이 쳐다보는 가운데, 한국인으로 보이는 사람들이 피식 웃는 소리도 들렸다. 도련님이라는 호칭 때문이리라.

"오빠라고 불러요."

"네?"

강현은 뒷주머니에서 손수건을 꺼내서 얼굴을 닦으며 답했다.

"도련님 말고 오빠라고 부르라고요."

현주는 여전히 당황한 기색이 역력했으나 딱 잘라서 되물었다.

"그건 힘들어요. 동갑인데 어떻게 오빠라고 불러요?"

강현은 방금 커피를 뒤집어쓸 때만큼 놀랐다.

"동갑? 스물여덟이라고요? 그 얼굴로?"

"제가 한 동안 합니다. 후훗, 앗, 이렇게 웃을 때가 아니지."

현주는 품에서 손수건을 꺼내 아직 커피가 묻어 있는 그의 가슴에 댔다. 조심스러우면서도 꼼꼼한 손길은 점점 밑으로 내려가더니 허리까지 갔다. 더 밑으로 갈 것 같아 강현은 서둘러 현주의 손목을 붙들었다.

"괜찮, 괜찮아요. 그만 닦아도 됩니다."

"네? 하지만 아직⋯⋯."

말하면서 밑을 쳐다보던 현주는 위치를 보더니 새빨간 얼굴로 고개를 위로 들었다.

"죄송해요."

"그만 사과해도 돼요. 흠, 흠."

강현도 얼굴에 열이 오르는 기분이 되었다. 그는 목기침을 했다.

"난 이만 가볼게요. 다음에 만날 때는 그렇게 놀라지 말아요."

"네, 도련님."

"도련님이 아니라 그냥 강현이라고, 이름으로 불러줘요."

"……네."

현주는 아주 쑥스러워하는 표정이었다. 발갛게 일어난 두 뺨은 잘 익은 복숭아 같았다. 먹음직스러운, 한입만 깨물면 달콤한 즙이 새어 나올 것 같은 과일.

이래선 안 된다.

강현은 곧바로 몸을 돌렸다. 집으로 간 그는 옷을 갈아입기 전에 샤워를 간단하게 하려고 했지만 현주가 떠올라 그러지 못했다.

비서의 딸에게 이래선 안 된다.

잘 알고 있었다. 그러니 그는 다음날도 카페로 가서 현주와 마주치기를 기다렸다. 며칠 뒤 현주가 왔다.

"놀라지 마요. 안녕."

그는 인사하기 전에 경고 아닌 경고를 했고, 현주는 이번에는 놀라지 않고 방긋 웃으면서 인사했다. 반짝이는 눈빛은 정말 예뻤다.

"식사하러 갈래요?"

미처 생각하기도 전에 튀어나온 말이다. 이 순간 강현의 머릿속에 가득한 건 현주가 신청을 받아주지 않으면 죽을 것 같다는 터무니없는 생각뿐이었다.

현주는 눈을 한번 깜빡이고는 다시 환하게 웃으며 답했다.

"네, 뭐 먹을까요?"

강현은 말이 나오질 않았다. 입을 열었다간 기쁨으로 쿵쾅거리는 심장이 밖으로 튀어나올 것 같아 그는 손으로 입술을 가리다가 목기침을 했다.

"음, 현주가 좋아하는 것. 현주라고 불러도 돼요?"

"네. 아, 말 낮출래요? 동갑이잖아요."

"정말 그렇게 안 보이는데. 해운대에서는 이십대 초반인 줄 알았어."

"내가 좀 동안이지. 히히."

현주의 웃음소리는 쾌활했다. 강현은 귀가 간지러웠다. 아니, 뜨거웠다. 그는 미소 지으며 그녀를 따라갔고, 곧 근처의 식당으로 가게 되었다.

"생일이 언제야?"

"전공이 뭐야? 교수님은 누구야?"

"학사 과정도 C대학교에서 한 거야?"

질문은 끝도 없었다. 강현은 떠오르는 것을 계속 물었고, 현주는 그에게 미소를 지어주며 모든 질문에 답해주었다.

현주가 수업이 있기 전까지 이날 다섯 시간 동안 식당에서 서로만을 바라보며 질문과 답을 주고받은 게 바로 첫 번째 데이트였다. 그리고 다음날, 두 번째 데이트를 하게 되었다. 데이트는 세 번째와 네 번째, 그리고 끝없이 이어졌다. 그러면서 강현은 현주에 대해서 모든 것을 알아가기 시작했다.

스무 살 때 어머니가 음주 운전자에 의해 돌아가셨기에 술은 입에도 안 대고, 운전을 하긴 하지만 무서워한다는 것, 혼자가 된 아버지가 재혼하기를 내심 바란다는 것, 이란성 쌍둥이인 남자 동생 명주와 아주 친하며 내과 레지던트로 일하고 있는 명주를 아주 자랑스럽게 생각한다는 것.

대기업 사장의 비서인 아버지 덕분에 모자람 없이 풍족하게 성장했지만 너무도 바쁜 아버지의 정에 굶주려 있다는 것, 장학금과 생활비를 보조받지만 좀 빠듯한지라 공부하느라 바쁜 와중에서도 종종 번역 아르바이트를 하면서 돈을 모은다는 것, C대학교에서 박사 학위를 받고 영문학 교수가 되는 게 꿈이라는 것.

그리고 첫 키스는 한국에서 외국어대학교를 다닐 때 MT에서 술에 취한 선배에게 강제로 당했다고 한다. 너무나 화가 나서 상대를 그 자리에서 발로 차버렸고, 그 뒤부터는 남자들에게 신뢰가 안 가서 사귀자고 접근하거나 데이트를 신청하는 이들을 전부 모른 척했다고 한다.

"그런데 나는 왜?"

강현은 이름도 얼굴도 모르는 그 선배라는 작자에게 불같은 분노를 느끼면서 차분하게 물어보았다. 궁금했다. 현주가 데이트 신청을 바로 받아주고 그 뒤로 거의 매일같이 만나주는 이유가 알고 싶었다.

맞은편에 앉아 있는 현주는 눈을 가늘게 뜨고 팔짱을 낀 채 되물었다.

"몰라?"

"몰라. 그러니까 묻잖아."

"바보."

현주는 아주 작게 내뱉었으나 강현은 들었다.

"지금 바보라고 말한 거야?"

"흥."

"흥?"

현주는 이제 노려보고 있었다. 그러나 머리 하나는 더 작고 몸집은 2분의 1 수준의 여자가 팔짱을 낀 채 입술을 삐죽 내밀어봤자 강현은 전혀 무섭지 않았다.

"귀여워."

그는 그저 이렇게 느낄 뿐이었다. 현주의 얼굴이 다시금 뜨겁게 달아올랐을 때, 강현은 감정을 이기지 못하고 현주의 옆으로 옮겨 간 뒤 그녀의 뺨에 손을 댔다. 살결은 그동안 수없이 상상했던 것보다 훨씬 보들보들했다.

입술도 이렇게 부드러울까?

강현은 자석에 끌리듯 고개를 숙여 현주의 입술을 훔쳤다. 현주는 머뭇거렸으나 곧 열렬하게 응하기 시작했다.

세상에서 가장 달콤하고 뜨거운 키스. 언제나 현주의 입술은 이렇게 보드랍고 따뜻하고 사랑스러우리라. 당시 강현은 그렇게 생각했다. 그게 착각이라는 사실을 몇 년 뒤에나 깨닫게 된다는 것을 그때는 몰랐다.

현재.

아프다.

시간이 흐를수록 어깨의 통증은 심해졌다. 돌이 짓누르는 것처럼 무겁고 욱신거리다 못해 이제는 불에 달군 바늘이 쑤시는 것 같았다.

그러나 강현은 이제까지 그래 왔던 것처럼 엷은 미소를 지은 채 진지한 눈빛으로 회의실 중앙에 서서 발표 중인 사람을 응시했다.

"……에 따르면 작년 대비 온실가스 원단위 배출량을 40퍼센트 절감하였고……."

귀에 잘 들어오질 않았다. 그리고 알아보기 쉽게 만들어져 벽 한 면 전체에 투영된 색색의 보고서도 잘 보이질 않았다.

"글로벌 지속 가능 경영 100대 기업에 87위로 선정되어 2년 연속 이름을 올렸습니다. 이 쾌거는……."

통증을 어누르기 위해 강현은 의자 밑으로 주먹을 쥐었다 폈다. 하지만 생각만큼 몸이 움직이질 않았고, 복식호흡을 하려고 했지만 그것마저도 쉽지 않았다. 고통은 더욱 격심해졌다.

"……합니다. 그러니……."

"……그래서……."

"모두 수고하셨습니다."

다른 목소리는 전부 고장 난 라디오처럼 끊기면서 들리는 가운데, 단 하나의 목소리만 정확하게 강현의 머릿속에 꽂혔다.

어머니이자 EH그룹의 사장 한은희의 것.

회장이 있지만 그룹을 실질적으로 움직이는 총수는 전(前) 회장 신군수의 며느리이자 전(前) 사장인 신우찬의 부인인 한은희였다. 남편이 사망하기 전에도 경영 수업을 받긴 했으나 크게 존재감이 없던 여자는 26년 전에 미망인이 되자마자 사업에 깊숙하게 뛰어들었다. 당시만 해도 여자가 뭘 할 줄 알겠냐면서 별의별 소문도 나고 그룹 전체도 흔들렸으나 현재 그런 말을 하는 사람은 전혀 없다고 봐도 무방했다.

한은희는 EH그룹을 전 세계에서 알아주는 대기업으로 키워낸 여걸 중의 여걸이라 불렸다. 50대 중반인 현재 아직도 고운 미모를 간직하고 있어 재계의 여신이라는 별명도 붙어 있는 존재, EH그룹의 절대자.

"다들 그만 가보세요."

한은희 사장이 회의의 끝을 알리는 말을 내뱉자마자 모여 있던 수십 명의 임원진은 일사불란하게 회의실에서 빠져나갔다. 강현 또한 그럴 생각이었으나 통증 때문에 일어나지 못했다.

"신 이사."

드넓은 회의실에 남은 건 은희와 강현, 그들의 수행비서뿐이었다.

"컨디션이 나빠 보이는군요."

그러나 언제나처럼 회사 안에서 은희는 직위로만 아들을 불렀다. 존댓말을 사용하는 건 물론이다.

존댓말은 상대를 존중하는 뜻에서 쓰는 것이다. 하지만 지금 이 순간 강현은 아득한 거리감을 느낄 뿐이었다.

"건강관리는 기본입니다. 신 이사, 오늘은 이만 퇴근하는 게 어떨까요?"

냉정한 목소리였으나 강현은 어머니가 걱정하고 있다는 걸 잘 알았다. 하지만 강요처럼 느껴졌다.

난 오늘따라 왜 이렇게 뒤틀려 있는 건가.

"그러겠습니다."

강현은 평소처럼 사장이자 어머니의 말에 고개를 끄덕이며 따르겠다고 말했다. 통증은 여전했으나 다행히 목소리가 나왔다. 하지만 어머니의 귀를 속일 순 없었다.

"목소리가 왜 그런가요? 어디 아픈 겁니까?"

또각또각 소리가 나더니 은희가 다가와 아들 앞에 섰다. 강현은 새벽부터 쉼 없이 일을 했을 텐데 머리카락 한 올 흐트러지지 않은 어머니에게 엷게 미소 지었다.

"아닙니다. 이만 들어가겠습니다, 사장님."

다행히 몸이 움직였다. 그는 한 걸음 뒤로 물러나 허리를 숙여 사장에게 깍듯하게 인사하고는 몸을 돌렸다.

"잠깐."

강현은 멈춘 채 뒤돌았다.

"엊그저께 이우연 양에게 문병을 다녀왔다고 들었는데, 어땠나요?"

은희는 평소의 얼굴이었다. 감정을 읽을 수 없는 특유의 그 무표정.

"만나지 못했습니다. 쉬어야 한다고 하더군요. 내일쯤 다시 가 볼 생각입니다."

강현은 사실대로 대답했고, 은희는 알았다는 듯 고개를 끄덕였다.

"꼭 그러세요."

"네."

강현은 재차 답한 뒤 나왔다. 그는 사무실이 아니라 지하의 임원 주차장으로 향했다. 짙게 선팅된 차 안으로 들어가 외부 사람이 그를 보지 못하는 상황이 된 뒤에야 강현은 참고 참았던 한숨을 흘렸다. 아니, 한숨이 아니라 고통이 깃든 신음이었다.

운전기사와 조수석에 앉은 손 수행비서는 아무 말도 하지 않았지만, 강현은 십여 분 뒤 차가 집으로 가는 게 아니라는 사실을 깨달았다.

"병원으로 가겠습니다."

강현이 질문하기 전 수행비서가 빠르게 입을 열었다.

"또 어깨에 통증이 있으시지요? 진찰 예약해 뒀습니다. 제대로 진료받으셔야 합니다."

"그럴 필요 없습니다. 다시 집으로, 아니, B병원 맞지요?"

EH그룹의 지정 병원이다. 이틀 전 문병을 위해 방문했던 곳, 그리고 예상치 못한 누군가와 재회한 곳.

"네."

"그럼…… 갑시다."

운전기사와 손 수행비서의 표정은 볼 수 없었으나 강현은 순순히 병원으로 가는 자신의 반응을 의외라고 생각한다는 것을 알 수 있었다. 아니면 더 걱정하는 게 분명했다. 그만큼 그의 통증이 심각하다고 판단한 건지도.

그 말은 맞았다. 이 고통은 심해지면 어깨 전체를 불로 지지는 것 같은 느낌이 들 정도였다. 그러나 1년 반 전에 정밀 진단을 한 결과 특별한 원인이 없었다.

즉, 심리적인 스트레스 때문이었다. 하지만 대기업의 후계자가 스트레스를 안 받을 수는 없는 법.

"이건 직업병이란다. 할머님과 할아버님께서 걱정하실 테니 관리 잘하렴. 이런 관리도 네 의무야."

당시 어머니가 하신 말씀이었다. 강현 또한 옳은 말이라고 생각했고, 그 뒤로 스트레스가 어느 정도 쌓인다 싶으면 스쿼시나 어렸을 때부터 배운 킥복싱같이 활동량이 많고 거친 운동을 하면서 풀었다. 그러나 최근 격무에 시달린데다 예상하지 못한 일이 터진 상황이었다.

병원에 입원해 있는 사람, 거기다가 병원에서 우연히 마주친 사람…….

이번에는 후자의 사람을 병원에서 만나지 못했다. 예상했던 바지만 실망감이 밀려들었다. 강현은 진료를 받은 뒤 약을 받고 집으로 돌아오는 내내 무거운 침묵을 지켰다.

손 수행비서는 어깨 통증을 낮춰줄 물리치료기를 켜주었다. 뜨거운 것이 돌처럼 단단한 부분을 부드럽게 매만지기 시작하자 강현은 안도의 한숨을 내쉴 수 있었다. 그는 손 수행비서가 옆에 물과 약을 내려놓는 것을 바라보며 물었다.

"결과 나왔습니까?"

병원에 입원해 있는 사람, 이우연에 대해 묻는 거라는 걸 잘 알리라. 손 수행비서는 즉시 답했다.

"아직 100퍼센트 정확한 건 아닙니다. 그러나 마약으로 인한 자해로 추정됩니다."

"마약?"

"네. 간호사의 말에 따르면 몸에 투약 증거가 남아 있다고 합니다. 프랑스 유학 시절에도 한 것 같아서 조사 중입니다."

"수고하셨습니다."

손 수행비서는 이만 나가보라는 뜻을 알아듣고는 고개를 숙여 인사한 뒤 몸을 돌렸다. 강현은 손 수행비서가 현관문을 열기 직전 입을 열었다.

"손 비서님, 한 가지 더 조사를 부탁하겠습니다."

"말씀하십시오."

강현은 마른 입술을 열었으나 말이 나오질 않았다. 그는 한참 뒤에야 소리 냈다.

"궁금합니다. 하지만…… 하지 않아야 할 일입니다. 양심이 있는 사람이라면, 절대 해서는 안 되는 일입니다."

"저는 법적인 부분이나 도의적인 부분은 신경 쓰지 않습니다. 제가 중요하게 생각하는 건 이사님의 의향입니다."

손 수행비서의 담백한 목소리에는 딱 한 가지 감정만이 깃들어 있었다. 무조건적으로 상사의 지시를 받드는 사람의 충성심.

"알고 싶으시다면 그걸로 충분합니다."

"장현주."

결국 강현은 현주의 생년월일을 말한 뒤 이렇게 내뱉고야 말았다.

"지금 어디에 살고 있는지…… 그것 하나만 알아봐 주세요."

3년 전.

현주가 전화를 받질 않자 강현은 길게 한숨을 내쉬었다.

이해 못하는 건 아니다. 현주는 정말 바빴다. 장학금에 생활비 보조까지 받는 조건이라는 건 교수 밑에서 이른 새벽부터 늦은 새벽까지 열심히 굴러야 한다는 뜻이니까.

더군다나 현주는 인종을 막론하고 인기가 좋았다. 보통 유학생들, 특히 동양인들은 조용하고 자기들끼리만 어울리는 편이다. 그러나 현주는 워낙 쾌활하고 발이 넓은 타입이라 그런지 교수에게 그렇게 부림을 당하면서도 여기저기 여러 인종의 친구들이 아주 많았다. 전화도 자주 오고 자주 만나기도 하고 정말 인기인이었다.

그리하여 데이트를 하는 게 쉽지가 않았다. 물론 그렇게 바쁜 와중에도 현주는 강현에게 하루에 한 번 이상 연락을 했고, 며칠에 한 번씩은 꼭 만나곤 했지만 그래도 강현은 갈수록 답답해졌다.

더 많은 것을 원한다. 현주의 목소리를 더 듣고 싶고, 미소를 더 보고 싶다. 그 보드라운 입술을 더 길고 뜨겁게 맛보고 싶을뿐더러……

매일 새벽 눈을 뜰 때마다 강현은 현주를 떠올렸다. 한 침대에서 깨어나 하루를 함께 시작할 수 있다면 얼마나 좋을까? 아쉬움과 안타까움, 그리고 갈망이 너무나 커서 심장이 저릴 정도로 아팠다.

강현은 아침 식사를 거르고 움직였다. 식사를 준비해 주는 도우미가 엊그저께 갑자기 그만둔지라, 새 도우미가 오는 건 내일부터였다. 한마디로 오늘도 그가 알아서 챙겨 먹어야 한다는 뜻인지라 귀찮았다.

식사를 하지 않은 사실이 조금 마음에 켕기긴 했다. 어제 통화를 할 때 아침을 안 챙겨 먹었다고 현주가 걱정했기 때문이다.

오늘은 현주를 만날 수 있을까?

강현이 미간을 찌푸린 채 심각하게 생각하며 현관문을 열 때였다. 집 앞 주차장에 낯익은 조그만 차가 섰다. 현주의 차가 분명했다.

"어이!"

현주가 환하게 웃으며 차에서 튀어나왔다. 이렇게 아침 일찍 현주를 보게 되자 강현은 심장이 평소보다 더 환하게 두근거렸다. 그는 성큼 걸어가서 두 손으로 현주를 껴안았다.

"어머, 내가 이렇게 좋아?"

현주는 깜짝 놀란 듯했으나 놀리듯 한마디 했다. 강현은 좀 더 안았다가 놓으며 속삭였다.

"좋아."

그는 이어 깊게 키스했다. 대기하고 있는 운전기사가 볼지도 모른다는 건 잘 알았으나 그러지 않을 수 없었다. 엊그제 저녁에 헤어진 뒤부터 지금까지 갈구했던 것이니까.

"아침부터 야하기는……."

발간 얼굴의 현주는 밉지 않게 눈을 흘기면서 그의 가슴을 콩 소리가 나게 쳤다. 강현이 다시 키스하자 그녀는 어깨를 툭툭 쳐서 물러나라고 신호했다.

"시간 없어. 자, 들어가서 밥 먹자. 20분이면 될 거야."

"밥?"

"응. 우리 강, 또 아침 안 먹었을 게 뻔해서 챙겨왔어. 시간 없으니 얼른 먹자."

강현의 눈은 키스 받느라 현주가 바닥에 떨어뜨린 종이상자에, 귀는 새로운 호칭에 집중되었다.

"우리 강?"

"강현아, 그러는 건 안 특별하잖아. 가끔 이렇게 우리 강이라고 부를 거야. 히히."

현주는 평소보다 더 재빠르게 움직였다. 종이상자에서 커다란 도시락을 꺼내 부엌 서랍에서 빼낸 그릇에 담더니 순식간에 세팅을 마쳤다.

"자, 먹읍시다!"

보온병에서 나온 국은 물론 도시락의 반찬과 밥 모두 아직 따끈했다. 강현은 뭔가를 말하고 싶었으나 목이 메어오자 그럴 수가 없었다. 그는 깨끗하게 해치웠다.

"맛있었지?"

강현은 고개를 끄덕였다.

"내가 좀 요릴 잘해."

잘난 체를 하듯 손을 허리에 둔 채 어깨를 으쓱이는 현주의 두 뺨은 붉었다. 이제 강현은 현주의 저런 행동이 쑥스러움을 숨기기 위한 장난이라는 것을 잘 알았다.

"우리 강, 어서 가야지? 자, 얼른 나가자."

현주는 강현이 싹 비운 그릇을 싱크대에 순식간에 몰아넣고는 가져온 도시락도 종이상자에 파다닥 넣고 자리에서 일어났다.

"현주야, 오늘도 바빠?"

"우리 주라고 해야지."

"응?"

"강현은 이제 우리 강이잖아."

현주는 손가락으로 그의 가슴을 콕 찌르며 눈을 흘겼다. 강현은 목기침을 한 뒤 입을 열었다. 얼굴이 벌겋게 달아올랐다.

"우, 우리 주, 오늘도 바빠?"

"응. 랩에 늦게까지 있어야 해. 하지만 낼은 괜찮으니까 저녁 같이 먹자. 내가 만들어서 가져올게."

현주는 한쪽 눈을 찡긋거렸다.

"지금 윙크한 거야?"

“응. 귀엽지?”

강현은 피식 웃고는 현주와 손을 마주 잡은 채 차 앞까지 걸어갔다. 몇 걸음 안 되는 거리가 이렇게 아쉬울 수가 없었다.

보내고 싶지 않다. 그러나…….

“현주야, 그럼 내일 만나.”

“이대로 그냥 보내려고?”

“응?”

“고갱님, 밥값 주셔야죠.”

강현이 고개를 갸웃거리다가 지갑을 꺼내자 현주는 눈을 흘기더니 손가락 끝으로 그녀의 입술을 가리켰다.

“고갱님, 눈치가 없으시네요. 밥값은 여기다 주셔야죠.”

강현은 저항할 수 없었다. 집 앞이라는 사실도 잊고 그는 현주가 바라는 값을 치렀다. 뜨겁게, 깊게.

떨어지고 싶지 않다. 더 안고 싶다. 계속 함께 있고 싶다. 계속…….

강현은 품에 쏙 들어오는 현주를 더욱 꼭 안았다가 풀어주었다. 수업에 들어가야 했다. 그게 그의 현실.

“내일 봐.”

아쉬움의 한숨을 삼키며 강현은 다시 키스하고 현주를 풀어주었다. 키스한 뒤 항상 그러하듯 현주는 복숭아처럼 발간 얼굴이다. 그녀는 발끝을 들어 그의 뺨에 도장을 찍더니 씩 웃고는 손을 흔들며 차에 타고 사라졌다.

고독감이 밀려왔다. 현주가 곁에 없다는 사실 하나만으로 이 세상에 혼자 서 있는 기분.

"조금만 참으면 돼."

빠르게 나갈 준비를 하면서 강현은 스스로를 위로했다.

조금만 참으면 된다. 내일 저녁에 만날 수 있다. 다시 품에 안을 수 있다.

강현은 꿈틀거리기 시작한 마음을 짓누르며 차로 갔다. 운전석에는 아까부터 대기하고 있던 운전기사가 앉아 있었다. 기사가 바로 출발하기 위해 운전대를 붙잡았을 때, 강현이 싸늘하게 입을 열었다.

"어떻게 처신해야 되는지 잘 알고 계실 거라 믿습니다."

"물론입니다. 아무 말도 하지 않았습니다."

기사는 바짝 언 목소리로 즉각 대답했고, 강현은 안도하는 자신을 발견했다.

어머니는 아직 현주의 존재를 모르시리라. 그래야 했다. 만약 알게 되시면…….

현주 덕분에 태양처럼 환하게 빛나던 심장이 돌덩이가 되어 바닥으로 떨어질 것 같았다. 강현은 서둘러 생각을 중단했다. 불길한 생각 따윈 해서는 안 된다. 그러나 그가 해서는 안 되는 일을 하고 있는 건 사실이다. 그럼에도…….

현주를 원한다. 그래서 그녀에게 미안했고, 어머니에게 죄송했다.

강현은 몇 가지로 갈라진 감정 모두를 밀어내지 못했고, 행동으로 표출했다. 다음날 저녁, 현주가 오자 즉시 품에 꼭 껴안았다.

“내가 그렇게 반가워?”

강현은 답 없이 현주의 목과 어깨 사이에 얼굴을 묻었다. 어느새 익숙해진 상큼한 레몬 향의 부드러운 머리카락이 그의 얼굴을 간질였다. 그러나 간지러움보다 더 강한 욕망이 오늘도 그의 육체를 강타했다.

강현은 욕망을 억누르기 위해 심호흡을 한 뒤 천천히 고개를 들었다. 발간 뺨의 현주는 오늘따라 더욱 사랑스러웠다. 특히 청명한 호수 같은 눈동자는 깊고 깊어서 빠지면 헤어나지 못할 것 같았다.

그래선 안 되었다. 강현은 금방이라도 뻗어 나갈 것 같은 손을 뒤로 감추며 식탁으로 가서 앉았다. 현주가 짧게 아쉬움의 한숨을 내쉬는 게 보였다.

실망하는 건가? 어째서? 혹시 나를…… 원해서?

강현이 깨달은 사실에 전율을 느낄 때, 현주는 방긋 웃고는 전날 아침에 그랬던 것처럼 순식간에 식탁을 세팅했다.

“고객님, 오늘의 저녁 식사 메뉴는!”

현주가 커다란 냄비의 뚜껑을 열면서 소리쳤다.

“삼계탕입니다!”

냄비 안에는 맛있는 냄새를 풍기는 닭 두 마리가 곱게 들어가 있었다. 현주는 국자로 닭을 떠서 그의 앞에 놔주었다.

“자, 고객님, 맛있게 드세요!”

“네, 맛있게 잘 먹겠습니다.”

강현은 말한 그대로 맛있게 잘 먹었다. 가사도우미가 요리해 주기에 미국에 와서도 한식을 잘 먹었으나 이렇게 맛있는 건 정말 간만이었다.

"고갱님, 잘 드셨습니까?"

"네. 그런데 왜 자꾸 고객이 아니라 고갱이라고 부릅니까?"

"요즘 유행어잖아. 우리 강, 유행어 몰라?"

세 음절의 우리 강은 다시 강현의 얼굴을 붉게 만들었다. 별것 아닌 애칭인데도 이해할 수 없는 현상이다. 기분이 좋으면서도 야릇하다고나 할까.

그녀가 이런 애칭으로 부르는 건 신강현 딱 한 남자뿐일 터. 오로지 자신뿐이라는 사실 때문에 강현은 순간 아찔할 정도였다.

장현주에게 신강현이 그만큼 특별하다는 뜻이니까.

이전에 현주가 흘리듯 말한 적이 있었다. 요리하기 귀찮고 바빠서 웬만하면 딱 밥에다가 계란프라이 하나만 얹어서 먹는다고.

그런데 현주는 바쁜 와중에도 시간을 들여 이렇게 직접 음식을 만들어주었다. 그를 위해서.

나를 정말 깊게 생각한다는 증거. 그만큼 나를 원한다는…….

몸이 뜨거워지자 강현은 서둘러 생각을 접고 말했다.

"잘 먹었어. 바쁠 텐데 고생했네, 시간도 꽤 걸렸을 텐데. 정말 고마워."

"그냥 닭 사다가 재료만 넣으면 땡인걸."

현주가 별것 아니라는 듯 손을 내젓자 강현은 식탁 모서리에 숨겨두었던 것을 꺼내 그녀에게 내밀었다.

"삼계탕 값."

현주는 멍한 표정으로 손바닥만 한 벨벳 상자를 잠시 바라보기만 했다. 강현이 나서서 상자를 열었다. 안에는 그가 고심해서 고른 은은한 빛을 흘리는 진주목걸이가 들어 있었다.

"마음에 들어?"

"아, 저기, 너무, 너무 비싼 것 같아."

강현은 현주의 손을 들어 목걸이 위에 올렸다.

"현주야, 이건 내 마음이야."

"마음만 받으면 안 될까?"

기뻐하리라는 예상과는 달리 현주는 난처한 표정을 짓고 있었다. 그리고 뭔가 어려운 문제를 코앞에 둔 것 같은 표정이기도 했다.

"부담스러운 거니?"

"응, 사실…… 그래. 강현아, 나는…… 널 너 자체로만 바라보는 거지 네 집안을 보고 만나는 게 아니야. 네 집안의 이득을 얻고픈 생각은 추호도 없어. 비싼 선물 같은 거 싫어. 나는 그냥…… 그냥 네기 좋은 깃뿐이야."

이제 현주는 얼굴이 토마토처럼 새빨갛게 달아오른 상태였다. 그녀는 아주 잠깐 망설였으나 곧 결심한 듯 주먹을 꾹 쥐더니 천천히 입을 열었다.

"나 사실…… 아주 옛날부터 너 좋아했어."

현주의 목소리는 다소 희미했으나 강현은 전부 알아들었다. 한 음절 한 음절이 전부 새하얀 종이에 붉은 도장을 찍듯이 머릿속에 선명하게 박혔다.

"나, 네가 다닌 중학교 옆에 있는 학교에 다녔어. 너 잘생기고 공부도 잘해서 유명했는데…… 나도 애들이랑 같이 너 구경 갔다가…… 한눈에 반했어. 네가 아버지가 일하는 EH그룹의 도련님이라는 걸 안 뒤에는 마음을 접으려고 노력했지만 그게 잘 안 되더라. 시간이 한참 지난 뒤에도 마음 한구석에선 널 생각했어. 그러다가 부산에서……. 사실 그때 아버지께서 뒤에서 널 지켜보라고 부탁한 상대는 내가 아니라 내 쌍둥이 동생 명주였어. 명주가 친구들이랑 놀러 간다고 해서 내가 대신 갔던 거고……."

웅얼거리듯 말하던 현주는 잠시 고개를 떨구었다가 다시 들고 그와 시선을 마주했다. 오랜 감정을 풀어놓는 그녀의 얼굴은 부끄러움으로 새빨갰으나 눈은 당당하게 빛나고 있었다.

"널 정말 좋아해. 이렇게 사귀는 게 정말 행복해. 하지만…… 나는 네 위치를 알아. 난…… 네 미래에 욕심 없어."

이유는 알 수 없었으나 강현에게 갑자기 불같은 분노가 찾아왔다. 그는 자리에서 벌떡 일어나 맞은편에 앉아 있는 현주의 어깨를 붙들었다.

"욕심이 없다고? 욕심이 없다고?"

"그래, 그럴 수밖에 없잖아. 나는 바보가 아니야."

"정말 네가 바보가 아니라면!"

강현은 다른 손으로 목걸이를 움켜쥐고 현주의 얼굴에 들이밀었다.

"이거라도 받아! 나중엔 이거라도 남잖아!"

"나중에 남는 건 물질만이 아니야. 기억이 남잖아. 추억이, 행복했던 그 마음이 남잖아.”

강현은 현주가 어떻게 미소를 지을 수 있는지 이해할 수 없었다. 그녀는 정말로 행복한 듯 두 손을 그의 목에 두르고는 포근하게 껴안기까지 했다.

“이 느낌도 남을 거야. 이렇게 너를 안았을 때 느끼는 안정감과 두근거림이 나중에 내 마음에 남을 거야.”

“내가 널 안고 있을 때 느끼는 건 안정감과 두근거림이 아니야. 나는…….”

강현은 그녀의 어깨를 틀어쥔 손에 힘을 주어 뒤로 떠밀어 그녀가 그의 눈을 보게 만들었다.

“욕망을 느껴, 네 육체를 가지고 싶으니까. 너와 섹스하고 싶어. 섹스, 섹스 말이야!”

강현은 점점 거칠어지는 목소리만큼이나 자신의 눈동자가 거칠게 타오르고 있다는 것을 잘 알았다. 현주에게 이렇게 노골적으로 말하고 싶지 않았다. 아니, 그러고 싶었다. 그러면 현주는 겁을 먹고 물러날 테니까.

하지만 그녀는 그러지 않았다. 거칠게 틀어쥐어서 어깨가 아플 텐데도 노골적인 욕망만 내뿜는 남자에게 미소를 보여주었다.

“나도 너를 원해. 그래서…….”

말뿐이었으나 강현은 강펀치를 얻어맞은 기분이었다. 그가 아무 말도 하지 못할 때 현주는 다시 얼굴을 붉은색으로 물들이면서 중얼거렸다.

“그래서 오늘 기숙사에 안 들어갈 테니까 걱정하지 말라고 룸

메이트에게 이야기해 놨어.”

“안…… 들어갈 거라고?”

현주는 고개를 살짝 끄덕였다. 그녀의 분홍빛 입술이 확대되듯 강현의 시야에 들어왔다. 그는 눈을 질끈 감았으나 어둠 속에서도 볼 수 있었다.

그가 바라는 여자, 현주도 그를 원한다.

“강현아.”

그녀는 다시 가까이 다가와 그의 귓가에 속삭였다. 마치 약속하듯, 맹세하듯, 아니, 스스로를 세뇌시키듯.

“강현아, 나 후회 안 할 거야.”

“나는 후회할 거야.”

“내 선택이야.”

“그래…….”

강현은 더 이상 저항하지 않았다. 아니, 못했다.

“네 선택이야. 나는, 책임 없어. 책임 없어!”

비겁하다. 그러나 보드라우면서 뜨거운 여체를, 갈구하는 여자의 육체를 강현은 더는 거부하지 못했다. 그는 욕망에 완전히 굴복했고, 현주를 가졌다.

아니, 어쩌면 현주가 날 가진 것일지도.

다음날 새벽, 만족스러운 표정으로 곁에서 잠들어 있는 현주를 보면서 강현은 그런 생각을 했다. 어쩌면 자신이 그녀의 소유가 된 것인지도 모른다.

아니다. 이것조차 내 착각이다.

신강현의 소속은 EH그룹이다. 머리끝부터 발끝까지 그러했다. 비서의 딸이 가질 수 있는 남자가 아니다.

그러나………

이 여자의 남자가 되고 싶다. 이 여자만의 남자가 되고 싶다.

망상일 뿐이다. 이루어질 수 없는 헛된 생각. 그는 박강현이 아니라 신강현이니까. 생명을 구해주고 권력과 금력을 쥘 수 있는 드높은 위치까지 선사한 한은희의 아들이니까.

그래서 강현은 현주에게 기어이 진주목걸이를 주었다. 물론 현주는 받지 않았으나 그는 종종 비싼 무언가를 하나씩 구매해 상자에 넣어두었다.

헤어질 때 이것을 줄 것이다.

현주는 받지 않을 테고, 억지로 받게 될 경우 버리거나 다른 사람에게 주거나 할 터였다. 결코 갖지 않으리라.

강현은 그 사실을 잘 알았다. 그러나 그는 어쩔 수 없었다. 그저 선물을 사둘 뿐이다. 그가 할 수 있는 행동은 그것 하나뿐.

3

50여 평에 불과한 세미나실은 뜨거운 열기로 그득했다.

자신들의 창업 경험을 소개하는 두 명의 인도 학생은 물론이거와 그들의 프레젠테이션을 경청하는 학생들도 지극히 진중했으며 열망으로 그득한 표정이다.

"팀원을 고를 때 가장 중요한 건 무엇입니까?"

"투자는 어떤 시점에서 받는 게 가장 좋나요?"

프레젠테이션이 끝나자마자 학생들이 서둘러 질문을 쏟아냈다. 인도식, 아시아식, 유럽식, 남미식 등 천차만별의 영어로 나오는 질문은 창업에 대한 의지로 불타오르고 있었다. 그에 비해 가장 뒷줄에 앉아 그런 동료들을 바라보는 강현의 눈은 바람이 불지 않는 해수면처럼 조용했다.

창업은 신강현과 상관없는 문제였다. 물론 새로운 사업을 진행할 수는 있지만 근본적으로 EH그룹을 바탕에 둔 것이 되리라. MBA 동료들이 생각하는 의미의 창업이 아니었다.

내 길은 정해져 있다. 사업가로서도, 한 인간으로서도, 남자로서도.

한 번도 의심한 적 없는 미래이다. 여섯 살에 본가로 들어와 신강현이 된 순간부터 지금까지 다른 길을 원하게 될 거라는 상상은 단 한 번도 해본 적이 없다.

그러다가 현주를 만났다.

아무리 첫 연애이고 첫 여자라고 해도 강현은 모르지 않았다. 이 감정은 사랑이다. 깊고 오래도록 이어질, 시간이 얼마나 흐르든 쉽게 잊을 수 없는 감정.

그러나 현주와 함께할 수 없다.

뻔한 그 사실을 생각하면 감정은 설명할 수 없는 그런 것이 되었다. 그러나 현주를, 현주의 반응을 생각하면 감정은 인주(印朱)를 잔뜩 묻혀서 찍은 도장처럼 지저분하면서노 또렷해졌다.

분노.

그건 현주가 결코 미래를 이야기하지 않기 때문이었다. 물론 현주는 말을 하긴 했다. 현재에만 만족한다고. 그래서 화가 치솟았다.

어째서 현주는 더 많은 걸 바라지 않을까? 나와 미래를 함께 걷고 싶지 않은 건가? 현재에 만족할 정도로만, 딱 그 정도만 나를 사랑하는 건가?

　수업이 끝난 뒤 집으로 돌아가는 차 안에서 강현은 운전기사가 혹 볼까 봐 손으로 얼굴을 가렸다. 얼굴과 마음 모두 일그러진 자신이 부끄러웠다. 애초에 선을 정해둔 건 나인데 현주가 더 이상 바라지 않는다고 화를 내는 건 그야말로 치졸하고도 비겁한 짓이라는 걸 모르지 않았다.

　나야말로 자격이 없다. 나처럼 비겁한 남자는 현주에게 화낼 자격이, 아니, 장현주라는 사랑스러운 여자를 품을 자격이 없다.

　그러나 이날 밤에도 강현은 찾아온 현주를 뜨겁게 안았다. 사랑하니까 그러지 않을 수 없었다.

　"우리 강."

　현주는 까무룩 잠들기 전 잠꼬대처럼 속삭였다.

　"사랑해."

　나도 사랑해.

　강현은 소리 내어 말하지는 못했다. 그는 자신의 품속에서 평화롭게 잠든 현주를 물끄러미 바라보았다.

　이 따듯하고 부드러운 여자를 평생 이렇게 안을 수 있다면…….

　마음을 다스리고 싶었다. 충동과 욕구를, 그리고 갈망을 내리누르고 싶었다. 하지만 강현은 그러지 못했고, 결국 다음날에 아침식사를 하면서 질문하게 되었다.

　"현주야."

　기숙사에 살던 현주는 요즘 거의 그의 집에 머무르고 있었다. 사실상의 동거였으나 둘 다 이 부분에 대해서는 입에 올리지 않았다. 항상 그래 왔던 것처럼 자연스럽게 생활할 뿐.

"왜 내게 더 많은 걸 바라지 않니?"

국그릇을 식탁 위에 올리던 현주의 손이 순간 멈칫거렸다. 현주는 눈을 깜빡이고는 마른 입술을 축였다.

"왜 그런 질문을 하는 거야?"

강현은 그녀의 손목을 잡아채서 납치하듯 자신의 무릎 위에 앉힌 뒤 숨결이 느껴질 만큼 입술을 가까이 둔 채 내뱉었다.

"더 바라기를 바라니까."

"우리 둘의 관계에서 내가 더 바라기를 너도 바란다고?"

현주의 되물음은 좀 더 구체적이었다. 그래서 강현은 몰래 조금씩 품고 있던 미래를 선명하게 떠올릴 수 있었다.

남자로서 행복하리라. 그러나 EH그룹의 후계자로서는…….

할머니와 할아버지는 분명 실망하실 것이다. EH그룹의 실질적인 소유자인 어머니는 기대를 짓밟은 아들을 저버릴지도…….

버림받는다, 어머니에게. 모든 권력과 재력을 잃어버린다는 뜻.

머릿속에 떠오른 글자가 눈앞으로 성큼 다가왔다. 손을 뻗으면 잡을 수 있을 것 같은 느낌. 아니, 이미 손끝에 닿았다. 온몸으로 뼈저린 냉기가 즉각 퍼졌다.

견딜 수 없다.

현주가 코앞에서 그를 지켜보고 있다는 것을 잘 알면서도 강현은 눈을 질끈 감을 수밖에 없었다.

외면하는 것이다. 회피하는 것이다.

"신강현, 나는 널 잘 알아."

현주는 시간을 두고 아주 천천히 그의 무릎에서 일어났다. 갈구하던 체온이 점점 멀어졌으나 강현은 그녀를 붙잡을 수 없었다.

"그래서 바라지 않는 거야. 그건 이뤄질 수 없는 욕심이니까."

현주의 말은 맞았다. 그리고 판단 또한 옳았다. 어차피 일어날 수 없는 일이니 갈망을 가지지 않는 게 맞았다. 그게 덜 다치는 길이리라.

미래를 함께 걷지 못한다. 아니, 않는다는 표현이 더 정확했다. 신강현의 선택은 장현주가 아니니까.

나는 비겁하다. 잔인하다.

잘 알고 있는 사실. 그럼에도 강현은 현주를 놓을 수가 없었다. 추억을 만드는 게 목표라고 해도 끝이 너무나도 선명하게 보이는 이 상황은 현주에게 매우 고통스러울 터였다. 더군다나 거의 동거를 하고 있는 이 상황은 좁디좁은 한인사회에 전부 퍼진 상태였다.

신강현은 남자이고 더군다나 막강한 배경을 둔 덕분에 누구든 쉽게 그를 비난하지 못했다. 그러나 현주는 여자이며 배경 따윈 없다고 봐도 무방했기에 더러운 입방정에 피해받고 있었다.

말할 수 없을 만큼 고통스러울 것이다. 어쩌면 이쯤에서 놔줘야 할지도…….

그러나 강현은 그러지 못했다. 한 달, 석 달, 반년, 그리고 1년이 지나도록 그는 현주를 끌어안고 있었다. 하지만 결국 그녀를 놓게 되었다. 그것도 자의로.

현재.

어깨의 통증은 사라지지 않았다.

전날 밤부터 출근하기 직전까지 물리치료기를 사용했으나 갈수록 고통은 심해졌다. 참아내기 불가능할 지경이다.

"이사님, 아무래도 다시 한 번 정밀검사를 받으셔야 할 것 같습니다."

강현은 퇴근할 때까지 잘 버텼으나 표정과 신음을 숨기지 못했다. 손 수행비서는 크게 걱정하는 얼굴로 집 안으로 들어와서 강현의 어깨를 조심스럽게 주물러 주었다. 그렇다고 고통이 덜한 건 아니기에 강현은 고개를 저어 그만하라는 의사를 표했다.

"손 비서님."

그는 길고 긴 한숨을 내쉬며 물었다.

"주소, 알아내셨습니까?"

"네."

바로 이어서 답을 할 거라는 예상과는 달리 손 수행비서는 잠시 우두커니 서 있기민 했다. 강현은 뭔가 이상하다는 것을 깨닫고는 소파에 비스듬하게 누워 있던 몸을 일으켜 반듯하게 앉았다.

"무슨 일입니까?"

"장현주 씨, 고(故) 장한구 비서님의 장녀더군요."

손 수행비서는 EH그룹 비서실 사람이니 엄밀하게 따지자면 장 비서의 후배였다.

장 비서와 손 수행비서가 가까웠던가?

강현은 잘 기억이 나질 않았다. 아니, 모른다는 게 맞는 말이다.

“저와 장 비서님은 서로 모시는 분이 달라 가까운 사이는 아니었습니다. 하지만 전 장 비서님을 존경했고, 장 비서님이 환하게 웃으며 자식 자랑을 했던 게 기억납니다.”

“무슨 말이 하고 싶은 겁니까!”

강현은 참지 못하고 고함을 내질렀다. 손 수행비서는 일그러진 얼굴로 감정을 토해낸 직속상사를 당황스러운 눈으로 쳐다보았으나 침착하게 입을 열었다.

“제가 저번에 말씀드렸지요. 법적인 부분이나 도의적인 부분과 상관없이 제가 중요하게 생각하는 건 이사님의 의향이라고요. 지금도 그건 마찬가지입니다. 이사님을 생각해서 말씀드리겠습니다. 조사, 지시하지 않은 것으로 생각하셨으면 합니다.”

“어째서 그렇게 말하는 겁니까? 혹시…… 현주에게 안 좋은 일이 생긴 겁니까?”

이상하긴 했다. 헤어졌을 당시 현주는 박사 2년차였다. 당시 현주의 계획은 박사까지 끝내고 미국에서 좀 더 공부하다가 자리가 나면 한국에서 교수가 되는 것이었다. 그런데 2년 만에 한국으로 돌아왔다? 더군다나 아주 추운 날도 아닌데 옷과 목도리로 몸을 완전히 보호했고, 안색도 새하얗던 이전과는 달리 거뭇하게 변한 상태였다.

“어디…… 아픈 겁니까? 당장 대답해요!”

강현은 윽박지르듯 내뱉고는 벌떡 일어나 코앞으로 달려갔다. 손 수행비서는 난감한 기색으로 입을 열었다.

“그건 저도 모릅니다. 아직 알아보지 않았습니다. 제게 지시하신 것도 주소뿐으로, 주소를 알아보니 장 비서님 댁이라는 사실에 지금 말씀을 드리는 것입니다. 이사님, 상대는 비서의 딸입니다. 장 비서님의 딸이든 다른 비서의 딸이든 이사님의 공식적인 상대가 될 수 없습니다. 다시 만난다면 비공식적일 수밖에 없는 겁니다.”

좋게 표현한 말이 바로 비공식적이었다. 노골적으로 말한다면 첩이 될 수밖에 없다는 것.

“당시에 만난 여자분이…… 이사님께 어떤 의미인지 알고 있습니다. 이사님은 다시 괴로워하게 되실 겁니다.”

“나는 한 번도 현주를 입에 올린 적이 없습니다. 그런데 어떻게 알고 있습니까?”

강현은 날카롭게 외쳤고, 손 수행비서는 안타까운 시선으로 내뱉었다.

“입에 올리신 적이 있습니다.”

“언제?”

“술을 낳이 드셨을 때…… 그러신 적이 몇 번 있습니다. 최근까지도 그러셨습니다.”

이 순간 강현의 심장을 가르는 고통은 어깨의 통증과 비교할 수 없는 강도였다. 어떤 아픔이든 언제나 익숙하게 내리눌렀으나, 이 순간 강현이 할 수 있는 행동이라고는 손으로 질식하기 직전의 얼굴을 가리는 것뿐이었다.

“이름만 말씀하셨지만…… 장 비서님의 딸이라는 사실을 알게 되니 이사님께서 왜 포기하셨는지 알게 됐습니다. 이사님, 장현주 씨와 다시 만나게 되면 이사님은 힘드실 겁니다. 더군다나 상대는 장 비서님이 그렇게나 아끼던 딸입니다. 그냥 잊어주시기 바랍니다. 이사님 본인과 장 비서님을 생각해서 이쯤에서 그만둬 주십시오."

손 수행비서의 말에는 존경했던 장 비서와 모시고 있는 직속상사에 대한 염려가 뚝뚝 흘러내리고 있었다. 그리고 속이 훤히 들여다보이는 투명한 유리창 안의 세상처럼 솔직하기도 했다.

진심이리라. 분명 손 수행비서는 걱정하고 있었다. 그만큼 상사를 잘 아니까. 신강현의 장래에는 비서의 딸 따위가 없다는 것을 잘 알고 있으니까. 그럼에도 원한다는 것도 알고 있을 터.

그래서 저런 직언을 내뱉는 것이리라. 그러니 따라야 한다.

"주소 주세요."

그러나 입은 머릿속의 생각과는 다른 것을 내뱉었다. 깊은 실망과 넓은 걱정으로 쳐다보는 손 수행비서 앞에서 강현은 자리를 털고 일어났다.

"직접 가서 봐야겠습니다."

2년 전.

행복했다.

새벽에 눈을 떴을 때와 밤에 잠들 때 사랑하는 여자를 품에 꼭 안을 수 있는 건 그야말로 행복한 일이었다. 비록 미래에는 이럴 수 없지만……

강현은 현주가 아직 집에 오지 않았다는 사실을 확인한 뒤 창고로 가서 품속에 들고 온 벨벳 상자를 상자 깊은 곳에 넣어두었다. 오늘 새로 산 것이다. 현주를 위한, 훗날 헤어질 때를 대비해서 사는 선물.

길고 긴 한숨을 내쉰 뒤 강현은 가사도우미가 만들어둔 것으로 저녁 식사를 했다.

어머니는 무슨 생각이실까?

가사도우미는 물론이거와 운전기사는 강현과 현주의 동거 사실을 아주 잘 알고 있었다. 강현이 단단히 경고했기에 어머니께 보고하진 않았겠지만, 좁디좁은 교민사회에 다 퍼진데다가 거의 1년이 넘었으니 어머니의 귀에 들어가고도 남았으리라. 그럼에도 한 달에 한두 번씩 통화를 할 때를 비롯해서 저번 달에 방학을 맞아 한국에 잠깐 들어갔을 때도 어머니는 아무 언급도 하지 않으셨다. 강현은 이 침묵을 이렇게 해석했다.

알아서 행동하다가 한국으로 올 때는 역시 알아서 정리하고 오라는 이미일 터. 걸고 비서의 딸을 받아들이겠다는 의견이 아니다.

장 비서에게 피해가 가는 건 아닐까? 그 좋은 사람에게 피해가 간다면……. 아니, 아닐 것이다. 어머니의 저런 무반응은 분명 아들이 선을 넘지 않으면 자신도 그러지 않겠다는 뜻이다. 장 비서에게 아무 해도 끼치지 않으리라.

그러니 이 시간을 즐기자. 미래가 되기 전까지 현실을 현주와 즐기자. 할 수 있는 만큼 사랑하자. 나는 그럴 자격이 있어. 앞으로 삭막하게 살아갈 테니 사랑하는 여자와 이쯤의 행복은 즐겨도…….

강현은 식탁 위에 올려둔 자신의 손을 발견했다. 꽉 쥔 손등 위로 푸른 힘줄이 돋아나 있다. 비겁하고 저열한 스스로를 속이려드느라 힘을 썼기 때문이다.

그는 비웃음 아닌 비웃음을 짓고는 손목시계를 보았다. 꽤 늦은 시각이라 걱정이 된 강현이 막 휴대전화를 손에 들었을 때였다. 현주에게 전화가 왔다.

[강현아.]

현주의 목소리는 또렷했으나 강현은 울먹거림이 잔뜩 묻어 있다는 것을 깨달았다. 그의 등골에 싸늘한 기운이 내려앉았다.

"무슨 일이야? 무슨 일이 생긴 거야?"

[명주가 방금 전화했어. 아버지가…… 아버지가 위독하시대.]

"장 비서님이?"

[갑자기 쓰러져서 병원을 가보니 대장암 말기…… 시래. 임종이 얼마 안 남았다고…… 어서 오래. 나, 나 지금 공항 가는 중이야.]

"나도 갈게. 나도 갈게!"

강현은 겉옷만 손에 쥐고 집 밖으로 뛰쳐나가며 소리쳤다.

[안 돼!]

바로 근처에 살고 있는 운전기사의 집 앞까지 뛰어가 벨을 누르려는 강현을 저지하는 말이 울렸다. 울먹거림이 깃들어 있음에도 얼음처럼 냉정했다.

[안 돼, 강현아. 내 비행기 티켓…… EH그룹 비서실에서 준비해 준 거야. 공항에 데리러 와준댔어. 그리고 아버지, 아버지가 돌아가시면…… 그 뒤에도 그쪽에서 도와준다고 했어. 난…… 강현아, 난…… 혼자 가야 돼. 혼자 가고 싶어. 혼자 가야 된다고 생각해.]

한참 동안의 침묵이 흐른 뒤 현주는 다시 말했다.

[다녀올게.]

여전히 눈물이 남아 있는 목소리였으나 결의가 느껴졌다. 그래서 강현은 그대로 집으로 돌아왔다. 현주가 없는 공간.

이틀 뒤, 장 비서가 사망했다. 그리고 현주가 돌아온 건 일주일 뒤였다.

"다녀왔어."

현주는 집으로 오자마자 강현에게 달려와 끌어안으며 한마디 내뱉었다. 강현은 안도감에 무너질 것 같았다.

현주가 다녀왔다. 돌아왔다!

강현은 힘을 주어 현주를 꽉 끌어안았다. 아파할 거라는 건 알았으나 그는 그저 기쁠 뿐이었다.

사랑하는 여자의 존재는 이렇게나 황홀하다.

"괜찮니? 아, 이거 바보 같은 질문이다."

한참 뒤 현주를 풀어준 강현은 일단 식사부터 하게 하면서 물었다. 현주는 고개를 저었다.

"바보 같은 질문 아니야. 물어봐 줘서 고마워. 음, 안 괜찮아. 화가 나거든."

"화가 난다고?"

"응. 그렇게 큰일이 있었는데 이 세상은 멀쩡하다 싶은 게 화가 나. 그리고 왜 아버지일까? 항상 성실하고 착하게 살아오신 분인데, 왜 아버지일까? 왜? 사악하고 나쁜 짓만 하는 사람이 아니라 왜? 대체 왜?"

젓가락으로 반찬을 집고 있었으나 현주의 눈에서는 쉴 새 없이 눈물이 흘러내리고 있었다.

"평소 사랑한다는 말도 거의 못 해드렸어. 어머니가 돌아가신 뒤 일에만 몰두하시는 게 너무 화가 나서 못된 말도 한 적이 있어. 난 좋은 딸 아니었어. 돌아가시기 직전에 사랑한다고 말씀드렸지만……."

"현주야, 네 아버지는 그것만으로도 충분하실 거야. 그럴 거라고 생각해."

"네가 그걸 어떻게 알아? 네가?"

공격적으로 되물은 현주는 곧 입술을 질끈 깨물고 눈을 감았다.

"미안해. 이러면 안 되는데…… 정말 미안해."

"괜찮아, 현주야. 네 아버지, 네가 마지막에 사랑한다고 말씀드렸을 때, 표정이 어떠셨어?"

"……웃고 계셨어."

현주는 다시 울먹거렸다.

"네 아버지, 너 덕분에 행복하게 가신 거야. 그러니까 그렇게 보내 드리자."

“……응, 그래야겠지. 그래야겠지…….”

“일단 이것부터 먹어. 그동안 식사 못했지?”

강현은 반찬을 그녀 앞으로 밀어주었다. 현주는 물기로 가득한 눈이었으나 더 이상은 울지 않고 꾸역꾸역 삼켰다. 그날 밤 강현은 안겨오는 그녀를 아주 부드럽게 사랑해 주었고, 현주 또한 이제까지 그래 왔던 것처럼 그에게 따듯한 사랑을 선사했다.

강현이 무언가 변했다는 것을 깨달은 건 며칠 뒤의 일이다. 물론 현주는 이전과 같았다. 그를 챙겨주고 곁을 지켜주었다. 그러나 말이, 사랑한다는 말이 없어졌다.

“어째서 이러는 거니?”

더 깊게 생각할 틈이 없었다. 깨닫자마자 강현은 내쏘듯 소리쳤다.

“왜 사랑한다는 말을 안 해?”

“강현이 너도 사랑한다는 말은 원래 안 하잖아.”

현주는 아무렇지도 않게 내뱉었다.

“그런데 왜 내가 해야 된다고 생각해?”

“항상 그래 왔으니까.”

“더 이상은 하기 싫어. 난…… 강현아.”

현주는 마른 입술을 축인 뒤 말했다.

“EH그룹 사장님, 네 어머니, 정말 좋은 분이야.”

“어머닐 만난 거야?”

등골이 서늘했다. 강현은 그녀의 어깨를 붙잡아 뒤흔들었다.

“말해! 어머닐 만난 거야? 뭐라고 했어? 뭐라고 말했냐고!”

“아파, 강현아. 이거 좀 놔.”

그는 그제야 자신의 행동이 거칠었다는 것을 깨닫고 멈추었다. 사과하려고 했으나 현주의 말이 빨랐다.

“네 어머니, 정말 좋은 분이야. 아버지 장례까지 다 도와주셨어. 명주와 내가 사회에 자리 잡을 때까지 후원해 주겠다고 하셨어. 너무 폐를 끼치는 것 같아서 거절했지만……. 강현아, 네 어머니는 진심으로 널 아끼셔.”

“나쁜 말씀을 하셨니? 헤어지라고?”

강현은 온몸이 덜덜 떨렸다. 두려웠다. 혹시 비서의 딸과 같이 산다고 실망하신 건 아닐까? 그러셨겠지?

날 버리시는 건 아니겠지?

“아니야. 나를 반대하지도 않으셨어. 그냥 해본 말씀도 아니고 거짓말도 아니야. 서로 진심으로 생각한다면 환영해 주시겠대. 그런데…… 이런 말씀도 하셨어.”

현주는 두 손으로 자신의 상체를 꼭 껴안았다. 마치 스스로를 보호하는 듯한 행동이었다.

“신강현은 바라는 게 많다고. EH그룹의 후계자 신강현은 아주 많은 걸 원한다고.”

현주의 동그란 눈동자는 그 어느 때보다 날카롭게 그의 얼굴을 꿰뚫고 있었다. 아니, 영혼을 훤히 들여다보고 있었다.

“네 어머니는 협박하신 거 아니야. 그냥 사실만 말씀하신 거야. 나도 그게 사실이라는 걸 알아. 그렇기에 너는 날 선택하지 않는 거야. 그래서 나도 욕심을 가지지 않았어. 그런데…… 그런데……."

다시 현주의 눈에서 눈물이 흘러내렸다.

"나도 사람이야. 나도 여자야. 나, 너한테 욕심이 생겨. 자꾸자꾸…… 많이 생겼어. 애초에 한계를 두고 시작한 거지만…… 이 욕심을 없앨 수가 없어. 그래서…… 그래서 나, 부탁하고 싶어. 아니, 이건 부탁이 아니라 애걸이야."

현주는 두 손을 뻗어 그의 뺨을 감쌌다. 현주의 체온은 언제나처럼 따스했다.

"네 미래에 들어가면 안 될까? 앞으로는 당당하게 네 곁에 있으면 안 될까?"

원한다. 현주가 곁에 있기를 원한다!

그가 답을 하기 전이다. 현주의 말이 이어졌다.

"다른 배경 없이 평범한 여자에 불과하지만, 나로 만족해 주면 안 될까?"

배경이 없는 평범한 여자.

만족.

두 가지의 표현이 사랑에 빠진 남자를 후려쳤다. 그리고 그 속에 단단하게 갇혀 있던 다른 존재를 일깨웠다.

아주 많은 것을 바라는 사람. 정점의 권력과 재력을 갈구하는 욕망에 불타오르는 어린아이. 한낱 창부인 박희진이 아니라 EH그룹 사장인 한은희의 아들이고자 하는 남자.

장차 EH그룹을 한 손으로 거머쥘 신강현의 곁에 있을 수 있는 건 그만한 배경을 갖춘 특별한 여자뿐.

더 높이, 더 멀리 날아가기 위해서는 날개를 달아야 한다. 더 강하고 큰 날개가 필요하지, 작고 보잘것없는 날개 따윈 필요 없다!

"강현아, 나로 만족해 줘. 부탁이야. 제발, 제발 부탁해. 응?"

현주의 눈에서 다시 눈물이 흘러내리고 있었다. 그러나 강현에겐 보이지 않았다. 미래를 보고 있는 그의 눈에는 현재 사랑하는 여자의 눈물 따윈 보이지 않았다.

"미안해."

그는 말했다. 입에서 나오는 말은 그것뿐이었다.

"미안해, 현주야."

할 수 있는 말은 사과뿐이었다. 미안하다는 말 그것뿐.

동시에 강현은 뒷걸음질을 쳤다. 그의 뺨을 감싸고 있던 현주의 손이 멀어지자, 강현은 벌써부터 그녀의 체온이 그리워졌다.

"나를……."

현주의 턱에 맺혀 있던 눈물이 바닥으로 떨어졌다. 영영 사라져 버린 것.

"버리는 거야?"

"버리는 게 아니야. 그냥 이전으로 돌아가자. 원래 우린 한계를 정해두고 시작한 거잖아. 이제 나 졸업하고 한국으로 돌아가기까지 두 달도 채 안 남았어. 그동안이라도 이전처럼 지내자. 어째서 이렇게 갑자기……."

"나쁜 자식."

갑작스럽게 욕설을 내뱉은 뒤 현주는 눈을 질끈 감았다.

"아니, 내가 나쁜 거겠지. 이렇게 욕심이 생기고, 욕심을 표현한 내가 잘못한 거겠지."

"현주야."

강현은 손을 뻗었지만 이번엔 현주가 물러났다. 그는 그것을 참지 못했다. 왜 현주가 물러난단 말인가?

화내고 싶었지만 일단 강현은 참았다.

"널 버리는 게 아니야."

"아니야! 너는 날 버리는 거야! 너, 날 사랑하긴 했니?"

강현은 아무 말도 할 수 없었다. 그게 무슨 뜻인지 알아들은 현주는 한 걸음 더 물러났다. 강현은 이번에는 참지 못했다. 그는 성큼 걸어가 그녀의 두 손목을 붙들었다.

"내게서 도망가지 마!"

"신강현, 도망가는 건 내가 아니라 너야. 우리 관계를 여기서 끝내는 것도 너야."

"끝내? 끝내? 누구 마음대로? 장현주, 넌 내 거야! 내 여자라고! 넌 내 옆에 있어야 해!"

강현이 집 안 전체가 뒤흔들릴 만큼 크게 고함지른 가운데, 이어진 현주의 목소리는 조용했다. 그러나 잘 버려진 칼날처럼 날카로웠다.

"너는 나와 결혼하지 못해. 아니, 그러지 않는다는 말이 더 정확하네. 그런데 곁에 있으라고? 나를 네 어머니처럼 만들 생각이니? 그러다가 임신이라도 하면 어떻게 해? 너처럼 사생아를 낳아서 기르라고?"

강현은 심장을 썰리는 기분이었다. 아니, 온몸이 머리끝부터 발끝까지 괴물에게 자근자근 씹히는 것 같기도 했다. 호흡조차, 숨 쉬는 기본적인 것조차 할 수 없자 그는 메두사에게 당한 석상처럼 굳은 채 현주를 쳐다보기만 했다.

"너는 나를 절대 받아들이지 않을 거야. 바로 내 배경 때문에, 네 욕망 때문에. 이미 충분한데도, 아니, 넘쳐 나는데도 더 많은 돈과 위치를 바라는 네 그 망할 욕심 때문에 너는 무슨 일이 있어도 날 공식적으로 받아들이지 못해. 그런 주제에 날 옆에 계속 두고 싶어 해. 결국 남은 건 비공식적인 자리, 세컨드일 거야. 그런데 신강현, 내가 그동안은 널 사랑하기 때문에 내 자존심을 낮추고 또 낮췄지만 더 이상은 그렇게 안 살 거야. 남들이 동거한다고 수군거리고 손가락질해도 난 그동안 참았어. 널 사랑하니까. 하지만 아버지가…… 아버지가 돌아가신 뒤에……."

현주는 잠시 말을 중단했다. 울음을 참기 위해 눈을 몇 번이나 깜빡였다.

"내 쌍둥이 동생 명주가 그랬어. 생전에 아버지께 효도하지 못해서 후회하는 나한테 이런 말을 하더라. 우리 앞으로 행복해지자고. 그게 못다 한 효도를 하는 길이라고. 강현아, 나 행복해. 아직까지는 많이 행복해. 하지만 동시에 불행했어. 갈수록 불행은 더 커지겠지. 욕심은 더욱 커질 테니까. 하지만 결코 이 욕심이 충족되는 일은 없을 거야. 말 그대로 욕심이고 나는 너를 잘 아니까. 네 어머니 말이 맞아. 그러니까 이만하자. 이미 충분히 비참해. 고통스러워.”

강현은 입을 열었다. 그러나 이번에도 말이 나오질 않았다. 그래서 그는 행동으로 표현했다. 벗어나려는 현주를 끌어당겨 난폭하게 키스했다.

현주는 처음에는 저항했으나 곧 따듯하게 그를 끌어안았다. 여전히 눈물을 흘리면서. 강현은 그녀의 눈물을 외면하면서 뜨겁게, 아주 뜨겁게 안았다. 떠나고픈 마음이 들지 않게끔.

그러나 다음날 새벽, 기절하듯 잠이 들었던 현주는 깨어나 그를 떠났다. 눈을 감고 있었으나 강현은 느꼈다. 그녀가 자신을 한참 동안 바라보다가 결국 울음소리를 남겨놓고 밖으로 나가는 것을.

강현은 그대로 누워 있었다. 쫓아가서 그녀를 잡는다면 그 대가로 더 많이 갈구하는 욕망을 포기해야 된다는 것을 잘 알기 때문에.

그는 EH그룹을 포기할 수 없었다. 더 많은 것을, 어머니를 결코 손에서 놓을 수 없었다. 그러고 싶지 않았다.

마침내 강현이 눈을 떴을 때, 동이 트고 있었다. 오늘따라 강렬한 새벽 햇살이 집 안으로 들어와 빛을 밝혔지만 그의 세상은 흐릿했다. 눈물 때문이라는 것을 알아차린 그는 또 하나의 사실을 깨달았다.

현주의 말이 맞았다. 그는 장현주를 버린 것이다. 신강현은 사랑하는 여자를 버렸다.

현재.

현주의 집은 그다지 멀지 않았다. 차로 15분도 걸리지 않는 거리. 더군다나 그의 어머니가 살고 있는 본가에서 10분 거리였다.

장 비서 때문이리라. 어머니 한은희를 더 확실하게 보필하기 위해 장 비서는 아마도 본가에서 가까운 곳에 자리를 잡은 것일 터.

부녀가 둘 다 EH그룹에 부정적으로 얽힌 건가.

아니, 장 비서는 부정적인 게 아닐 것이다. EH그룹 사장인 한은희의 왼팔로 불린 만큼 높은 연봉을 비롯해서 상당한 지위를 누렸다. 본인은 아마 스스로의 삶에 만족했을 터. 더군다나 부인을 잃은 뒤 그 슬픈 현실을 잊기 위해 일을 더 필요로 했다고 들었다. 스스로 택한 인생.

그러나 대장암이 진행되고 있는 줄 꿈에도 몰랐다가 갑자기 사망한 건 분명 비극이었다. 본인에게나 그의 쌍둥이 딸과 아들에게나.

강현은 현주가 했던 모든 말을 기억했다. 다소 거리감이 있던 아버지에 대해서 현주는 효도하고 싶고, 사랑받고 싶다고 했다. 한국에 들어가면 꼭 그리하겠다고 다짐을 거듭했으나, 현주의 아버지는 갑자기 세상을 떠나 버렸다. 그리고 일주일도 지나지 않아 사랑하던 남자 또한 현주를 버렸다.

현주는 계속 혼자였을 것이다.

헤어진 지 거의 2년이 되어가는 가운데, 쌍둥이 동생인 장명주는 장 비서가 죽기 몇 개월 전에 군의관으로 입대한 상황이었다. 아직 제대할 때가 안 되었으니 여전히 장명주는 현주와 따로 살고 있을 터.

언제 유학을 마치고 돌아왔는지 알 수 없지만, 현주는 혼자 저 큰 집에 살고 있을 것이다. 아니, 아니다. 혹시 그와 그랬던 것처럼 다른 애인과 함께 살고 있는 건지도…….

강현은 뭔가 귀에 거슬리는 소리를 들었다. 오른손 손가락 끝이 쓰라린 뒤에야 그는 자신이 잡고 있던 뒷좌석 손잡이를 손끝으로 긁었다는 사실을 깨달았다.

멍청하고 비열한 남자.

강현은 검지와 엄지 끝을 내려다보았다. 힘을 주어 긁은 탓인지 가지런한 손톱이 순간 새하얗게 변했고, 살과 맞닿는 부분에서 미세하게 피가 흘러나왔다.

아프지만 그야말로 아무것도 아닌 상처. 그의 것에 비해 현주의 상처는 깊고 깊으리라.

2년여 전에 헤어진 뒤 강현은 현주를 단 한 번도 만난 적이, 아니, 본 적조차 없었다. MBA 졸업 때문에 두 달 정도 미국에 더 있었을 때는 물론이거와 한국에서도 마찬가지였다. 지난번에 B병원에서 우연하게 만난 것 이외에는 멀리서 본 적도 없다.

이우연을 병문안 갔는데, 우연히 옛 연인을 만나게 되다니…….

현주는 그동안 어떻게 살았을까?

헤어진 뒤 강현은 평소와 똑같이 행동했다. 현주가 떠난 그날 새벽에만 울었을 뿐 그 뒤에는 아무 일도 없었던 것처럼 성실하게 공부해서 두 달 후 MBA를 졸업하고 그대로 미국을 떠나 한국으로 왔다. 그 뒤로 EH그룹에 정식으로 입사하고 일하면서 다음 대의 주인으로서 착실하게 계단을 밟아가고 있었다.

현주는 어땠을까? 힘들었을까? 아마도 그랬을 것이다.

정확하게 소식을 알아본 건 아니다. 당시 같은 시기에 C대학교를 다녔던 동창에게 우연히 한마디를 들은 적은 있다. 현주는 그와 헤어진 뒤 결국 주변 사람들의 시선과 소문을 이겨내지 못하고 정반대에 위치한 동부 쪽으로 옮겨서 소식을 알 수 없게 됐다고 했다.

그 이야기를 들었던 날 강현은 그야말로 술에 푹 절었었다. 손 수행비서가 현주의 이름을 들은 날이 아마 그날일 터였다. 아니, 하루 이틀 그런 게 아니니…….

사랑이 끝난 게 아니었던가?

헤어진 뒤 강현은 머릿속에서 현주를 깨끗하게 지운 뒤, 매우 멀쩡하게 살아왔다. 아니, 단순히 그 정도가 아니었다. 준비된 후계자답다며 아주 훌륭하다는 평가를 받으며 승승장구하고 있다. EH그룹을 완전하게 소유하여 세상의 정점에 서게 될 단계를 빠르고 성공적으로 밟아 나가는 상황.

그런데 마음 한구석엔 지나간 사랑이 남아 있었던가?

미련이어야 한다. 미래를 위해서, 저도 모르게 계속된 사랑이 아니라 지나간 미련이어야 했다. 그러나 이렇게 집에까지 찾아와 계속 기다리고 있는 건…….

강현은 스스로도 답을 알 수 없었다. 그는 그저 기다릴 뿐이다. 현주가 나타나기를. 하지만 현주는 그날 밤 모습을 드러내지 않았다. 집도 불이 꺼져 있었다.

어쩌면 당연한 건지도 몰랐다. 그가 이곳으로 온 건 11시가 다 되어가는 시각으로 밤잠이 많은 현주라면 이미 잠들었을 터.

내일 아침까지 기다려야 하는 건가?

강현이 차 안에서 조용히 집을 바라보고만 있을 때, 손 수행비서가 입을 뗐다.

"이사님, 늦었습니다. 내일 중요한 조찬회의가 있습니다."

"알고 있습니다."

눈앞이 흐릿할 만큼 피곤하고 어깨도 차라리 부서지는 게 나을 만큼 아팠다. 그러나 강현은 더 이상의 말 없이 입을 다물었고, 손 수행비서는 굳은 얼굴로 운전기사에게 자기가 모시겠다며 이만 퇴근하라고 일렀다.

"그분과 관련된 일은 제가 담당하도록 하겠습니다."

강현은 손 수행비서의 말에 고개를 끄덕인 뒤 30여 미터 떨어진 현주의 집 앞을 바라보았다.

2층짜리 주택은 건물 자체는 낡았으나 잡초나 먼지조차 보이지 않을 만큼 깔끔했다. 특이한 건 새파란 대문만 새로 페인트를 칠한 것처럼 보인다는 점이다.

왜 대문만 칠한 거지? 현주의 방은 어디일까? 2층인가?

"이사님, 잠시 주무세요. 제가 장현주 씨가 나올 때까지 보고 있겠습니다."

“손 비서님이야말로 눈 좀 붙이세요. 이건 내가 해야 할 일입니다.”

“……무슨 생각을 하고 계신지 여쭤봐도 되겠습니까?”

손 수행비서의 조심스러운 질문에 강현은 쓴웃음으로 이렇게 답할 수밖에 없었다.

“나도 모르겠습니다.”

“내일 조찬회의에 맞추려면 이곳에서 6시에는 출발해야 합니다. 그때까지 있으시겠습니까?”

강현은 작게 고개를 끄덕였다. 손 수행비서는 보이지 않게 한숨을 쉬며 물었다.

“커피, 필요하십니까?”

“진한 것으로 부탁합니다.”

6시는 새벽일까, 아침일까?

무엇이 답이든 바로 그 시간이 다 되어가고 있다. 떠나야 할 시각. 옛 연인을 찾아온 남자가 아니라 EH그룹의 신강현 이사가 되어야 할 시점.

“이사님.”

손 수행비서는 목소리가 낮게 가라앉은 상황이었다. 꼬박 밤을 새운 후유증이리라.

“이제 가셔야 합니다.”

운전석과 조수석 사이에 있는 디지털시계가 6시 1분으로 변했다. 결국 강현은 선택할 수밖에 없었다.

“출발합……."

그의 말이 끝나기 전이다. 긴 시간 동안 그의 시야를 지배했던 주택이 한순간 달라졌다. 막 꺼지기 직전의 촛불처럼 불안하게 보였으나 분명 1층 한편에 불이 켜졌다.

“잠깐, 멈춰요.”

막 시동을 걸던 손 수행비서의 움직임이 멈추었다. 하지만 손 수행비서의 얼굴은 가히 좋지 않았다.

“이사님, 오늘 조찬회의에 반드시 참석하셔야 합니다.”

“알고 있습니다. 하지만……."

강현은 이만 돌아가자고 말을 할 수가 없었다. 이해할 수 없었지만, 그는 그럴 수가 없었다.

헤어진 뒤 2년이나 지났다. 그동안 멀쩡하게 잘살아왔다. 그런데 갑자기 난 왜 이러는 거지? 대체 왜?

“사람을 붙이겠습니다. 사진이나 영상으로 보실 수 있게 조치하겠습니다.”

강현이 입을 철옹성처럼 다문 채 무거운 침묵을 내뿜자 초조한 기색이던 손 수행비서는 다시 시동을 걸었다. 조용하게 시동이 걸린 그때였다. 끼익 하고 길게 문이 열리는 소리가 나더니 발자국 소리가 이어졌다. 그리고 곧 새파란 정문이 열렸다.

새벽녘의 회색 어스름을 뚫고 길로 나온 건 여자였다. 무릎까지 오는 긴 갈색 패딩에 기다랗고 두꺼운 검은색 목도리를 얼굴에 감고 있는 사람. 혹독한 추위를 완벽하게 방비하다 못해 지나칠 정도로 무장한 차림.

오늘이 그렇게 추운 날인가? 아니면 추위를 많이 타는 타입이었나?

C대학교는 날씨가 따사롭기로 유명한 캘리포니아에 위치했다. 그곳은 겨울에도 영하로 내려가지 않는 온도를 자랑하는 지역인지라 현주가 추위를 타는 모습은 한 번도 본 적이 없었다.

강현은 갑자기 날씨가 짜증 났다. 저번에 병원에서 우연히 마주쳤을 때처럼 지금도 저 두꺼운 옷차림 때문에 현주의 얼굴을 제대로 살필 수 없으니까. 현주가 움직이는 틈에 좀 볼까 싶으면 코 바로 아래까지 올라온 목도리가 존재감을 과시했다. 목도리가 조금 내려간다 싶으면 그 밑에는 코를 가리는 마스크가 자리를 차지한 상태였다.

볼 수 있는 건 지난번처럼 날씨 때문에 어느새 빨갛게 변한 귀끝, 그리고 눈이었다. 때때로 구슬처럼 반짝이던 동그란 눈동자. 신강현에게 사랑한다고 속삭일 때는 영롱한 빛을 흘리는 신비한 흑진주처럼 보이기도 했었다. 그러나 현주의 눈에 더 이상 그런 빛 따윈 없었다.

아침잠이 없어서 새벽에도 쌩쌩하던 2년 전과는 달랐다. 현주의 눈은 깊은 피곤에 정복당한 상태로, 마치 사막처럼 건조했다.

어젯밤에 제대로 잠을 이루지 못한 건가? 무슨 일이 있었나?

이상한 점은 더 있었다. 현주가 두꺼운 패딩에다가 목도리, 장갑까지 겨울옷으로 무장한 상태였으나 강현은 알아보았다.

왜 저렇게 살이 빠진 거지?

패딩이 저렇게나 두꺼운데 저 정도로 홀쭉해 보이는 건 분명 바싹 말랐다는 뜻이다. 물론 현주는 이전에도 늘씬했으나 기본적으로 여성적으로 아주 훌륭한 몸매의 소유자였다. 그러나 현재는 젓가락처럼 비쩍 말라 보였다.

이별 후유증 때문인가? 아니, 거의 2년이 다 되어가는 상황이다. 그럴 리 없다. 그러면 혹시 어디가 아픈 건가?

순간 불길한 예감이 강현의 심장을 꿰뚫고 지나갔다. 그는 해당 부분을 주먹으로 꾹 눌렀다. 상사의 희미한 신음 소리에 손 수행비서가 당황해 뒤돌아본 건 물론이다.

“이사님, 손톱 끝에…….”

어제 문을 긁었던 부분이다. 흘러나온 몇 방울의 피가 어느새 새까맣게 변해 있었다.

“아무것도 아닙니다.”

정말로 그랬다. 이건 아무것도 아니었다.

“조용히 따라갑시다.”

“하지만 조찬회의기…….”

손 수행비서는 더 이상 말하지 못했다. 강현의 얼굴을 보았기 때문이다. 강현은 자신의 표정이 어떤지 알 수가 없었으나, 손 수행비서가 굳은 얼굴로 소리 없이 한숨을 쉬고는 휴대전화를 꺼내 문자를 보내는 것을 보게 되었다. 곧 손 수행비서는 운전대를 잡고는 저만치 걸어가고 있는 현주를 뒤쫓아가기 시작했다.

라이트조차 켜지 않았기에 현주는 차가 따라온다는 사실 자체를 모르는 듯했다. 그녀는 터덜터덜, 그야말로 전신에 힘이 하나도 없는 듯 걷고 있었다. 주택가 밑으로 죽 움직이더니 모퉁이를 돌아 큰길로 갔다. 그곳은 새벽 출근을 위해 잔뜩 모여들기 시작한 차들로 그득했기에 곧 강현이 탄 차는 멈추게 되었다.

현주와 멀어진다.

"이사님!"

손 수행비서가 무슨 의도로 소리쳤는지 잘 알았으나 강현은 행동을 멈추지 않았다. 그는 그대로 문을 박차고 뛰어나갔다.

입 또한 어서 열고 싶었다. 현주의 이름을 크게 외쳐서 돌아보게 만들고 싶었다.

눈이 뜨거웠다. 현주의 얼굴을, 현주의 그 해맑은 눈동자를 마주하고 싶어서.

손과 발이 후들거렸다. 현주에게 가까이 다가가 그 작고 따뜻한 몸과 접촉하고 싶다.

그러나 강현은 그러지 못했다. 성큼성큼 뛰듯이 걸어가던 그는 현주를 십여 미터 남겨두고 우뚝 멈추고야 말았다. 현주가 정문 앞까지 걸어간 건물 때문이었다.

새벽에서 아침으로 흘러가는 시간이라 회색 안개는 이제 사라진 뒤였다. 선명하게 보이는 건물은 온통 새하얀 색이라 아주 깔끔하다는 사실을 제외하고는 보통 상가 건물과 다를 바 없었다. 그러나 3층짜리 건물 전체를 단 한 종류의 기능만 가진 업종이 차지하고 있는지 팻말은 딱 하나뿐이었다. 팻말은 몇 가지 다양한 색깔로 이렇게 쓰여 있었다. 단정한 글씨체의 'D메디병원'은 감색이었다. 그리고 나머지 글씨는 새빨간 색이었다.

인공신장실 혈액 투석.

강현은 우두커니 선 채 보았다. 현주는 건물의 정문 앞에서 아주 잠깐 멈추었다. 목도리와 마스크 때문에 얼굴은 볼 수 없었으나 그녀가 아주 잠시 눈을 질끈 감는 것은 볼 수 있었다. 마치 참기 힘든 고통을 억누르는 것처럼.

그러나 그건 아주 잠시였다. 현주는 고개를 당당하게 들더니 문을 열고 들어갔다. 곧 그녀가 시야에서 사라졌다.

병원이다. 생모가 죽은 이후 느글거리는 거부감만 일으키는 장소. 서 있는 것조차 끔찍할 정도로 싫은 공간.

하지만 강현은 움직였다. 그는 현주가 사라지자마자 자석에 이끌리듯 다시 뛰듯이 걸어 정문을 통과했다.

정문과 이어진 공간은 다른 병원들처럼 깨끗하게 정돈된 로비와 접수대였다. 이른 시간대라 그런지 조용했고, 유니폼을 입은 간호사나 직원은 몇 명 되지 않았으며, 나이 지긋한 노인들이 대부분이었다. 이곳저곳에 서 있거나 앉아 있는 그들은 자글자글한 주름이 가득한 얼굴에 허리가 굽은, 세월의 흔적을 간직한 존재들이었다. 회색, 혹은 하얀색으로 바랜 털과 대비되는 새까만 머리카락을 가진 젊은이도 두엇 보이긴 했다. 그들 중에 여자는 단 한 명, 현주뿐이었다.

현주는 강현에게 등을 보인 자세로 접수대에 서서 간호사에게 잠시 이야기한 뒤 다시 움직이기 시작했다. 그녀는 오른쪽의 복도로 걸어갔다. 이 메디병원으로 오기 전까지 힘없던 그 걸음이 아니라 무언가를 각오한 듯 온몸에 힘을 주어 걷고 있었다. 장갑을 벗은 맨손으로 주먹도 옴찔거리며 쥐고 있었다.

강현은 조용히 따라갔다. 주변의 노인들이 최고급 슈트를 차려입은 훤칠한 남자를 발견하고 수군거리기 시작했다는 것도 모른 채 그는 현주를 소리 없이 쫓아갔다.

현주가 들어간 곳은 또다시 새빨간 색으로 '혈액 투석실' 이라고 쓰여 있는 곳이었다. 문이 닫혔으나 직사각형의 투명한 창문을 통해 강현은 안을 들여다볼 수 있었다.

마치 거대한 병실 같은 곳이었다. 수십 개의 침대 각각에 직사각형의 드럼통 같은 새하얀 기계가 딸려 있는 곳. 기계의 앞부분에는 분홍색의 기다란 관 같은 게 있고, 관에서는 여러 줄이 튀어나와 있다. 줄은 깔끔하게 정리되어 있었으나 강현의 눈에는 그저 어지러워 보였다.

어디로 갔지?

몇 분 뒤, 잠시 보이지 않았던 현주가 다시 나타났다. 현주는 어느새 목도리와 패딩을 벗고 환자복으로 갈아입은 상태였다. 그녀는 강현이 순간 충격으로 호흡을 잊을 정도로 깡말라 있었다. 뿐만 아니었다. 오밀조밀하게 어여쁘던 이목구비는 뭔가 모르게 메말라 보였고, 새하얗게 도자기처럼 빛나던 피부는 색이 바뀌어 며칠이고 밤을 새워 피로에 찌든 사람처럼 탁해 보였다. 또한 쇄골 부분에 무언가를 붙였는지 약간 두꺼운 붕대인지 밴드 같은 게 보였다.

어째서? 어째서? 대체, 대체 왜? 무슨 일이 있었던 거지?

강현의 머릿속에 끊임없이 질문이 떠오를 때, 현주는 정해놓은 자리인 듯한 침대로 곧장 가서 누웠다. 그러자 간호사가 웃으며 다가가 뭔가를 말했고, 현주는 메마른 표정으로 답하며 환자복 상의의 윗부분을 밑으로 약간 내렸다. 거리가 멀어 잘 보이지 않았다. 강현은 눈을 가늘게 떴고, 쇄골 쪽 붕대에 가려진 곳에 있는 하얀 관 같은 것을 희미하게나마 볼 수 있었다.

어째서 저런 걸 대고 있는 거지?

곧 강현은 답을 알게 되었다. 간호사가 침대에 딸린 기계를 이리저리 만지더니 두껍고 기다란 바늘을 현주의 쇄골에 있는 관에 연결했다. 현주가 병원 정문 앞에서 그랬듯이 참기 힘든 고통을 참듯 눈을 감은 건 그 순간이었다. 그러나 그건 찰나로 현주는 곧 길고 긴 한숨을 내쉬면서 눈을 뜨고는 간호사와 뭔가를 이야기했다. 대화가 이어진다 싶었으나 그건 잠시였다. 간호사는 시트를 현주의 복부까지 덮어주고는 옆 침대로 갔다.

현주의 주변 침대에는 다른 환자들이 있었다. 그러나 강현의 눈에는 현주만 보였다. 그녀는 흐릿한 눈빛으로 천장을 바라본 채 그냥 그렇게 누워 있었다. 그리고 투명한 줄은 새빨간 색으로 물든 채 움직이기 시작했다.

강현은 눈을 깜빡인 뒤 다시 보았다. 그러나 현주는 달라지지 않았다. 그냥 그대로 누워 있을 뿐. 그로서는 알 수 없는 표정과 감정으로 그렇게 가만히 있을 뿐이다.

"……님, 여기 계셨군요."

등 뒤에서 손 수행비서가 가쁜 호흡을 고르는 소리가 들렸다. 바로 뒤에서 말하는 손 수행비서의 소리가 저 먼 곳에서 울리는 이명처럼 들리는 가운데, 강현은 뒤돌아보지 않고 서서 창문 안으로 보이는 광경만 쳐다보고 있었다. 그리고 그 순간이었다. 현주의 눈동자가 움직인 건.

천장에 고정돼 있던 현주의 까만 눈동자가 이리저리 갈 곳을 잃고 헤매다가 창문으로 왔고, 이내 창문에 붙어 있듯이 서 있는 강현 쪽으로 왔다.

강현은 어떤 행동도, 아무 생각도 하지 못했다. 눈빛을 관찰하기에는 먼 거리였으나 그는 보았다. 찰나, 바로 그 찰나의 순간 강현의 눈동자와 현주의 눈동자가 만났다.

생기라는 게 없었다. 2년 전까지 강현이 사랑했던 활기찬 생명력 따윈 전혀 없었다. 탁한 얼굴에 자리한 두 개의 눈동자는 고귀한 흑진주가 아니었다. 모든 열기를 잃어 새까맣게 타버린 재 같았다.

희망도, 용기도, 기쁨도 사라진 검은색. 그냥 암흑 자체.

현주의 눈동자는 그랬다. 옛 연인 강현을 발견한 게 분명한데도 그녀는 그랬다. 분노나 슬픔 같은 감정 없이 무미건조하게 메마른 사막 같았다.

그래서 강현은 물러날 수밖에 없었다. 그는 자신이 감정을 폭발하기 직전이라는 것을 잘 알았다. 아무 감정도 흘리지 않는 여자에게 미치기 직전까지 들끓는 이 이상한 마음을 터뜨릴 순 없었다.

강현은 바람 소리가 날 만큼 재빠르게 뒤로 돌아 뛰쳐나가기 시작했다. 병원 밖의 냉혹한 아침 바람이 그의 얼굴을 칼날처럼 내려쳤다. 그러나 강현은 춥지 않았다. 온몸의 열기를, 아니, 더 깊은 곳, 영혼에서 치솟는 감정은 너무도 뜨거웠다.

강현은 후들거리는 손으로 넥타이와 셔츠의 단추를 끌렀다. 그러나 뜨거운 열기가 치솟는 것 같으면서도 짓밟혀 죽을 것만 같은 가슴속의 답답함은 사라질 것 같지 않았다. 칼날 같은 고통이 어깨를 찍은 건 그때였다.

아프다. 뜨겁다. 춥다. 답답하다.

강현은 버티지 못했다. 그의 몸이 휘청거리자 뒤따라 나와 한 걸음 물러선 채 기민하고도 걱정이 담뿍 담긴 눈으로 상사를 지켜보던 손 수행비서는 즉각 강현을 부축해 근처에 주차해 둔 차로 옮겼다.

자신보다 더 큰 상사를 거의 50미터를 끌고 와서 뒷좌석에 눕히느라 손 수행비서는 땀을 흘리기 시작했다. 땀이 눈동자 위에 떨어지자 강현은 반사적으로 눈을 깜빡였다. 그러나 병원 밖을 나온 뒤 흐릿해진 시야는 여전히 혼탁할 뿐이다. 사물의 경계가 뚜렷하지 않았고, 색깔도 여러 가지가 섞인 것처럼 혼미했다. 정신 또한 급류에 휘말린 것처럼 무의식의 저편으로 떨어지고 있었다. 하지만 강현은 기억했다.

"현주."

그의 입이 또렷하게 내뱉었다.

"현주한테, 무슨 일이, 있었는지, 알아봐요."

한 번에 말하지 못하고 끊어서 내뱉었지만 손 수행비서는 충분히 알아들을 것이다. 강현은 그 사실이 위안을 주는 건지 아닌지 알 수가 없었다. 그는 그저 아팠다. 죽을 것처럼 고통스러웠다.

어째서 이제 와 이리도 쓰라린 건가. 근 2년에 이르는 시간 동안 잘살아왔는데 어째서? 어째서?

현주야, 현주야, 난 왜 이제 와 이런 걸까? 그때 너를 버렸을 때도 이 정도로 아프지는 않았어. 하지만 지금은 차라리 죽고 싶을 만큼 아파. 네가 고통을 겪고 있다는 걸, 아마도 나 때문에 그렇게 된 거라는 걸 본능적으로 깨달았기 때문일까?

아프지 마라, 현주야. 아프면 안 돼. 차라리 내가…….

"……님! 이사님! 정신 차리세요!"

손 수행비서의 말이 다시 먼 곳에서 울리고 있었다. 아니, 말이 아니라 부르짖음이었으나 강현은 외면한 채 눈을 감았다. 검은색으로 가득한 공간이 그곳이니까. 현주의 고통이 보이지 않는 장소니까.

4

이마에 닿은 건 손이었다.

곱고 매끈하면서 서늘한 느낌을 주는 것. 따스한 건 아니었으나, 언제나 강현은 이 손이 참 좋았다.

"어머니."

강현은 손의 주인을 부르며 눈을 떴다. 침대 앞에 서 있는 어머니 은희가 보였다. 재계의 여신이라 불리는 EH그룹의 사장답게 옷차림은 물론 화장도 완벽했고 머리카락도 한 올 흐트러지지 않았으나 안색은 어딘가 모르게 창백했다.

"걱정하지 않으셔도 됩니다."

강현은 미소를 지었으나 사실 약간 당황한 상태였다. 최근 어머니가 저 정도라도 흔들리는 모습을 보여주었던 건 이제까지 딱 한 번뿐이다. 1년 전 할머니와 할아버지가 돌아가셨을 때.

강현을 무조건적으로 사랑해 주었던 조부모님이 하늘로 가신 건 순식간에 일어난 일이었다. 환절기 때마다 꼬박꼬박 독감 예방 주사를 맞으셨으나 작년에는 친구분들과 여행 준비를 하다가 깜빡하셨다. 여행을 다녀오신 뒤 독감에 걸리셨고, 갑자기 폐렴으로 발전하더니 두 분은 하루 사이로 세상을 떠나셨다.

아흔이 다 되어가는 나이이고 아들이 교통사고로 사망한 것 이외에는 그동안 무탈하고 건강하게 살아오셨다. 흔히 호상(好喪)이라고 말하는 그런 장례. 그러나 그건 남들의 기준이지 강현에겐 크나큰 슬픔이었다.

하나뿐인 손자로서 최선을 다해 잘해 드리긴 했다. 미국으로 유학 갔을 때도 자주 영상통화를 했고, 한국에 있을 때는 매일 아침마다 식사를 하면서 얼굴을 보여드릴뿐더러 간혹 출장이나 회의 때문에 뵙지 못할 때는 전화를 꼭 드리곤 했다. 하지만 아쉬움이 남았다. 더 잘해 드릴 수도 있었을 텐데 하는 마음.

또한 더 큰 아쉬움이 있었다. 그렇게나 원하시던 증손자를 안겨 드리지 못한 것.

하지만 어쩔 수 없었다. 조부모님께 매우 죄송스러웠으나 강현은 그것만은 들어드릴 수 없었다. 물론 예정상으로는 언젠가 그럴 생각이지만, 조부모님은 이미 돌아가셨다. 이제 남은 EH그룹 일가는 사장인 한은희, 그리고 서른두 살의 젊은 나이에 이사 자리에 올라 있는 신강현뿐.

피가 섞이지 않은 모자 관계. 더군다나 한은희는 빼어난 미모의 소유자임에도 재가하지 않은 상태일뿐더러 밖에서 데리고 온 아들은 결혼 전이다. 뭇 사람들이 마음만 먹으면 얼마든지 입방아를 찧을 수도 있는 상황.

물론 EH그룹의 중추들에 대해 감히 누가 더러운 소문을 퍼뜨리겠냐마는, 강현은 어머니를 사람들이 의심쩍은 눈으로 보는 것 자체가 싫었다. 혐오스럽고 분노가 치미는 일. 때문에 1년 전에 조부모님이 돌아가신 뒤 강현은 이목을 고려해 본가 근처의 오피스텔로 독립해서 나왔다.

아, 그래서 이런 모습이 낯선 걸까?

서로 일정이 매우 바쁜지라 강현은 독립한 뒤로는 일요일 점심마다 본가로 가서 어머니와 식사를 할 뿐, 따로 더 만나지는 않았다. 감정이 많이 실린 얼굴을 오랜만에 보는 이유는 그래서인 건지도 몰랐다. 어머니를 EH그룹 사장으로 만나는 경우가 더 잦으니까.

"강현아."

은희는 아들의 이마에 댄 손을 천천히 거두었다. 강현은 아쉬움을 느끼며 일어나 앉았고, 은희는 감정이 섞인 한숨을 짧게 내쉬었다. 강현은 안도감이라는 것을 깨달았다.

"미안하구나."

"네?"

"내가 너무 몰아붙였어."

강현은 그제야 은희가 무슨 말을 하는지 깨달았다. 한 달 전부터 그에게 밀어붙인 새 사업에 대한 이야기이리라.

"아닙니다, 어머니."

강현은 서둘러 고개를 저었다.

"최근 업무량이 많긴 했지만 충분히 감당할 수 있습니다."

"아니야. 그게 아니라면 네가 이렇게 실려올 이유가 없지 않니?"

은희의 말은 질문이 아니라 생각이었다. 아들이 무엇 때문에 이렇게 됐는지 알지 못하는 사람의 것이다.

"건강검진 다시 하자꾸나. 일주일 푹 쉬고. 알았지?"

강현은 거절하고 싶었으나 순간 떠오른 것 때문에 입을 다물었다. 그는 천천히 고개를 끄덕였고, 은희의 눈이 살짝 커졌다. 휴가 한 번 안 가고, 평일은 물론이거니와 토요일에도 거의 하루 종일 회사에 붙어 있던 신강현답지 않은 행동이기 때문이리라. 더군다나 은희는 정확한 이유는 모르지만 강현이 병원을 지독히도 혐오한다는 사실을 잘 알고 있었다.

"정말 미안하구나."

아들의 반응에 충격받았는지 은희의 얼굴에 짙은 후회의 감정이 드리워졌다.

"그동안 내가 너무했지. 후계자 교육을 시킨답시고 널 너무 힘들게 했구나. 그동안 넌 휴가도 제대로 간 적이 없고 거의 하루 종일 회사에만 있었지. 난 그런 네게 쉬라고 말하기는커녕 스트레스는 직업병이니 관리하는 것도 의무라고 했고."

목소리에서도 미안한 감정이 뚝뚝 떨어지고 있다. 그렇기에 강현은 정말 당황했다. 그는 고개를 옆으로 젓다가 숙였다.

"아닙니다, 어머니. 그건 제가 선택한 사항입니다. 어머니 탓이 아니니 그리 말씀하지 마세요. 저야말로 죄송합니다. 걱정 끼치고 싶지 않았는데 정말 죄송합니다."

진심이었다. 어머니에게, 다른 사람도 아니고 그에게 모든 것을 준 사람의 얼굴에 저리 깊은 염려와 미안함의 감정이 드리워지는 건 보고 싶지 않았다.

"신강현, 내가 이전부터 뭐라고 했니? 고개 숙이지 마렴. 넌 EH그룹의 후계자야. 사과할 때는 해야 하는 거지만, 이런 일에는 고개 숙이지 마. 특히 나한테는 더욱 그러지 마렴. 자식은 어떤 잘못을 저질러도 부모에게 고개 숙일 이유가 없단다."

창백하게 흔들리던 은희의 얼굴에 다시 엄격하게 빛나는 선명한 기운이 돌아왔다. 강현은 그제야 마음이 놓이는 기분이었다. 그는 알았다는 뜻으로 고개를 끄덕이고는 좀 더 또박또박하게 말했다.

"어머니야말로 제게 사과하지 마세요. 이건 스트레스를 제대로 다스리지 못한 제 탓이니까요. 앞으로 이런 일 없게 하겠습니다. 약속드려요. 저, 약속 잘 지키는 거 아시죠?"

강현이 엷게 미소 지으며 가볍게 말하자 은희는 딱딱해진 얼굴을 풀고는 역시 웃으며 고개를 끄덕였다.

"그래, 잘 알지. 약속, 이번에도 잘 지켜주려무나."

"네, 그렇게 하겠습니다."

은희는 잠시 생각하는 눈치더니 조심스럽게 입을 열었다.

"이우연 양이 퇴원 전이라고 들었어. 아직 불편하지?"

강현은 입을 닫았다. 그것만으로도 충분한 답일 터. 은희는 희미하게 이맛살을 찌푸렸다. 뭔가를 깊이 생각하는 표정. 망설이는 듯했으나 곧 은희는 결론을 내리듯 고개를 끄덕인 뒤 아들의 어깨를 살짝 잡았다가 놓았다.

"난 잠시 베이징에 다녀와야 한단다. 그동안 푹 쉬렴."

어머니가 병실에서 나간 뒤 손 수행비서가 들어왔다. 손 수행비서는 옷차림은 멀끔했으나 안색은 어둡고 피부는 까칠하며 눈엔 핏발이 서 있었다. 단순히 밤을 새워서가 아니리라.

"미안합니다."

강현은 사과부터 했다. 그를 데리고 병원으로 온 건 물론이거와 입원 수속도 하고 어머니께도 연락한 건 손 수행비서일 터였다. 직속상관이 이렇게 쓰러질 정도로 제대로 관리하지 못한 무능력자라는 오명도 뒤집어썼을 터.

"손 비서님, 이건 제 탓입니다."

"아닙니다. 경고로 끝났으니, 걱정하지 않으셔도 됩니다."

강현은 길게 안도의 한숨을 내쉬었다. 최악의 경우 어머니가 손 수행비서를 해고할지도 모른다고 생각했는데 다행이었다.

EH그룹 비서실 소속이지만 손 수행비서는 강현이 직접 뽑은 사람인 만큼 사장인 한은희가 아니라 강현의 의사를 가장 우선시했다. 그래서 강현은 회사 내에서 손 수행비서를 가장 신뢰했다.

"다른 수행비서로 교체되지 않아서 다행입니다. 이우연 씨 일도 그렇고."

손 수행비서는 고개를 슬쩍 돌려 병실 문이 물샐틈없이 꽉 닫혀 있는지 확인했다. 병실은 VIP 전용이라 호텔처럼 시설이 깔끔하고 좋을뿐더러 꽤 널찍해서 누가 엿들을 수 없는 거리였다. 그러나 손 수행비서는 목소리를 낮추었다.

"그분 일도 마찬가지입니다."

강현은 마른 입술을 축인 뒤 입을 열었다.

"알아보셨습니까?"

질문은 했으나 사실 강현은 기대하지 않았다. 지시를 내린 건 오늘 아침에 그가 쓰러지기 직전이었다. 그때부터 지금까지 대략 다섯 시간밖에 안 지났으니 그동안 조사가 완료됐을 리는 없었다.

"아직 나오지 않았습니다."

예상했던 바이지만 답을 듣는 순간 강현은 실망하고야 말았다. 그러나 귀로 직접 듣고 싶지 않은 사실이긴 했다. 조사 결과가 나온 게 아니지만 어느 정도는 짐작이 가니까.

현주가…….

"아픈 거겠지요? 투석이라면…… 신장병인가요?"

신장, 즉 콩팥에 이상이 생기면 투석이라는 걸 한다는 말을 언뜻 들은 적이 있다. 돌아가신 할아버지께서 투석을 하는 친구가 많이 힘들어한다며 혀를 찬 적이 있었다.

나이가 많은 사람들만 걸리는 병이 아니었나?

"네, 투석실에 다니시는 걸 보니 그분은 혈액 투석을 하시는 것 같습니다. 투석에는 두 가지 종류가 있거든요."

강현이 의아한 눈빛으로 쳐다보자 손 수행비서는 질문을 알아차렸다.

“저희 어머니께서 투석 환자셔서 저도 투석에 대해서 좀 알고 있습니다. 설명드릴까요?”

강현이 고개를 끄덕이자 손 수행비서는 몸을 옆으로 돌리더니 두 손으로 허리 뒤쪽을 가리켰다.

“이 부분입니다. 신장(腎臟), 그러니까 콩팥은 강낭콩 모양으로 사람마다 여기에 두 개씩 있습니다. 하나만 가지고 태어나는 사람도 있고요. 보통은 하나만 있어도 사는 데는 지장이 없고, 나빠지면 두 개가 동시에 나빠집니다. 때문에 이식 수술을 많이 합니다. 건강한 사람이 신장 환자에게 하나를 떼어주는 거죠. 저도 어머니께 이식 수술을 해드리고 싶었는데 저희 어머니는 고혈압과 당뇨 때문에 신장병을 얻으신 거라 이식이 불가능했습니다. 아니, 가능하긴 했지만 이식한 신장이 금방 다시 망가질 게 뻔하기에 못하셨습니다.”

손 수행비서는 한숨을 짧게 내쉬었다. 어머니를 떠올렸기 때문이리라.

“간단하게 설명하자면, 신장은 정수기 같은 장기입니다. 온몸의 독소를 걸러서 소변으로 배출하게 해주지요. 그런데 신장이 나빠지면 독소를 못 거르니까 온몸에 요독이 쌓이는 거지요. 이식 수술을 못한다면 신장병 환자는 투석을 해야 합니다. 투석 기계로, 즉 인공적으로 요독을 빼주는 겁니다. 그걸 투석(透析)이라고 부르지요. 투석 방법에는 복막 투석과 혈액 투석이 있는데, 각기 장단점이 있습니다. 제 어머니와 그분은 혈액 투석을 선택한 겁니다.”

"그 투석이라는 걸 계속하면……."

강현은 잠시 말을 멈추었다.

"죽지 않는 겁니까?"

"그렇습니다. 그러나 사람마다 차이가 있긴 하지만, 투석은 기본적으로 매우 힘듭니다. 일주일에 세 번, 각 네 시간씩 투석기에 누워 있어야 합니다. 남은 평생 그래야 하지요."

강현은 기가 막혔다.

"평생 말입니까?"

"네, 그뿐만이 아닙니다. 환자마다 다르지만 대부분의 신장병 환자는 음식도 가려 먹어야 합니다. 이 부분은 정확하게 기억이 안 나는데…… 야채 같은 것을 그냥 생으로 많이 먹으면 칼륨인가 그런 것 때문에 심장마비가 올 수도 있습니다. 그리고 물도 섭취하면 안 되고요. 저희 어머니의 소원이……."

손 수행비서는 목울대를 꿈틀거리더니 눈을 깜박거렸다. 눈물을 참는 행동이라는 걸 강현은 깨달았다.

"물을 마음껏 마시는 것이었습니다."

강현은 이제야 손 수행비서의 과거형 말이 무슨 뜻인지 깨달았다. 위로의 말을 해야 하리라. 그러나 강현은 순간 떨어진 번개에 직격당한 사람처럼 아무 소리도 낼 수 없었다. 손 수행비서는 상관의 반응을 읽었다.

"괜찮습니다. 지난일입니다."

다시 손 수행비서는 기침으로 목을 가다듬었다.

"어머니께서 발병하신 건 5년 전으로, 그때 며칠이고 밤을 새우면서 아는 의사 친구들을 들볶아서 신장병에 대한 자료를 꽤 많이 봤습니다. 어느 정도는 기억이 나는데 더 궁금하신 게 있으면 물어보세요."

"신장이 회복되는 약 같은 건 없는 겁니까?"

"아직까지는 없습니다. 신장은 한 번 나빠지면 회복되지 않는다고 들었습니다. 그래서 이식 수술이 정답입니다."

"투석을…… 평생 해야 한다니……."

평생이라는 글자 때문에 강현은 말을 제대로 끝내지 못했다. 손수행비서는 생각하는 표정으로 입을 열었다.

"음, 정확한 건 확실한 조사 결과가 나와야 하지만 아무래도 그분은 투석을 시작한 지 얼마 안 된 것 같습니다. 원래 혈액 투석은 손의 혈관에 하는데 그분은 그게 아니더라고요."

"네. 쇄골 쪽에 하던데……."

"그런 관, 튜브를 보통 카테터(Catheter)라고 부릅니다. 저희 어머니도 갑자기 쓰러지셔서 그쪽에 카테터를 하셨습니다. 긴급하게 투석하기 위해서, 그리고 팔에 혈관 수술 같은 걸 해서 혈관을 키우기 전에는 보통 그렇게 많이 합니다. 6개월 정도까지 카테터를 할 수 있습니다. 그 이상은 살과 흡착이 심해져서 안 되고요."

"그러니까, 현주는 아픈 지 아직 6개월이 안 됐다는 겁니까?"

"아마도요. 확실한 건 아닙니다."

뭔가 더 묻고 싶었다. 그러나 강현은 머릿속에 작은 공이 어지럽게 튀어 다니는 기분이 되었다. 끝없이 새하얗기만 한 공들.

"전 이번 주는 조용히 병실에 있겠습니다. 손 비서님도 들어가서 쉬세요."

"이번 주 내내 말씀이십니까? 이사님은 쉬셔야 하지만 전 괜찮습니다. 내일 아침에 다시 오겠습니다."

"아닙니다. 조사 결과가 나오면 그때 오세요. 그전까지는 푹 쉬시길 바랍니다."

손 수행비서는 조용히 물었다.

"이사님, 무엇을 원하시는 겁니까?"

"어제 말했지요. 모르겠다고. 지금도 그건······."

마찬가지라고 말하려 했으나 강현은 그게 사실이 아니라는 것을 깨달았다. 그랬다. 모르지 않았다. 그러나······.

"이만 쉬세요."

강현은 조용하게 내뱉었고, 손 수행비서는 허리를 숙여 인사한 뒤 병실에서 사라졌다. 널찍한 공간에 남은 건 신강현 혼자이다. 그리고 그는 생각하기 시작했다.

현주에 대한 이 마음과 감정은 동정심인가, 그게 아니라면······.

그 후로 3일간 강현이 한 일이라고는 건강검진을 다시 받고, 하루에 한 번씩 베이징에 계신 어머니와 통화하는 것뿐이었다. 통화는 매번 짧았으나 강현은 어머니가 얼마나 아들을 걱정하고 있는지 느낄 수 있었다.

죄송했고, 어서 컨디션을 원상태로 돌리고 싶었다. 그러나 그는 문제의 근본적인 원인이 육체에 있지 않다는 것을 잘 알았다.

장현주.

나는 어떻게 하고 싶은가. 불치병 아닌 불치병을 안고 살아가는 현주를 대체 어떻게 하고 싶은 건가.

갑자기 왜 아픈 거지? 건강했는데. 무슨 일이 있었던 건가? 이식할 생각은 없나? 쌍둥이 동생이 복무 중이긴 해도 누나에게 이식해 주는 건 가능할 터. 왜 이식을 안 하는 거지? 뭔가 이유가 있는 건가? 아니, 애초에 이식 수술은 말 그대로 수술인 만큼 결코 쉬운 일이 아닐 터.

머릿속에 수십, 아니, 수백 개의 실이 엉켜 있는 것 같다. 이런 혼란을 잠재우는 방법은 실을 싹둑 잘라 버리는 것뿐일 터. 머릿속에서 장현주라는 존재를 완전히 소멸시켜야 했다.

그러나 강현은 그럴 수가 없었다. 그럴 수 있었다면 헤어졌던 지난 2년 동안 그리했으리라. 유학에서 돌아와 EH그룹의 후계자로 자리를 잡느라 눈 돌아갈 새 없이 바빴기에, 생각하지 못했었다. 그러나 이제야 그는 깨달을 수 있었다.

현주를 떠올리지 않았으나 머릿속에서 쫓아버린 게 아니었다. 장현주는 신강현의 머릿속 한 자리를 원래 자기 것인 양 그냥 차지하고 있었던 것이다. 그녀의 존재 자체가 그냥 일상적인 일이었다.

잊어야 한다. 이미 지난 인연이다. 머릿속에 자리 잡은 현주를 완전히 뿌리째 뽑아야 한다.

하지만 현주가 아프다. 평생 일주일에 세 번, 네 시간씩 투석 기계에 매달려서 살아가야 한다.

그 생각을 하면 할수록 강현은 심장에 못이 하나씩 박히는 기분이다. 날카로운 것에 깊숙하게 찔리는 느낌. 예리한 통증이 그를 가르고 난도질했다. 그래서 깨달을 수 있었다.

이 마음은 단순히 동정심이 아니다. 사랑한다. 여전히 사랑한다.

사랑한다.

하지만 그렇다고 어쩔 수 있단 말인가? 2년 전에도 사랑했으나 그녀를 버렸다. 지금도 마찬가지이다. 사랑하지만 그것뿐.

그러나 도와주고 싶다. 금전적으로든 다른 것으로든 할 수 있는 거라면 다 해주고 싶다.

하지만 현주는 결코 바라지 않으리라. 저번에 이 B병원에서 재회했을 때 현주는 그를 외면했다.

그리고 며칠 전 투석실에서 마주쳤을 때는, 아니, 그때 날 정말 발견하긴 했나? 그런 게 아니라면 그렇게 아무 표정이 없을 리 없다.

날 보지 못한 것이다. 나를 보지 못한 섯.

그 사실을 깨달은 즉시 강현은 강렬한 충동에 시달리게 되었다. 현주에게 그를 보여주고 싶었다. 현주의 얼굴에, 눈동자에 그의 모습을 각인시켜 주고 싶었다.

그래선 안 된다. 내가 버린 여자를 다시 찾아가선 안 돼!

잘 알았다. 정말 잘 알았다. 그러나 강현은 결국 동이 트기 전 손 수행비서를 호출하고야 말았다. 간편한 차림새로 갈아입은 강현은 손 수행비서가 운전하는 차를 타고 조용히 병원을 빠져

나갔다.

그리고 며칠 전처럼 차 안에서 현주의 집 앞에서 기다렸다. 정확히 6시 15분이 되자 현주는 저번처럼 패딩과 목도리로 무장한 차림새로 나왔다. 강현은 차에서 내려서 조용하게 따라가며 현주의 뒷모습을 눈에 담았다.

몇 분 되지 않아 현주는 D메디병원에 도착했다. 지난번처럼 멈춰 서서 고통을 내리누르는 사람마냥 눈을 질끈 감았다가 뜬 뒤 정문에 손을 댔다. 정문이 안쪽에서 벌컥 열린 게 그 순간이었다.

현주는 안에서 튀어나온 사람을 피하지 못했다. 아직 열 살도 안 되는 어린아이는 현주의 가슴에 쿵 소리가 날 정도로 머리를 박고는 뒤로 밀려나 주저앉았다. 현주는 넘어지지 않았으나 아픈지 움찔거린 채 서 있다. 서둘러 쫓아온 아이의 엄마는 크게 놀란 얼굴로 아이에게 다가갔다.

"얘, 그렇게 막 달려 나가면 어떻게 해! 저기, 정말 죄송합니다."

아이 엄마는 고개를 숙여 현주에게 사과했다. 현주가 등을 보여주는 자세로 서 있었기 때문에 얼굴을 볼 수가 없었으나 강현은 그녀가 한 손을 아이가 박은 부분에 댄 채 고개를 젓는 것을 볼 수 있었다.

"괜찮…… 괜찮습니다."

희미한 고통이 흘러나오는 메마른 목소리. 아이 엄마는 다시 고개를 숙이더니 아이의 팔을 잡고 일으켜 세우고는 재촉했다.

"빨리 누나에게 사과해!"

"죄송해요."

현주는 다시 한 번 괜찮다고 말하고는 아이 엄마에게 목례한 뒤 앞으로 걸었다. 얼굴을 감싸듯 걸려 있던 목도리가 현주의 등 뒤로 스르륵 떨어진 게 그 순간이었다. 아이가 냉큼 목도리를 주웠다.

"누나, 이거요! 목도리!"

정문 안으로 들어가던 현주는 몸을 돌려 아이와 마주했고, 고맙다고 말하며 목도리를 받아 들었다. 그러던 현주는 고개를 돌리다가 십여 미터 뒤에 서 있는 강현을 발견했다.

며칠 전 힘없이 투석을 받으면서 투석실 문 밖에 있는 강현을 바라보았을 때 현주의 얼굴에는 아무것도 떠오르지 않았었다. 원망, 분노, 슬픔 등 그 어떤 감정도 없었다. 현주는 그냥 무표정하게 강현을 바라볼 뿐이었다.

그래서 못 본 거라고 생각했다. 그러나 지금 이 순간, 얼마 떨어지지 않은 거리에서 똑바로 강현을 응시하는 현주는 여전히 텅 비어 있는 얼굴이다.

못 본 게 아니다. 그저 반응하지 않은 것뿐.

이게 무슨 뜻이지? 나에 대해 아무 감정도 남아 있지 않는다는 뜻인가? 더 이상 사랑하지 않는다고?

"현주야."

버려놓고 이런 일에 덜컥 겁을 집어먹는 스스로가 얼마나 비열한 자식인지 알았으나 강현은 입을 열지 않을 수 없었다. 다가가지 않을 수 없었다.

"현주야."

강현은 다시 말하며 뛰듯이 걸어가 손을 뻗었다. 손끝에 닿은 현주의 뺨은 이전과는 완전히 달랐다. 보드랍거나 포근한 느낌은 완전히 사라지고 메마르고 거칠었다.

강현은 예리한 비수가 심장을 가르는 느낌이었다.

"현주야."

그는 안타까움과 슬픔이 뚝뚝 떨어지는 목소리로 다시 불렀다. 현주의 얼굴에 감정이 떠오른 건 그 순간이었다.

B병원에서 우연히 만났을 때처럼 현주는 얼굴이 돌처럼 굳어졌고 눈빛이 시퍼런 칼날처럼 빛났다. 차디찬 냉기가 강현을 꿰뚫기 시작했다.

"신강현."

현주의 마른 입술이 산산이 부서진 나뭇조각처럼 사정없이 뒤틀리더니 열렸다.

"진짜였네. 진짜 다시 나타난 거였어. 그래, 며칠 전에도 진짜로 나타났던 거야?"

착각이라고 생각했던 건가? 그래서 반응이 없었던 건가?

강현은 무슨 말을 해야 할지 알 수 없었다. 현주를 보고 만지는 게 목표이긴 했으나 막상 그 상황이 되자 혀가 굳어버렸다. 반대로 현주는 기가 막힌 듯 헛웃음을 짓더니 쏘아붙였다.

"어떻게 여기까지 온 거야? 너 설마 나 따라다니는 거야? 미쳤어? 이제 와 이게 무슨 짓이야?"

"네가 보고 싶었어."

강현은 가장 먼저 떠오르는 생각을 말했다. 머릿속을 터뜨릴 듯 꽉 채운 말.

"그래서 왔어. 지난번에 B병원에서 너와 우연히 만난 뒤…… 보고 싶었어. 그래서……."

그는 말을 끝내지 못했다. 현주의 손이 바람처럼 날아와 그대로 뺨을 갈겼기 때문이다.

짝!

아직 새벽의 어스름이 완전히 걷히지 않은 아침인지라 길거리에 사람들이 적었다. 출근을 위해 빠르게 걷던 그들은 조용한 공기를 부수듯 터진 소리에 진원지로 시선을 주었다.

언뜻 어딘가 아파 보이지만 매섭게 뺨을 때린 여자, 크고 건강한 몸이지만 저항 없이 얻어맞은 남자, 그리고 슈트를 답답하리만치 단정하게 갖춰 입은 채 몇 걸음 뒤에서 그들을 날카로운 눈으로 바라보고 있는 또 다른 남자.

흥미로운 광경이었으나 출근길이다. 몇몇은 노골적으로 쳐다보았지만 곧 걸음을 재촉했다.

"……현주야."

고개가 옆으로 돌아간 강현은 다시 현주를 바라보았다. 뺨이 불이라도 붙은 듯 화끈거렸다. 통증 때문이 아니라 현주에 대한 참담함과 미안함 때문이다.

"미안해."

강현은 화내지 않았다. 대신 사과했다. 2년 전의 그 비겁한 이별에 대해서, 그때는 물론이거와 현재도 비열한 자신에 대해서.

현주는 그런 반응을 기대하지 않은 모양이다. 그녀는 뺨을 때려 놓고 스스로 크게 놀란 표정이었는데, 그 얼굴 그대로 그를 쳐다보았다. 그러나 그건 잠시였다.

"사과하면 내가 용서해 줄 거라고 생각해? 내가 용서해 줄 수 있을 거라고 보는 거야? 그 일은……."

현주는 말하다 말고 브레이크라도 걸린 양 갑자기 멈추었다. 그러더니 다시 강현의 얼굴에 시선을 박았다. 샅샅이 훑는 눈빛이다. 뭔가를 캐내는 느낌 같기도 했다.

왜 그러는 거지?

현주는 한참을 그렇게 그를 쳐다보더니 입을 열어 쏘아붙였다.

"신강현, 똑바로 말할게. 사과 같은 거 필요 없어. 나는 말이야, 저번에 말했잖아. 이렇게 마주치는 것도 싫어. 싫어, 싫다고."

현주는 강조하듯 꼭꼭 누르면서 내뱉었다.

"그러니 이만 사라져. 다시는 내 앞에 나타나지 마. 우리는 2년 전에 헤어졌어. 아니, 네가 날 버렸지. 그 후로는 아무 상관 없는 사이인 거야."

강현은 입을 열었다. 그러나 나오는 말이 없었다. 현주의 말은 진실이자 현실이기 때문이다.

"신강현, 양심이 있다면 다시는 내 앞에 나타나지 마. 내게 관심 갖지 마. 넌 그럴 자격 자체가 없어."

덧붙여 말하는 현주의 목소리는 날카로웠으나 작았다. 말하는 것 자체가 힘든지, 현주의 입술 밖으로 힘겨운 숨소리가 이어 흘러나왔다. 마르고 거친 얼굴에 피로의 그림자가 내려앉은 상태였다.

아픈 건가? 나 때문에?

강현의 심장이 덜컥 멈춘 건 그때였다.

“이사님, 가셔야 합니다.”

뒤에 물러서 있던 손 수행비서가 다가와 한마디 한 게 그때였다. 강현은 현주에게 손을 뻗고 싶었으나, 손 수행비서가 더 가까이 와서 그의 어깨를 잡자 그러지 못했다. 수행비서가 그의 몸에 손을 대는 건 거의 없는 일인지라 강현은 뿌리치기보다 크게 놀라 쳐다보았고, 손 수행비서는 굳은 얼굴을 말없이 옆으로 내저었다.

“당신네 이사, 다시는 내 옆에 못 오게 하세요.”

현주는 강현과 손 수행비서를 번갈아 쳐다보더니 다시 앙칼지게 한마디 하고는 이번에야말로 병원 정문 안으로 완전히 사라졌다. 강현이 그녀를 삼킨 문을 멍하니 쳐다보기 시작한 가운데 손 수행비서는 주변 시선을 생각해 작게 말했다.

“방해해서 죄송합니다. 하지만 더 붙잡으시면 안 됩니다.”

강현은 따지듯 내쏘았다.

“어째서?”

“혈액 투석은 예약한 시간에 해야 합니다. 장현주 씨는 상태가 썩 좋아 보이지 않는데…… 이사님과 이야기하느라 시간이 늦어지면 몸 상태가 더 나빠질 수도 있습니다.”

강현은 부끄러움과 걱정으로 얼굴에 열이 오르는 기분이었다.

“일단 밖에서 기다리시는 게 좋을 듯합니다.”

손 수행비서는 손짓으로 병원 옆에 있는 카페를 가리켰다. 벽과 창문이 투명해서 병원 정문으로 오가는 사람들을 볼 수 있는 구조였다.

“아, 식사가 우선입니다.”

손 수행비서는 일단 식당으로 강현을 데려가 남기지 않고 먹는지 매의 눈으로 감시했다. 강현은 지금 무엇을 먹는지 알지도 못하는 가운데 기계적으로 손을 놀렸다. 그의 머릿속은 정리되지 않고 바닥에 아무렇게나 널려 있는 종이 더미 같은 상태였다. 장현주라고 쓰여 있는 종이들.

비속어 한마디도 내뱉지 않던 현주가 그에게 고함을 지르고 뺨을 때렸다. 시선, 그 냉혹한 눈빛…….

이해가 가는 일이다. 강현 스스로 생각해도 자신은 비열한 철면피이다. 어쩔 수 없었던 이유도 아니고 단순히 물질적인 배경 때문에 동거하던 여자를 버려놓고 2년 만에 갑자기 등장해서 따라다니는 건 정상인이 할 일이 아니다.

그러나 그 사실을 잘 아는데도 강현은 이 자리를 박차고 떠날 수가 없었다.

현주가 아프다. 하지만 그렇다고 어쩔 건가? 이제 와서 현주와 결혼할 수는 없다. 현주가 받아들이지 않을 거라는 명백한 사실을 뒤로하고라도 신강현은 EH그룹의 후계자였다. 물론 후계자는 신강현 혼자뿐이긴 하지만 EH그룹의 총수인 어머니가 비서의 딸 따위와 결혼하는 아들을 받아들일 리 없다.

어머니가 실망하는 건 보고 싶지 않다. 실망시킬 순 없다. 날 버리게 할 순 없다! 절대로!

하지만 현주를 이대로 놔둘 수도 없었다.

끝없이 밀려오는 파도처럼 강현의 머릿속에 질문이 연속적으로 떠올랐다. 단 하나의 질문.

어떻게 해야 할까?

"이사님."

강현은 돌덩이라도 들은 양 무거워진 고개를 들었다. 손 수행비서가 녹차를 내밀었다.

"이거 드세요."

어느새 카페였다. 강현은 아무것도 마시고 싶지 않았으나, 한 모금 삼킨 뒤 입을 열었다.

"손 비서님."

"네."

"머릿속이…… 너무나 복잡합니다."

강현은 양손으로 머리를 부여잡았다. 따끔한 통증이 일어날 만큼 미리카락을 세게 삽아당겼으나 해결되는 건 전혀 없었다.

"이해합니…… 잠시만요."

진동이 울리는 소리가 나더니 손 수행비서는 품속에서 휴대전화를 꺼내 들었다. 손 수행비서가 한쪽 눈썹을 치켜들었다.

"최 비서입니다."

이우연의 비서.

강현은 받으라는 뜻으로 고개를 끄덕였고, 손 수행비서는 곧 통화를 시작했다.

"손정운 비서입니다. 네, 네. 별것 아닙니다. 네. 잠시 바깥바람을 쐬러 나오셨습니다. 나중에 문병 가도록 하겠습니다. 네, 그럼."

손 수행비서는 종료버튼을 누르고 휴대전화를 품에 집어넣은 뒤 입을 열었다.

"이제야 이사님이 입원해 있다는 사실을 알게 된 모양입니다."

"아니, 그게 아니라 이제야 이우연이 그나마 정신을 차린 것 같습니다."

"음, 그게 맞는 것 같습니다. 최 비서의 목소리가 한결 좋아졌습니다. 저, 이사님."

손 수행비서는 망설이는 기색으로 입을 열었다.

"말씀하세요."

"이우연 씨와 정말로…… 잠시만요."

다시 손 수행비서의 휴대전화가 울리기 시작했다. 손 수행비서는 잠시 생각하는 표정이더니 웅웅거리는 액정을 보고는 강현에게 양해를 구했다.

"잠시 밖에 다녀오겠습니다. 죄송합니다."

사생활인가?

강현은 고개를 끄덕였고, 손 수행비서는 거듭 사과하더니 자리를 떴다. 카페에 남겨진 강현은 눈앞에 놓인 녹차를 바라보았다. 투명한 유리컵은 액체가 연두색이라는 사실을 분명하게 보여주었다.

감정도 이렇게 분명하게 보인다면, 고민의 결과도 이렇게 선명하게 보인다면 얼마나 좋을까?

어린애 같은 생각이다. 그는 서른두 살의 성인으로, 아무것도 하지 않으면 아무것도 이룰 수 없다는 것을 잘 아는 나이이다.

더 깊게 고민하고 직접 행동해야 답을 얻을 수 있으리라.

하지만 시간이 필요한 일이다. 현재로서는 그저 머리가 터질 것처럼 복잡할 뿐이다. 그래서 아무것도 얻지 못하는 상황. 아무것도 분명하지 않은 상황.

아니, 아니다. 이 녹차의 색깔처럼 선명한 게 있다.

현주가 그립다.

십여 미터 떨어진 장소에서 투석 기계에 매달려 있을 장현주라는 여자가 그리웠다.

신강현은 진짜 나쁜 자식이었다. 그는 스스로를 잘 알았다. 그래서 강현은 당장에라도 달려가고픈 마음을 누르고 시간이 흐르기를 기다릴 수밖에 없었다.

무슨 일이 있는 건가?

남방 놀아올 줄 알았던 손 수행비서는 세 시간이 지나도 돌아오질 않았다. 강현은 따로 휴대전화를 챙기지 않은 상태였다. 카페 주인에게 부탁하면 전화를 빌릴 수는 있을 테지만 그는 그러지 않았다.

손 수행비서는 책임감은 물론이거와 충성심도 매우 강한 사람이다. 2년 전에 한국으로 돌아왔을 때 강현이 직접 뽑아 최측근으로 만든 사람 중 최고이다.

사정이 있을 터였다. 그리고 강현은 지금은 혼자 있고 싶었다.

다른 사람을 신경 쓸 정신 자체가 없었다.

네 시간째가 다 되어갔다. 투석은 네 시간 정도를 한다고 했으니 이제 현주가 병원 밖으로 나올 때가 다 된 것.

강현은 숨을 죽인 채 기다렸다. 어느새 손바닥에 땀이 맺힌 가운데 좀 더 시간이 지나자 현주가 드디어 나왔다. 강현은 자리에서 벌떡 일어나 카페를 빠져나왔다. 며칠 물을 마시지 못하다가 드디어 오아시스를 발견한 사람처럼 머릿속은 현주로 가득했다. 그러나 문득, 그는 눈앞에 나타나는 게 좋은 방법이 아니라는 사실을 깨달았다.

짜증 내고 화낼 것이다. 더더욱 미워하리라.

강현은 카페 문 앞에서 걸음을 우뚝 멈춘 채 기다렸다. 막 카페를 지나간 현주는 그를 보지 못한 상황이다.

오늘은 조용히 집에 들어가는 것만 보는 게 좋을 듯싶었다. 강현이 그렇게 결론을 내리고 걸음을 옮길 때였다. 카페 문에 달려 있는 종이 요란하게 울리며 알바생이 뛰쳐나와 소리쳤다.

"손님, 돈 주고 가셔야죠!"

강현은 알바생이 누구에게 벌컥 화를 내는지 알지 못했으나 곧 깨닫게 되었다. 알바생이 그의 코트 한 자락을 붙잡고 늘어졌기 때문이다. 현주를 보지 못한다는 사실이 짜증 났지만, 강현은 알바생을 볼 수밖에 없었다. 꽤 호전적으로 생긴 20대 남자였다.

"날 말하는 겁니까?"

"네, 손님 외에 누가 있어요? 돈 주세요!"

강현은 코트 주머니에 손을 댔지만 지갑이 있을 리 만무했다.

항상 비서진이 다 해결해 주기 때문에 지갑 같은 건 들고 다니질 않았다.

"죄송합니다. 전화 한 통만 빌릴 수 있을까요?"

알바생의 얼굴이 더욱 험악해졌다.

"전화는 무슨 전화? 어제도 누가 이러고 튀었다던데, 당신이지?"

황당했다. 강현이 눈을 깜빡이고 있을 때, 알바생이 강현의 멱살을 쥐었다. 생전 처음 당해보는 일에 강현이 멀뚱하게 쳐다보고만 있자 알바생은 더 화가 난 모양이다.

"경찰 부를 때까지 가만히 있어! 이런 무전취식자는……!"

"무전취식자 아니에요."

펄펄 뛰는 알바생의 목소리를 무 자르듯 조각내는 여자의 목소리가 있었다. 단정하지만 메마른 소리. 강현에겐 자신의 것만큼이나 익숙한 것.

"이 사람, 어제 여기 온 적 없어요. 오늘 마신 건 여기, 제가 대신 낼게요. 거스름돈은 안 주셔도 돼요."

현주는 지갑에서 만 원짜리 하나를 꺼내더니 알바생에게 내밀었다. 알바생이 떨떠름한 기색으로 받자 현주는 손을 거두고는 강현을 무덤덤한 눈으로 바라보았다.

"기다린 거야?"

강현이 답하기 전, 현주가 이어 말했다. 여전히 건조한 목소리이다.

"아까 말했잖아. 우린 헤어진 사이야. 아무 상관 없다고."

알바생이 눈치를 보더니 카페 안으로 들어가 문을 닫았다. 거리는 이제 아침을 넘어 정오로 가는 시간이라 그런지 사람들이 꽤 있었다. 그들이 오가면서 내는 발걸음 소리, 통화 소리, 대화 소리가 섞여서 길거리는 결코 조용하지 않았다. 더군다나 현주의 목소리는 크지 않았다. 하지만 강현은 똑똑히 들었다.

"다시는 찾아오지 마. 약속해 줘."

"나는 네가 그리워."

강현은 이게 비겁한 공격이라는 걸 잘 알았다. 그러나 하지 않을 수 없었다.

"그동안 잊은 줄 알았어. 헤어진 뒤 한 번도 널 떠올린 적이 없으니까. 그런데 그게 아니었어. 너에 대한 감정은 그냥…… 내 몸의 일부였어."

강현은 뒷말은 내뱉는 순간 후회했다. 예상대로 현주는 비웃었다.

"몸의 일부? 장기를 말하는 거야? 장기는 수명을 다하지. 내 신장이 그 대표적인 예야."

"왜 아픈 거니? 너 건강했잖아? 사고라도 당한 거야?"

현주는 잠시 침묵을 지키다가 입을 열었다.

"신강현, 나와 다시 만나고 싶은 거야?"

그녀는 그가 답할 시간을 주지 않고 이어 쏘아붙였다.

"약혼했으면서?"

강현은 어떻게 알았냐는 질문은 하지 않았다. 가안은행이나 EH그룹, 둘 다 세간의 이목이 집중되는 것을 원치 않았기에 약혼식을 비공개로 치렀고, 기자들을 단속하긴 했다. 그러나 대한민국 최고의 금융인 가안은행 총재의 고명딸 이우연과 세계적으로 손꼽히는 그룹 EH의 후계자 신강현의 약혼이 짧게나마 기사화되지 않을 수 없었다.

─신강현 씨는 EH그룹 사장 한은희의 하나뿐인 아들로 A컨설팅과 MBA를 거친 수재이다. 이우연 씨는 E여대에 재학 중인 재원으로, 두 사람은 집안끼리 좋은 만남을 거듭하다가 미래를 약속했다고 한다. 이우연 씨의 나이가 아직 어려 결혼식은 졸업 후에 올리기로 양가가 합의했다.

강현은 그 기사 내용을 또렷하게 기억했다. 그룹 공보팀에서 작성해서 전(全) 언론에 기사화한 것으로, 전날에 약혼식을 올렸음에도 실감이 나질 않아 한참을 쳐다보았기 때문이다. 그런 느낌은 지금도 마찬가지였다.

공식적으로 약혼한 지 2년이 흘렀고, 내년 초에 이우연이 졸업한 뒤 봄에 결혼하기로 잠정적으로 합의한 상황이다. 그럼에도 강현은 우연의 존재감을 전혀 느끼지 못하고 있었다.

"너는 약혼했어."

현주는 이번에는 교과서를 읽듯 담담하게 읊었다.

"평생을 함께하기로 약속한 여자가 있는 상태지. 그런데 나와 만나고 싶다는 거야? 너는 결국 날 세컨드로 삼고 싶다 그거야?"

"……아니야."

말이 잘 나오질 않았다. 강현은 손으로 입을 막았다가 다시 열었다.

"그런 게 아니야. 나는 단지, 단지……."

"넌 여전히 비겁해. 너같이 찌질한 남자한테 질린 지 오래야."

현주의 목소리가 이제야 높아졌다. 새하얀 마스크 위로 보이는 단아한 눈썹이 위로 훌쩍 치솟았다.

"다시 말해야 돼? 그만 찌질대고 이만 꺼져. 꺼지란 말이야!"

현주는 이제 고함을 질렀다. 격렬한 증오심이 담긴 날카로운 비명이었다. 보이지 않는 무형의 소리였으나 강현은 산산조각 난 유리조각에 찔리는 느낌이었다.

비속어 한마디 내뱉을 줄 모르는 착한 사람이 극한 표현까지 쓸 정도로 나를 미워하는 건가? 그렇게나 날 증오하는 건가?

현주의 입장에선 당연한 일이라는 건 알지만 강현은 심리적으로 비틀거릴 수밖에 없었다. 현주는 바람 소리가 날 만큼 빠르게 몸을 돌리고는 걷기 시작했다. 강현은 간신히 한 걸음을 쫓아갔으나 더는 움직이지 못했다.

신강현은 이럴 자격이 없는 존재니까. 이런 마음과 행동 따위, 해서는 안 된다. 현주가 그를 더 이상 사랑하지 않을뿐더러 경멸하는 게 분명한 현재, 그녀가 바라는 대로 사라져서 다시는 나타나지 않는 게 그나마 해줄 수 있는 배려일 터.

여기서 멈추자. 그래야 한다. 반드시 그래야 한다. 현주에게 더 이상 상처 줘서는 안 된다.

강현은 두 주먹을 힘주어 쥐고는 힘겹게 몸을 돌려 손 수행비서가 차를 주차해 뒀다고 언급한 근처 주차장으로 걸어갔다. 안개라도 낀 듯 시야가 흐릿해서 아무것도 눈에 들어오지 않았으나 차에 다가간 순간 예상치 못한 광경이 눈에 들어왔다.

손 수행비서가 양 손바닥을 넓게 벌려서 차 트렁크에 댄 채 서 있었다. 손 수행비서의 눈은 두 손 사이에 아무렇게나 흩어져 있는 십여 장의 종이에 못 박혀 있었다. 또한 표정은 세계 멸망을 코앞에서 보고 있는 사람처럼 지독히도 심각했다. 얼굴이 새하얗게 질린 것을 보면 분명 큰 충격을 받은 것 같았다.

무슨 일이 생긴 건가?

강현이 걱정하기 시작한 그 순간이었다. 손 수행비서는 품에서 휴대전화를 꺼내고는 단축키를 누르고 귀에 댔다. 얼굴은 찌그러진 캔처럼 일그러져 있었고, 눈은 고통을 억누르듯 질끈 감고 있는 채였다.

"사장님 바꿔주세요. 지금 당장."

세 음절의 호칭 때문에 강현은 서둘러 다가서던 것을 우뚝 멈추게 되었다. 그는 저도 모르게 옆의 커다란 SUV 뒤로 몸을 숨겼다.

어째서 손 수행비서가 어머니께 연락하는 거지?

뭔가 이상했다. 현주를 보낸 뒤 온몸을 지배하는 건 격렬한 피로감이었으나, 이 순간 강현을 사로잡은 건 심상치 않은 예감이었다.

뭔가 있다.

"손 수행비서입니다. 사장님, 알려드릴 게 있습니다. 장현주 씨 일입니다. 방금 사장님 개인 메일로 보냈습니다. 맨 위의 몇 줄만 보시면 됩니다. 그걸 보세요, 지금 당장.”

트렁크 위에 있던 손 수행비서의 주먹이 불끈 쥐어졌다. 어찌나 세게 쥐었는지 손등의 새파란 힘줄이 도드라져 올라온 게 몇 미터 떨어져 있는 강현의 눈에도 보였다.

“……네. 제가 한 번 더 확인했는데 사실이라고 합니다.”

쥐어짜는 듯한 손 수행비서의 목소리는 필사적이었다. 사실이 아니기를 갈구하는 것 같았다.

“제가 처리하겠습니다. 제 충성의 대상은 이사님입니다. 이제 까지 사장님의 의사를 반한 적이 여러 번이지만 그건 모두 이사님 을 보호하기 위해서였습니다. 이 일은 이사님께 절대 알리지 않겠 습니다. 이사님을 보호하는 게 제 모든 의무입니다. 절대로 다치 게 두지 않을 겁니다.”

손 수행비서는 공기도 안 들어갈 만큼 거세게 주먹 쥐었던 손을 폈다. 다섯 개의 손가락이 거칠게 꿈틀거렸다.

“제가 지금 자리를 더 비우면 이사님께서 이상하게 생각할 수 있으니, 오늘 저녁에 퇴근한 뒤 장현주 씨를 찾아가서 처리하겠습 니다. 그 뒤로 보고드리겠습니다. 네, 그러겠습니다.”

온몸이 미세 나사가 풀린 기계처럼 삐걱거렸다. 동시에 사정없 이 짓밟힌 젤리처럼 흐느적거리기도 했다. 그러나 강현은 온몸의 힘을 긁어모아 천천히, 소리 없이 걷기 시작했다. 그는 몇 미터 뒤 로 간 뒤 마른기침을 삼키고 입을 뗐다.

“손 비서! 손 비서!”

의도적으로 크게 소리쳐서 부른 보람이 있었다. 트렁크가 닫히는 소리가 나더니 곧바로 손 수행비서가 쏜살같이 나타났다. 얼굴이 붉은색인 건 크게 놀란 채로 재빠르게 움직였기 때문일 터였다.

"기다리게 해서 정말 죄송합니다. 일이 좀 있었습니다."

손 수행비서는 허리를 깊숙하게 숙여 사죄했다. 강현은 부르르 떨리는 주먹이 앞으로 뻗어 나가기 전에 괜찮다고 짧게 내뱉었다.

"차는 어디에 있습니까?"

"이곳입니다."

손 수행비서는 얼른 뛰어가 조수석 뒷좌석을 열었다. 강현은 말 없이 앉고는 공기 한 점 들어가지 않을 만큼 거세게 쥔 주먹을 무릎 위에 올려두고 눈을 질끈 감았다.

외면하고 싶었다. 믿었던 손 수행비서가 자신을 배신했다는 사실을 무시하고 싶었다. 그러나 그건 사실이었다.

종이는 트렁크에 넣은 건가? 대체 무엇이 적혀 있는데? 분명 현주에 대한 것이리라.

강현은 바보가 아니었다. 혈관의 피가 미친 듯이 격류하고 있었으나 그의 냉철한 두뇌는 제대로 된 길을 찾아 추석했다.

그가 손 수행비서에게 내린 지시는 현주에게 무슨 일이 있었는지 알아보라는 것이었다. 트렁크에 들어간 것으로 보이는 그 종이 더미는 헤어진 뒤로 현주에게 생긴 일에 대한 보고서일 터. 그 내용은 끔찍한 사실을 포함하고 있을 것이다. 아마도 그와 연관된 어떤 것.

즉 현주가 저 지경이 된 게 그의 탓일 확률이 높다는 의미이다.

그게 아니라면 손 수행비서가 저럴 리 없었다. 배신감에 치가 떨릴 정도였으나 강현은 분명하게 상황을 판단했다.

손 수행비서가 가장 충성하는 대상은 신강현 이사이지 한은희 사장이 아니다. 강현이 엿듣고 있다는 것을 모르는 상황임에도 아까 손 수행비서는 그렇게 말했다. 그럼에도 조사 결과를 숨기고 한은희에게 몰래 연락을 한 건 강현을 보호하기 위해서라고 했고.

내가 왜 다친다고 생각하는 거지? 대체 나 때문에 현주가 어떤 일을 겪었기에?

온갖 부정적인 상상이 머릿속에 꽂히기 시작했다. 차라리 머리를 갈라 버리고 싶을 만큼 두렵고 공포스러웠다.

아니다. 확인되기 전까지 그런 건 떠올리지 말자. 일단은 기다리자.

지금 멱살을 잡아도 손 수행비서가 사실을 실토할 리 없다. 저녁이 되어 손 수행비서가 현주를 찾아갈 때, 그때를 노리는 수밖에 없다.

강현은 두 주먹을 꽉 쥐고 입술을 굳게 다문 채 심호흡만 했다. 손 수행비서는 그의 공백 때문에 상사가 화가 났다고 생각하는지 조용하게 운전하다가 병원 침실까지 안내했다.

손 수행비서가 곁을 지키는 가운데, 강현은 기다렸다. 저녁이, 때가 되기를.

"이만 퇴근하세요."

강현은 오후 여섯 시가 되자마자 지시했다. 현재 추진하고 있는

그룹의 여러 프로젝트에 대해 간단하게 보고하던 손 수행비서는
파일을 덮고 일어났다.

"내일 뵙겠습니다."

손 수행비서는 복잡한 감정이 얽힌 표정이었으나 더는 말없이
나갔다. 강현은 곧바로 평상복으로 갈아입은 뒤 병원 전화를 들어
몇 시간 전 은밀하게 미리 연락해 둔 사람에게 전화를 걸었다.

[준비 끝났습니다. 나오시면 됩니다.]

답을 듣자 강현은 곧바로 병실을 박차고 나갔다. 지정해 둔 주
차장 자리에 검은색 차 한 대가 대기하고 있었다. 강현이 차에 타
자마자 운전대를 잡고 있던 박 비서는 액셀을 밟았다.

박 비서는 강현이 직접 뽑은 사람 중 하나로, 항상 곁을 지키는
손 수행비서와는 달리 사무실에서 여러 일을 처리하는 사람이었
다. 손 수행비서만큼이나 충성스러운 존재. 그러나 현재 손 수행
비서를 비밀리에 쫓아가는 일에 참여하고 있다.

박 비서는 매우 당황한 게 분명했으나 강현에게 아무 말 없이
운전에 집중했다. 손 수행비서가 운전하고 있는 차는 EH그룹 이
사인 강현의 것이므로 GPS로 추적이 가능했다. 차의 이동 경로를
확인하니 손 수행비서가 향하는 곳은 현주의 동네로 보였다.

이십여 분 뒤 강현이 탄 차는 현주의 집 근처 카페에서 멈추었
다. 바로 옆에는 손 수행비서가 운전한 것으로 보이는 그의 차가
주차되어 있었다.

카페는 오전에 들렀던 곳처럼 벽이 투명했으나, 다행히 커다랗
고 무성한 화분과 적절하게 배치되어 있는 책장 같은 구조물 탓에

다른 자리에서는 서로를 제대로 볼 수 없었다. 강현은 다행이라고 생각하며 카페 뒷문으로 조심스럽게 들어갔다.

한구석에 앉아 있으니 카페 안을 살피던 박 비서가 다가와 작은 목소리로 강현에게 손 수행비서가 어느 자리에 앉아 있는지 알려 주었다. 방금 카페에 들어온 어떤 여자와 마주 앉아 있다는 사실도.

심장이 거칠게 박동하기 시작했다. 감당할 수 없는 진실이 그를 기다리고 있다는 걸 잘 알았다. 그러나 강현은 외면하지 않았다.

모든 것을 감내하리라. 그럴 의무가 있다.

그는 모습을 숨긴 채 근처로 걸어가 화분으로 가려진 자리에 앉았다. 화분 뒤에 앉아 있는 여자가 걸친 낯익은 갈색 패딩이 언뜻 보였다.

무성한 잎을 자랑하는 화분을 방패 삼아 강현은 눈을 감았다. 어떤 거짓도 존재할 수 없는 시커먼 어둠 속에서 그는 진실을 듣기 시작했다.

"나와 주셔서 감사드립니다. 그리고 죄송합니다. 정말 죄송합니다."

손 수행비서의 목은 깊게 잠겨 있었다. 쓰라린 사실을 내뱉고 있기 때문이리라.

"이사님께는 말씀드리지 못했습니다. 앞으로도 모르시게 할 겁니다."

"그건…… 그건 나도 바라는 바예요."

현주는 목소리가 담담했다. 귀 기울이지 않으면 잘 들을 수 없을 만큼 희미하기도 했다.

"이사님이 밉지 않으십니까? 아니, 증오스럽지 않으십니까?"

현주는 답하지 않았다.

"이사님께서 장현주 씨의 존재를 알게 된 이상…… 앞으로도 찾으실 겁니다. 그래서 말인데……."

"손이 안 닿는 곳으로 꺼져 달라는 건가요?"

현주는 강현이 이전에 미처 알지 못했던 거칠고 꼬인 말투를 사용하고 있었다.

"무엇이든 지원해 드리겠습니다. 약속드립니다."

간곡한 손 수행비서의 말에 현주는 대놓고 코웃음을 쳤다.

"돈이라면 나도 있어요. 아버지가 참 많이 벌어두셨더군요. 하긴 재벌가 사장님의 왼팔이었으니. 그걸 제외하더라도 나도 먹고 살 만큼은 벌어요."

"돈을 이야기하는 게 아닙니다."

"그럼……."

"이식 수술을 이야기하는 겁니다."

침묵이 내려앉았다가 현주는 머뭇거리듯 내뱉었다.

"난…… 이식 수술 생각 없어요."

"동생인 장명주 씨의 생각은 다를 텐데요. 3개월 전에 장현주 씨가 투석을 시작했을 당시 동생분은 복무도 중단하고 바로 이식 수술을 하려고 했지요. 그때 장현주 씨는 일단 몸 상태를 투석으로 좀 더 좋게 만들자며 복무가 끝난 뒤로 미루셨죠? 동생분은 반드시 이식을 해줄 거라고 결심이 확고하던데."

텅!

주먹이 테이블을 내려치는 소리가 울렸다. 원목으로 된 테이블은 무거운 분위기와는 달리 가벼운 소리를 냈다. 그러나 강현은 현주의 감정이 흔들리는 정도는 그렇게 가볍지 않을 거라는 걸 잘 알았다.

"내 동생까지 뒷조사를 한 거예요? 이 파렴치한!"

"제 어머니도 투석 환자셨습니다."

앙칼지게 소리를 뽑은 현주와는 달리 손 수행비서는 조용하게 이어 말했다.

"당뇨와 고혈압 합병증 때문에 이식을 할 수 없는 상황이긴 했지만…… 초기에 기회가 아주 없었던 건 아닙니다. 어머니께서 이식을 거부하셨고, 악화되어 때를 놓쳤지요. 결국 투석으로 버티시다가 2년 전에 심장마비로 돌아가셨습니다. 왜 장현주 씨가 이식 수술을 할 생각이 없는지 이해가 안 가는 건 아닙니다. 미안하겠지요. 하나 남은 가족의 장기까지 받아가면서, 그렇게까지 해서 살고 싶은 마음은 없는 거겠지요. 폐 끼치기 싫겠지요. 저희 어머니께서 바로 그렇게 말씀하셨습니다."

현주는 아무 말도 하지 않았다.

"전 잘 알고 있습니다. 아무리 신장이식 수술이 수술 중에서 쉬운 축에 든다 해도 수술은 수술이니 걱정될 겁니다. 기증자에게 흉터도 남을 테고, 신장이 하나만 있어도 사는 데 지장이 없다고 해도 혹시 이식한 것 때문에 아프면 어떻게 할지, 나처럼 하나 남은 신장마저 나빠지는 건 아닐지 염려되겠지요. 평생 걱정되겠지요."

"잘 알면서…… 잘 알면서 그래요? 이 세상에 이제 나랑 명주만 남았어요! 그런데 앞으로 무슨 일이 생길지 알고 명주한테 신장을 받아요? 절대, 절대! 못 그래요!"

다시 현주의 목소리가 높고 앙칼지게 변했다. 그에 비해 손 수행비서의 목소리는 차분했다.

"친족인 장명주 씨께 받는 게 가장 결과가 좋다는 건 잘 압니다. 하지만 장명주 씨의 신장을 받을 수 없다면 다른 기증자를 찾아드리겠습니다."

"불법을 잘도 입에 올리네요."

"장현주 씨, 예전에 전 사채를 쓰는 사람들이 이해가 안 갔습니다. 지옥으로 직행하는 길이니까요. 그런데 어머니가 편찮으시니까 병원비가 없어서 사채를 쓰는 사람들이 이해가 되더군요. 다행히 저희 집은 여유가 있어서 문제가 없었지만 가난했다면 사채를 쓰고도 남았을 겁니다."

"시금 대체 무슨 말을 하는 거예요?"

"가족들의 심정에 대해 말하는 겁니다. 어머니 일을 통해 제가 깨달은 사실이 여럿 있습니다. 가족을, 동생인 장명주 씨를 생각하세요. 투석은 결코 쉬운 일이 아닙니다. 익숙해지면 괜찮게 느껴질 때도 있을 테지만 평생 그럴 거라고 봅니까? 카테터가 아니라 손의 혈관으로 하게 될 경우, 두껍고 긴 바늘에 매번 두 번씩 찔려야 합니다. 아직 젊은데 남은 평생 그걸 감내하겠다고요? 그래요, 장현주 씨가 버티겠다면 본인에겐 그것도 나쁘지는 않겠죠.

그러나 그걸 지켜보는 가족의 심정은 어떨 것 같습니까? 쌍둥이 동생인 장명주 씨가 어떤 생각을 하게 될 것 같습니까? 이식한다고 끝나는 게 아니라는 건 잘 압니다. 하지만 적어도 투석은 안 하게 되고 거의 정상인처럼 살 수 있습니다. 동생분에게 건강한 모습을 보여주고 싶지 않습니까? 더군다나 장명주 씨는 일반인도 아니고 내과 의사이니 그 모든 고통을 아주 잘 알 겁니다. 그래서 제대하자마자 이식하겠다고 이식 일정까지 구체적으로 다 잡아놓은 것 아닙니까?"

"명주가…… 일정을 잡아뒀다고요?"

마치 무거운 것에 완전히 짓눌린 듯한 목소리.

"모르셨나 보군요. 네, 장명주 씨는 이식을 해줄 수 있을지 알아보기 위해 제대 당일에 병원을 예약해 둔 상황입니다. 그리고 앞으로의 진로 또한 장기이식센터 쪽으로 바꾸기로 담당 교수와 이야기를 마쳤습니다."

또다시 침묵이 밀물처럼 밀려들어 왔다. 현주의 고통으로 가득한 신음 소리가 공중에 떠다니는 느낌이다.

"장명주 씨께 받기 싫으시다면, 아까 말씀드린 대로 다른 기증자를 찾아드리겠습니다."

"……필요 없어요."

"장명주 씨의 마음을 생각해서……."

"닥쳐요."

거센 비명이 아니라 조용한 명령이었다. 세 음절에 불과하지만 복종할 수밖에 없을 만큼 강렬했다.

“잘도 내뱉는군요. 그래요, 손 비서님은 직접 겪어봤으니 많은 걸 알겠죠. 그런데, 그래서 내가 손 비서님 말을 따라야 한다는 건가요? 난 손 비서님은 물론이거와 신강현과 연결되는 사람들과는 어떤 인연도 더 맺기 싫어요.”

“하지만 장현주 씨께서 그리되신 건 이사님 때문이지 않습니까?”

“그래요. 내가 이 빌어먹을 투석을 하게 된 근본적인 원인은 손 비서님이 그렇게나 충성을 다하는 신강현이라는 작자죠.”

어둠이 짙어졌다.

고통을 억누르듯 미간을 일그러뜨린 채 눈을 감고 있던 강현은 눈을 떴다. 카페 안은 어지러울 정도로 밝았으나 그에겐 그저 어두울 뿐이었다. 스멀거리는 불안함에 빛은 없었다. 전혀 없었다.

“그렇지만 난 바라는 게 없어요. 이미 끝난 인연이니까요. 헤어진 지 2년이 넘게 흘렀어요. 더 이상 연결되고 싶지 않아요. 내가 바라는 건 그것뿐이에요.”

“드리고 싶습니다. 원치 않으신다고 해도 무언가 드리고 싶습니다. 이런 마음은 저만의 것이 아닙니다.”

“그건…… 한 사장님을 말하는 건가요?”

“그렇습니다. 직접 사과하지 못해서 미안하다는 말을 전해달라고 하셨습니다. 원래 장현주 씨를 만나시겠다고 하셨는데 지금 베이징에 계시기도 하고, 제가 말렸습니다.”

“진짜인가요?”

“그렇습니다. 사장님은 아드님인 이사님과 관련된 부분은 거짓말을 하지 않으십니다.”

“대단하시네요. 천하의 EH그룹 사장님이 한낱 비서의 딸에게. 신강현은 동거할 때도 나한테 미안하다는 말 한마디 한 적이 없는데.”

분명히 비아냥거림이었다. 너무도 노골적이라 강현은 유형의 가시가 잔뜩 박힌 나뭇가지에 찔리는 기분이었다.

“다 필요 없어요. 누가 부탁하던 받지 않을 거예요. 하지만 소원은 들어드리죠. 최대한 빨리 해외로 나갈게요. 신강현이 결혼한 뒤에 한국으로 돌아오든가 아니면 해외에서 계속 살든가 할게요.”

“필요한 게 생기면 언제든 연락 주십시오. 이건 제 연락처입니다. 그리고 이건 사장님 직통 번호입니다.”

“필요 없어요.”

“받아주십시오. 부탁드립니다.”

잠시 침묵이 내려앉은 가운데 몇 분 뒤 손 수행비서가 멈추었던 숨을 내뱉으며 말했다.

“감사합니다. 그리고…… 죄송합니다. 이사님을 대신해서 사과, 아니, 사죄드립니다.”

“집어치워요! 이제 와서 사과 같은 게 소용 있다고 생각해요?”

다시 현주는 앙칼지게 소리쳤다. 이어 거친 숨소리가 울렸다. 감정을 억누르려고 노력하는 것 같았다.

“내 조건 기억하죠? 이번 만남이 마지막이라서 나온 거예요. 다시는 연락하지도 나타나지도 마세요. 다시는!”

현주는 악문 잇새로 내뱉었다. 곧 미세하게 움직이는 소리가 나더니 현주가 강현이 앉아 있는 의자 옆을 지나갔다. 그녀가 지나가면서 차가운 바람이 일어난 가운데 강현은 저도 모르게 자리에서 일어나 화분 잎의 틈 사이로 보이는 그녀의 등에 시선을 고정했다. 현주가 걸어갈수록 보이는 모습은 작아졌다. 10미터도 안 되는 거리였으나 영원히 손에 닿지 않을 것처럼 아주 멀어 보였다.

그러나 현주는 그대로 사라지지 않았다. 문 쪽에서 걸음을 우뚝 멈추고는 손으로 스웨터의 목 부분을 더듬었다. 뭔가를 찾는 것 같았다.

강현은 그녀가 의자에 목도리를 놔두고 온 거라는 사실을 깨달았다. 그때, 뒤에서 후다닥 움직이는 소리가 나더니 손 수행비서가 하얀색 목도리를 손에 들고 빠르게 현주에게 뛰어갔다.

현주는 뒤를 돌았고, 손 수행비서와 마주한 채 건네주는 목도리를 받았다. 강현은 그제야 현주의 얼굴을 볼 수 있었다. 짙은 피로에 찌든 안색.

아픔이 다시 강현을 할퀴고 지나간 그 순간이었다. 피곤하면서도 싸늘하게 손 수행비서를 쳐다보던 현주의 눈이 움직였다. 그리고 강현을 발견했다.

십여 미터 떨어져 있었으나 강현은 현주의 새까만 동공이 거칠게 떨리면서 확대되는 것을 볼 수 있었다. 손 또한 지진을 겪는 것처럼 뒤흔들리더니 받아 든 목도리를 힘없이 아래로 흘렸다.

쿵.

천으로 된 목도리가 밑으로 떨어져 아무 소리도 울리지 않았으나, 강현의 귀에는 들렸다. 현주의 심장이 바닥으로 추락하는 소리.

강현은 자신이 보고 싶어 하는 건 이런 게 아니라는 것을 깨달았다. 그가 바란 건 현주의 싱그러운 웃음이었다. 과거, 사랑한다고 속삭이며 활짝 핀 꽃 같았던 그 화사한 웃음. 그러나 지금 그가 볼 수 있는 건 전혀 예상하지 못한 공포스러운 현실을 코앞에 마주한 여자의 표정이었다.

무섭다. 기막히다. 경악스럽다.

현주의 얼굴에 찍혀 있는 도장이었다. 강현은 더 알아야 한다는 것을 깨달았다. 더 많은 마음을 보아야 했다. 더 많은 감정을 읽어야 했다.

그러나 현주는 그렇게 놔두지 않았다. 바닥에 떨어진 목도리 따윈 머릿속에서 깡그리 지운 듯 그대로 달아났다. 온 힘을 다한 필사적인 행동이었다.

남은 건 손 수행비서뿐이다. 그리고,

"이사님."

새하얗게 질린 얼굴의 손 수행비서가 아주 천천히 다가와 조심스러운 태도로 손수건을 꺼내 내밀었다. 강현은 처음에는 이 행동을 이해하지 못했으나 순간 시야가 흐릿해지자 깨달았다.

눈물이 뺨으로 흘러내리고 있다.

"손 비서님."

강현은 받아 들지 않았다. 그는 어찌할 바를 몰라 하며 우두커니 서 있는 사람에게 질문했다.

"현주가 투석을 하게 된 근본적인 원인이 나라는 말이 무슨 뜻입니까?"

곧 강현은 알게 되었다.

제2부 · 현재

신장(腎臟):콩팥.

척추동물의 비뇨 기관과 관련된 장기의 하나. 사람의 경우 강낭콩 모양으로 좌우에 한 쌍이 있으며, 체내에 생긴 불필요한 물질을 몸 밖으로 배출하고 체액의 조성이나 양을 일정하게 유지하는 작용을 한다.

[비슷한 말] 내신(內腎), 신(腎)

5

눈이 내리고 있다.

살랑거리는 바람을 타고 부드럽게 조금씩 사뿐사뿐 내렸다가 소리 없이 사라지는 가루눈이 아니다. 존재감을 과시하듯 굵게 뭉쳐 끝없이 쏟아지는 함박눈도 아니다.

진눈깨비.

비와 섞여서 내리는 눈. 곱게 내려와 사람들의 머리와 어깨에 머물다가 조용히 스러지는 다른 눈과는 달리 진눈깨비는 사람들을 젖어들게 만들어 물기라는 흔적을 반드시 남겨놓는 존재였다. 그뿐만이 아니었다. 길가에 내린 진눈깨비는 사람들에게 밟히거나 치이는 것으로 깨끗했던 공간을 더럽혔다. 사람들도 더럽게, 세상도 더럽게 만드는 것.

어떤 눈이든 언젠가는 사라지기 마련이다. 겨울이 물러나고 봄이 오면 눈은 소리 없이 사라지기 마련. 그러나 그건 봄이 올 때의 이야기이다. 겨울에 내리는 눈은, 진눈깨비는 더러움을 온 세상에 뿌렸다.

강현은 고개를 떨어뜨렸다. 구두에 묻은 진눈깨비는 새하얀 색에서 얼룩진 회색으로 변한 상태였다. 어서 닦아내야 깨끗해질 터. 그러나 구두는 가죽이라 닦아도 흔적이 희미하게나마 남을 거라는 걸 강현은 잘 알았다.

사라지지 않는다. 진눈깨비가 내렸다는 사실 자체를 없었던 일로 치부할 수 없다. 지나간 과거 또한 바꿀 수 없는 것처럼.

없다. 신강현이 저지른 짓 때문에 현주가 저렇게 됐다는 사실은 달라질 수 없다. 없다. 없다.

없다.

그래서 강현은 선택했다. 제자리에 서 있는 대신 건물 앞으로 움직였다. 곁에서 우산을 사용해 진눈깨비로부터 그를 보호해 주던 손 수행비서도 함께 움직였다.

건물의 처마 밑으로 들어온 강현은 우산을 접는 손 수행비서를 바라보았다. 큰 우산을 사용했으나 직속상사에게 주로 씌워주느라 손 수행비서의 왼쪽 어깨는 진눈깨비의 흔적으로 그득했다.

EH그룹의 후계자이기 때문에 이런 대접을 받는 것이다. 평범한 일반인이라면 혼자서 우산을 쓰는 건 물론이거와 무엇이든 본인이 알아서 하는 게 정상이다.

이렇게 누군가가 대신 우산을 씌워주는 것 자체가 일반인의 범위가 아니라는 뜻. 그리고 강현은 이런 상황 자체를 익숙하게 받아들였다.

EH그룹의 신강현이기 때문. 일반인이자 보통 남자가 아니라 EH그룹이라는 배경을 가지고 있는 존재이기 때문.

강현은 유리창처럼 투명한 카페의 창문을 바라보았다. 최고급 슈트와 넥타이, 수제 구두에 시계 등을 갖춘 자신의 모습이 희미하게 반사되었다. 딱히 의식하고 차려입은 건 아니다. 항상 그래 왔기에 오늘도 무의식중에 이렇게 입은 것이었다.

신강현. 보이는 것처럼 재력, 권력 등등 모든 것을 가진 남자. 원하면 무엇이든, 바라면 어떤 여자든 소유할 수 있는 존재.

현재 외형적인 모습만으로는 분명 그렇게 보였다. 내적으로는…….

"이사님."

손 수행비서가 불렀다. 강현은 고개를 돌렸다가 30대 초반으로 보이는 건장한 남자가 카페 안으로 들어가려고 서 있는 것을 발견했다.

"실례합니다."

강현이 서둘러 비켜주자 남자는 고개를 숙여 양해를 구하고는 카페 안으로 들어갔다. 강현은 마른침을 삼킨 뒤 물었다.

"저 사람이……."

"네, 장명주 씨입니다."

현주보다 5분 늦게 태어난 이란성 쌍둥이. 현주는 동생과 어렸을 때부터 매우 절친하다고 종종 언급했다. 힘든 의사의 길을 걸어가는 동생을 매우 자랑스럽게 여기기도 했다.

"나에 대해 전혀 모르는 것 같군요."

"의사인데다가 차트를 봤으니 장현주 씨가 신장을 잃은 원인이 무엇인지 알고 있을 겁니다. 하지만 상대가 누구인지는 모르는 것 같습니다."

손 수행비서는 조심스럽게 설명을 붙였다. 표정은 마치 너무나 죄송하고 부끄러워서 차라리 눈앞에서 사라지고 싶어 하는 것 같았다. 손 수행비서는 이틀 전에 현주에게 대체 무슨 일이 있었는지 정확하게 답하라는 강현의 요구에 답을 한 뒤부터 내내 그래왔다.

"그러지 않아도 됩니다."

그때부터 이제까지 강현은 배반 아닌 배반에 대해 손 수행비서에게 따로 언급하지 않았다. 현주가 아닌 다른 것을 깊이 생각할 여유 따윈 없었으니까.

아마도 손 수행비서는 징계 같은 것을 예상하고 있으리라. 그러나 강현은 그럴 생각 따윈 없었다.

"나는…… 이해합니다. 손 비서가 왜 그랬는지…… 이해합니다. 내가 무슨 행동을 할지 잘 알 테니 그랬겠지요."

"그러니 그러지 말아주세요. 부탁드립니다, 이사님."

손 수행비서는 강현과 똑바로 시선을 마주하며 다소 도전적으로 내뱉었다. 아니, 요구했다.

"그래서는 안 됩니다. 이사님은 EH그룹의……."

"바로 그 이유 때문에 이 일이 일어난 겁니다."

“하지만……..”

“손 비서님, 항상 감사히 생각합니다. 그러나 앞으로 제가 할 일에 대해서는 더는 반대하지 말아주셨으면 합니다. 이로 인해 피해 보실 거라는 건 잘 압니다. 하지만 제 결심은 바뀌지 않습니다. 그러니 반대하지 마시고 제게 힘을 주십시오. 저를 도와주십시오. 부탁드립니다.”

손 수행비서는 더는 말하지 않은 채 창백하고 질린 얼굴로 강현을 쳐다볼 뿐이었다. 그러나 강현이 카페 문을 열자 따라 들어오려고 했다. 강현은 고개를 저었다.

“아닙니다. 혼자 가겠습니다. 그리고 제가 어떤 취급을 당하든 놔두세요.”

“맞아 죽어도?”

손 수행비서는 정말로 걱정해서 한 말이 분명했다. 그럴 상황이 아니었으나 강현은 피식 웃고는 답했다.

“네.”

강현은 그대로 카페로 들어갔다. 등을 돌린 상황이었으나 손 수행비서가 좌불안석의 심정으로 카페 창에 딱 달라붙어서 안을 들여다보는 게 뻔히 보였다. 어찌 됐든 이제 신강현은 EH그룹의 후계자가 아니라 남자로서 장명주와 단둘이 만나야 했다.

강현은 심호흡을 흘린 뒤 천천히 걸어서 자리를 잡고 앉아 있는 장명주에게 다가갔다.

장명주는 의대 6년과 인턴, 레지던트에 이어 군의관까지 의사로서 정해진 코스를 착실하게, 그리고 아주 훌륭하게 걷고 있는 사람이다. 제대 후에는 원래 소속인 B병원 내과 소화기 계통 부분에서 전임의로 일하기로 했으나, 쌍둥이 누나의 병명을 알게 된 뒤에는 이식센터로 전공을 바꾸기로 결정한 사람.

강현은 의학 쪽은 거의 알지 못하지만 아무리 같은 내과 범위라고 해도 전공을 바꾸는 게 결코 쉬운 일이 아니라는 것 정도는 잘 알았다. 더군다나 상당히 먼 거리임에도 부대에서 집까지 주말마다 와서 누나를 챙겨준다고 했다. 제대 당일에 바로 B병원에 이식 적합 검사 일정까지 잡아놓은 사람.

장현주를 세상에서 가장 사랑하는 존재. 인생을 바꿀 정도로 장현주를 세상에서 가장 귀하게 생각하고 실제로 그렇게 대우하는 사람.

신강현과 다른 존재.

"장명주 씨."

강현은 기침으로 마른 목을 가다듬은 뒤 고개를 살짝 숙여 인사했다. 휴대전화를 손에 든 채 가상 키보드를 두드리던 명주는 휴대전화를 테이블 위에 내려놓으며 일어섰다. 명주는 카페 앞에서 마주친 것을 기억하는지 눈을 살짝 크게 뜬 채 마주 고개를 숙였다.

"네, 제가 장명주 맞습니다."

"저는 신강현이라고 합니다."

"EH그룹의…… 이사님이신 겁니까?"

명주는 눈을 더 크게 떴다.

"그렇습니다. 저를 아시는군요."

"네, 돌아가신 아버지께서 종종 칭찬하셨습니다. 아, 한은희 사장님은 잘 계신가요? 아버지가 돌아가셨을 때 많이 도와주셨습니다. 정말 감사드리고 있습니다."

명주는 감탄이 나올 만큼 예의 바른 청년이었다. 동작 또한 군인답게 절도 있어 보였다.

이란성 쌍둥이라지만 현주와 정말 다른 외모였다. 명주는 아버지인 장 비서처럼 덩치가 큰 편인데다가 군의관으로 복무하면서 꾸준히 운동하고 훈련받은 덕분인지 몸이 아주 단단해 보였다. 더군다나 이목구비가 다소 거친 편이라 사실 무서운 인상이긴 했다. 늘씬하고 귀여운 현주와 완전히 다른 부분.

그러나 명주는 동글동글하고 맑은 눈동자 하나만큼은 쌍둥이 누나와 똑같았다. 때문에 마냥 거칠어 보이기보다 부드럽고 선량한 분위기가 진하게 우러나왔다. 또한 행동이 예의 바른 터라 누구든 호감을 품을 만한 존재로 보였다.

강현도 마찬가지였다. 그는 예전에 현주와 사귈 때부터 명주를 좋게 생각했다. 현주의 가족이니까. 그러나 그는 명주를 만나볼 생각 따윈 단 한 번도 하질 않았다. 현주 또한 그런 권유도 하지 않았으며 이야기는 많이 했으나 사진도 제대로 보여준 적이 없었다.

제대로 된 관계가 아니었기 때문이다. 그래서 그런 일이 벌어졌고, 현주가 그렇게…….

"아, 누나는 지금…….."

강현은 고개를 저으며 명주의 말을 가로막았다.

"장명주 씨."

목이 메고 있다. 강현은 맞은편 자리에 앉은 뒤 다시 기침으로 목과 감정을 가다듬었다.

"네, 말씀하세요."

명주는 의아한 표정이다. EH그룹 비서가 갑자기 연락을 해서 만나자고 요청한 것도 사실 놀랐으리라. 그런데 갑자기 후계자가 나왔으니 굉장히 당황스러울 만했다.

"오늘 저는 이 자리에 EH그룹의 신강현으로서 나온 게 아닙니다. 앞으로도 장명주 씨 앞에서는 그럴 겁니다. 그리고…… 장명주 씨의 누나 현주 앞에서도요."

차분하게 앉아서 강현의 말을 기다리던 명주의 얼굴이 굳은 건 강현이 마지막에 언급한 이름 때문일 터였다.

"누나를…… 알고 계신 겁니까?"

우웅 하고 테이블 위에 있는 명주의 휴대전화가 진동하기 시작했다. 휴대전화는 액정을 통해 전화를 건 사람이 '누나' 라는 사실을 알려주었다. 명주는 미간을 찌푸리고는 잡아채듯 휴대전화를 손에 들고 재킷 주머니에 넣었다.

"그렇습니다. 잘 알고 있습니다."

"혹시……."

명주가 양 무릎 위에 올려둔 손에 힘을 주는 게 보였다. 불끈 쥔 손등 위로 푸른 힘줄이 돋아나고 있었다.

"누나와 사귀었습니까? 2년 전에 미국에서?"

강현은 얼굴을 들 낯이 없었다. 그러나 눈을 돌리는 건 무책임

하다는 생각이 들었다.

"그렇습니다."

강현은 잠시 내렸던 고개를 들었다. 그는 형형한 눈빛으로 번뜩이는 명주와 눈을 마주했다. 그리고는 이어 말했다.

"현주를 임신시키고, 임신중독증에 걸리게 하고, 아이는 물론 신장까지 잃게 만든 게 바로 저입니다."

✳

실제로는 수행비서지만 흔히 손 비서라 불리는 손정운은 지금만큼 마음이 조마조마한 때가 없었다.

그는 아직 서른두 살의 젊은 나이로 EH그룹에 입사한 지 4년밖에 안 되었지만 차기 총수로 불리는 신강현에게 직접 지명받아 2년째 직속 수행비서로 일하고 있다. EH그룹 후계자의 최측근이자 오른팔.

사실 직무는 쉬웠다. 신강현을 그림자처럼 따라다니며 어마어마한 스케줄을 전부 관리하는 것 자체는 수행비서로 타고났는지 어렵지 않았다. 그러나 최근 들어선 정말 힘들었다. 직속상사가 장현주라는 여자를 발견한 뒤부터 많이 달라졌기 때문이다.

온 세상에 EH그룹 하나만 존재하는 것처럼 생각하던 신강현에게 드디어 사생활 아닌 사생활이 생긴 것 자체는 큰 문제가 아니었다. 장현주라는 과거의 연인에게 일어난 지난 일 자체가 문제였다. 그리고 그 여파……

정운은 직속상사를 자신의 얼굴보다 더 속속들이 잘 알고 있다. 그래서 보호하기 위해 조사 결과를 숨기면서 한은희 사장에게 알렸고, 장현주를 따로 만나는 것으로 일을 조용하게 처리할 생각이었다. 그러나 결과적으로는 들키고야 말았다.

정운은 상사를 지키기 위한 자신의 행동이 잘못된 것이라 생각하지 않았다. 들킨 건 실수라고 생각하지만. 그러나 이미 지난 일이다, 돌이킬 수 없는 것.

문제는 추후 일어날 일이었다. 정운이 슈트 상의 안주머니에 넣어둔 휴대전화는 무음으로 설정한 상태였다. 그러지 않으면 전화와 문자가 폭탄처럼 터질 게 분명하기 때문이다.

한은희 사장의 비서진이, 아니, 아들의 모든 일에 예민하기 그지없는 사장 본인이 나서서 직접 연락했을 터였다. 내용도 뻔했다. 처리하겠다던 일이 대체 어찌 됐는지 처음부터 끝까지 토씨도 틀리지 않게 내뱉으라는 요구일 터.

그러나 정운은 이틀째 아무 답도 하지 않고 있었다. 일을 확실하게 처리하겠다고 자신의 입으로 장담해 놓고 이따위로 결말을 지었다는 사실 때문에 해고당할까 봐 두려워서는 아니었다. 이유는 딱 하나, 강현에게 시간을 벌어주기 위해서였다.

장현주에게 무슨 일이 있었는지 알게 된 뒤 지난 이틀 동안 강현은 병원으로 돌아가지 않고 자신의 오피스텔에 처박혀 나오질 않았다. 강현이 안에서 무엇을 했는지 정운은 알지 못했으나 짐작은 갔다.

후회와 슬픔, 자괴감과 스스로에 대한 경멸과 분노에 몸부림쳤으리라. 과거와 현재, 미래에 대해 고민, 아니, 고뇌 또한 했으리라. 그리고…….

카페를 드나드는 손님들 때문에 정운은 카페 바깥 창의 구석에 콕 틀어박혀 안을 쳐다보고 있었다. 자신이 이상하게 보일 거라는 건 잘 알았으나, 그는 이 자리를 포기할 수 없었다. 내부가 가장 잘 보이기 때문이다.

정운은 눈을 가늘게 뜨고 투명한 벽 너머를 쳐다보았다. 장명주의 얼굴은 손에 잡힐 듯한 격분의 불길로 시뻘겋게 달아오른 상태였다. 그에 비해 장명주와 마주 앉아 있는 강현의 얼굴은 태풍의 눈처럼 담담하기 그지없었다. 그러나 아무 감정도 보이지 않는 두 눈에서는 눈물이 길게 흘러내리고 있었다. 이틀 전에 진실을 마주했을 때처럼.

이제 장명주는 어떤 반응을 보일 것인가?

아니, 사실 그런 건 문제가 아니었다. 진짜 큰 문제는 신강현의 선택으로 인해 펼쳐질 미래였다. 그리고 아들 일이라면 눈을 부릅뜨는 한은희.

EH그룹의 사장이 베이징 회담을 마치고 돌아오기까지 남은 기간은 이틀이다. 아들 일이라면 만사 제치는 존재라고 해도 회담을 중간에 깨고 날아올 수는 없다. 대신 서울에 남아 있는 비서진을 움직이게 하리라.

오늘쯤 뭔가 행동이 시작되지 않을까 싶다. 그래서 정운은 강현이 외출하겠다고 하자 혹시 모를 사태에 대비해 GPS가 달려 있는 그룹의 것이 아니라 다른 차를 가지고 나온 상태였다. 또한 은밀

하게 장현주에게 따로 사람을 붙였으며, 이식 수술에 관해 여러
가지 정보를 모으기 시작한 차였다.

하지만 재계의 여신인 한은희를 이길 수 있을까? 더군다나 어
머니가 지시하는 것이라면 독약이라도 보약으로 생각하고 먹을
신강현이? 물론 장명주를 만나는 것 자체가 결심을 끝낸 것으로
보이지만.

정운은 그저 한숨만 내쉬었다. 상사에게 새삼 동정심이 들었다.
그러나 뭐가 어찌 됐든 그건 추후에 닥칠 일이었다. 일단은 장명
주를 만나는 게 우선이었다. 그리고 나서…….

정운은 더 생각할 수가 없었다. 주차장으로 긴급하게 들어온 차
의 운전석에서 스프링처럼 튀어나온 여자 때문이다. 순간 머릿속
이 새하얗게 변한 정운이 어떤 행동을 취하기도 전 분홍빛 패딩에
길고 두터운 목도리를 두른 앙상하게 마른 여자는 숨을 몰아쉬면
서 카페 안으로 서둘러 들어갔다.

＊

예상과는 달랐다.

강현은 사실을 들은 즉시 명주가 자신을 죽도록 팰 거라고 생각
했다. 명주에겐 그럴 만한 권리가 있고, 자신은 그렇게 당할 만한
책임이 있으니까. 실제로 명주는 눈빛은 살인을 저지르고 싶은 사
람 같았고, 두 주먹은 손등의 힘줄이 불끈 치솟을 만큼 거세게 쥔
상황이었다. 그러나 그것뿐이었다.

명주는 움직이지 않았다. 달려들지 않았다. 두들겨 패지 않았다. 실망한 강현은 깨달았다. 명주에게 그렇게 맞아서라도 자신이 죄책감을 약간이나마 덜 수 있기를 바랐다는 것을.

나는 여전히 비겁하구나.

현주의 동생에게 죽도록 얻어맞는다고 해도 현주가 피해 본 사실이 달라지는 건 아니다. 현주의 고통이 없어지는 게 아니다. 현주의 미래가 밝아지는 게 아니다.

그러니 죄책감의 크기가 줄어들게 만들어서도 안 된다. 무슨 짓을 하든 실제로 그렇게 되지도 않겠지만.

그러나 궁금했다.

"장명주 씨, 어째서 보복하지 않는 겁니까?"

"신강현 씨, 어째서 우는 겁니까?"

명주가 악문 잇새로 되물은 말을 듣고서야 강현은 자신의 목소리가 물기에 젖어 있다는 사실을 깨달았다. 시야 또한 다시 흐릿했다. 지난 이틀 전부터 시간을 가리지 않고 그랬던 것처럼.

강현은 눈을 깜빡였다. 그러자 맺혀 있던 또 다른 눈물이 뺨으로 흘러내렸으나 그는 닦을 필요를 느끼지 못했다. 그래 봤자 소용없으니까. 새로운 눈물이 또다시 흘러내리고 있었다.

"답하세요. 왜 우는 겁니까? 미안해서? 누나에게 미안해서?"

"그렇습니다. 그리고……."

"그리고?"

"아이에게, 현주의, 나의, 현주와 나의 아이에게 미안해서."

강현은 자신이 흐느끼고 있다는 것을 알지 못했다.

"내 생모는 나를 때리고 굶긴 최악의 인간이었습니다. 그러나 적어도 내 생모는…… 내 생모는 나를 죽이지는 않았습니다. 그러나 나는…… 내 아이를 죽였습니다. 내가, 그렇게 한 겁니다. 현주의 인생을 망치고, 내 아이의 삶을 파괴했습니다. 내가 그런 겁니다."

생모도 하지 않은 짓이다. 그 최악의 인간도 저지르지 않은 일. 그러나 생모를 누구보다도 경멸하고 싫어하며, 더러운 핏줄을 부정하던 아들이 더 잔혹한 짓을 저질렀다.

씻을 수 없는 죄.

EH그룹의 후계자로서 누릴 수 있는 거대한 권력과 재력을 잃기 싫었던 신강현은 장현주를 버렸다. 비서의 딸이라는 그 이유 한 가지 때문에 동거까지 해놓고 내버렸다. 더군다나 그 비참한 이별을 할 때 임신까지 시켰다. 피임을 하지 않은 건 그때가 유일할뿐더러 손 수행비서가 알아낸 자료에 적혀 있는 출산 예정일과 비교해 보아도 현주는 그때 임신한 게 맞았다.

이별 아닌 이별 후 신강현은 잘살았다. MBA를 훌륭하게 졸업했을 뿐만 아니라, EH그룹에 입사해서 승승장구를 거듭해 불과 2년 만에 이사 자리를 꿰찼으며, 어마어마한 재력을 자랑하는 가안은행의 고명딸과 약혼식을 치렀다. 누구나 부러워할 만큼 아주 많은 것을 누리며 행복하게 살아온 것.

장현주는 달랐다. 뛰어난 수재로 무난하게 박사 학위 취득 후 교수가 될 거라는 평가를 들었던 여자는 사랑하는 남자에게 버림받은 뒤 비참한 인생을 살게 되었다. 학업에 집중하지 못해 담당 교수에게 질책을 여러 번 듣다가 임신 사실을 알게 되었고, 비록 헤어졌으나 사랑하는 남자의 아이이기 때문에 낳기로 결정했다고 한다. 조사원이 미국에 있는 현주의 외국인 친구에게 직접 알아낸 사실이다.

현주는 출산을 위해 교수에게 양해를 구하고 한국으로 들어왔다고 한다. 그러나 임신중독증에 걸려 결국 아이를 잃었고, 후유증으로 신장 기능이 급격하게 나빠졌다.

건강 때문에 학업을 완전히 포기한 게 그때였다. 더 버티지 못한 현주는 종종 아르바이트로 해온 번역가로 진로를 바꾸었다. 미국에서 계속 공부하는 척 가장하던 것을 그만두고 군의관으로 복무하던 명주에게 실제로는 공부를 관뒀다는 사실과 병을 알린 것도 그때였다.

조사 결과에 따르면 명주는 식단 관리까지 다 해주었다고 한다. 현주 또한 노력했으나 고통스럽게 비틀거리기 시작한 신장은 오래 버티지 못했다. 결국 3개월 전 길에서 쓰러져 구급차를 통해 응급실로 실려가 카테터 삽입 후 응납 투석을 시작하게 되었다. 그 뒤부터 현주는 일주일에 세 번, 네 시간씩 투석기에 생명을 걸게 되었다.

남은 평생 그렇게 해야 하리라.

강현은 보고받아서 알고 있었다. 투석을 아주 힘들게 받아들이는 사람도 있지만, 긍정적으로 생각하는 사람도 있다고 한다. 초반엔 힘들어도 익숙해져서 괜찮게 생각하는 경우도 있고, 정상인보다 더 활기차고 보람 있게 살아가는 사람들도 있다고 한다.

그러나 이건 현주의 일이다.

다른 사람도 아닌 장현주의 일. 더군다나 그녀가 이런 인생을 살고 있는 건 전적으로 신강현의 잘못 때문이다.

신강현의 죄악.

아까 그의 구두를 더럽힌 진눈깨비 따위와 비교할 수조차 없는 것. 결코 씻을 수 없는 더러움. 결코 돌이킬 수 없는 비극.

신강현 때문에 장현주의 인생은 원래대로 복원할 수 없는 도자기 파편이, 아니, 파편 속의 먼지가 되어 있었다.

주워 담을 수 없다. 절대로 그럴 수 없다.

절대로.

그렇기에 강현이 선택할 수 있는 건 단 한 가지뿐이었다.

"제가 저지른 일을…… 되돌릴 수 없다는 걸…… 잘 압니다. 하지만, 하지만…… 제가 할 수 있는 게 있습니다."

쏟아지는 눈물이 보이는 모든 것을 가리고 있었다. 강현은 눈을 질끈 감았다가 떴다. 그나마 세상이 맑아진 가운데 명주가 아니라 다른 사람이 보였다. 이 순간 전혀 예상하지 못한 존재.

"그게 뭔데?"

현주는 두르고 있는 목도리의 끝을 거친 손길로 옆으로 쳐내서 가려진 입을 드러냈다. 마른 입술에서 사정없이 쏟아져 나오는 건 사나운 냉소였다.

"신강현, 네가 할 수 있는 게 뭔데? 돈? 나도 돈 있어! 내가 돈이 없어서 이러는 줄 알아? 이식 수술도 필요 없어! 난 하나밖에 없는 내 동생한테 장기 못 받아!"

“누나.”

이글거리는 눈빛을 하고 있으나 잠시 조용하게 강현을 쳐다보던 명주는 그제야 입을 열었다.

“그게 대체 무슨 말이야?”

“나, 이식 수술 안 해. 아무리 그래도 수술이야. 너 잘못되면 어쩌려고?”

“쉬운 수술이고, 기증자는 아무 후유증 없어.”

“어쨌거나 수술할 생각 없어. 명주야, 이건 나중에 이야기하자.”

동생에게는 부드러웠던 현주의 목소리와 시선이 강현에게 향하면서 다시 냉철해졌다. 명주는 짙은 두 눈썹이 위로 치솟은 얼굴이다. 그는 하고 싶은 말이 많은 듯싶었으나 꾹 누르는 듯 주먹을 불끈 쥐었다.

“신강현, 넌 나한테 아무것도 보상하지 않아도 돼. 이 모든 일은 내 선택이었어. 아이를 낳기로 하고…… 그 뒤에…… 그렇게 되고…… 그건 다 내 잘못이야. 내가 관리를 잘못한 탓도 있어.”

“네가 건강관리를 못한 건.”

강현은 본능적으로 알고 있는 사실을 말했다.

“나에게 버림받아서야. 그 후유증 때문이겠지.”

현주는 잠시 아무 말도 못했고, 그것만으로도 강현은 확신을 얻었다.

“내 탓이야. 내가 너를 이렇게 만든 거야. 평생, 평생 그렇게 살게 만든 거야.”

"그래, 난 평생 투석 받으면서 살게 되겠지. 하지만 네가 생각하는 것만큼 힘들지 않아. 투석 환자를 아무것도 못하는 병신으로 취급하지 마. 잘 지내는 사람도 많아. 사람은 적응의 동물이야. 안 그런 사람도 있지만 하다 보면 적응돼. 정상인보다 더 의미 있게 살아가는 사람들도 있어."

"너는 아니잖아. 네가 투석 받을 때 어떤 표정인지 너는 모르지? 나는 봤어. 현주야, 나는 봤어. 투석한 지 3개월이나 지났으니 이제 건강이 좋아져야 해. 네 표정도 나쁘지 않아야 해. 하지만 넌 여전히 건강도 안 좋고 투석할 때 얼굴도……."

짝!

며칠 전처럼 다시 현주의 손이 강현의 뺨을 힘껏 갈겼다. 강현의 얼굴이 반쯤 옆으로 돌아갔다. 이어 현주는 주먹을 쥔 양손으로 강현의 가슴을 내려쳤다. 쿵 하고 소리가 날 만큼 센 손길이었다. 잠시 얼어붙었던 명주는 경악한 얼굴로 현주의 손목을 잡아 품으로 끌어왔다.

"누나! 그만해! 이러면 안 돼!"

"뭐가 이러면 안 되는데? 신강현은 진짜 나쁜 자식이야! 날 그렇게 버려놓고! 지금 약혼도 했어. 그래 놓고 접근하더니 이젠 사실을 알았다고 보상을 들먹여? 이 개자식! 너는 보상 못해! 넌 나한테 줄 수 있는 게 없어! 아무것도 없어!"

"하나 있어."

강현은 옆으로 돌아갔던 얼굴을 움직여 다시 현주를 마주 보았다. 끝없이 흘러내리던 눈물은 이제 멈추었으나 슬픔은 그렇지 않았다.

“한 가지, 내가 줄 수 있는 게 있어.”

“뭐야? 설마 네 신장이라도 주겠다는 거야?”

현주는 한껏 비아냥거렸다. 강현은 고개를 끄덕였고, 금방이라도 두 주먹을 다시 휘두를 것 같은 누나를 품에 안고 있던 명주가 행동을 우뚝 멈춘 게 그때였다. 그건 현주도 마찬가지였다.

“뭐…… 라고?”

현주는 바싹 마른 입술로 다시 물었다. 마치 눈앞에 집채만 한 파도가 몰려오는 것을 지켜보는 표정이다.

“지금, 신장을 주겠다고 한 거야?”

강현은 답했다.

“그래.”

현재 카페의 투명한 벽에 딱 달라붙은 채 어쩔 줄 몰라 하는 손 수행비서가 배신 아닌 배신을 한 건 이런 행동을 예측했기 때문이리라. 그래서 조사 결과를 숨기고 어머니에게 대신 보고한 것일 터. 그러고는 강현의 귀에 이 과거의 일이 들어가지 않도록 철저하게 입단속을 하고, 신강현의 인생에서 장현주를 완전히 잘라내려고 시도했다.

그러나 이미 늦었다. 신강현은 알아버렸다. 장현주가 무슨 일을 겪었는지, 그리고 그들의 아이가 어떤 비극을 당했는지.

되돌릴 수 없다. 그가 어떤 일을 하든, 현주를 이전처럼 완전히 건강하게 만들 수는 없다. 그러나 적어도, 최소한, 조금이지만 할 수 있는 일이 있었다.

“내 신장을 줄게.”

꼬박 이틀간의 고뇌 끝에 나온 결론이다. 아니, 사실은 이틀이 아니라 손 수행비서에게 진실을 들은 즉시 생각한 것이다.

현주가 잃은 것을 돌려주기.

"이식 수술에 대해서 알아봤어. 그래, 어렵겠지. 친족이 아니니까 KONOS(Korean Network for Organ Sharing. 질병관리본부 장기이식관리센터)의 허락을 받는 것도 쉽지 않겠지. 아니, 그전에 내 신장이 이식 수술에 적합하지 않다는 판정이 나올 수도 있겠지. 모든 절차를 통과하더라도 수술이 어떻게 될지 모른다는 것도 잘 알아. 신장이식 수술은 수술 자체보다 수술 후의 관리가 더 중요하다는 것도 알아."

강현은 글씨가 눈앞에 떠오를 만큼 완벽하게 외운 것을 이어 내어놓았다. 그리고 크리스털처럼 선명하게 결론을 내린 것도.

"이식한다고 평생 쓸 수 있는 게 아니잖아. 요즘 약이 좋아졌다지만 이식한 신장을 1년을 쓸 수도, 30년을 쓸 수도 있다고 들었어. 네 쌍둥이 동생 장명주에게 받는 건 다음으로 미뤄. 다음에 또 필요할 수도 있잖아. 일단 내 신장을 받아. 30년, 딱 30년만 내 것을 쓰고 그 뒤에 네 동생 것을 받아. 그렇게 하자. 그렇게 해줘."

강현이 줄줄 내뱉는 내내 침묵을 지켰던, 아니, 침묵에 짓눌렸던 현주의 마른 입술이 열렸다.

"제정신이 아닌……."

"누나."

명주는 달래듯 속삭였다.

"그렇게 하자."

"뭐, 뭐라고? 장명주 너, 대체 지금 무슨 말을 하는 거야?"

"신강현 씨의 신장은 상태가 아주 좋을 거야. EH그룹의 사람답게 확실하게 관리받고 있을 테니까."

명주는 강현의 복부 쪽을 쳐다보고 있었다. 투시력이 있다면 몸속의 신장을 가늠하고 있으리라.

"물론 적합 검사가 우선이야. 어떻게 될지 모르지. 하지만 신강현 씨 말이 맞아. 아무리 면역억제제가 좋아졌다고 해도 획기적인 약은 우리가 살아 있는 동안에는 실용화되기 어려워. 잘 관리하면 30년만이 아니라 더 오래 쓸 수도 있겠지만 아닐 수도 있어. 그러니 내 것은 다음에 받고 일단 신강현 씨 것을 받자. 준다고 할 때 받자."

"장명주! 너 미쳤어?"

현주는 비명을 질렀으나 목소리 자체는 억눌린 듯 희미하게 새어 나왔다. 큰 충격을 받았는지 부릅뜬 눈은 흔들렸고, 새하얗게 질린 얼굴은 핏기가 하나도 없었다. 사막에 덩그러니 버려진 사람처럼 바짝 마른 입술도 희미하게 보랏빛이 돌았다.

"부탁해. 현주야, 받아줘."

바로 그 말에 현주의 표정이 달라졌다. 두 눈썹은 앙칼지게 위로 쭉 올라갔고, 눈동자는 형형한 빛을 뿌렸으며, 입술 끝이 사정없이 뒤틀렸다. 그제야 강현은 방금 내뱉은 말이 실수라는 것을 깨달았다.

"사귀는 내내 미안하다거나 부탁한다는 말 따윈 단 한 번도 안 한 인간이 갑자기 이러다니, 참 놀랍네. 그만큼 죄책감이 크다는 거야? 그렇게, 그렇게 내가 불쌍해? 너 때문에 이렇게 됐다고……
불쌍해?”

“그래. 죄책감이 들어. 그리고 네가 불쌍해.”

명주의 품에 갇힌 현주가 다시 발악하기 직전 강현은 직설적으
로 나갔다.

“그러니까 받아. 네가 젊은 나이에 투석하게 됐다는 사실을 알
게 되면 많은 사람들이 널 동정할 거야. 그게 정상적인 거야. 네
가 혐오하는 신강현도 동정심을 느껴. 그러니까 내가 죄책감을
못 느끼도록 신장을 받고! 이식 수술을 받고! 건강해지란 말이
야!”

참을 수 없었다. 지금 이 순간, 강현은 현주의 거부를 참을 수가
없었다.

이해가 가는 면도 있다. 투석 환자들 가운데 이식을 여러 가지
이유로 저어하고 투석을 괜찮게 생각하는 사람도 있다는 건 알고
있다. 그 사람들의 선택을 손가락질하는 게 아니다. 그건 마땅히
존중해야 할 부분이다.

그러나 이건 현주의 일이다. 평생 투석하면서 살 거라고? 물 한
모금 제대로 못 마신 채 살아갈 거라고? 쌍둥이 동생을 걱정해서
그러는 거라면, 그래, 그것도 이해가 되는 일이다.

그러니 나의 신장을 주자. 의학적으로 불가능할지도 모르지만
강현은 일단 시작이라도 하고 싶었다.

주고 싶다. 줘야 한다!

“하! 그런 말을 듣는다고 냉큼 받을 줄 알아? 네 신장을 받는다

고 과거가 사라지는 줄 알아? 내가 널 용서할 줄 알아? 난 너 용서
못해! 신강현, 난 어떤 일이 있어도 너 용서 못해. 용서 못한다고!"

"내 신장이 아니라 생명을 네게 주더라도 과거는 달라지지 않
아. 누구보다도 내가 잘 알아. 나를 바라보는 네 눈빛을 보면 알
수 있어."

순간적으로 강현의 온몸을 훑고 지나간 분노의 촛불은 소나기
에 맞은 것처럼 순식간에 꺼졌다. 그리고 다시 그에게 찾아온 건
눈물이었다. 마음이, 감정이, 진심이 담긴 것.

"용서 같은 건 바라지 않아. 네가 용서해 줄 거라고 생각하지도
않아. 나는 그저, 그저…… 네가 조금이라도, 조금이라도…… 건
강해졌으면 해. 이전처럼 아프지 않았으면…….'

"예전 이야기 꺼내지 마! 넌 과거를 거론할 자격도 없어!"

현주는 이제 비명을 질렀다. 그래서 강현은 그 부분에 대해서는
말을 멈추었으나 다른 것을 꺼냈다.

"내가 어떻게 하면, 뭘 해야 받겠니? 네가 원하는 건 무엇이든
할게. 무엇이든."

강현은 애걸하듯 내뱉었다. 아니, 현주가 즉각 알아차릴 수 있
을 만큼 간절하고도 확실한 애걸이었다.

"하! 이전엔 잘못해도 사과 한마디 안 하던 잘난 인간이, 천하의
신강현이 내 앞에서 지금 신장을 받아달라고 애걸복걸하는 거야?
응?"

"그래, 맞아. 애원하는 거야. 그러니 현주야, 받아줘. 받아줘."

"이것만으로는 안 돼. 그렇게는 안 되겠어. 모자라. 이런 몇 마

디 말 따위에 내가 넘어갈 줄 알아?"

"그럼 뭘 더 할까? 뭐든 말해봐. 뭐든 들어줄게, 뭐든."

"뭐든?"

현주의 눈빛이 다시금, 아니, 이제까지 봐온 모습 가운데 가장 형형하게 번뜩이기 시작한 건 이때였다.

"그래, 뭐든? 그러면 무릎 꿇을 수 있어? 그럴 수 있어?"

"누나!"

이 자리에 없는 것처럼 조용하게 뒤에서 현주를 안고만 있던 명주가 다시금 날카롭게 한마디 내뱉었다. 분명 꾸짖는 어조였고, 현주는 그제야 정신을 차린 듯 눈을 깜빡거렸다. 부끄러운 듯 뺨이 붉어진 그 순간이었다.

강현은 즉시 행동했다. 차갑고 딱딱하기 그지없는 바닥에 무릎을 대는 건 고통이 수반되는 일이었다. 또한 진저리가 나는 한기가 온몸으로 기어올라 왔다.

현재 카페 내에 다른 손님은 거의 없는 상황이었다. 신강현, 장현주와 장명주 남매, 구석에 앉아 있는 몇 명의 손님, 그리고 지긋한 나이로 보이는 주인뿐. 그러나 그 얼마 안 되는 모든 사람의 시선은 전부 단 한 곳에 묶이듯 모였다.

두 눈으로 눈물을 흘린 채 한 여자 앞에 무릎을 꿇은 남자.

"……현주야."

강현은 고개를 들어 바라보았다. EH그룹의 후계자가 아니라 한 남자로서, 그저 신강현이라는 남자로서 말했다.

"받아줘."

현주는 마치 동상 같았다. 동생이 야단치는 어조로 부른 뒤 부끄러움을 느끼는 그 표정 그대로 결빙되어 있었다.

강현은 현주의 감정을 읽을 수 없었다. 그는 눈물 때문에 흐린 시야 속에서 속삭이듯 말했다.

"제발."

"……아니야."

현주는 눈을 감았다. 일그러진 미간을 통해 강현은 그녀가 격렬한 고통을 느낀다는 것을 깨달았다.

"이건 아니야. 내가 아는 신강현은 결코 이럴 수 있는 남자가 아니야. 이래서도 안 돼. 내가 아는 신강현은, 이래선 안 돼."

본인이 요구한 것이었으나 현주는 그 사실을 잊었는지 마치 술에 취한 사람처럼 흐느적거리는 어조로 횡설수설 내뱉었다.

"이래선 안 돼. 신강현, 강현아, 넌 이래선 안 돼. 내가 아는 너는, 내가 사……."

현주는 말하다 말고 눈을 떴다. 그러나 눈앞의 상황이 달라질 리 없다. 강현은 일어날 생각이 결코 없었다. 현주에게서 답을 들어야 했다.

"받겠다고, 말해줘."

현주는 입을 닫았다.

"현주야, 현주야, 제발……."

"그만해! 제발? 제발이라고? 신강현은 그런 말을 할 수 있는 남자가 아니야! 그래선 안 돼! 그런 말도 하지 마!"

"받겠다고 하면 그만할게. 그러니……."

“명주야.”

현주는 강현에게서 눈을, 몸을 돌렸다. 동생을 부르며 올려다보았다. 다정하면서도 언뜻 긴장한 듯한 명주에게 현주는 필사적으로 속삭였다.

“나, 갈래. 갈 거야. 가고 싶어.”

“안 돼. 대답하고 가. 누나, 적합하다는 판정이 나면 신강현 씨의 신장을 받겠다고 대답해. 누나는 그래야 해. 받을 자격 있어. 누나에겐 그럴 책임도, 의무도 있어.”

“책임? 의무?”

“유일한 가족인 나에 대한 책임 말이야. 누나는 나를 걱정시키지 않을 의무가 있어. 그걸 지켜. 난 누나가 조금이라도 더 건강해질 수 있다면 무슨 짓이든 할 수 있어. 이 자리에서 못 나가게 하는 것쯤은 아무것도 아니야. 그러니 답하고 가. 약속해, 가능하다면 신강현 씨의 것을 받겠다고. 적합하지 않아서 불가능하게 되면 내 것을 받겠다고 맹세하고 가. 그러지 않으면 놓아줄 수 없어. 아니, 이런 것 따위가 문제가 아니지. 가고 싶으면 가.”

명주는 품에 안고 있던 누나를 손에서 풀어주었다. 살짝 밀리듯 반걸음 뒤로 가게 된 현주는 이해하지 못하는 표정이었으나, 눈동자만큼은 선명했다.

“지금 도망치든 어쩌든 누나는 이식 수술을 받아야 해. 누나는 투석을 해도 오래 버티지 못할 테니까. 이식, 받아야 해. 내 신장이든 신강현 씨 신장이든.”

“장명주! 너 대체!”

현주는 두 주먹을 움켜쥔 채 온몸을 파르르 떨었다. 그러나 그녀가 더 이상 할 수 있는 건 없었다. 현주는 결국 그 자리에서 도망쳤다. 무릎을 꿇은 채 애걸하는 남자에게서, 선 채로 명령하는 동생에게서.

강현은 현주가 뛰쳐나가는 것을 두 눈으로 좇았다. 현주는 카페 문밖에 서 있는 손 수행비서를 발견하곤 움찔거렸으나 그건 잠시뿐, 주차해 둔 차에 올라타 도망치듯 떠났다. 강현은 손 수행비서의 표정을 보고 싶지 않았기에 곧바로 시선을 원래대로 돌렸다. 명주의 얼굴이 보였다.

"신강현 씨, 그만 일어나서 차가운 물에 세수 좀 하고 오세요. 이제 우리끼리 이야기합시다."

명주는 표정처럼 어투도 매우 냉정하게 바뀐 상태였다. 강현은 대답 없이 일어났다. 안개 같은 현기증이 희미하게 일어났으나, 입술을 깨무는 것으로 내리누르고는 한쪽에 있는 화장실로 들어갔다.

새하얀 세면대 위로 먼지 한 점 없이 깨끗한 거울이 있지만, 강현은 외면했다. 그는 지금 자신의 얼굴을 감당할 수 없었다. 길고 많은 눈물로 얼룩졌기 때문이 아니었다. 이런 상황을 만든 스스로가 증오스럽기 때문이다. 스스로의 눈을 쳐다보기만 해도 주먹이 날아갈 터였다.

손을 다치는 건 아무 문제가 아니다. 현주가 받아준다면 기증자가 될 테니 몸을 아껴야 하기 때문.

아마 현주는 받아들일 것이다.

강현은 명주를 보고 깨달았다. 명주는 무슨 일이 있더라도 사랑하는 사람을 반드시 지키는 강한 남자였다. 현주는 그런 명주의 말을 결국에는 따를 것이다. 이식 수술을, 가능하다면 강현 자신의 신장을 받아들일 터였다.

기쁜 일. 그러나 강현은 동시에 구역질이 났다. 겨우 신장 하나 달랑 받아주는 걸로 기뻐하는 자신이 역겨웠다.

애초에 내가 제대로 행동했었다면 현주가 이런 고통을 겪지 않을 터이다. 내가 장명주처럼 저렇게 강한 사내였다면 이런 상황 따윈 애초에…….

강현은 차디찬 물을 얼굴에 다시금 끼얹었다. 온몸에 소름이 돋을 만큼 낮은 온도였다. 정신이 번쩍 드는 건 아니었으나 적어도 마음을 다잡을 순 있었다.

과거의 일은 바로잡을 수 없다. 그러니 미래만 생각하자. 현주가 건강해지는 미래. 바로 그것.

강현은 얼굴을 닦은 뒤 두 주먹을 불끈 쥐었다가 풀면서 화장실을 나섰다. 명주는 심각한 표정으로 앉아 있었다. 강현이 마주 앉자 명주는 짧게 한숨을 내쉬었다.

"누나가 이 자리에 온 건 내 탓입니다. 신강현 씨의 비서가 혼자 나오라고 당부했지만, 내가 그걸 깜빡하고 누나에게 이야기했거든요. 기겁해서 달려온 것 같습니다."

사과 겸 설명이다. 그러나 강현은 명주가 제대로 사과하지 않으리라는 것을 잘 알았다. 애초에 어떤 것이든 자신은 명주에게 사과를 들을 자격이 없다.

"신강현 씨, 이식 절차에 대해 얼마나 알고 있습니까?"

명주는 바로 이야기를 시작했다.

"다 알고 있습니다."

"그렇다면 기증자가 환자인 수혜자에게 이식하기 위해서는 보호자의 허락이 필요하다는 걸 알고 계시겠네요. 신강현 씨의 경우 어머니 한은희 사장님의 허락이 있어야 합니다. 그리고 친족 관계가 아니라면 이식 허가가 나는 게 어렵다는 것도요."

"잘 알고 있습니다. 하지만 어머니가 허락하지 않는다고 해도 합법적인 방법이 아예 없는 건 아닙니다. 파렴치한 생각이라는 건 잘 알고 있습니다."

강현은 이번에야말로 명주가 달려들어 주먹으로 내려칠 거라고 생각했다. 그러나 이번에도 명주는 그러지 않고 대신 크게 놀라는 기색이었다.

"그 말뜻은…… 정말 각오했다는 뜻이군요."

"그렇습니다."

"믿을 수 없습니다."

"저는 정말로 각오했습니다."

강현은 굳건한 어조로 내뱉었고, 명주는 천천히 입을 열었다.

"저는 신강현 씨에 대해 아는 게 거의 없습니다. 그러나 아버지께서 생전에 하신 말씀이 기억나는군요. 신강현 씨는 한은희 사장님과 EH그룹을 가장 중요하게 생각한다는 내용이었습니다."

"그건 과거입니다."

"그런가요? 뭐, 어찌 됐든 적합 검사가 우선입니다."

“오늘 일정 잡아뒀습니다. 바로 진행할 겁니다.”

“결과 나오면 바로 연락 주세요.”

명주는 이만 대화를 끝내겠다는 듯 일어났고, 강현 또한 일어서며 입을 열었다.

“장명주 씨, 나는…….”

“다른 부분은 검사 결과가 나온 뒤 이야기합시다. 일단은 그게 우선입니다. 또한 이건 알고 계세요. 현재 누나의 보호자는 나 장명주입니다.”

명주는 강현의 말을 자르고는 서늘하게 내뱉었다. 그러나 강현을 쳐다보는 눈빛은 결코 그렇지 않았다. 당장에라도 휘두르고 싶은 살의의 칼날을 검집에 차고 있는 검객 같았다. 휘두를 능력이 있지만 냉철하게 때를 기다리는 존재.

명주는 더 이상의 말 없이 사라졌다. 그리고 강현은 주저앉듯 의자에 앉은 채 잠시 생각에 잠겼다. 한참의 시간이 흐른 뒤 누군가가 앞으로 다가왔다. 창백한 기색으로 휴대전화를 손에 들고 있는 손 수행비서였다.

“회담이 방금 끝났고, 사장님께서 오늘 밤 늦게 돌아오신다고 합니다.”

비행기 탑승을 싫어하는 한은희 사장은 늦은 시간에 한국으로 돌아오는 건 되도록 피하곤 했다. 그런데도 감행한다는 건…….

“손 비서님.”

“네.”

“준비하세요.”

길게 설명할 필요도 없었다. 손 수행비서는 바로 알아듣고는 휴대전화를 들었다. 강현은 곧 손 수행비서가 은밀하게 지시 내리는 것을 들으며 천천히 주차되어 있는 차로 향했다.

강현은 향한 곳은 가안은행 본점이었다. 어머니가 오시는 건 오늘 밤이니, 그전까지 해야 할 게 많았다. 어머니와 만난 뒤 어떤 결과가 나올지 강현은 알 수가 없었다. 구체적으로 상상이 떠오르는 건 최악의 상황뿐이다.

버림받는 것.

어머니로부터, 그리고 EH그룹에서도 내쳐지는 것.

그리될 확률이 높다는 건 잘 알았다. 가능하다면 피하고 싶었다. 그건 남자 신강현이 되기 전에 박강현이었던 소년이 타고난 본능이었다.

그러나 현재 자신은 신강현이다. 다 자란 성인, 그리고 현주에게, 태어나지 못한 아이에게 치명적인 실수를 저지른 최악의 남자.

보상할 것이다. 무엇으로 내가를 치르게 되든 보상해야 했다. 설사 어머니라는 존재에게 버림받는 길이 될지라도.

그리고 이것이 그 첫 번째 발걸음이 될 것이다.

강현은 숨을 몰아쉬었다. 찰나의 순간 심호흡을 끝낸 뒤 그는 문고리를 잡고 사무실로 들어갔다. 가안은행의 총재 이소철이 반가운 얼굴로 강현을 맞았다. 놀란 기색도 엿보였다.

"어서 오게. 입원 중이라던데 퇴원한 건가?"

"네, 퇴원했습니다."

강현은 총재가 권하는 대로 방문자를 위한 소파에 앉았다. 가죽으로 된 소파는 부드러웠으나 이 순간 강현에겐 그저 불편할 뿐이었다. 곧 비서가 이 총재가 항상 마시는 차가운 메밀차를 두 잔 내왔다.

"아직도 우리 우연이를 못 만난 건가? 같은 병원이었을 텐데."

마주 앉은 이 총재는 타박하는 말투였다. 약혼 전에도 데면데면했고 약혼한 뒤에도 마찬가지였던지라 강현을 은근히 못마땅하게 보긴 했다.

"입원한 첫날에 찾아갔지만 이우연 양의 상태가 좋지 못해서 못 만났습니다. 그 뒤로도 엇갈려서……. 총재님을 뵙고 난 뒤 바로 찾아갈 생각입니다."

"그래? 나도 바로 갈 생각인데 같이 가지."

이 총재는 화색을 띠었다.

"우리 우연이가 자넬 기다리더군. 애가 아직 어리지만 마음이 깊어. 그러니 나이 차이가 그리 나는데도 결혼하겠다고 한 거지. 내 이제 와 말하지만 아홉 살이나 차이가 나서 이 혼사에 대해서 사실 망설였었네. 하지만 우연이가 좋다고 하니 어쩔 수 없었지. 자네가 좀 어려워서 그동안 말을 거의 못 건넨 모양이지만 앞으로는 좀 잘 챙겨주게. 내년이면 결혼할 사이 아닌가."

"죄송합니다."

강현은 머리를 숙였다. 이 총재는 화들짝 놀라고야 말았다.

"어허, 그렇다고 머리까지 숙이다니……."

"진심으로 사죄드립니다. 결혼, 할 수 없습니다. 오늘부로 파혼합니다.”

강현은 고개를 들어 이 총재를 바라보았다. 총재는 눈을 껌뻑거리고 있었다. 그러나 곧 그 까만 눈동자가 격렬한 분노로 번뜩이기 시작했다.

“파혼한다? 하고 싶다는 말도 아니고 하겠다?”

“파혼해야 합니다. 사정이 생겼습니다.”

“무슨 사정?”

“다른 여자에게 책임질 일을 저질렀습니다.”

이 총재는 한쪽 눈썹을 치켜뜨더니 픽 웃었다.

“여보게, 실수는 누구나 하는 거야. 고작 그런 일로 혼사를 중단하겠다고? 이건 자네와 우연이만의 결혼이 아니라 두 가문의 결합이야!”

“바로 그래서 결혼하려고 했습니다. EH그룹의 안주인 자리에 누구보다도 이우연 씨가 잘 어울린다고 생각했으니까요. 그러나…….”

강현은 머뭇거렸나가 소심스레 물었다.

“이우연 씨가 왜 입원했는지 알고 계십니까?”

“애가 몸이 약해서 그런 거지. 이전부터 종종 그랬어.”

강현은 속으로 한숨을 삼켰다. 말하는 것 자체는 어렵지 않으나 이 총재는 사랑하는 딸이 어떤 문제를 안고 있는지 모르는 게 분명했다. 딸에 대한 사랑과 믿음을 깨뜨리고 싶지 않았다.

“자네 표정이 왜 그런가? 혹시…… 과로 때문이 아닌 건가?”

이 총재는 눈을 가늘게 뜨고 캐묻듯이 물었다. 강현은 답 대신 다른 것을 통보했다.

"저는 이우연 씨와 결혼할 수 없습니다."

"신 이사!"

이 총재는 노성을 내질렀다. 드넓은 사무실 전체가 울릴 만큼 큰 소리였다. 강현은 다시 고개를 숙였다.

"진심으로 사죄드립니다."

"이게 그따위 말로 해결될 일이야? 지금 대체 무슨 말을 하는 거야? 가안은행은 어쩌고? 아니, 은행이 중요한 게 아니야! 내 딸은 어쩌라고? 다들 우리 우연이가 자네랑 결혼할 거라고 철석같이 믿고 있는데, 이제 와 어떻게 새 신랑감을 구해?"

"죄송합니다. 정말 죄송합니다."

이 총재는 비서가 내온 찻잔을 집어 들었다. 무슨 일이 닥칠지 잘 알았으나 강현은 피하지 않았다. 곧 찻잔이 날아와 그의 이마에서 부서졌다. 자기로 된 것은 깨지면서 이마를 긁었다.

순간 시야가 하얗게 변할 만큼 큰 둔통이 강현을 때렸다. 다행히 차가 시원한 종류라 화상을 입을 걱정은 없었으나 강현이 눈을 한 번 깜빡한 사이 긁힌 상처에서 흘러나온 한 줄기의 피가 눈으로 내려왔다. 그는 닦지 않았다.

"자네, 자네 어머니가 이 일을 두고 볼 것 같은가! 내가, 가안은행이 가만히 있을 것 같은가!"

이 총재는 다시 고함을 질렀으나 자신이 저지른 짓 때문에 새하얗게 질린 얼굴이었고 목소리도 억눌린 듯 작았다. 이마가 욱신거렸지만 강현은 침착하게 답했다.

“어머니는 아직 정확하게 모르십니다. 오늘 오시면 제가 직접 말씀드릴 겁니다. 그리고 이 파혼 때문에 EH그룹에 보복을 가하시는 건 소용없을지도 모릅니다.”

“지금 위협하는 건가?”

이 총재는 눈을 더욱 형형하게 번뜩였고, 강현은 답을 말했다.

“제가 EH그룹과 상관없는 사람이 될 수도 있기 때문입니다.”

이 총재의 입이 떡 벌어졌다. 강현은 자리에서 일어나 이 총재에게 90도 각도로 허리를 숙였다. 이마의 피 몇 방울이 바닥으로 뚝뚝 떨어졌고, 그와 동시에 이 총재가 아주 희미한 소리로 신음 비슷한 것을 내뱉었다.

“다시 한 번 사죄드립니다. 이우연 씨에게도 같은 사과의 말을 전하겠습니다.”

이 총재는 하고픈 말이 더 많아 보였으나 강현은 그만 몸을 돌려 사무실에서 나왔다. 사무실 앞에 앉아서 업무를 보던 이 총재의 비서진은 강현의 상처를 보자마자 경악한 기색이다. 표정 변화가 그나마 적은 건 이런 일을 예상하고 있던 손 수행비서였다.

손 수행비서는 대놓고 한숨을 내쉬며 얼른 손수건을 건네주었다. 강현은 묵묵하게 피를 닦으며 걸었고, 함께 주차장으로 갔다. 손 수행비서는 말없이 혀를 차면서 B병원으로 강현을 데려갔다. 강현은 이마의 상처를 치료받은 뒤 이우연의 병실로 갔다.

말 그대로 강현은 우연과 데면데면한 사이였다. 아홉 살이라는 나이 차이 때문도 있고, 기본적으로 정략결혼인지라 서로 크게 관심이 없었다. 끌림이라고는 전혀 없는 상태인데다가, 어차피 결혼하면 같이 살게 될 테니 그전까지 시간을 할애할 필요를 느끼지 못했다는 말이 정확했다.

그렇다고 강현은 결혼을 깰 생각인 건 아니었다. 회사에서 인정받는 게 우선이기에 지금은 사이가 좋지 않지만 어머니가 추천한 상대이니 반드시 결혼할 생각이었다. 그 후에 시간을 들여 아껴줄 계획이었다.

1년 전 어디선가에서 날아온 이메일을 받기 전까지는.

그 이메일은 우연이 프랑스에서 유학할 당시 마약을 한 적 있다는 내용과 프랑스인 남자친구와 동거했다는 내용이었다. 버림받은 그 남자친구가 원한을 담아 보낸 것.

누군가와 깊은 관계였다는 사실 자체는 문제가 아니었다. 강현은 현주와 동거한 자신이 우연을 나무랄 수는 없다고 생각했다. 그러나 마약을 상습적으로 한 건 문제였다. 어머니께서 기대하시는 EH그룹의 안주인답게 행동할 수 있을지 알 수 없다는 뜻이니까.

때문에 강현은 은밀하게 우연 주변에 시선을 깔아두었고, 결국 얼마 전 우연이 마약에 또 손을 댔다가 자해까지 했다는 사실을 알아냈다.

현주를 다시 발견하지 못했더라도 어차피 파혼했을 터. 물론 이런 식으로 무례하고 빠르게 진행하진 않았겠지만 지금은 다른 방법이 없었다.

"파혼합니다."

강현은 병실로 들어간 뒤 인사를 주고받자마자 즉시 내뱉었다.

더 예의를 차려야 한다는 건 잘 알지만 우연이 그의 얼굴을 쳐다보지도 않고 침대 시트만 바라보고 있자 어쩔 수 없었다. 우연은 그제야 고개를 들었다. 자해의 후유증이 남아 있는지 안색은 아직 좋지 않았다.

"신 이사님, 다 알고 계신 거죠?"

"네. 미안합니다."

그는 짤막하게 답했다. 사실 사과할 필요는 없었다. 우연은 마약이라는 스스로의 허물을 숨긴 것이니까.

"아니에요, 신 이사님. 제가 죄송하게 생각해요. 아까 연락받았는데……. 아버지께서 전화하셔서…… 이야기를 하시더라고요. 그래서 저도 다 말씀드렸어요."

"다 말입니까?"

"네."

우연의 눈동자는 맑았다. 지난 2년을 통틀어 처음 보는 눈빛.

"근본적인 건 제 탓이니까 아버지도 크게 뭐라 하진 못하실 거예요. 더군다나 그거……."

우연은 손끝으로 강현의 이마를 가리켰다. 의사가 최대한 곱게 기웠으나 아마 손가락 한 마디 정도의 흉터는 희미하게 남으리라.

"아시다시피 아버지가 좀 다혈질이셔서…… 후회하고 계세요."

"괜찮습니다."

"아마도…… 저희 쪽에서는 별일 없을 거예요. 하지만 저희 쪽은 문제가 아닐 것 같아요. 힘드실 텐데…… 사정은 잘 모르겠지만, 정말 힘드실 텐데 포기하지 않으실 건가요?"

강현은 우연이 파혼에 대한 반감이나 분노가 아니라 호기심을 느끼고 있다는 것을 깨달았다. 한결 마음이 편해지자 그는 답을 주었다.

"그렇습니다."

"……부럽네요. 꼭 잘되시길 바랄게요. 저랑은 다르게……. 전 포기했거든요."

진실로 부러워하는 목소리였다. 그래서 강현은 이 말을 하지 않을 수 없었다.

"이우연 양, 한 가지만 부탁하겠습니다."

"네."

"행복하세요."

우연의 얼굴에 놀라움의 씨앗이 싹텄다. 곧 우연은 상냥하게 미소 지으며 고개 숙였다.

"신 이사님도요."

2년간에 걸친 정략약혼은 그렇게 끝이 났다. 예상보다 아주 순조롭게, 우호적으로.

큰 산을 하나 넘은 것이었으나 강현은 이게 시작이라는 것을 잘 알았다. 더 거대하고 높은 산이 눈앞에 있었다. 오늘 밤에 마주하게 될 터.

시간이 없었다. 강현은 우연의 병실에서 나온 뒤 즉시 일차적으로 피 검사와 소변 검사를 받았다. 결과는 내일 나오리라.

강현은 주먹을 꾹 쥐며 차에 탔다. 손 수행비서가 차를 몰고 가는 곳은 본가였다. 목적지에 도착한 뒤 강현은 차에서 바로 내리지 않고 말했다.

"손 비서님, 정말 고맙게 생각합니다."

손 수행비서는 씩 웃더니 가볍게 말을 꺼냈다.

"만약 잘리시면 저도 같이 나갈 예정입니다. 저 개인비서로 취직시켜 주실 거죠?"

강현은 엷게 미소 지었다.

"네. 와주신다면, 감사합니다."

"연봉이 조금 적어도 괜찮습니다."

"더 많이 드리지요."

"오, 정말이지요? 약속하신 겁니다? 하하!"

손 수행비서의 익살기가 서린 웃음이 차 안에 퍼졌고, 강현은 좀 더 크게 웃다가 차에서 내렸다. 손 수행비서가 뒤따라오는 가운데 그는 활짝 열린 대문으로 들어갔다.

대문에서 시작되어 건물까지 이어지는 정원은 정원사 두 명이 매일 부지런하게 관리를 해야 깔끔하게 보일 만큼 상당히 넓었다. 어머니기 색색의 꽃을 매우 좋아하기 때문으로, 강현은 어릴 적 용돈을 모아 꽃다발을 선물한 적도 있었다. 그때 어머니는 아주 기뻐하며 포근하게 안아주었다.

한은희는 창부의 아들에 불과했던 박강현을 받아들여 EH그룹의 신강현이라는 거대하고도 근사한 세상을 선사했다. 조부모의 사랑을 받게 해주었으며 무엇보다 어머니가 되어주었다.

한은희가 부드럽고 따뜻한 건 아니었다. 다소 냉정하고 신중한 성격답게 강하고 엄격하게 아들을 훈육했다. 그러나 강현은 그 밑에 깔린 것이 어머니로서의 깊고 넓은 사랑임을 모르지 않았다.

그런 어머니를 실망시킨다. 그런 어머니에게 버림받는다…….

그렇게 될까 봐 언제나 두려웠다. 손에 잡히지도 않는 안개처럼 공포의 기운이 항상 신강현 주변에 드리워져 있었다.

안개가 온몸을 잠식하게 되면 나는 정말로 어떻게 될까? 암흑의 구덩이 속으로 나가떨어질까?

온몸에 으슬으슬한 한기가 치솟기 시작했다. 너무도 시려서 목 뒤의 털조차 곤두설 것 같은 느낌.

강현은 저도 모르게 두 손으로 온몸을 감쌌다. 동시에 그는 깨달았다. 자신이 겁을 먹었다는 걸, 무서워한다는 걸.

그래서 강현은 무거운 한숨을 토할 수밖에 없었다.

어머니에게 버림받을지 모른다는 악몽은 뿌리 깊은 공포이긴 했다. 어쩌면 정말로 실현될지도 모르는 일.

그러나 내가 실제로 그렇게 된다고 해서 그 아픔이 현주가 당했던, 체험하고 있는, 앞으로도 겪을 고통보다 큰가?

아니다. 아무것도 아니다. 현주가 신강현 때문에 강제로 쓰게 된 가시면류관의 잔인함에 비하면 이건 아무것도 아니다.

현주, 장현주. 지금 중요한 사람. 앞으로도 그의 인생에서 핵심이 될 여자.

강현은 거실 소파에 앉은 채 아주 조용하게 기다렸다. 그리고 자정에 가까운 시간이 되었을 때, 본가와 EH그룹의 주인이 나타났다. 화장은 물론 패션도 평소처럼 완벽하게 정돈되어 있긴 했다. 그러나 고도의 집중력이 필요한 회담에 며칠이고 참석한데다

가 제대로 휴식도 못 취한 채 급히 돌아오느라 언뜻 초췌한 기색
이 엿보였다.

"어머니."

강현은 고개 숙여 인사했다. 어떤 일이 벌어지든 냉철함을 유지
하던 한은희는 지금은 뭐라 표현할 수 없는 얼굴이었다. 세상에서
가장 거대한 산을 앞둔 것 같기도 하고, 빠지면 다시 헤어 나올 수
없는 늪을 쳐다보는 것 같기도 했다. 동시에 손바닥 뒤집듯이 꺾
는 게 아주 쉬운 얇은 나뭇가지를 들고 있는 사람처럼 보이기도
했다.

"이마."

곧 은희의 눈이 가늘어지더니 한곳을 뚫어져라 쳐다보았다.

"이 총재가 그런 거니?"

강현은 대답하지 않았다. 은희는 잠시 입술을 꾹 다물었다.

"차 마실래?"

잠시 우두커니 문가에 서 있던 은희가 건조한 목소리로 제안했
디. 강현이 그러겠냐고 납하자 은희는 수행비서에게 고개를 끄덕
였다. 곧 수행비서는 뜨거운 물을 차구와 함께 거실로 가지고 나
왔다.

"제가 하겠습니다."

테이블 위에 차구가 놓이자 강현이 손을 뻗었다. 은희는 고개를
저으려다가 곧 끄덕였고, 강현은 개완(蓋碗)을 예열한 뒤, 한문으로
大紅袍(대홍포)라고 쓰여 있는 상자를 열었다. 안에는 약간의 광택
이 돌고, 길이, 두께, 모양 등이 비슷한데다가 흙냄새가 희미하게

나는 찻잎이 들어 있었다.

강현은 첫 번째 뜨거운 물을 찻잎에 부은 뒤 몇십 초 후에 따라 내어 버리는 세차(洗茶)를 했다. 약 10초 정도 우린 후 거름망을 놓고 개완에 따라서 어머니께 드렸다.

오렌지 색의 수색(水色)을 물끄러미 쳐다본 뒤 강현은 향을 맡고 한 모금 마셨다. 향기는 달콤하고 고풍스러우며, 맛은 묵직하면서도 부드러웠다. 쌉쌀하면서도 단맛이 확연히 드러나는 매력적인 차였다.

"마음에 드니?"

은희는 한 잔을 다 비운 뒤에야 입을 열었다.

"네."

"이번에 선물로 받은 거란다. 마음에 들더구나. 너도 좀 덜어줄까?"

"괜찮습니다."

"그래, 넌 나만큼 차를 안 좋아하지."

강현은 고개를 저었다.

"아닙니다. 저도 좋아합니다. 그런데도 이제까지 어머니가 주신다는 걸 항상 거절한 건 어머니께서 좋아하는 차는 생산량이 얼마 되지 않는다는 것을 알기 때문입니다."

"그래서, 날 위해서 그랬다는 거니?"

은희의 말이 다소 뾰족하게 들린 건 착각이 아닐 터였다. 강현은 사실대로 말했다.

"차에 한해서는 그렇습니다."

"현주 문제는 그렇지 않다는 뜻이구나."

은희는 직구를 날렸다. 집 안에 들어와 있던 은희의 수행비서 두 명이 손 수행비서와 함께 거실에서 물러난 게 그때였다.

"그동안 뭘 했는지 알고 있단다. 회사, 그만둘 생각이니? 손 수행비서를 시켜서 정리도 다 했던데."

강현이 답하기 전 은희가 연이어 쏘아붙였다.

"현주에게 네 신장을 이식해 주고?"

"어머니."

"강현아, 너는 날 대체 뭐라고 생각하니? 어머니라고 생각하는 게 맞니?"

이건 강현이 상상도 하지 못했던 질문이다.

"어머니, 지금 무슨 말씀을 하시는 겁니까? 당연히 제 어머니입니다!"

"그런데 넌 이런 중대한 일을 나한테 의논도 안 하고 통보를 하는 거니? 아니, 통보도 안 했구나. 네가 아무 말도 안 해서 내가 비서들을 시켜서 알아낸 거니까. 내가 정말 네 어머니가 맞는 거니?"

강현은 뜨거운 한숨을 내쉬었다. 방금 삼킨 차의 온도 때문이 아니었다.

"어머니."

그는 잠시 눈을 내리깔았다가 맞은편에 앉아 있는 어머니와 시선을 마주했다. 은희는 언제나 그러하듯 바늘로 찔러도 피 한 방울도 안 나올 것처럼 단단하고 차가운 눈빛이었으나, 동시에 온몸에 분노의 화염을 휘감고 있었다. 강현으로서는 처음 보는 모습이다. 아니, 본 적이 있다.

26년 전, 병원에서 처음 만났을 때. 당시 어머니는 이런 모습이 되어 생모에게 또 얻어맞는 그를 방패처럼 보호해 주었다.

"항상 감사드리고 있습니다. 어머니는 이 천한 핏줄의 생명을 구해주셨고, 이곳으로 데려와 모든 것을 주셨습니다. 권력과 재력만이 아니라 더 중요한 것, 가족 간의 사랑과 모정(母情)을 제게 알려주셨습니다."

강현은 목이 메어왔다. 그는 마른기침으로 가다듬은 뒤 자리에서 일어나 바닥에 앉아 큰절을 올리고는 무릎을 꿇은 채로 어머니를 올려다보았다. 은희의 얼굴은 더없이 창백했다.

"어머니께서 반대하시리라는 것, 잘 압니다. 그렇지만 저는…… 어머니의 뜻을 거역할 수밖에 없습니다. 어머니, 저는 현주에게 씻을 수 없는 죄를 저질렀습니다. 제…… 제 아이에게…… 최악의 아동학대범인 제 생모보다 더 큰 죄를 지었습니다. 저는, 저는 할 수 있는 한 최대한 보상해야 합니다. 신장이 아니라 생명을 주더라도 제 죄를 씻지 못할 겁니다."

강현은 또다시 시야가 흐릿해졌다. 눈물, 이제는 익숙해진 눈물이 차오르고 있다는 뜻.

"이 모든 건…… 제 탓입니다. 제 잘못입니다. 현주의 인생을 망치고, 아이를…… 그렇게 만들어 버린 건…… 모두 제 탓입니다. 그러니 어머니, 어머니의 뜻을 거역할 수밖에 없습니다. 정말 죄송합니다. 저를…… 내쫓으신다고 해도 이해합니다. 절연하신다고 해도…… 이해합니다. 죄송합니다. 죄송합니다.”

모든 것을 빼앗기고 쫓겨날 수도 있다. 모두가 우러르는 EH그룹 후계자가 소유할 수 있는 재력과 권력만을 이야기하는 게 아니다. 어머니가 아들에게 보여주었던 사랑. 그 행복이 산산이 부서져 짓밟힐 것이다.

두렵다. 공포스럽다. 무섭다.

강현은 모든 것을 각오한 바이다. 그러나 그것을 코앞에 둔 이 순간, 온몸에 내리꽂히는 고통의 크기는 예상을 초월했다.

견뎌야 한다. 죄수라면 어떤 형벌이든 견디는 게 당연하다.

“죄송합니다, 어머니. 끝까지 어머니를 실망시키지 않는, 어머니가 항상 자랑스러워하는 효자이고 싶었습니다. 하지만 저는 이제 어머니가 원하시는 길을 걸어갈 수 없습니다.”

“강현아.”

조용하게, 마치 태풍의 눈처럼 너무도 조용하게 침묵을 내뿜던 은희가 다시 입을 열었다.

“니는 내가 너한테 EH그룹 후계자의 길을 걷는 것만 바랐다고 생각하는 거로구나.”

“네?”

“EH그룹의 후계자답지 않게 행동한다고 내가 너와 절연할 거라고 본 거야? 강현아, 신강현. 넌 네 어머니가 그런 존재로 보이니? 너를 아들이 아니라 EH그룹의 후계자로만 본다고 생각하는 거니?”

강현이 뭔가 말을 하기 전, 은희는 두 주먹을 쥐었다. 50대 중반 여자의 것치고는 크지만 그래도 강현보다 작은 손이 눈에 보일 정도로 파르르 떨리기 시작했다. 바람에 힘없이 흔들리는 갈대 같았다.

"넌 내 아들이야. 가족이라고. 어떤 일이 있어도 버리거나 절연할 수 없는 천륜이지. 그런데 넌 그게 아니었니? 끊을 수 있는 관계라고, 단순히 은인이라고 생각했던 거니?"

"그게 아니라……."

은희는 바로 말을 가로챘다. 갈수록 높아지고, 갈수록 커지는 고함이었다. 비명이기도 했다.

"너! 말해봐! 내가 현주를 반대한 적 있니? 현주와 사귀고, 동거하는 것에 대해 내가 뭐라고 한 적 있어? 나는 반대하지 않았어! 지나칠 정도로 공부만 하고 일에만 몰두하는 내 아들이 드디어 연애를 하고 사랑하는 여자를 만나는 게 난 오히려 기뻤지! 그런데 넌 한마디도 않더구나. 1년이 넘는 기간 동안 같이 살면서 현주의 존재에 대해서 일언반구도 하지 않았어. 그게 무슨 뜻인지 뻔하더라. 넌 현주를 동거는 가능하지만 결혼은 안 된다고 생각했던 거야. EH그룹의 차기 안주인으로는 부족하다는 뜻이지. 비서의 딸이라는 것 때문에 현주를 우리 가족들에게 한마디도 언급하지 않았던 거야. 난 현주가 안타까웠단다. 네가 들었는지 모르겠는데, 그래서 장 비서의 장례식이 끝난 뒤 현주에게 네가 더 많은 걸 바란다는 사실을 말해준 거야. 충고해 준 거지. 그대로 있다간 현주는 분명 인정받지 못한 관계로 남을 게 뻔하니까. 장 비서를 위해서도 절대 그래선 안 되는 거야."

2년여 전, 현주는 아버지 장 비서의 장례식을 위해 한국에 다녀온 뒤 은희와 만났다면서 이런 말을 했었다.

"서로 진심으로 생각한다면 환영해 주시겠대. 그런데…… 이런 말씀도 하셨어. 신강현은 바라는 게 많다고. EH그룹의 후계자 신강현은 아주 많은 걸 원한다고. 네 어머니는 협박하신 거 아니야. 그냥 사실만 말씀하신 거야. 나도 그게 사실이라는 걸 알아. 그렇기에 너는 날 선택하지 않는 거야."

"너는 현주를 뒤에 숨긴 채 좋은 가문의 여자와 결혼할 사람이야. 그래, 약혼녀인 가안은행의 이우연 양 같은 여자 말이야. 내가 골라준 건 사실이야. 네가 바라는 게 그런 집안의 여자니까. 하지만 사실 난 싫었어. 너는 이우연 양에게 어떤 호감도 없었으니까. 불행한 결혼이 될 테니까. 더군다나…… 내가 이우연 양의 과거에 대해 모를 것 같니? 얼마 전에 왜 입원했는지 모를 것 같니? 나는 네가 파혼을 고려하고 있다는 걸 알고 있었어. 그런데 베이징으로 떠나기 전, 입원한 네게 찾아갔을 때도 넌 파혼은 입에 올리지도 않았지. 자해로 인해 입원했다는 걸 알면서도 말이야. 그뿐만이 아니야. 파혼 소식도, 현주를 다시 만났다는 소식도, 이식 수술을 결정했다는 것도 왜 나는 내 아들에게 직접 들을 수 없는 거지? 그래, 아무리 가족이라도, 아무리 가까운 사이라도 모든 걸 말하지는 않지. 하지만 넌 내게 어떤 말도 제대로 하질 않아. 네가 날 정말로 어머니로 생각한다면 이야기라도 꺼내봤어야 해. 어려서부터 넌 어떤 일이든 도와달라는 말 한마디 안 했지. 네 성격일 수도 있지만 이건 너무 심해. 이식 수술까지 내가 비서들을 시켜서 알아봐야 하는 거니? 네 입으로 말할 수는 없어? 수술인데! 생명을 걸고 하는 수술인데! 너는 대체 날 뭘로 보는 거야?”

봇물이 터진 듯 한 번 열린 말은 끝이 없었다. 길고도 길게 내뱉은 은희는 시뻘겋게 변한 얼굴로 격렬한 숨을 내뱉었다. 여전히 주먹은 파르르 떨리고 있었다.

강현은 할 수 있는 말이 없었다. 그는 눈물로 가득한 얼굴을 밑으로 숙였다. 바닥이 울렁거리는 기분이다. 상상조차 못한 좌절감과 분노를 접한 강현의 눈에는 세상 전체가 어지럽고, 당혹스럽고, 피곤하고, 슬픈 회색빛으로 보였다.

“신강현!”

은희가 한 걸음 성큼 다가와 다시 고함지른 게 그때였다.

“내가 누누이 말했잖아! 고개 숙이지 마! 너는 대체 어머니 말을 뭘로 아는 거야? 자식은 어떤 잘못을 저질러도 부모에게 사과할 이유가 없는 거야! 내 아들은 남에게 고개 숙여선 안 돼! 울지도 마!”

강현은 반사적으로 고개를 들었고, 은희의 불끈 쥔 주먹이 지진이라도 난 것처럼 흔들리는 것을 코앞에서 볼 수 있었다. 은희의 감정 또한 그만큼 요동치고 있다는 뜻.

“죄송…… 합니다.”

할 수 있는 말은 그것뿐이었다. 강현은 눈을 질끈 감았다. 새까만 어둠 속이었으나 그곳에서도 그의 과거는 가려지지 않았다.

근본적으로는 성격 탓이긴 했다. 강현은 어려서부터 모든 사람에게 거리를 뒀다. 딱히 가깝게 지낼 필요를 못 느꼈으니까. EH그룹의 후계자에게 필요한 건 배경을 노리고 덤벼드는 사람들이 아니라 훌륭한 능력이라고 생각했기 때문이다. 더군다나 누군가를 곁에 두면 본의 아니게 약점이 생길 수도 있고, 알지 못했던 약점을 노출할 수도 있으니까.

아니, 이건 핑계다. 어찌 됐든, 그가 어머니에게도 거리를 둔 건 사실이다. 어머니가 아낌없이 모든 것을 선사해 주는데도 강현은 언제나 한 발자국 뒤로 물러서 있었다. 이건 불효였다. 그래서 보지 못했으니까, 어머니가 아들에게 정말로 바란 것이 무엇인지 알지 못했으니까. 아니, 보지 않은 건지도 몰랐다.

신강현은 EH그룹 후계자로서 재력과 권력을 바라니까. 그래서 어머니를 핑계대고 더 많은 것을 선택했다. 결국 파혼했으나 이우연과의 결혼을 택하고 약혼식을 치른 건 사실이다. 많은 것을 욕심낸 파렴치한.

나는 지얼하다. 나는 죄악이다.

현주에게, 어머니에게 모든 잘못을 저질러 놓고 핑계나 대며 이제 와서 보상하려는 이 남자는 죄인이다. 영구히 벌을 받아야 하는 존재.

"죄송합니다……. 죄송합니다, 어머니……."

강현은 유일하게 할 수 있는 말을 거듭 내뱉으며 머리를 조아렸다. 은희가 다시 고개를 숙이지 말라고 소리쳤으나 강현은 얼굴을 들 수가 없었다. 그런 요청조차 들어드릴 수 없는 자신이 너무도 부끄러웠다.

그는 이마를 바닥에 댈 수밖에 없었다. 그리 해도 차라리 죽고 픈 수치심은 사라지지 않았다. 아니, 죽음을 떠올리는 것 자체도 문제이리라. 신강현은 그런 생각을 떠올리는 것도 해서는 안 되는 죄인이었다.

"이러지 말라니까! 고개 숙이지 말라고!"

끊임없이 소리치던 은희는 결국 그의 어깨를 붙잡고 흔들었다.

"이러지 마! 신강현! 정신 차리고 내 말 들어!"

"저는, 저는…… 그럴 가치도 없습니다. 죄송합니다. 죄송합니다."

거친 울먹임 속에서 강현은 간신히 몇 마디 더 내뱉었다. 그러자 은희는 다시 주먹을 불끈 쥐고는 강현의 어깨를 힘주어 몇 대 쳤다. 퍽퍽 소리가 나고 매우 아팠으나 강현은 오히려 이런 아픔이 반가웠다.

하지만 이런 식으로 얼마나 맞든 어머니의 마음이 풀릴 리 없으리라. 감정이 가라앉은 뒤 오히려 어머니는 더 괴로워하실 것이다.

"어머니."

강현은 바닥에 대고 있던 이마를 들었다. 눈물이 줄줄 흘러내린 얼굴은 이미 폐허나 다를 바 없을 터였다. 부끄러운 마음이 들었으나 그건 찰나였다. 상대는 어머니이다. 그의 유일한 가족.

"저는, 저는…… 현주에게 신장을 이식해 줄 겁니다. 아니, 이식하고 싶습니다. 허락을, 허락을 해주세요, 어머니. 아들로서 어머니께 부탁드립니다. 부탁드립니다.”

눈물이 뺨을 타고 흘러내리고 또 흘러내렸다.

톡, 톡.

강현은 자신의 눈물이 바닥에 떨어지는 소리를 들었다. 불규칙적이면서 가벼웠다. 그러나 그렇다고 감정이 들어 있지 않은 게 아니었다. 그의 마음이, 갈망이 들어 있어 무거웠다. 그건 어머니에게도 마찬가지리라. 더한 무게가 될 터.

“……허락, 못해.”

한참 만에 흘러나온 답은 이랬다. 방금까지 분노를 토하느라 뻘겋게 달아올랐던 은희의 얼굴은 이젠 피라도 흘린 양 창백하기 그지없었다.

“어떤 엄마가 아들이 옛날에 사귀었던 여자에게 신장을 이식해 주겠다는 걸 허락해? 절대 안 돼!”

“현주는 단순히 옛 연인이 아닙니다. 제가 사랑했던…… 아직도, 아직도 잊지 못하는…… 그리고 아시잖습니까. 현주는, 현주는 제 아이를 지기려다 그리된 겁니다. 그 아이는…… 어머니의 손자이기도 합니다.”

“이미 세상에 없는 생명보다 지금 살아 있는 내 아들의 건강이 더 중요해!”

“어머니, 현주는 투석을 힘겨워합니다. 현주에게 뭔가 일이 더 생기기 전에…… 어서 이식해야 합니다.”

심장에 둔통이 느껴졌다. 강현은 그제야 자신이 두 손으로 심장 부분의 옷을 움켜잡고 있다는 것을 깨달았다. 그러나 지금 떠오른 상상이 실제로 현실화된다면 단순히 이 정도 고통으로 그치지 않으리라.

"현주가 죽으면…… 저도, 저도 살 수 없을 겁니다. 아니, 아닙니다. 살 수는 있겠지요. 현주에게 혹 큰일이 닥치더라도…… 어머니를 위해 앞으로도 살아가겠습니다. 약속드리겠습니다. 하지만 현주가 정말로 그리되면 저는…… 행복하지 못할 겁니다. 어머니, 저는 행복하고 싶습니다. 부탁드립니다."

"중국도 있다. 국내의 다른 사람을 알아봐 줄 수도 있어."

"불법입니다. 그리고 현주는 다른 사람의 것은 받아들이지 않을 겁니다. 제 것도 받지 않으려고 합니다."

"그럼 주지 마! 난 네 어머니야! 절대 허락 못해!"

"어머니, 제 것을 줘야 제가 제대로 살 수 있을 것 같습니다."

"그런 걸로 보상은 안 돼. 이미 지나간 일은 어쩔 수 없어. 나도 내가 이기적인 건 안다. 하지만 자기 자식 일이라면 누구든 이기적일 수밖에 없는 게 부모인 거야."

"그러나 어머니……."

"안 돼! 안 된단 말이야! 내가 너를 어떻게 키웠는데! 그럴 수 없어! 흉터도 남는다면서? 난 네 이마가 그렇게 된 것도 속상해서 미치겠는데 나더러 그 흉터를 보라고? 네 몸에 그런 흔적이 남으면 내 기분은 어떨 것 같니?"

강현이 알기로 어머니가 이제까지 눈물을 보인 건 딱 한 번뿐이다. 1년 전, 친딸처럼 사랑하고 의지하던 시부모가 돌아가셨을 때.

그 외에 어머니는 눈물은 물론 감정 자체도 크게 드러내질 않았다. EH그룹의 총수로서 얕보이지 않기 위해서였다. 그러나 이제 폭포수처럼 터져 나온 감정을 이기지 못한 은희의 눈가에 눈물이 고이기 시작했다.

"난 네가 다치거나 흉터가 생기면 널 처음 봤을 때가 떠올라. 네 생모라는 여자에게 맞아서 피를 흘린 채 쓰러져 있던 그 모습 말이야. 26년이나 지났지만 난 아직도 그 장면이 눈앞에 생생해. 그런데 기어코 몸에 흉터를 만들겠다 이거니? 그게 아들이 어머니한테 할 소리야?"

강현은 정말로 아무 말도 할 수가 없었다. 그때의 일을 어머니가 기억하고 계신 줄은, 그것도 생생하게 떠올릴 수 있을 정도로 머릿속에 품으셨는지는 몰랐다.

"절대 안 돼! 내 눈에 흙이 들어가도 안 돼! 차라리 내 신장을 주고 말지, 넌 절대 안 돼!"

은희는 여자치고 큰 키로, 50대 중반이지만 꾸준한 관리와 운동으로 디져진 건강한 몸의 소유자였다. 더군다나 재계의 여왕이라 불릴 만큼 기본적으로 내뿜는 아우라가 어마어마했다. 주변을 압도하는 강렬한 기품의 소유자. 거의 모든 이가 EH그룹 사장인 은희에게 압박감을 느꼈다. 그러나 강현은 180㎝가 훌쩍 넘는 건장한 체격인데다가 무엇보다 어렸을 때부터 같이 살아와 어머니의 존재감에 익숙했다. 때문에 어머니에게 눌린 적이 없었으나 지금은 달랐다.

어머니가 이렇게까지 감정을 온몸으로 내쏘는 걸, 이성을 잃은 걸 목격하는 건 처음이다. 그만큼 아들을 사랑하고 아낀다는 의미. 더군다나 차라리 당신의 신장을 주겠다고 하신다.

화가 나서 하신 말씀이라고는 하나, 아들의 것을 주느니 당신의 것을 주고픈 마음은 진심일 것이다. 해가 동쪽에서 뜬다는 것만큼이나 확고한 진실.

온몸이 떨렸다. 강현은 목으로 치솟는 거대하고 뜨거운 감정을 토해내며 어린아이처럼 목 놓아 울고 싶었다. 이토록 아들을 사랑해 주는 어머니께 그동안 제대로 효도하지 못한 것이 너무도 후회됐다. 따듯한 말 한마디 제대로 못해 드리고, 거리를 둔 채 손 한 번 따스하게 잡아드리지 않은 자신이 극도로 증오스러웠다.

이 바다처럼 깊고 넓은 마음에 보답하기 위해서라면 이렇게 말씀하시는 것에 그러겠다고 답해야 할 터. 즉시 그러는 게 옳은 일일 터.

그러나,

그러나…….

"어머니."

강현은 기침으로 목을 가다듬었다. 그러나 이제까지와는 달리 한 번에 말이 나오질 않았다. 그는 다시금 마른침을 삼킨 뒤 입을 열었다.

"죄송합니다."

"너…… 너!"

"이 선택으로 인해 얼마나 화가 나실지, 얼마나 실망하실지 잘 압니다. 하지만 저는…… 현주에게 가야 합니다. 현주에게 아주 조금이라도 보상해야 합니다. 그래야 제가 그나마 숨을 쉴 수 있을 것 같습니다. 어머니, 저는 죽으러 가는 게 아닙니다. 신장이식은 간단한 수술이고, 기증자는 수술 후에 조금만 쉬면 다시 이전처럼 정상적인 생활을 할 수 있습니다. 복강경(腹腔鏡)이라 흉터는 적습니다. 또한 이식은 타인을 살리는 고귀한 행동입니다. 이렇게 반대하실 게 아니라 칭찬하고 장려하셔야 되는 것입니다. 입장을 바꿔 어머니가 그리되셨다면 전 당장 해드렸을 겁니다. 현주 또한 제게 매우 특별한 사람입니다."

책자를 읽듯이 이식에 대한 설명을 차분히 읊을수록 안개처럼 희미했던 감정이 소멸하고 있다. 그렇다. 공포와 두려움의 안개가 사라지고 있다.

어떤 일이 있어도 어머니는 아들을 버리지 않는다.

황홀할 정도로 기쁜 생각, 아니, 진실 때문이다. 그리고 동시에 이런 비열한 생각이 떠올랐다. 어머니께서는 아들을 내치지 못하니 무슨 짓이든 해도 될 거라는 생각.

어미니께 버림받는다고 해도 현주를 선택할 생각이다. 그런데 상황이 이렇다면 더 크게 나아갈 수 있을 터.

내가 이렇게 교활한 사람이었나? 생모의 피를 받아서 그런 걸까? 아니, 생모는 상관없다. 내 어머니는 한은희이다, 눈앞의 이 사람. 아들의 몸에 흉터가 날 바엔 차라리 당신의 장기를 대신 내주겠다는 사람. 어머니.

나의 어머니.

"아들로서 사고 치겠습니다. 어머니의 당부를 어기겠습니다.

생떼, 써보겠습니다. 어머니는 저를 버리지 못하는 분이니까요. 그러니…… 수술하겠습니다. 용서해 주세요. 용서해 주시길 간청합니다.”

은희의 얼굴은 이제 정말로 백지처럼 새하얗게 질렸다. 벌어진 입술은 보랏빛이고, 두 눈은 부릅뜬 상태.

이런 모습은 처음이다. 그만큼 아들의 행동이 충격적이라는 뜻.

강현은 마음이 아팠다. 날카로운 것이 심장을 가르고 지나가는 기분. 이 통증은 아주 오래가리라.

그는 심장을 다시 한 손으로 내리누른 뒤 자리에서 일어났다. 일부러 천천히 움직였으나 역시나 현기증이 희미하게 감돌았다. 그러나 온몸에 힘을 주어 간신히 비틀거리지 않을 수 있었다.

강현은 허리를 깊게 굽힐 생각이었지만 고개 숙이지 말라는 어머니의 말이 머릿속에 크게 떠올랐다. 대신 그는 아까처럼 큰절을 선택했다.

“제발, 건강하세요.”

강현이 할 수 있는 말은 그것뿐이었다. 그리고 그는 찰나의 순간, 다시 한 번 어머니를 눈에 담았다. 충격의 얼음에 갇힌 듯 간신히 호흡하면서 우두커니 눈앞에 서 있는 사람.

이 사람은 그의……

“어머니.”

강현은 마지막으로 그 세 음절의 말을 한 뒤 문밖으로 나왔다. 1월 특유의 바람이 그를 맞이했다. 냉혹했다. 그러나 견디지 못할 정도는 아니었다. 오히려 꿋꿋하게 잘 버틸 수 있을 것 같은 힘을 주었다.

어머니.

여전히 심장이 욱신거렸으나 강현은 희미하게 미소를 지으며 손 수행비서가 운전하는 차에 탔다.

"현주에게."

차가 움직이기 시작했다.

6

더 이상은 진눈깨비가 아니다.

강현은 창밖을 바라보았다. 굵고 짙은 함박눈이 하늘에서 세상으로 그야말로 펑펑 쏟아지고 있었다.

강현은 차 안과 밖의 온도 차이 때문에 뿌옇게 변한 창을 손등으로 문질렀다. 냉기가 손에 싸하게 내려앉았으나 강현은 무시하고 창문 밖의 세상을 바라보았다. 시야를 가릴 정도로 내리는 함박눈 때문에 파란 대문의 일부분만 볼 수 있었다.

현주의 집.

새벽 6시가 되기까지 5분이 남은 상황이다. 현주는 아마도 곧 일어나 간단하게 세수하고 투석을 하러 가리라.

오늘은 얼굴을 볼 수 있겠지.

어젯밤에 어머니와 대화를 나눈 뒤 지금처럼 집 앞에 왔었다. 그러나 늦은 시간이라 현주가 잠들었는지 집의 불이 전부 꺼진 상태였다. 그래서 손 수행비서의 제안대로 강현은 집으로 가서 짧게나마 수면을 취한 뒤 동이 트자마자 즉시 나온 상황이었다.

"손 비서님."

강현은 들고 있는 커피잔을 살짝 들며 다시 말했다.

"고맙습니다."

단순히 커피를 말하는 게 아니라는 건 손 수행비서도 잘 알 터. 손 수행비서는 씩 웃어 보였다. 사람 좋아 보이는 미소가 정말 힘이 되었다.

어젯밤에 잠을 자긴 했지만 사실 강현은 아까까지만 해도 꽤나 피곤했다. 그러나 현주를 볼 수 있다는 기대감과 온몸에 돌기 시작한 카페인, 긴장감 덕분에 피로는 빠르게 달아나기 시작했다. 하지만 강현은 손 수행비서는 좀 다를 거라고 생각했다. 손 수행비서는 요 며칠 갑자기 업무 정리를 하느라 일이 갑절로 늘어난데다가 새벽부터 밤까지 직속상사를 직집 싣고 다녀야 해서 더 피곤하리라.

"손 비서님, 내일은 푹 쉬세요."

강현은 집 안에 불이 켜지는 것을 보며 말했다. 심장이 뛰기 시작했다.

"제가 쉬는 날은 알아서 결정하겠습니다."

손 수행비서는 다소 건방진 목소리였다. 강현은 웃었고, 다시 한 번 감사의 인사를 전한 뒤 기다렸다. 곧 현주가 파란 대문 밖으로 나왔다.

패딩과 목도리에다가 모자, 장갑, 부츠까지 착용한 상태였으나 그녀는 여전히 작고 말랐다. 함박눈을 피하기 위해서 들고 있는 장우산은 아주 커다랗고 무거워 보이는데 비해 잡고 있는 손은 매우 작고 가늘어서 현주는 금방이라도 우산을 놓치고 거친 눈발에 밀려 쓰러질 것 같았다.

강현은 더 생각하지 못한 채 그대로 뛰어나갔다. 10여 미터밖에 안 되는 거리인지라 몇 초도 걸리지 않았으나 그 짧은 시간에도 함박눈은 그의 온몸에 내리꽂혔다.

"현주야."

강현은 그녀 앞에 멈춰 선 채 이름을 불렀다. 검사 결과가 나오기 전까지는 그냥 지켜보기만 할 생각이었다는 게 그제야 떠올랐다.

"잘 잤니?"

얼굴을 들이밀었으니 이젠 어쩔 수 없었다. 강현은 멍청하게 행동한 자신을 속으로 나무라며 입으로는 최대한 부드러운 목소리로 인사했다. 웃음을 지은 건 물론이다. 그러나 온몸을 계속 때리는 눈 때문에 순식간에 냉기가 올랐다.

"……신강현."

한순간 뜨악한 표정이던 현주는 이제 눈을 가늘게 뜨고 그를 노려보고 있었다. 그녀는 목도리 위로 하얀 입김을 뿜어내며 내뱉었다.

"멍청하네."

"현주야, 나 보기 싫어하는 거 잘 알아. 하지만……."

"코트 어디다 뒀어?"

강현은 눈을 깜빡이면서 내려다보았다. 자신은 코트 없이 슈트 차림이었다. 아무리 겨울용으로 맞춤한 종류라지만 이 정도의 사나운 추위를 막을 수 있을 리 만무했다. 남들 눈에도 그렇게 보이리라.

"차 안에. 더워서 잠시 벗어뒀어."

"기증자가 되고 싶다는 말, 거짓이지?"

"아니야. 아니야!"

"그럼 이게 뭐야? 이런 날씨에 코트 없이 나오다니, 미친 거야? 감기에 걸리려고 작정한 거야?"

"아무 생각이 안 들었어. 네가 보이니까…… 아무 생각이 안 들고 몸이 먼저 움직이더라."

한껏 짜증을 내던 현주의 얼굴이 묘하게 달라졌다. 울고 싶은 것 같기도 하고 벌컥 화를 토하고 싶은 것 같기도 했다.

"따라와."

현주는 들고 있는 장우산을 앞으로 슬쩍 밀어 강현의 머리를 쏟아지는 눈으로부터 보호해 주었다. 이어 그녀는 주차되어 있는 차로 걸어가 뒷좌석의 문을 열고 손으로 가리켰다.

"타."

강현은 그러는 대신 고개를 저으며 그냥 서 있었다. 우산은 상당히 컸으나 어른 둘이 쓰기엔 좁았다. 이렇게 옆에 바싹 서 있으니 현주의 존재감과 열기가 느껴졌다.

우산이 더 작았으면 좋았을 텐데.

강현은 아쉬움을 참고 말했다.

“현주야, 너도 타. 병원까지 데려다 줄게.”

“바로 앞이야. 됐어.”

“같이 가.”

현주는 무시하고는 등을 휙 돌려 걷기 시작했다. 강현은 잠시 어찌할 바를 몰라 하다가 뒷좌석에 있는 코트와 우산을 얼른 집어 들었다. 따라가면서 대충 코트를 걸치고 우산을 편 그는 금세 현주의 옆으로 갈 수 있었다. 목도리 때문에 얼굴을 잘 살필 수가 없으나 현주는 무표정에 가까웠다.

“현주야.”

당연히 답이 없었다. 강현은 목소리가 듣고 싶었다.

“방금 나 걱정해 준 거니?”

이번에도 답은 없었고, 강현은 다시 시도했다.

“걱정해 준 거구나.”

“너 왜 그렇게 시끄러워?”

결국 현주는 대놓고 톡 쏘았다.

“걱정해 준 게 맞다는 거로구나.”

“구박하는 거라는 걸 몰라?”

“모르겠는걸. 난 그저 네가 나를 걱정해 줬다는 게 기뻐.”

다소 부끄럽긴 했으나 강현은 일부러 천연덕스럽게 내뱉었고, 현주는 예상대로 발끈했다.

“누가 걱정을 해? 기증자가 되겠다는 네 말이 거짓인 것 같아서 그런 거지.”

“거짓 아니야. 네가 원하면 무엇이든 줄 수 있어. 신장이든 심장이든.”

“바보야, 심장 주면 죽거든?”

어느새 병원 앞에 도착한 상황이다. 유치한 말을 주고받고 있었으나 둘만의 시간이 끝나자 강현은 속으로 아쉬움의 한숨을 내쉬며 말했다.

“그래도 좋아.”

“뭐라고?”

“죽어도 좋아. 널 위해서라면.”

현주는 아무 소리도 듣지 못한 사람처럼 무표정한 얼굴로 우산을 접고는 등을 돌려 병원 안으로 들어갔다. 강현 또한 우산을 접고 따라 들어갔으나 현주가 우뚝 멈추자 따라서 걸음을 멈출 수밖에 없었다. 현주는 뒤돌아 그를 똑바로 노려보았다.

“더 따라오지 마.”

“나 보기 싫어하는 거 알아. 하지만…….”

“외부인이 들어오면 투석할 때 위생 문제가 있어. 더군다나 보통 투석을 할 때는 저혈압이 되는데 난 특이하게 고혈압이 되곤 해. 네가 옆에 있으면 혈압이 더 올라갈 것 같아.”

강현은 더는 말할 수 없었다. 그는 저도 모르게 바닥을 쳐다보며 어깨를 축 늘어뜨렸다.

“……신강현, 네가 강아지야?”

현주는 그 한마디를 하고 다시 등을 돌려 투석실로 들어갔다. 강현은 한숨을 내쉬며 병원 밖으로 나갔다. 생각 같아서는 병원 내에서 기다리고 싶었으나 그랬다간 창문 사이로 틈틈이 현주

를 훔쳐보게 될 것 같았다. 그러다가는 현주에게 들킬 테고, 현
주의 혈압은 올라갈 게 뻔한지라 아예 다른 곳에 가 있는 게 나
았다.

"이사님, 투석이 끝나기 전까지 잠시 눈 좀 붙이세요. 차 안은
불편하실 테니 근처 호텔로 모시겠습니다."

차로 돌아오자 손 수행비서가 다시 잔소리 같은 걱정의 말을 했
다. 강현은 고개를 저었다.

"쉬셔야 합니다. 건강을 생각하셔야지요."

"여기서 쉬겠습니다. 멀리 가고 싶지 않습니다."

손 수행비서는 이해한다는 눈빛을 했고, 강현은 등을 차 좌석에
묻으며 눈을 감았다. 우산으로 가렸지만 눈을 많이 맞은 터라 옷
이 좀 축축한데다가 차 안인지라 제대로 잠들지 못할 줄 알았으
나, 금세 그는 꿈 없는 잠 속으로 떨어졌다.

"……이사님, 이사님."

운전석에 앉아 있는 손 수행비서가 손을 뻗어 어깨를 살짝 흔들
고 있었다. 강현은 바로 정신을 차리고 눈을 문질렀다.

"현주는? 아직 투석 중입니까?"

"아닙니다. 한 시간 전에 끝나서 집으로 돌아가셨습니다."

당황한 강현이 입을 열기 전 손 수행비서는 씩 웃으며 이어 말
했다.

"장현주 씨가 감동한 모양입니다."

"네?"

"투석이 끝나고 병원 밖으로 나오시던데, 이사님을 찾는 눈치

더라고요. 그래서 제가 잽싸게 다가가서 이사님이 장현주 씨를 기다리다가 지금은 피곤에 지쳐 잠들었다고 이야기해 드렸습니다. 요즘 계속 거의 수면을 못 취하셨다고 했지요. 확실히 이사님의 얼굴이 많이 안 좋아 보이긴 하더라고요. 차로 모시고 와서 직접 보여드렸습니다."

"현주가…… 그래서 감동한 겁니까?"

"네, 이사님이 장현주 씨를 위해 그렇게 애쓰고 있다는 사실을 알린 거죠. 그리고 이마의 상처에 대해서 망설이다가 물어보시더라고요. 그건 답을 안 드렸습니다."

"네?"

"그런 중요한 사실은 직접 말해야 더 효과가 큰 법이니까요. 이따가 저녁 식사를 함께할 때 말씀드리세요. 제가 그때 이사님이 직접 답하실 거라고 말해뒀습니다."

"저녁 식사? 현주와?"

"네, 그것도 장현주 씨 댁에서요."

강헌은 어떤 말로 고마움을 표현해야 할지 알 수 없었다. 손 수행비서는 그런 상사의 마음을 읽은 모양이다.

"나중에 보너스나 올려주세요. 그런데 각오는 좀 하셔야 할 것 같습니다. 장현주 씨는 단단히 마음먹은 모양이에요. 어쩌면…… 완전히 인연을 끝내려고 결심한 걸지도 모릅니다."

한순간 강헌의 심장을 기쁨의 샘에 담갔던 손 수행비서의 말은 순식간에 등골이 서늘해지는 것으로 바뀌었다.

"너무 실망하지 마세요. 어쩌면 이식을 받아들이겠다고 결정한 걸지도 모릅니다. 오늘은 이전에 비해 반응이 그렇게 나쁘지 않았잖아요. 최소한 얻어맞지는 않으셨죠. 아까 새벽에 대화도 조금 하셨죠?"

"네, 그랬어요."

"괜찮네요. 희망이 보여요. 적어도 이사님을 이전처럼 완전히 나쁘게는 안 보는 것 같군요."

혹시 무릎을 꿇은 덕분일까? 그런 거라면 백 번도 더 그럴 수 있었다.

"그러니까 말이죠, 앞으로도 이 전략대로 나갑시다."

"전략?"

앵무새 같은 느낌이었으나 강현은 되물었고, 손 수행비서는 자동차 안에 단둘뿐이지만 기밀을 말하듯 목소리를 낮게 깔았다.

"건강이 나빠 보이는 건 안 되지만 최대한 불쌍하게 보여서 동정심을 자극해야 합니다. 이만큼 고생하는 건 다 너를 위해서다, 이게 자연스럽게 우러나야 합니다."

강현은 손 수행비서가 이렇게 여자의 마음을 잘 아는 남자인지 처음 알았다. 감탄이 나왔다.

"그래야 장현주 씨의 마음이 다시 이사님께 올 겁니다. 마음, 다시 얻고 싶으시지요?"

강현은 대답하지 않았다. 그럴 수가 없었다.

"그런데 이사님, 각오는 하셔야 합니다. 예상보다 훨씬 더 힘드실 겁니다. 용기를 갖고 긍정적으로 행동하는 환자들도 있습니다만, 그건 정말 힘든 일입니다. 몸이 아프면 마음에도 큰 영향이 가니까요. 장현주 씨는…… 원래 선량하신 분 같지만, 지금은 성품이 많이 달라졌을 겁니다. 마음이 불안정할 테니 그건 당연한 겁니다. 신경질적으로 행동할 테고 상처가 되는 거친 말도 자주 할 겁니다. 그건 어쩔 수 없는 일이라고 생각합니다. 환자는 환자일 따름이니까요.”

강현은 손 수행비서가 경험담을 말하는 거라는 사실을 깨달았다.

“상대는 아픈 사람이라는 것을 잊지 마세요. 일반인의 기준으로 생각해서는 안 됩니다. 사랑하는 만큼 이해하고 포용하세요, 다시 말하지만 상대는 환자입니다.”

손 수행비서는 상사의 얼굴이 생각과는 달리 어두워졌다는 것을 깨달았는지 좀 더 쾌활하게 말했다.

“자, 일단 시간이 있으니까 댁에 가서 좀 쉬세요. 시간 맞춰 모시러 가겠습니다. 그런데 세수는 하되 너무 깨끗하게는 하지 마시고, 면도도 하지 마시고요, 옷도 갈아입지 말고 지금 그대로 입고 나오세요. 적당히 구겨진 게 딱 좋네요.”

강현은 손 수행비서의 말대로 행동했다. 자신은 지푸라기라도 잡아야 되는 상황이니까. 절벽 끝에 대롱대롱 매달린 상태이다. 동아줄인지 알 수 없으나 어쨌든 이 줄마저 놓친다면 끝을 알 수 없는 저 너머로 추락해 먼지가 되고 말리라.

아니, 형체는 온전할 것이다. 어머니께 그리 약속했으니까. 현주에게 어떤 일이 생기더라도 숨은 쉬겠다고 약조했다. 그건 가족으로서, 자식으로서 반드시 지켜야 하는 맹세였다. 그러니 깊고 깊은 늪에 완전히 잠기더라도 숨은 쉴 터였다.

강현의 갈망은 제대로 호흡하는 것이었다. 건강해진 현주를 바라보면서 맑고 깨끗하며 행복한 공기를 들이쉬고 내쉬고 싶었다.

하지만 과연 현주가 내 신장을 받아들일까? 아니, 신장만이 아니었다.

신강현의 보호자인 한은희가 극렬하게 반대하는 현재, KONOS에 신장이식 허락을 받기 위한 합법적인 방법은 단 한 가지뿐이다. 그러나 강현은 그 부분을 현주가 어떻게 받아들일지 알 수 없었다. 어쩌면 이미 알고 있어서 그렇게나 극렬하게 반대하는 걸지도. 아니, 애초에 어떤 형태로든 신강현과 연결되는 것 자체가 진저리가 날 터였다.

비서의 딸이라는 더없이 속물적인 이유 하나만으로 자신을 버린 남자. 얼마나 밉고 증오스러울까?

강현은 현주의 감정을 상상해 보려고 애썼지만 실패하고야 말았다. 분명한 건 사랑과 미련이 현주의 내면에 남아 있었더라도 그 부스러기는 세상을 가득 채울 만큼 거대한 경멸로 변했을 거라는 사실이다. 비속어 한마디 할 줄 모르고, 언제나 웃는 얼굴과 상냥한 목소리로 사람을 응대하던 현주가 재회한 뒤 내뿜는 거친 반응만 봐도 뻔했다.

그렇게 된 건 다 내 탓이다. 전부, 모조리 내 탓.

그러니 무슨 일이 있더라도 현주가 신장을 받게 만들어야 했다. 오늘 현주는 완전히 끝내려고 부른 걸지도 모르지만, 강현은 그대로 물러날 생각이 결코 없었다. 결코!

“이사님, 드릴 게 있습니다.”

손 수행비서는 현주의 집 앞에 차를 세운 뒤 트렁크에서 무언가를 가지고 왔다. 무거워서 한 손으로 들기 힘들 정도로 커다란 장미 꽃다발이었다. 양이 많다 보니 향기가 진한 것을 지나쳐 아찔할 정도로 독했다.

“여자들에겐 이런 선물이 최고입니다.”

“현주는…… 이런 건 좋아하지 않습니다.”

동거했을 당시 그녀를 위해 종종 사두었던 값비싼 보석이 떠올랐다. 결국 전해주지 못하고 상자째 먼지만 쌓였던 것.

현주가 떠난 다음날 강현은 적당한 기부단체에 상자를 전부 보내 버렸다. 얼마 뒤 감사의 편지가 오자 그는 그 자리에서 갈기갈기 찢어버렸고, 남은 조각마저 태워 버렸다. 그러나 검은 재는 남았다.

현주는 이렇게 화려한 건 싫어하리라. 아니, 그 정도가 아니다. 과거에 이거라도 가지라고 강요했던 그의 말을 떠올리며 진저리를 치리라.

강현은 고심 끝에 손을 뻗어 단 한 송이만 골라냈다.

“이거면 됩니다. 손 비서님, 이만 퇴근하세요. 돌아갈 때는 택시를 부르겠습니다.”

강현은 그렇게 당부하고는 장미꽃을 심장 위에 둔 채 몸을 돌렸다. 자유로운 손으로 벨을 누르자 얼마 뒤 덜컹 하는 소리와 함께 그동안 바라보기만 하고 범접하지 못했던 파란 대문이 열렸다. 강현은 조용히 걷기 시작했다.

정원으로 할당된 공간은 거의 없는 것과 마찬가지로 아주 좁았다. 아무리 겨울이라지만 화분 하나 없이 회색 시멘트만 보이는 공간은 황량했다. 또한 집은 지은 지 오래됐는지 낡아서 군데군데 갈라진 곳도 보였고, 갈색 페인트칠은 바래서 언뜻 회색이 도는 검은색으로 보일 정도였다. 아무래도 내부 시설도 그다지 좋지 않을 듯싶었다.

이런 곳에 사는 건가? 혼자서? 청소 같은 집안일도 혼자 하는 걸까? 번역 일도 하면서?

주말마다 동생인 명주가 온다지만 현주는 환자였다. 물론 투석 환자는 투석을 할 때를 제외하고는 거의 정상인처럼 살 수 있다고 들었으나 강현은 새삼 현주가 얼마나 고생을 겪고 있을지 걱정되었다.

사람을 고용해 주고 싶다. 집안일 도우미는 물론 투석 환자의 식단까지 다 관리해 주는 전문가를 따로 섭외해서 좀 더 생활을 편하게 만들어주고 싶다. 하지만 현주는 받아들이지 않으리라. 신강현이 주는 건 무엇이든, 아니, 신강현 자체가 꼴도 보기 싫을 터.

그래도 어제에 비하면 오늘 새벽은 반응이 괜찮았다. 적어도 때리지 않고 말도 받아주니까. 그러니 부정적인 생각은 하지 말고 모든 방법을 동원해서 설득하자.

강현은 굳게 다짐하며 현관문을 열고 들어갔다. 예상보다 훨씬 더 따듯하고 아늑한 공기가 그를 맞았다. 집 안도 마찬가지였다. 정원 아닌 정원처럼 회색빛으로 황량할 줄 알았으나 매끈한 원목

바닥과 가구는 편안한 갈색이었다. 미세한 긁힌 자국이나 희미하게 색이 바랜 부분이 언뜻 엿보였으나, 외부의 모습처럼 낡아서 눈살을 찌푸리게 하는 대신 아늑하고 포근한 추억을 보는 듯한 느낌이 들었다. 무언가 익숙한 기분도 들었다.

아!

강현은 깨달았다. 2년 전에 동거했을 때 현주는 그의 집을 이렇게 꾸몄었다. 그때는 가구와 집 자체는 깨끗한 새것이었으나 적절하게 가구 배치를 하고 소소한 소품을 구입한 건 현주였다. 현주가 사랑을 담아 꾸민 것.

이 공간도 현주의 온기로 가득했다. 강현에게 익숙한 것. 그리고 그리워했던 것. 현주의 흔적, 현주의 존재감, 현주 그 자체.

목에 뜨거운 것이 치솟고 있었다. 강현이 기침으로 목을 가다듬을 때 거실 한쪽 벽 너머에서 현주의 퉁명스러운 말이 흘러나왔다.

"안 오고 뭐 해?"

"갈게."

강현은 답하고는 서둘러 벽을 지나 부엌으로 들어갔다. 현주는 강현이 나타났음에도 그에게 시선 한 점 흘리지 않고는 냉장고 안을 들여다보고 있었다. 그녀는 더 이상 패딩 차림이 아니었다. 캐주얼한 베이지색의 스웨터와 청바지 차림으로 다소 헐렁한 스타일이라 몸이 커 보였다. 그러나 젓가락처럼 홀쭉 마른 몸이 가려지는 건 아니었다. 가느다란 손목과 손가락 또한 그녀가 얼마나 말랐는지 분명하게 보여주었다.

얼굴도 마찬가지였다. 광대뼈가 드러날 정도로 살이 거의 보이질 않는데다가 안색이 어두워서 생기라고는 전혀 없었다. 그러나 동그란 눈은 여전히 귀여운데다가 앙증맞은 입술은 거칠어 보이긴 했으나 모양은 그대로였다.

환자에게 이런 생각을…….

강현은 시선을 돌렸다. 4인용 원목 식탁 위에는 두 사람 분의 식사가 올라와 있었다. 특이한 건 각자의 그릇 크기가 다르다는 점이었다. 그의 것으로 짐작되는 밥그릇은 보통 크기였으나, 현주의 것은 약간 큰 간장 종지만 했다. 열무된장국이 들어 있는 국그릇도 그 정도 차이가 났다.

직접 만든 것으로 보이는 탕수육이나 녹두묵무침, 깻잎나물, 무초절임 반찬은 양이 적지는 않았다. 그러나 그건 강현을 위해 그렇게 담은 것처럼 보였다. 아마 현주는 아주 조금만 섭취하리라.

딱 투석 환자의 식단이었다. 강현은 현주가 채소는 몇 시간 동안 물에 담가두는 것을 반복한 뒤에 삶거나 데쳤고, 나트륨도 최대한 줄였으리라 짐작했다.

한두 번도 아니고 매일 이렇게 챙겨 먹는 건 정말 번거롭고 힘들 것이다. 이걸 평생 해야 한다면…….

강현은 입을 굳게 다문 뒤 자리에 앉았다. 그는 손에 들고 있는 장미꽃을 어떻게 해야 할지 잠깐 고민하다가 맞은편인 현주의 수저 옆에 놓았다. 곧 냉장고에서 물병을 꺼내 식탁으로 가져와 강현의 수저 옆에 놔둔 현주는 장미꽃을 보지 못한 것처럼 무시했다. 강현은 그 사실보다 다른 게 눈에 보였다.

식탁 위에 있는 물컵은 단 하나뿐이었다.

"저희 어머니 소원이…… 물을 마음껏 마시는 것이었습니다."

손 수행비서의 말이 손에 잡힐 것처럼 선명하게 떠올랐다. 그래서 강현은 식사하는 내내 물컵에 손대지 않았다. 현주 또한 맞은편에 앉아 먹기 시작했다. 곁에 아무도 없는 것처럼 강현을 전혀 의식하지 않는 태도로.

음식은 강현의 예상대로 상당히 싱거웠지만 그래도 깔끔한 맛이 아주 좋았다. 현주가 만들어준 것.

그리운 맛이었다. 무려 2년 만에 먹어보는 음식들.

강현은 다시금 차오르는 감정을 누르며 열심히 먹었다. 그가 젓가락을 내려놓자 훨씬 전에 식사를 마치고 침묵 속에 앉아 있던 현주가 입을 열었다.

"네 입맛엔 많이 싱겁지? 난 익숙해. 이런 식사를 준비하는 것도, 이런 음식을 먹는 것도. 사람은 확실히 적응의 동물이더라."

강현은 그냥 넘길 생각이 없었다. 그는 조심스러운 어투로, 그러나 분명하게 지적했다.

"투석은 적응하지 못했잖아. 혈액 투석의 경우 카테터로 하는 건 고통스럽지 않다고 들었어. 하지만 넌 아파하잖아. 병원에 들어가기 전에도…… 고통을 겪으러 가는 사람처럼 행동해."

현주는 병원에 들어가기 전 정문 앞에서 멈춰 선 채 눈을 질끈 감았다가 뜨곤 했다. 그 사실은 강현의 뇌에 도장처럼 찍혀 있다.

"네 몸 상태, 좋지 않아. 넌 이식을 받아야 해. 심장 기능도 떨어졌잖아.”

신장이 나빠지면 다른 장기에도 영향을 미친다. 현주의 경우, 석 달 전에 받은 검진 때 신장으로 인해 심장 쪽에도 문제가 있다는 사실이 드러났다. 지나치게 낮은 체중도 큰 문제였다.

미국의 한 연구 기관에서 조사한 바에 따르면 투석 환자의 가장 큰 사망 원인은 기아(Starvation)라고 했다. 환자마다 다르지만 음식을 무리하게 가려 먹다가 그런 결과가 나오는 것. 현주는 식단을 제대로 관리하는 것처럼 보이지만 저렇게 마른 걸 보면 그녀에게 맞지 않는, 지나친 행동일 수도 있다는 뜻이었다.

“내가 뭘 해도 네게 사죄할 수 없지만, 주고 싶어. 이식 수술 하자. 내 것, 받아. 거부하지 말고.”

“그래.”

한순간 강현은 잘못 들은 줄 알았다. 그는 멀뚱하게 현주를 쳐다보았고, 현주는 짜증 나는 얼굴이다.

“왜? 받겠다고 하니 후회돼? 수술이 겁나는 거야?”

말이 나오질 않자 강현은 서둘러 고개를 옆으로 휘저었다. 그는 서둘러 손으로 입을 틀어막았으나 목구멍으로 치솟는 울음을 막을 수 있을 리 만무했다.

다시 시야가 흐려졌다. 눈물로 덮이는 세상. 이제는 익숙해진 광경. 그러나 이번에는 다른 게 있었다. 그가 눈물을 흘릴 때, 현주는 저번에는 충격적인 광경을 화면 밖에서 보는 목격자였다. 상관없는 일을 먼 거리에서 보는 타인의 입장. 그러나 현주는 이번에는 당사자가 되어 있었다. 놀랍고, 당황스럽고, 이유는 알 수 없지만 화도 나고, 그러면서도 감동적인 것을 눈앞에서 보고 있는 사람의 표정.

현주의 얼어붙은 마음이 조금은 녹은 건가? 그런 건가? 그렇다면 희망을 품어도 되는 걸까? 완전한 용서, 그리고 지난날에 그에게 가졌던 감정을 다시 느낄 수 있을까?

"고마워. 고마워. 고마워……."

강현은 두 손으로 입을 가린 상태였으나 손가락 사이로 간신히 몇 마디를 내뱉었다. 세 개의 음절로 된 말.

"고맙긴 뭐가 고마워! 네 장기를 받아주는 게 뭐가 고마워? 미친 거 아니야? 미쳤어! 신강현, 진짜 미쳤어!"

현주는 한순간 망치로 머리를 얻어맞는 표정이었다. 그러나 곧 그녀는 의자에서 벌떡 일어났다. 강현은 그녀가 방으로 도망치려는 것임을 깨달았고, 저도 모르게 손을 뻗어 손목을 붙잡았다. 마치 뼈에 거죽만 남은 것 같은 무서운 느낌이 손바닥에 직접적으로 꽂혔다.

강현은 등골이 시늘해지는 동시에 심장이 덜컹거렸다. 현주는 뿌리치기 위해서 손목에 힘을 주었지만 강현은 놔주지 않았다.

"놔!"

"왜 이렇게 말랐니?"

질문했지만 답은 알고 있다. 누구 탓인지, 왜 이렇게 됐는지. 그 모든 원인은 단 하나였다.

"미안해."

사과를 얼마나 많이 하든 달라지는 건 없다. 그걸 잘 아는데도 지금 이 순간 강현이 할 수 있는 말은 그것뿐이었다. 그리고 또다시 시야가 더욱 거세게 흔들렸다. 강현은 자제할 수 없었다. 온몸의 수분이 전부 눈물의 형태로 쏟아지고 있었다.

현주는 그의 이런 바보 같은 모습을 싫어하리라. 잘 알았다. 그럼에도 멈출 수 없었다. 그가 할 수 있는 건 눈물을 흘리고 또 흘리는 것뿐.

강현은 현주의 손을 놓고는 눈을 감고 고개를 숙여 두 손으로 얼굴을 가렸다. 현주가 보기 싫은 그를 놔둔 채 방으로 들어가 버릴 거라는 건 잘 알았다. 그러나 눈물을 흘리는 시간이 길어져도 방문 소리는 물론 현주의 인기척도 들리지 않았다. 그녀는 그냥 그대로 서 있는 것일 터.

내 곁에 있는 건가? 이리도 엉망인 모습을 보여주고 있는데도 내 곁에 서 있어주는 건가?

"신강현."

흐느낌이 서서히 멈춰갈 때였다. 머리 쪽에서 현주의 목소리가 들렸다. 아까 만졌던 손목만큼이나 서늘한 것.

"그렇게 버림받은 뒤 난 정말 네가 미웠어. 아니, 단순히 밉다는 말로는 표현 못할 정도였지. 도저히 설명할 수 없는…… 그런 상태였어."

현주의 말을 들어야 한다. 눈물이 서서히 멈추기 시작한 가운데 강현은 고개를 들었다. 현주는 그에게 등을 돌린 채로 얼굴을 보여주지 않는 상황이었다. 그러나 적어도, 그녀는 이 자리에서 도망치지 않고 있었다.

“그래서 나는…… 제대로 관리하지 못했어. 모든 임신중독증 환자가 본인의 잘못 때문에 문제가 생기는 건 아니야. 하지만 내 경우 내가 좀 더 신경 써서 관리했더라면 그런 일은 안 생겼을 거야. ……아이, 그 아이가…….”

현주는 잠시 말을 멈추었다.

“그렇게 된 건 내 탓이야. 전적으로 내 탓이야.”

강현은 이 순간 현주의 목소리에 묻어 나오는 것이 짙은 안개 같은 죄책감이라는 것을 깨달았다.

그래서 이식을 거부했던 건가? 건강해질 자격이 없다고 생각했던 건가?

“아니야, 현주야. 그건 내 탓이야. 내가 널 그렇게 대하지 않았다면 애초에 그런 일은 벌어지지 않았을 테니까.”

강현은 눈물이 아직 남아 있는 목소리로 서둘러 내뱉었다. 현주가 길게 한숨을 내쉬는 소리가 들렸다.

“그래, 그건 그렇지. 하지만 나는 내 탓도 있다고 생각해. 너도 지금은 눈치챘지? 내가…… 죄책감을 느끼고 있다는 걸.”

강현은 답하지 않았다. 그래야 한다고 생각했다.

“명주가 가장 먼저 알아차리고 그러더라. 죄책감은 그만 내려놓고 이식을 받으라고. 지난 시간만으로도 충분하니 이만 벗어나서 새 출발을 하라고 말이야. 그게 말은 쉽고, 행동으로는 어렵다는 건 명주도 잘 알지만, 가족인 자신을 위해서 그래 달라고 부탁했어. 명주가 그랬어. 가족은 한 명이 아프면 가족 전체가 아픈 거라고. 자신도 이제 그만 아프고 싶다고, 누나가 행복해져서 자신도 행복해지고 싶다고 했어."

강현은 장명주를 떠올렸다. 현주의 이란성 쌍둥이 동생. 무쇠처럼 강하고 돌처럼 단단한, 누구보다도 의지할 만한 남자. 세상 그 무엇보다도 현주를 가장 귀하게 여기는 존재.

신강현은 장명주에게 끝없이 배워야 하리라.

"명주는 아버지도 언급했어. 아버지는 누나가 좀 더 건강하게 살아가기를 원할 거라고. 그리고 아버지가 돌아가셨을 때, 행복하기로 약속했으니 지키라고 말이야. 명주의 말은…… 다 옳아. 다 맞는 말이야. 내가 건강해져야 명주도 좀 편해지겠지. 명주도 조금이나마 행복해지겠지. 그래서 이식 수술을 받기로 결정했어. 네가 안 되면 명주의 것이라도 받기로 했어. 그렇게 결정하고 나니까…… 안심이 되더라. 이식을 하고 나면 평생 면역억제제를 하루에 두 번씩 정해진 시간에 먹어야 되긴 하지만, 적어도 투석을 안 한다고 생각하니…… 기뻤어. 정말 기뻤어. 시작한 지 석 달이나 지났지만 여전히 지긋지긋하게 느껴지는 투석을 안 해도 되는구나. 식단 관리도 이렇게까지 철저하게 안 해도 되는구나. 물을 마음껏 마셔도 되는구나. 목이 아무리 타는 듯이 말라도 얼음 몇 조각으로 버티는 짓은 더 이상 안 해도 되는구나. 딸기를 다섯 알 먹어놓고 혹시 심장마비 올까 봐 걱정 안 해도 되는구나. 그 모든 생각이 줄줄이 이어지면서 안심이 됐어. 그리고 그런 내 자신이……."

현주의 말이 갑자기 끊겼다. 솟구치는 감정 때문일 것이다.

"불쌍하더라. 정말 불쌍해. 왜 내 인생이 이렇게 됐을까? 남들이 그렇게나 부러워하는 C대학교 박사 과정도 때려치우게 됐고,

거의 평생 동안 그렇게 열심히 공부한 것도 전부 날아갔지. 1년에 감기 한 번 안 걸릴 만큼 자신 있던 건강도 망치고, 아등바등 버티면서 겨우 숨 쉬고 있지. 그래, 네 말이 맞아. 투석에 잘 적응하고 긍정적으로 더 빛나는 생활을 하는 사람도 있지만 나는 그게 안 되더라. 평생 그래야 한다면 정말 미쳐 버렸을 거야. 결국에는 고통에 몸부림치다가 죽어버릴 거야. 명주에게 또 다른 슬픔을 안겨 주게 되겠지. 그러고 싶지 않아. 그러고 싶지 않아! 명주에게 그런 잔인한 짓은 할 수 없어! 그리고 나도, 나도 살고 싶어! 투석하기 이전으로 돌아가고 싶어! 투석하고 온 날 밤에 다리가 얼마나 저린지 알아? 편하게 자고 싶어! 편하고 자고 싶다고!"

현주가 답을 원하는 게 아니라는 걸 강현은 누구보다도 잘 알았다. 그는 들었다. 듣고 기억해야 했다. 이 순간 현주가 하는 모든 말을, 모든 감정을 머릿속에 박아놓아야 했다. 그는 그럴 의무가 있다.

"신강현! 이건 다 네 탓이야! 네가 날 버리지만 않았더라면, 내 인생이 이렇게 비참해지지 않았을 거야! 아이가, 아이가 그렇게 되지 않았을 거라고!"

현주가 지금 내뱉는 비명은 모든 것이 그의 탓이 아니라고 언급했던 아까와는 달랐다. 현주가 이성을 찾게 되면 필시 부끄러워할 것 같았다. 큰 실수라고 생각할 터. 그러나 현주가 어떤 말을 하든 강현에겐 들을 책임이 있다.

"나쁜 자식! 속물적인 인간! 네가 그 망할 권력과 재력을 탐내지만 않았더라면, 비서의 딸이라는 이유로 날 버리지 않았더라면 이런 일은 없었을 거야!"

현주는 더 이상 등만 보여주지 않았다. 그녀는 뒤돌아 강현과 마주했다. 그러나 강현은 현주를 보지 않고 눈을 감았다. 현주는 이성을 잃은 지금의 모습을 보여주고 싶지 않으리라. 비틀린 마음을 전부 털어놓는 이 상황 자체를 부끄러워할 것이다. 그러니 보지 않아야 했다.

"신강현! 네가 그리 잘났어? 대체 네가 뭐라고! 뭐라고 날 이따위로 만들어? 네 탓이야! 전부 네 탓이야! 사랑한다는 말 한마디도 안 하면서, 너는 나와 같이 살았어! 동거까지 해놓고 날 버려?"

어둠 속에서 강현은 들었다. 암흑 이외에 아무것도 보이지 않는 공간에서 들었다. 2년 전에 들었어야 했던 원망, 분노, 슬픔의 절규.

"난 널 사랑했어. 진심으로 사랑했어. 네가 그렇게나 절절매는 네 어머니께 정식으로 인사드리고, 축복받으면서 결혼해서 임신하고, 아이 낳고…… 예쁘게 잘 키우고 싶었어. 그렇게 살고 싶었어. 하지만 넌 나에 관해 네 어머니께 한마디도 하지 않았지."

눈을 감고 있으나 강현은 현주의 목소리가 눈물로 젖어 있음을 잘 알았다. 과거의 회한, 현재의 상황, 미래에 대한 두려움.

그 모든 원인은 신강현.

그러니 책임져야 한다. 그래야 현주가 한 걸음이라도 나아갈 수 있다.

"나는 그저 네 노리갯감이었지. 때때로 밥 차려주고, 삭막한 집을 사람 사는 곳처럼 꾸며주고, 잠자리 데워주는 장난감이었지. 흥미를 잃으면 내다 버리는. 실제로 그랬지. 안 그래? 대답해 봐!

난 너한테 그것밖에 안 됐어! 그렇지? 그렇지? 그런 거지?”

현주는 이제 주먹을 쥔 손으로 그의 어깨를 내려치고 있었다. 얼마든지 맞아줄 수 있다. 하지만 그녀의 말에는 결코 동의를 표할 수 없었다.

그건 사실이 아니니까.

“아니야. 그건 사실이 아니야.”

강현은 눈을 떴다. 그러자 현주는 도망치듯 다시 몸을 돌려 그에게 등을 보여주었다. 작은 뒤통수 밑의 어깨는 좁았다. 검은색의 얇은 머리끈으로 간단하게 묶은 머리카락은 등 중간까지 내려오는 길이로 생기를 잃고 푸석푸석했다. 고통을 억누르기 위해서인지 식탁의 뾰족한 가장자리를 붙들고 있는 손가락은 뼈마디가 그대로 드러날 만큼 가늘었다.

작고 가녀리고 연약한 모습. 애처롭다. 마음 아프다. 아니, 그 정도가 아니라 차라리 내가 겪는 게…….

그러나 장현주의 어떤 것도 신강현이 대신 짊어질 수는 없다. 그가 할 수 있는 건…….

강현은 자리에서 일어나 손을 뻗었다. 그러나 손끝이 현주의 어깨에 닿기 직전, 움직임을 멈출 수밖에 없었다. 그가 현주라면 이토록 증오하는 상대와의 접촉은 바라지 않을 테니까.

“그건 사실이 아니야. 내 목숨, 아니, 이 세상 전체를 걸고서라도 말할 수 있어. 너는 그런 존재가 아니야. 그런 게 아니기 때문에 기증자가 되겠다고 한 거야. 신장이든 심장이든 무엇이든 줄 수 있을 만큼 너를 소중하게 생각하니까.”

"아니야! 넌 그런 적 없어! 날 진실로 생각했다면 그렇게 버렸을 리 없어!"

한껏 부정하는 현주는 흔들리고 있었다. 불안정한 지반 위에 서 있는 사람처럼 그녀의 작은 몸은 끊임없이 요동치고 있었다. 그대로 놔두면 산산이 부서져 무너질 것 같았다.

"현주야."

강현은 본능적으로 두 손을 뻗어 현주의 어깨를 잡았다. 작은 몸을 사시나무처럼 사정없이 떨고 있는 여자를 붙잡기 위해서 이럴 수밖에 없었다. 얇은 스웨터 아래로 가느다란 쇄골뼈가 만져졌다. 안타까움이 강현의 가슴을 찢어놓았다.

"현주야, 현주야, 너에 대한 내 감정은 진짜였어. 지금도 그래. 진실이야. 나는, 진실로, 너를……."

강현은 다 말하지 못했다. 현주가 뒤돌아 그와 마주 보았기 때문이다. 예상과는 달리, 현주는 울고 있지 않았다. 동그란 눈동자가 붉게 충혈되어 있었으나 눈물은 없었다.

"진실? 그 진실이 대체 뭔데? 네가 정말로 날 사랑했다면 그랬을 리 없어! 동거만 하다가 버려 버릴 리 없어! 그렇게 사랑한다는 말 한마디 안 했을 리 없어!"

현주는 손등에 푸른 힘줄이 돋을 만큼 두 주먹을 세게 쥐고 있었다. 그리고 웃을 때면 보기 좋게 휘어져 즐거움을 자아냈던 눈썹은 위로 한껏 올라가 격렬한 증오심을 발휘하고 있었다. 사귀었을 때는 단 한 번도 보지 못한 모습.

이렇게 만든 건 신강현 자신.

그래서 그는 말했다.

“내가…… 겁쟁이니까.”

“뭐라고?”

“나는 겁쟁이야. 아들로서도…… 남자로서도 용기라고는 전혀 없어. 그래서 상황을 이렇게 만들었어. 네게 솔직하게 마음을 털어놓지 못하고…… 그런 짓을 저지르다가 결국 널 이렇게 망가뜨렸어.”

신음 같은 말이었다. 너무도 부끄러워서 아주 작고 희미하게 나오는 소리.

“무슨 헛소리를 하는 거야? 처음부터 끝까지 제대로 설명해! 네가 대체 왜 그렇게 멍청한 짓을 저질렀는지, 말해봐!”

현주는 주먹을 쥔 손을 휘둘러 그의 가슴을 때렸다. 쿵 하고 소리가 날 정도로 강한 손짓이었다. 강현은 자신의 아픔보다 현주가 느낄 손의 통증이 더 신경 쓰였다.

“현주야, 너는 날…… 미워해. 그런데 내 이야기를 들으면 더…….”

“더 미워할 거라고? 그게 어쨌다고? 지금 이상 널 증오할 수 있을 것 같아? 무슨 이야기를 듣던지 너에 대해 품고 있는 감정이 좋아질 것 같아?”

극명한 빈정거림이었다. 그리고 사실이었다. 강현은 잘 알았다. 더 심해질 수 없을 만큼 현주가 지독히도 자신을 미워한다는 걸.

그러니 모든 것을 털어놓아도 되리라. 물론 사실을 다 말하느니 차라리 죽는 게 더 나을 것 같은 충동은 아직도 그의 목을 필사적으로 가로막고 있었다.

추악한 생모의 피를 타고났다는 사실을 알게 되면 현주는 날 얼마나 더 경멸할까?

"말해! 넌 나랑 1년 넘게 같이 살면서도 아무 이야기를 안 했어! 네 가족에 대해서는 특히 더 그랬지! 난 네가 혼외자이고, 어렸을 때 본가에 들어갔다는 건 알아. EH그룹의 후계자가 과거에 그랬다는 건 많은 이들이 아는 사실이지. 하지만 난 너와 함께 사는 사람인데도, 넌 그때의 이야기에 대해서 한마디도 안 했어! 네 생모에 대해서도 아예 입을 다물었지. 난 궁금했지만 묻지 않았어. 네가 아무 말도 안 할 거라는 걸 알고 있으니까. 난 네게 답을 들을 수 없는 존재니까. 날 그렇게 가치 없게 봤던 주제에, 사실은 소중하게 생각한다고? 그걸 믿을 것 같아? 난 너한테 대체 뭐였어? 그저 동정심인 거야? 네 아이 지키려다가 이 꼴이 된 게 그렇게나 불쌍해? 그래, 내가 아는 신강현은 동정심 하나는 끝내줬지."

"현주야, 현주야."

"말하란 말이야! 말해! 지금이라도 듣고 싶어! 난 네가 왜 그런 짓을 저지른 인간이 된 건지 처음부터 끝까지 들을 자격이 있어!"

현주는 이제는 비명을 내뱉고 있었다. 그러나 그 날카로운 소리는 강력한 요구로 끓어오르고 있었다. 강현은 거기에 굴복했다. 그녀의 얼굴에 극명한 혐오감이 떠오를까 두려워 눈을 감은 채 말했다.

신강현은 26년 전까지는 창부에 마약중독자, 최악의 아동학대범을 생모로 두고 있는 박강현이었다는 것을.

외부인은 아무도 모르는 이야기이다. 강현이 여섯 살에 EH그룹 본가로 들어온 사생아라는 사실 자체는 어느 정도 알려졌지만,

그 생모의 정체와 강현이 생모 밑에서 어떻게 살아왔는지는 극비 사항이었다. 현주의 아버지인 장 비서는 한은희 사장의 왼팔이자 생모를 담당했으니 모든 사실을 잘 알고 있을 터였다. 그러나 강현은 입이 무겁고 진중한 장 비서가 딸에게 그 사실을 발설했으리라 보지 않았다.

현주는 4년 전에 부산에서 명주 대신 그를 따라다녔긴 했다. 유골을 뿌리는 것도 보았으리라. 하지만 정확하게 어떤 일이 있었는지는 묻질 않았다. 궁금하지 않은 게 아니라, 방금 그녀가 말했듯이 그가 답하지 않으리라는 것을 본능적으로 깨닫고 그런 것인 게 분명했다.

이제는 이야기해야 했다, 모든 것을.

"내 피가 비록 절반은 더럽지만……. 아니, 내 생모는 그래도 날 죽이지는 않았고, 죽기 직전에 미안하다고 사과했지. 하지만 난…… 우리 아이에게 그러지도 못했어. 난 내 생모보다 더 추악한 인간이야."

강현은 마른침을 삼켰다. 목이 아팠다.

"그래도 현주야, 신장을 받겠다는 말은 물려서는 안 돼. 싫은 건 이해해. 하지만 그래선 안 돼."

"멍청하네."

현주의 목소리는 그가 새벽에 코트는 물론 우산까지 잊고 그녀에게 달려갔을 때와 같은 톤이었다. 지극히 건조하고 차가웠다.

"그런 이유로 과거에 대해 아무 말도 안 했던 거야? 네 생모에 대한 건 네가 카페에서 명주에게 말할 때 들었어. 그때 내가 그걸 뭐라고 했니? 그래, 그때는 네 생모에 대해서 이야기를 나눌 상황이 아니었어. 하지만 말이야, 근본적인 건 이거야. 네 생모가 어떤 사람이든 내가 신경 썼을 거라고 생각해?”

“너를…… 실망시키고 싶지 않았어.”

어느새 변명이 강현의 입에서 튀어나오고 있었다.

“넌 날 EH그룹의 후계자로 보는 게 아니라 그냥 남자로만 보지. 네 눈에 비치는 신강현이라는 존재는…… 아주 근사한 남자 같았어. 네 곁에서 난 대단한 남자가 된 것 같았어. 그런데 알고 보니 그런 핏줄이라면…… 싫어지지 않았을까? 나를 버리고 싶지 않았을까?”

“버려? 네가 불법을 저지른 것도 아니고, 네가 원해서 그런 생모를 둔 것도 아니잖아? 네가 잘못한 것도 아닌데 왜 내가 널 버려?”

“어찌 됐든 내 생모는 날 버렸으니까. 항상 버리겠다고 소리쳤으니까. 어머니도…… 내가 말을 잘 들어야지 날 데려간다고 하셨어. 약속을 잘 지켜야 날 버리지 않는다고 하셨어.”

강현은 자신이 무슨 정신으로 이런 말을 하는지 알 수가 없었다. 내뱉은 말은 평소에 의식하고 있는 사실이 아니었다. 아니, 이건 무의식중에 신강현의 육체를, 아니, 영혼을 형성하고 있었던 것이다. 이제야, 소리 내어 말하고 나서야 강현은 깨달았다.

어머니에게 버림받을지도 모른다는 사실만 공포스러웠던 건 아니다. 그는 그저 버림받는다는 것 자체를 견딜 수가 없었다.

그래서 다른 사람들과 가까이 지내지 않았고, 현주에게도 거리를 두었다. 그런 생모를 두었다는 사실을 감추었고, 모든 모습을 보여 주지 않은 채 딱 적당한 깊이로만 사랑을 나누었다. 그리고는 그럼

자 속에서 살 수 없는 현주가 그를 버리기 전에 먼저 내다 버렸다.

그렇게 신강현은 버림받지 않았다.

"그런…… 거였구나. 신강현, 그런 거였어."

현주도 같은 것을 깨달은 듯싶었다. 그녀는 마치 내리친 번개에 직격으로 얻어맞은 사람 같았다. 어두워진 안색이 순간 피가 다 빠져나간 것처럼 창백했다. 그래서 강현은 기절할 것처럼 강렬한 충격파가 선사한 아픔 속에서 한 걸음 빠져나와 현실 속으로 나올 수 있었다.

환자인 현주는 쓰러져선 안 되었다. 좋은 마음으로 편안하게 있을 수 있게 도와야 했다.

"현주야, 오늘은…… 이만하자. 쉬어."

현주는 그의 걱정을 전혀 듣지 못한 것처럼 무시한 채 입을 벌렸다. 격렬한 화염으로 그득한 고함이 시작되었다.

"멍청한 자식! 나쁜 놈! 이기적이고 파렴치한 인간! 신강현! 그래, 트라우마, 이해해. 하지만 넌 다 자란 성인이잖아! 언제까지 그럴 작정이야? 똑바로 봐! 장현주는 네 생모가 더 악독한 사람이라도 상관없는 사람이야! 내가 너를 사랑하는 마음에 그런 걸 고려했을 거라고 생각한 거야? 나는 그저 박강현이든 신강현이든 그냥 너 자체를 원했을 뿐이야! 그런데 넌! 넌 내가 그런 사실을 듣고 달아날 거라고 생각할 만큼 날 과소평가한 거야? 2년 전에, 그랬던 거야? 아니, 지금도 그러는 거겠지. 그래서 방금 전에야 간신히 털어놓은 거지. 이 바보야! 난 그런 여자 아니란 말이야! 날 대체 뭐라고 생각한 거야?"

현주의 목소리 뒤로 강현은 다른 사람의 말을 들을 수 있었다.

어젯밤 어머니가 눈물과 함께 내쏘았던 것.

　"내가 정말 네 어머니가 맞는 거니? 너는 대체 날 뭘로 보는 거야?"

　어머니와 현주가 하는 말은 근본적으로 같다. 신강현은 버림받을까 봐 두려운 나머지 사랑하는 두 여자를 전부 잘못 판단했고, 상처를 주었다. 스스로 조금이라도 다칠까 봐 두려워 그를 진심으로 사랑하고 아끼는 사람들에게서 몇 걸음 달아났고, 심장에 평생 잊을 수 없는 못을 박았다.
　내 죄는 어디까지 이어지는 건가? 나는 도대체 얼마나 쓰레기인 건가?
　"나쁜 놈! 나쁜 놈! 제 트라우마에 빠져서 못 헤어나는 바보 자식! 네가 조금만 더 용기 있었다면, 그랬다면 얼마나 좋아? 그랬다면 내가 이 꼴이 안 됐을 거 아니야! 우리 아이도 그렇게 안 갔을 거야! 다 너 때문이야! 네가 조금만 더 용기가 있었다면!"
　"미안해. 잘못했어."
　이제는 바로 나왔다. 강현은 수도꼭지를 튼 것처럼 즉시 사과의 말을 내뱉었다. 그러나 바로 나온다고 진심이 담기지 않은 건 아니다. 더 진한, 더 깊은, 더 넓은 마음으로 가득했다.
　후회, 지독한 후회.
　내가 좀 더 강했다면, 내가 좀 더 현명했다면.
　강현(强賢). 강할 강에 현명할 현. 그러나 그는 이름대로 행동하지 못했다. 그 악독한 생모가 지어준 이름조차 지키지 못했다.

나는, 나는…….

"울지 마! 신강현! 울지 마!"

시야가 흐려졌다는 것을 깨닫기 전, 백지장처럼 새하얗게 질린 얼굴로 분노를 내뿜던 현주가 불끈 쥔 주먹을 휘둘러 다시 퍽 소리가 날 만큼 거칠게 강현의 가슴을 내려쳤다.

"네가 뭘 잘했다고 우는 거야? 대체 뭘 잘했다고? 울지 말란 말이야! 울지 마! 꼴 보기 싫어! 네가 우는 모습 따윈…… 진짜 싫어! 싫단 말이야!"

단순히 분노를 내뿜는 고함이 아니었다. 이제는 절규라는 걸 강현은 깨달았다. 그만큼 현주는 그의 눈물을 저어하고 있었다.

자신은 정말 못난 남자였다. 남자라면 명주처럼 무쇠 같은 기둥이 되어줘야 하는데 이렇게 끊임없이 치부를 보여주다니.

부끄럽고 치욕스럽다.

"약속할게. 다시는…… 울지 않을게, 다시는."

"그래! 그래야 돼! 난 네가 우는 모습 따윈……."

현주는 다 말하지 못했다. 창백한 얼굴을 한 채 그녀는 두 눈을 깜빡였다. 눈동자가 한순간 초점을 잡지 못하고 흐릿해지자 강현은 그녀가 현기증에 직격당했다는 것을 깨달았다. 그는 한 손으로는 현주의 허리를, 다른 한 손으로는 어깨를 단단하게 붙들었다.

"현주야! 정신 차려!"

"괜찮아."

현주는 답은 했으나 힘이라곤 전혀 없었다. 머릿속이 새하얗게

된 강현은 본능적으로 현주를 바로 안아 들고 거실의 푹신한 소파
로 달려가 내려놓았다. 곧 그는 덜덜 떨리는 손짓으로 휴대폰을
꺼냈다. 현주가 얼른 내뱉었다.

"됐어. 병원 안 가도 돼."

"하지만……."

"빈혈이야. 가끔 이래."

"가끔 그렇다고? 그럼 더 심각한 일이잖아!"

강현은 덜컥 겁을 집어먹었다.

투석 환자가 빈혈이라니? 대체 현주는 얼마나 많이 아프단 말
인가!

"당장 병원으로 가자. 119 부를게."

"됐다니까! 원래 이 시기엔 그래!"

허옇게 변한 현주의 얼굴이 순간 살짝 붉어졌다. 강현은 그제야
시기가 무엇을 말하는지 깨달았다.

"오늘 좀 무리해서 그런 거야. 쉬면 돼."

현주는 눈을 질끈 감고는 한숨 쉬면서 말했다. 짜증과 부끄러움
의 한숨일 터. 강현은 안도감으로 심장을 쓸어내렸다. 걱정으로
터지기 직전까지 박동했던 것.

"네 방이 어디야?"

"왜?"

"말해줘."

현주가 짜증이 나는지 고갯짓으로 가볍게 가리키자 강현은 다
시 손을 뻗어 조심스럽게, 동시에 빠르게 현주를 안아 들었다.

“뭐 하는 거야!”

현주는 잠시 당황한 기색으로 침묵했으나 곧 꽥 소리 지르며 바동거렸다. 강현은 안고 있는 손에 힘을 더 주었다.

“데려다 줄게. 내가 닿는 게 싫어도 잠깐만 참아.”

현주가 입을 열기 전, 강현은 침실로 들어가 침대 위에 부드럽게 눕혀주었다. 그는 현주가 도로 일어날 줄 알고 걱정했으나 아니었다. 현주는 짧게 한숨을 내쉬더니 그냥 누워 있었고, 강현은 그녀가 정말 피곤한 상태라는 것을 깨달았다. 그는 현주가 등에 깔고 누운 시트를 몸 위로 올리는 것을 조심스럽게 도와주었다.

“이만 가.”

현주는 시트를 목까지 덮고는 눈을 꼭 감았다. 강현은 잠시 우두커니 서서 현주를 내려다보았다. 아직도 새하얗게 질린 안색과 푸석푸석한 얼굴은 분명 환자의 것이었다.

“내가…… 해줄 수 있는 게 있니?”

“신장 준다면서? 그거면 충분하지. 우리나라는 이식을 가족끼리도 꺼려서 이식율도 낮은데, 정말 고마워할 일이지. 명주한테 지금보다 더 미안하지 않게 돼서 얼마나 기쁜지 몰라.”

“나도 기뻐. 받아줘서 고마워, 현주야.”

현주가 노골적인 비아냥거렸으나 강현은 진심으로 감사 인사를 했다. 현주는 눈을 뜨고는 그를 노려보았다.

“비꼬는 거라는 걸 몰라?”

“알아. 하지만 정말 기쁜걸.”

강현은 미소 지었고, 현주는 짜증 나는 듯 미간을 찌푸리다가

한 손을 목에 댔다.

"목마르니? 물 갖다 줄까? 아니, 얼음 갖다 줄게."

강현은 바로 부엌으로 달려갔다. 냉동고 부분을 열어보니 왼편에 얼음이 먹기 좋은 크기로 담겨 있는 얼음 통이 보였다. 그는 숟가락을 이용해서 얼음 몇 개를 깨끗한 컵에 넣어 침실로 빠르게 돌아갔다. 현주는 침대에 일어나 앉아 있었다.

"현주야, 누워."

현주는 강현의 부드러운 제안을 무시하고는 컵을 빼앗듯이 들고 숟가락으로 얼음을 한 조각 입에 넣었다. 강현은 얼음을 오물거리는 현주의 입술을 멍하니 바라보다가 시선을 돌렸고, 현주는 비아냥거림을 멈추지 않았다.

"천하의 신강현이 이런 걸 손수 갖다 주다니. 너 부엌에도 안 들어가던 남자 아니었어?"

"내가…… 그랬구나."

"몰랐어? 너 집에서 손 하나 까딱 안 했잖아. 설거지를 하길 해, 아님 식탁에 수저를 놓길 해? 공부하느라 바빴긴 하지만, 그런 거랑 상관없이 넌 아예 집안일을 안 했어. 네 어머니가 그렇게 하라고 하신 거지?"

"맞아. 어머니께서…… 밖에서 일하는 것만으로도 힘들 테니 집안일은 하지 말라고 가르치셨거든."

"마마보이."

"그래, 맞아."

계속해서 비아냥거렸으나 강현이 웃으면서 받아주자 현주는 이젠 짜증 난 기색이었다.

"마마보이라는 모욕까지 들었는데 언제까지 웃을 거야?"

방에는 침대와 옷장, 화장대뿐인지라 의자가 따로 없어 앉을 곳이 없었으나 그렇다고 침대에 앉을 수는 없었다. 침대 앞에 계속 서 있는 게 좀 이상하지만, 강현은 현주가 자신을 벌세운다는 걸 깨달았다. 그래서 그는 받아들였다.

"모욕 아니야. 사실이니까. 하지만…… 더 이상은 아니야. 어젯밤에 어머니께 말씀드렸어. 네게 신장을 이식해 주겠다고."

"반대하셨지?"

거짓말을 해선 안 되는 부분이다. 강현은 솔직하게 고개를 끄덕였고, 현주는 크게 놀란 표정이었다.

"총수인 어머니를 거역하면…… 아무리 네가 유일한 후계자라지만 버림받을 수도 있다는 뜻 아니야?"

"나도 그런 줄 알았지. 하지만 그건 내가 잘못 생각했던 거야. 어머니는 천륜은 끊을 수 없는 거라면서, 그런 일은 없을 거라고 하셨어."

"마음이 편해졌어? 어떤 일이 있어도 네 어머니가 널 버리지 않을 거라는 사실을 알게 되니까 좋아?"

강현은 솔직하게 답했다.

"좋아. 하지만…… 죄송한 마음이 없는 건 아니야. 이 모든 일은 내가 백번, 천번 잘못한 거야. 어머니께선 너를 좋아하셨어. 내가 지레 겁을 먹지 않았다면 너와의 결혼을 매우 반기셨을 거야. 이제 와서 어머니 가슴에 못을 박고 너를 이렇게 만든 건…… 다 내 탓이지. 미안해, 현주야."

현주는 아무 말도 하지 않고 뭔가 고심하는 표정으로 그를 빤히 바라볼 뿐이었다. 이 순간 강현은 그녀의 생각을 읽을 수만 있다면 전 재산이라도 내놓고 싶은 심정이었다.

현주는 한참 뒤에 입을 열었다.

"정말로…… 어머니가 버릴 거라고 생각하면서도 이식을 결심한 거야?"

"그래. 왜 그런 질문을 하는 거야? 내 말을, 진심을…… 못 믿는 거니?"

"내가 널 믿을 이유가 있어?"

강현은 이 부분에 대해서는 할 말이 없었다. 그는 말을 돌렸다.

"어머니가 허락하지 않으신 건 아쉽지만 예상했던 바야. 이제 KONOS에 허락을 받으려면……."

강현은 말하다 말고 실수라는 것을 깨닫고 멈추었다. 현주의 상태가 좋지 않은 이때 더 말해서는 안 되었다. 만약 아직 모른다면 더 충격을 받을 수도 있으니까. 그러나 현주는 아랑곳하지 않는 태도로 강현의 말을 이어받았다.

"친족이어야 한다는 것, 알아. 친족이 아닌 경우엔 KONOS에 허락을 받는 게 매우 힘들다는 것도 알고. 가능하다고 해도 기증자에겐 반드시 보호자의 허가가 필요한데 네 어머니는 절대 허락하지 않으실 테니 방법은 하나뿐이겠지. 너와 내가 친족이 되는 것. 혼인신고를 해야 한다, 그거지?"

"그래."

그 방법뿐이었다. 부부가 되면 서로가 보호자가 되는지라 한은희의 허락이 필요 없어질뿐더러 KONOS가 허락하기 때문이다. 합법적이고 정상적인 이식 수술을 위해 반드시 거쳐야 하는 절차.

"이렇게 급박하게 진행하는 건 KONOS에서 이상하게 볼 수도 있어. 하지만 우리는 이전에 사연이 있으니까…… 통과될 거라고 생각해."

"혼인신고를 안 해도 통과되지 않을까? 네가 금전 때문에 장기 매매를 하는 게 아닌 건 확실하잖아."

혼인신고라는 어마어마한 것을 언급하는 현주의 목소리에 짜증이나 분노는 없었다. 강현은 그게 무슨 뜻인지 알 수 없었다.

"설사 통과된다고 해도 그렇게 되기까지 시간이 오래 걸릴 수도 있어. 그렇게 되면…… 문제가 생길 가능성이 높아. 현주야, 너 수술 빨리 받아야 돼."

현주는 얼음 하나를 더 입에 넣고는 잠시 침묵을 지켰다. 강현이 말했다.

"어제저녁에 이식이 적합한지 알아보는 1차 검사를 받았어. 아마 오늘 내로 결과가 나올 거야."

"적합하다고 나온다고 해도…… 너와 난 혈액형이 달라."

원래는 혈액형이 다르면 이식 수술이 불가능했으나, 이제는 환자인 수혜자와 이식을 해주는 기증자가 서로 혈액형이 달라도 수술이 가능했다. 수혜자가 수술 일주일 전쯤에 미리 입원해서 탈감작 치료를 받아 타이터(항체) 수치를 낮추는 게 그 방법이었다.

"명주와도 혈액형이 다르잖아. 현주야, 명주든 나든, 누가 기증자가 되던 간에 넌 탈감작 치료를 다 받아야 돼."

"일단 검사 결과가 나오면 그때 다시 이야기……."

현주의 말은 갑자기 흐릿해졌다. 강현은 현주가 컵을 떨어뜨리듯 침대에 내려놓고는 미간을 일그러뜨리며 눈을 질끈 감는 것을 발견했다. 그의 심장은 다시금 바닥으로 떨어졌다.

"현주야? 어디가 아픈 거야?"

현주는 말없이 손으로 오른쪽 종아리를 만졌다. 즉시 강현의 머릿속에 보고서를 통해 본 투석의 여러 부작용에 대한 설명이 떠올랐다. 그리고 아까 현주가 눈물 젖은 목소리로 내뱉었던 것도.

"투석하고 온 밤에 다리가 얼마나 저린지 알아? 편하게 자고 싶어! 편하고 자고 싶다고!"

강현이 얼어붙은 사이, 현주는 두 손으로 오른쪽 종아리를 주무르기 시작했다. 젓가락같이 바싹 마른 손가락이 움직이는 것을 본 뒤에야 강현은 정신이 번쩍 들었다. 그는 그대로 화장실을 찾아 들어가 잠시 뒤에 나왔다.

가녀린 손짓으로 다리를 주무르고 있던 현주는 강현이 다가와 침대에 걸터앉자 흠칫 놀란 표정이 되었다. 강현은 들고 있는 것을 그녀의 손에 떠밀듯이 준 뒤 그녀가 입고 있는 청바지의 밑단을 잡았다. 현주는 몸을 뒤로 움직이며 날카롭게 소리를 내질렀다.

"뭐 하는 거야?"

"잠깐만 참아."

강현은 청바지 밑단을 무릎까지 올린 뒤 현주의 손에 쥐어준 것을 다시 집었다. 뜨거운 물에 흠뻑 적셨다가 물기를 짜낸 수건은 아직 뜨끈뜨끈했다. 강현은 그것으로 현주의 종아리를 감싸고는 천천히 주무르기 시작했다.

수건은 얇지도 두껍지도 않았다. 그러나 살결의 감촉은 강현의 손바닥에 들어왔다. 2년 전 현주는 20대 후반이었으나 20대 초반처럼 싱그러운 피부와 탄력 있는 살결을 가지고 있었다. 그러나 현재는 종아리에 힘이라고는 거의 없었다.

강현은 또다시 치미는 감정을 꾹 누르고는 말없이 주물렀다.

"도련님이 이런 것도 할 줄 아시네?"

수건이 식은 뒤 현주가 내뱉은 말이다. 그녀는 말한 즉시 다시 미간을 일그러뜨리며 입술을 깨물었다. 강현은 현주가 고맙다는 인사 대신 비꽜다는 사실을 부끄러워한다는 것을 알아차렸다. 그러나 그렇다고 사과할 순 없으리라.

강현은 그녀의 마음을 충분히 이해했고, 화장실로 가서 수건을 다시 따끈하게 데운 뒤 돌아왔다.

"왼쪽도 해줄게."

괜찮다고 거절할 줄 알았으나 현주는 아무 말도 하지 않았다. 강현은 허락임을 깨닫고 왼쪽도 주물러 주었다.

"투석한 날 밤에는 항상 이런 거니?"

현주는 짧게 한숨을 쉬며 답이 아니라 다른 것을 내뱉었다.

"이만 가."

"현주야."

"피곤해. 잘 거야."

현주는 몸을 움직여 침대에 눕고는 강현에게 등을 돌리며 시트를 목 끝까지 올렸다. 눈을 감은 옆얼굴밖에 보이지 않았으나 안색이 여전히 좋지 못하다는 건 알 수 있었다. 짙은 피로의 그림자에 점령당한 아주 작고 가녀린 여자.

이렇게 만든 건 신강현 자신.

강현은 침대에서 일어나 싸늘하게 식은 수건을 들고 침실 밖으로 나가 현주가 쉴 수 있도록 문을 조용히 닫고는 거실로 갔다. 수건을 어찌할지 생각하던 그는 빨래통을 찾기 위해 고개를 돌려보았다. 부엌 한편에 연결된 공간에 세탁기가 있고, 그 앞에 통이 있었다.

통에 수건을 곱게 내려놓고 돌아선 강현의 눈에 부엌의 광경이 보였다. 싱크대나 냉장고 근처는 물기 한 점 없이 깔끔했으나, 식탁 위는 식사를 마치고 그대로 놔두었기에 여러 그릇과 수저가 남아 있었다.

강현은 잠시 생각 끝에 걸치고 있는 셔츠 손목 깃 부분을 팔꿈치까지 올렸다. 이대로 놔두고 가면 현주가 치울 게 분명했다. 환자에게 이런 것까지, 아니, 환자가 아니더라도 식사를 얻어먹었는데 설거지까지 시킬 수는 없었다.

강현은 남은 반찬 그릇의 뚜껑을 덮어서 냉장고에 넣고 사용한 빈 그릇과 수저를 물에 담갔다가 세제를 묻힌 수세미로 닦고는 물로 씻어냈다. 생전 처음 하는 일이었으나 어렵지는 않았다. 하지만 강현은 어마어마한 금액이 걸려 있는 프로젝트를 다루는 것처럼 아주 신중하게 행동했다.

덕분에 다섯 개도 안 되는 그릇과 두 쌍의 수저를 닦는 데 20여

분이나 걸렸다. 별것 아니라고 생각하던 설거지는 생각보다 시간
과 노력이 들어가는 일이었다. 그가 전혀 모르던 것.

깨끗하게 빛나는 새하얀 그릇의 단면에 반사되어 보이는 신강
현은 32년의 인생 동안 설거지는 물론 식사 뒷정리를 단 한 번도
해본 적이 없는 존재였다. 언제나 그대로 놔두면 도우미가 알아서
뒷정리를 해줬으니까. 현주와 함께 살 때도 마찬가지였다.

신강현은 언제나 장현주에게 받기만 했다. 그는 EH그룹의 후
계자니까 당연히 그래야 한다고 생각했다. 자신은 많은 것을 가지
고 있는, 남들보다 더 우월한 인간이라고 봤으니까. 그러면서도
더 많은 것을 원했고, 그래서 현주를 저렇게 만들었다.

얼마나 힘들었을까.

또다시 시야가 흐릿해졌다. 며칠 사이에 익숙해진 눈물이 솟구
치고 있었다. 생모가 사망했을 때와 작년에 조부모님이 돌아가셨
을 때, 현주가 떠났던 날을 제외하고, 여섯 살 때 본가로 돌아온
후에는 단 한 번도 운 적이 없었다. 약하다는 반증이라고 생각했
고, EH그룹의 후계자라면 그런 모습을 보여서는 안 된다고 생각
했으니까.

그러나 그는 신강현이다. 박강현이었던 소년. 그래서 울 수밖에 없
었다. 자라지 못한 어린아이이므로, 조금의 용기도 없는데다가 버림
받을까 봐 두려워했던 연약한 존재이므로 이렇게 우는 게 당연했다.

그러나 이게 마지막이다.

현주가 울지 말라고 했기 때문이다. 그녀는 그가 눈물 흘리는
모습이 꼴 보기 싫다며 울지 말라고 소리쳤었다. 아니, 요구였다.

반드시 그래야 하는 것. 그러니, 앞으로는 눈물 흘리지도 않고, 나 자신의 상처가 아프다고 주변인들에게 고통을 주지도 않고, 책임감 있는 태도로 저지른 죄의 대가를 치르는 존재가 될 것이다. 지금은 소년이지만, 이제는 어른으로 성장할 것이다. 그래야 한다. 현주를 위해, 어머니를 위해 그래야 한다.

"그러니……."

강현은 눈을 질끈 감았다.

"이게 마지막이야."

그는 눈물을 뺨으로 흘려보내며 조용하게 중얼거렸다.

"죄송합니다, 어머니. 미안해, 현주야."

그리고 다시금 사과했다. 마지막으로 흘리는 눈물과 함께 그들이 눈앞에 있는 것처럼 속삭였다. 그런다고 그의 죄가 스러지는 건 아니었다. 그러나 적어도 강현은 마지막 눈물과 함께 또 한 번의 참회를 할 수 있었다.

한참의 시간이 흐른 뒤에야 강현은 현주의 집을 나섰다. 그는 어느새 살짝 열린 문틈 사이로 현주가 자신의 눈물을 지켜보았다는 사실과 눈물 속의 사과를 들었다는 진실을 알지 못했다.

강현은 택시를 불러 조용히 집으로 돌아갔다. 집에 들어와 침대에 앉았을 때, 손 수행비서가 전화를 걸어왔다. 1차 검사 결과를 말해주기 위해서였다.

7

이식은 크게 뇌사자로부터 장기를 선물 받는 뇌사자 이식과 살아 있는 사람에게 장기를 이식받는 생체 이식으로 나뉘었다. 투석을 하는 환자라면 누구나 뇌사자 신장이식을 신청할 수 있지만, 해가 갈수록 신청자는 증가하는 데 반해 신체발부 수지부모(身體髮膚 受之父母) 사상의 영향 때문에 장기이식을 아직 꺼리는 사람들이 많은지라 뇌사자가 생기더라도 이식을 받는 건 어려운 일이었다. 때문에 신장이식의 경우, 생체 이식이 약 98퍼센트를 차지했다.

모든 이식 수술은 KONOS의 엄격한 관리 아래에서 진행되기에 친족이 아닌 이상 허락받는 건 거의 불가능에 가까웠다. 가능한 경우도 있으나 손에 꼽을 정도이고, 나름대로 정당한 근거가 확실하게 뒷받침되어야 하며, 만에 하나 허락이 난다고 해도 시간이 꽤 걸렸다. 현주의 경우 바로 시간이 문제였다.

강현은 굉장한 자산가인 만큼 기증자가 되는 목적이 KONOS가 금기시 여기는 금전이 아니라는 게 확실했고, 강현과 현주의 지난 과거를 생각해 보면 굳이 혼인신고를 하지 않더라도 허락이 날 가능성이 높았다. 그러나 이식 수술을 받기 위해서는 수혜자인 환자의 건강이 어느 정도 받쳐 줘야 하는 게 기본이었다. 즉, 수혜자의 상태가 나쁘다면 아예 이식 수술을 시도조차 하지 못했다.

대개의 신부전증(腎不全症) 환자들은 투석을 시작하면 건강이 좋아지기 마련이었다. 그러나 현주는 투석을 팔의 혈관이나 복막으로 하는 게 아니라 카테터로 하는 것임에도 적응하지 못하고 있는 데다가, 건강도 겉보기에는 그다지 좋지 않아 보였다. 물론 투석에 적응하려면 시간이 좀 필요하니 앞으로 건강이 더 좋아질 수도 있었다. 하지만 최악의 경우, 이식 수술 자체를 받지 못할 수도 있다는 뜻이었다.

가능하면 빠르게 진행해야 했다. 더군다나 통계를 봐도 투석을 적게 할수록 이식 수술 경과가 좋았다. 현주는 투석을 한 지 이제 겨우 석 달밖에 안 됐지만 더 오래 한다고 좋을 건 없었다. 그러니 서둘러 이식 수술을 진행하려면 일단 혼인신고부터 하는 게 관건이었고, 그전에 강현의 신장이 현주에게 적합한지 알아보는 게 우선이었다.

결과는 음성이었다.

"그게 무슨 뜻이지요?"

손 수행비서의 말을 들었으나, 강현은 그게 좋은 건지 나쁜 건지 알 수 없었다. 그는 휴대전화를 잡고 있지 않은 자유로운 손으로 심장을 꾹 눌렀다. 금방이라도 튀어나갈 것 같은 생선처럼 펄떡이고 있었다.

[적합하다는 뜻입니다.]

순간 아찔한 현기증이 일어났다. 다행히 침대에 앉아 있었기에 강현은 쓰러지지 않을 수 있었다.

[이사님이 1차로 받은 검사는 두 가지입니다. 첫 번째는 조직적합성 교차검사(HLA crossmatching)인데, 양성이면 이식 후에 초급성 거부반응이 일어날 수 있습니다. 이사님의 경우 다행히 장현주 씨에게 음성인 겁니다. 두 번째는 조직적합 항원검사(HLA typing)라고 하는데, 총 여섯 개 HLA 중 수혜자와 기증자가 일치하는 것이 몇 개인지 확인합니다. 요즘은 워낙 약이 좋아서 일치하는 게 하나도 없어도 이식 수술이 가능하다지만, 이사님과 장현주 씨는 유전자 여섯 개 중에 세 개가 맞는다고 합니다.]

"한마디로 이식 수술이 가능하다는 겁니까?"

[음, 아직 100퍼센트 확실한 건 아닙니다. 다른 검사가 남아 있습니다.]

강현은 미리 자료를 봤기에 2차로 각종 혈액 검사, 24시간 소변 검사, 대변 검사, 복부 CT, 심초음파, 위내시경, 장내시경, 치과, 이비인후과, 마취과, 신경정신과 상담 등등을 해야 한다는 것을 알고 있었다. 그리고 다른 사실도 알았다.

"하지만 기증자가 6개월 이내에 받은 검사 자료가 있다면 다시 안 받아도 될 텐데요. 내가 얼마 전에 B병원에서 건강검진을 받은 자료가 그대로 있지 않습니까?"

[네. 이사님은 조영제를 사용하는 복부 CT와 마취과, 신경정신과 상담 정도만 받으시면 됩니다. 문제가 되는 건 장현주 씨입니다. 보고서를 봐서 아시겠지만 장현주 씨의 심장이 그다지 좋지 못합니다. 일단 내일 장현주 씨의 입원 일정을 다시 잡아놓긴 했습니다.]

현주의 심장 문제는 강현도 이미 알고 있는 사실이다. 3개월 전의 자료이고 보통은 투석을 시작하면 건강해지기 마련이니 어쩌면 좋아졌을 수도 있었다. 하지만 구체적으로 결과가 나온 건 아닌 상황이었다.

어쩌면 이식 자체가 불가능할 수도 있다는 뜻.

[이사님, 장현주 씨께서 내일 병원으로 가실까요?]

"아마 그럴 것 같습니다."

[장현주 씨와 함께 병원에 가실 겁니까? 그러실 거면 내일……혼인신고를 하시는 게 어떻습니까?]

현주는 그의 신장을 받기로 결정했다. 더없이 누나를 걱정하는 동생을 위해서, 그리고 투석하기 전으로 돌아가기 위해서. 증오하고 경멸하는 대상의 일부를 받아들인다는 건 결코 쉬운 결정이 아니었을 터.

하지만 혼인신고는 다른 문제였다.

혼인신고를 언급하는 현주의 표정은 별다르지 않았다. 아니, 애초에 현주는 친족이 아닌 이상 혼인신고가 필요하다는 것을 알고 있었다. 신장을 받기로 결정한 건 혼인신고도 감수한다는 의미일 가능성이 높았다.

이게 무슨 뜻일까? 현주는 나와의 혼인신고가 그렇게 싫지 않다는 뜻일까? 혹시 아직 내게 마음이 있는 건가.

[……님? 이사님? 듣고 계십니까?]

손 수행비서의 말이 싹트기 시작한 생각 속에 빠져 있는 강현을 깨웠다. 강현은 얼굴에서 열이 나는 기분이었다.

"미안합니다. 다른 생각을 하느라. 혼인신고는 현주에게 물어보고 진행하겠습니다."

[만약 수술이 불가능하게 된다면……. 이사님, 혼인신고는 한번 하면 취소할 수 없습니다.]

"알고 있습니다."

손 수행비서는 강현의 목소리에 담긴 무게를 읽었는지 잠시 침묵을 지키다가 이렇게 조언했다.

[이사님, 결심이 확고하다면 내일 당장 혼인신고부터 하세요. 처리 시간이 며칠 걸린다고 합니다.]

"그러겠습니다."

[증인 두 사람의 사인이 필요한데, 일단 제가 서류를 준비해서 이사님께 가겠습니다. 장현주 씨께 언제 가실 생각입니까? 입원 시간은 오후로 잡아놨습니다.]

"2시쯤에 맞춰서 와주세요."

[이사님, 장현주 씨께 내일 아침 전화를 걸어서 2시에 데리러 갈 테니 입원 준비를 해두라고 말씀하세요. 앞으로 가능하면 직접

챙기는 모습을 보이시는 게 좋습니다.]

손 수행비서는 뒷말은 마치 음모를 꾸미듯 작은 목소리로 속닥거렸다. 강현은 휴대전화를 내려놓은 뒤 길고 긴 한숨을 내쉬었다.

현주를 위해서는 무엇이든 할 수 있다. 그렇지만 그런다고 현주가 지난날의 감정을 보여줄까?

장현주에게 신강현은 미워하고, 증오하고, 경멸하는 게 당연한 남자였다. 하지만 눈물을 보여주고 무릎을 꿇은 덕분인지 감정은 누그러진 게 분명했다. 그런 게 아니라면 신장을 받을 리 없고, 말을 할 틈 자체를 주지 않으리라.

그러나 그것만으로는 부족하다. 부족하다. 부족하다. 내가 더 원하는 건…….

강현은 우울한 얼굴로 침대에 누웠다. 현주에게 전화나 문자로 1차 검사 결과를 말해주고 싶었으나 잠을 깨울 것 같아 관두었다.

그는 잠을 잔 건지 아닌지 알 수 없는 상태로 시간을 보내다가 다음날 아침 일어나 일단 샤워를 했다. 거울에 비친 자신은 거뭇한 수염을 달고 있었다. 무의식적으로 면도 크림을 준비하던 그의 머릿속에 최대한 불쌍하게 보여야 한다는 손 수행비서의 조언이 쩽쩽하게 울렸다.

강현은 잠시 머뭇거렸지만 결국 면도를 하지 않았다. 옷도 어제 입었던 것을 그대로 걸치고는 셔츠의 단추를 몇 개 풀었다. 넥타이를 하지 않는 건 마치 전쟁터에 무기 없이 나가는 기분이었으나 현주에게 동정심을 받을 수 있다면, 그래서 그녀의 마음이 조금이라도 풀어진다면 뭐든 할 수 있었다.

그러고 보니 이마의 상처에 대해서 이야기를 아직 안 했군.

손 수행비서는 강현더러 직접 현주에게 말하라고 충고해 주었다. 파혼을 하다가 얻어맞았다는 사실을 밝히라는 뜻이다. 이렇게 상처가 날 만큼 맞았으나 너를 위해 파혼을 감행했다는 것을 드러내라는 의미.

강현이 생각하기엔 그렇게 말해도 현주의 마음을 푸는 데 도움이 될 것 같진 않았다. 이깟 상처 하나가 뭐라고? 그는 현주를 버렸고, 배경이 든든한 여자와 약혼까지 한 파렴치한 남자이다.

이야기할 필요 없다. 강현은 그렇게 결론 내리며 현주의 번호를 눌렀다. 오전 9시니까 지금쯤이면 깨어 있으리라.

"현주야, 나야. 신강현."

[왜 걸었어?]

냉기가 뿜어져 나오는 목소리다. 강현은 차분하게 말하려고 노력했다.

"1차 결과가 음성으로 나왔어. 유전자도 세 개나 맞대. 이식해도 된대."

[그거야 1차 결과일 뿐이지. 2차 검사 들어가면 다른 결과가 나올지도 모르지.]

"현주야, 일단 너도 다시 검사해야 돼. 오늘 입원할 수 있니? 2시에 데리러 갈게."

잠시 대답이 없었다.

"현주야?"

[가능해.]

“그리고 병원 가는 길에…….”

강현은 잠시 말을 멈추었다가 이어 말했다.

“혼인신고도 했으면 해.”

[너는 하고 싶니?]

예상외의 질문이다. 아주 짧은 말이었으나 강현은 많은 것이 포함되어 있다는 것을 깨달았다. 현주가 어떤 답을 원하는지 알 수 없었으나 강현은 솔직하게 답했다.

“그래. 혼인신고, 하고 싶어.”

[우린 2년 전에 끝난 관계야.]

현주는 해가 동쪽에서 뜬다는 사실처럼 아주 당연한 것을 말하는 담담한 목소리였다.

“그래, 그렇지. 하지만 현주야, 난…….”

[듣고 싶지 않아. 하고 싶지도 않아!]

현주는 이번에는 날카로운 칼날처럼 강현의 말을 싹둑 잘라냈다.

[네 어머니한테 승낙받아 와. 수술받는 데 오래 걸려도 네 어머니한테 승낙만 받으면 KONOS에 허락받을 수 있을 거라고 생각해. 나는…… 하고 싶지 않아. 2년 전에는 원했어. 축복받고 결혼해서 손 붙잡고 혼인신고 하러 가고 싶었어. 하지만 그건 바보 같은 희망이었고, 지금은 아니야. 하고 싶지 않아.]

쏜살같이 이어 말한 현주는 몇 초 쉰 뒤 다시 이어 말했다.

[2시에 나갈 수 있게 준비할게.]

곧 전화가 끊어졌다. 강현은 무겁게 느껴지는 휴대전화를 심장 위에 누른 채 숨죽여 시간을 보냈다. 끼니를 가지고 온 손 수행비서와 침묵 속에서 식사한 뒤 시간에 맞춰 현주의 집으로 갔다.

문 앞에 도착해서 손 수행비서가 시동을 끈 순간, 손 수행비서의 휴대전화가 진동하는 소리가 났다. 강현이 차 문에 손을 댈 때 휴대전화를 확인한 손 수행비서가 불렀다.

"이사님, 임 비서님께 연락이 왔습니다."

임 비서는 어머니 한은희의 현재 오른팔인 존재였다. 강현은 놀라 물었다.

"혹시 어머니께 무슨 일이 생긴 겁니까?"

"아닙니다. 그게 아니라 한 사장님께서 장현주 씨를 만나고 싶어 하십니다. 직접 행동하실 수도 있는데 그러지 않고 묻고 계신 겁니다."

이건 어머니가 강현에게 의사를 물어보는 것이었다. 눈물 서린 부탁을 거스르고 자리를 박차고 나간 괘씸한 아들에게 화를 내지 않고 조심스럽게 배려해 주고 있는 것.

강현이 울컥 치미는 뜨거운 마음을 기침으로 내리누를 때였다. 창문을 가볍게 두드리는 소리가 났다. 고개를 돌린 강현은 현주가 서 있는 것을 발견하고는 얼른 나갔다.

"현주야, 추운데 안에서 기다리고 있지."

강현은 그녀가 두 손에 들고 있는 가방을 빼앗듯이 들었다. 현주는 고개를 아래로 내린 채 아무 말도 하지 않았다. 강현은 가방을 트렁크에 넣었고, 현주가 뒷좌석에 타자 조수석에 탈지 고민하다가 현주 옆에 자리 잡았다.

“몸은 좀 어때? 다리는 안 저려?”

현주는 이번에도 답하지 않았고, 강현은 그녀가 자신의 시선을 피한다는 것을 깨달았다. 짜증이나 화가 나서가 아니라 두 뺨이 미묘하게 붉어지는 것으로 봐선 다른 이유 때문이었다.

쑥스러운 건 아닐 테니 부끄러운 건가? 혹시 아까 통화할 때도 그렇고, 어젯밤에 속마음을 내보인 것 때문에?

강현은 잠시 생각 끝에 버튼을 눌러 앞좌석과 뒷좌석을 차단하는 격벽을 내렸다. 현주는 제3자인 손 수행비서 때문에 말을 더 안 할 것 같았다.

“현주야, 방금 비서를 통해서 연락이 왔는데…… 어머니께서 널 만나보고 싶어 하셔.”

그제야 현주의 얼굴이 강현에게로 향했다. 그러나 그녀는 강현과 시선이 마주치자 다시 고개를 반대편으로 돌렸다. 현주의 뺨이 다시 희미하게 붉어졌으나 확실한 건 아니었다.

“왜?”

“그건 나도 모르겠어.”

현주는 잠시 생각하는 눈치더니 이렇게 물었다.

“직접 찾아오시거나 아니면 나한테 전화를 거셔도 되는데 왜 네 비서를 통해서 너한테 연락하신 거지?”

“내게 허락을 구하신 거야.”

현주는 고개를 다시 돌려 놀란 표정으로 강현을 바라보았다. 이번에 그녀는 시선을 피하지 않았다.

“거역하고 나온 거 아니야?”

“맞아. 거역하고 나왔는데도…… 날 배려해 주시는 거지.”

현주는 이번에는 미간을 찌푸리며 뾰족한 목소리로 물었다.

“그렇게 널 배려해 주는 좋은 분이니, 어머니가 원하는 대로 만나라 그거야?”

“아니, 그런 게 아니야. 난 네가 어머니를 만나지 않았으면 해. 만나더라도 이식 후에 그렇게 했으면 해.”

“왜? 내가 수술 안 받고 도망갈까 봐?”

“솔직히 그래. 그게 걱정돼.”

강현은 그녀의 눈을 바라보며 말했다. 짜증으로 가득하던 현주의 동그란 눈동자가 순간 움찔거리며 다시 시선을 피했다.

“너처럼 신장을 주고 싶어서 안달이 난 사람은 더 없을 거야.”

“그런가?”

“그래. 제정신으로 안 보이는 거 알아?”

“그렇구나.”

강현은 계속 미소 지으며 말을 받았고, 현주는 그게 더 짜증 나는 얼굴이었다. 그녀는 좀 더 거칠게 캐물었다.

“이마 다치더니 미친 거야?”

“크게 다친 것도 아닌걸.”

“왜 다친 건데?”

말하지 않기로 결심한 게 몇 시간 전이었으나 강현은 잠시 고민했다. 현주는 이렇게 물었다.

“가안은행 총재 때문에 다친 거야?”

“어떻게 알았어?”

“댓글에서.”

“댓글?”

“파혼 기사 났어.”

EH그룹은 주식 상장 회사인 만큼 오너 일가에게 뭔가 일이 생긴다면 공지해야 했다. 근래 신문을 전혀 들춰보지 않았기에 강현은 기사가 떴다는 것을 이제 알게 되었다.

“그 밑에 누가 댓글로 그러더라. 자기 지인 중에 가안은행 비서가 있는데 총재가 너무 화가 나서 너한테 화분을 던졌다고.”

“화분이 아니라 찻잔이야.”

무심코 정정해 준 강현은 곧 새빨갛게 변한 현주의 얼굴과 마주하게 되었다. 활활 타오르는 눈을 보니 저 붉은색은 부끄러움이나 쑥스러움이 아니라 분노 때문이었다.

“피할 수 없었던 거야? 왜 그런 걸 못 피해?”

혹시 나를 걱정하는 건가?

잠시 생각 끝에 강현은 사실을 털어놓기로 결정했다.

“일부러 맞았어.”

“뭐라고?”

“내가 잘못한 일이니까. 그렇게라도 속이 풀린다면 맞아줘야지. 어차피 파혼할 생각이긴 했지만 그렇게 갑자기 나타나서 당일 파혼 통보를 한 건 내 잘못이야.”

“어차피 파혼할 생각이었다고? 그건 무슨 말이야?”

강현은 짧게 말해주었다. 전 약혼녀인 이우연이 마약중독자라는 사실과 그렇게 된 원인은 프랑스 유학 시절에 만난 남자를 잊지 못해서라는 것을.

"약혼, 2년 넘게 지속된 거잖아? 그런데 그렇게 바로 끝난 거야?"

현주는 이해할 수 없다는 표정이었고, 강현은 이번에도 사실대로 말해주었다.

"정략이니까. 약혼을 하긴 했지만 이우연 양과는 단둘이 만난 적도 없어. 딱 그 정도 사이였지. 아, 마지막에 파혼을 이야기할 때는 둘이 만났어. 그 자리에서 이우연 양은 내게…… 잘되길 바란다고 말하더라."

"희한한 파혼이네."

"맞아."

답하며 강현은 웃었다. 현주의 표현이 딱 맞았다, 희한한 파혼.

"왜 자꾸 웃어?"

현주는 벌컥 화를 냈다. 시비 거는 말투였으나 표정은 딱히 사납지 않았다.

"넌 그게 웃을 일이야? 아무리 상황이 그래도 그걸 맞으면 어떻게 해? 흉터도 오래 남을 텐데."

강현은 오른손을 들어 이마의 흉터를 만져 보았다. 손가락 한 마디 정도로 하필 눈썹 위라 남들 눈에 잘 보이는 위치라는 게 문제였지 깊은 건 아니었다.

"별것 아닌걸. 괜찮아."

현주는 이마 위의 그의 손을 찰싹 치더니 흉터 위에 손가락을 댔다.

"이게 뭐가 별것 아니야? 최소한 몇 년은 갈 것 같은데."

현주가 손가락 끝으로 흉터를 부드럽게 매만지자 갑자기 그 부근이 뜨거워졌다. 마치 도장이 찍히는 기분이었다. 불꽃의 화인.

강현은 눈을 한 번 깜빡인 뒤 숨을 죽인 채 현주를 바라보았다. 피부는 생기를 잃은 상태였고 투석 때문에 안색도 나쁠뿐더러 짜증과 분노가 섞인 표정이긴 했다. 그러나 그가 처음 보았을 때 빨려들었던 것, 동그란 눈동자의 맑은 빛은 그대로였다.

달라진 건 없다. 감기 한 번 안 걸릴 만큼 활기찬 건강이 나빠졌고, 시원시원하고 마음 푸근한 성격도 잘 벼려진 칼날처럼 뾰족하게 바뀌었으나, 그렇다고 장현주가 아닌 건 아니었다. 장현주는 장현주이다.

첫눈에 마음 깊이 담게 된 여자. 첫 포옹, 첫 키스, 첫 섹스의 상대. 아니, 섹스가 아니라 사랑이었다. 사랑을 나누었다. 단순히 애인으로 사귄 게 아니라 부부처럼 1년이 넘게 한 집에서 살면서 사랑을 나누고 또 나누었다.

헤어진 뒤에도 마음속에 일부분인 것처럼 그대로 남아 있던 사람. 사랑했던 여자. 사랑하는 여자. 사랑하는, 아직도, 여전히, 계속해서 사랑하는…….

"현주야."

강현은 사랑하는 여자의 이름을 불렀다.

"장현주."

그의 이마 흉터를 만지느라 그녀의 얼굴은 바로 앞에 있었다.

조금만 고개를 숙이면 입술이 닿을 수 있는 거리. 붉은 생기로 빛나던 2년 전과는 달리 바싹 마르고 희미하게 보랏빛이 엿보이는 현주의 입술.

그러나 이렇게 좋지 않게 달라졌다고 원치 않는 건 아니었다. 바랐다. 변한 원인이 떠올라 마음이 미어지면서도 더 바랐다.

욕심이다. 이런 것을 요구해서도, 이런 생각을 해서도 안 될 터. 신강현에겐 그럴 자격이 없으니까.

하지만…….

강현은 고개를 숙였다. 서로의 숨결을 느낄 수 있을 만큼 가까운 거리. 현주는 호흡을 멈추더니 눈을 크게 떴다. 동공이 확대되는 것을 바라보며 강현은 아주 천천히 조금 더 가까이 다가갔다.

허락, 하는 건가?

현주는 강현을 밀어내지도, 뒤로 물러나지도 않았다. 놀란 표정 그대로 숨을 멈추고 있을 뿐이다. 강현은 찰나의 순간 고민한 뒤 움직였다.

그의 입술에 닿은 현주의 입술은 보이는 것처럼 마르고 거칠었다. 아니, 보기보다 더 그랬다. 그러나 2년이 지났음에도 달콤했다. 여섯 살 때 본가로 들어간 며칠 뒤 동물원에 놀러 갔다가 처음 맛보았던 솜사탕이 떠올랐다. 평생 먹고 싶을 만큼 세상에서 가장 달콤했던 것.

현주의 입술은 2년 전까지 그랬고, 그건 지금도 마찬가지였다. 촉감은 달랐으나 맛은 같았다. 이 느낌은 평생 변치 않으리라. 현주이기 때문에, 장현주이기 때문에.

더 원한다. 더 바란다. 하지만……

매우 힘들었으나 강현은 입술을 떼면서 잠시 감았던 눈을 떴다. 현주 또한 눈을 떴고, 몇 ㎝를 앞두고 두 사람의 시선이 마주 만났다. 잠시 눈만 깜빡거리던 현주는 곧 뺨을 붉게 물들이면서 고개를 옆으로 돌리며 손등으로 입술을 가렸다. 다행스럽게도 그녀는 더러운 것이 묻은 것처럼 입술을 닦는 게 아니라 그냥 가린 채로 가만히 있었다.

싫어하는 게 아니다.

강현은 거대한 안도감의 파도에 몸을 묻었다. 그가 한 손으로 가슴을 쓸어내리며 입을 열 때였다.

"다 왔네."

차가 멈추는 느낌이 들자마자 현주는 중얼거리듯 내뱉고는 바로 차 문을 열고 나갔다. 강현은 바늘 가는 데 실이 가는 것처럼 바로 쫓아 나갔다가 새하얀 벽과 수많은 사람들을 보고 병원에 도착했다는 사실을 깨달았다.

"이사님, 전 주차하고 갈 테니 장현주 씨와 함께 잠시 로비에 앉아 계세요. 짐은 제가 들고 가겠습니다."

손 수행비서는 조수석 창문을 열고 말했고, 강현이 고개를 끄덕이자 곧 차와 함께 사라졌다. 강현은 고개를 돌렸다가 현주가 병원 안으로 걸음을 옮기는 것을 발견했다.

로비는 혼잡하게 느껴질 만큼 많은 사람들로 그득했다. 시장통 같은 분위기, 환자임이 명백해 보이는 핼쑥한 몸에다가 환자복을 입은 사람들까지 이제는 익숙하게 느껴지는 광경이 펼쳐져 있었다.

이곳은 병원이다. 4년 전 생모가 비참한 모습으로 죽어 나간 곳. 그리고 지금……

강현은 현주의 뒷모습을 보았다. 작고 가녀린 그녀는 신장에 이상이 생긴 것뿐 목숨을 위협받는 건 아니었다. 신장이식 수술은 사실 수술 취급도 받지 못할 만큼 매우 간단한 것으로, 실패할 확률은 없다고 볼 정도였다. 설사 실패한다고 해도 다시 투석을 하면 되는지라 환자가 목숨을 잃는 사고는 거의 일어나지 않는다고 봐도 무방했다.

강현은 손 수행비서가 뽑아준 통계 자료를 아주 정확하게 기억했다. 2011년도까지를 기준으로 신장은 생체 이식을 할 경우 3개월 생존율 99.05퍼센트에 육박하며, 7년 생존율은 94.80퍼센트였다. 이런 생존율은 이식수술 초기에 좋은 면역억제제가 없을 때를 포함한 수치이므로 기술이 발달한 근래만 따진다면 생존율이 더 높아진다는 뜻이다. 수술 후에 면역억제제를 꼬박꼬박 먹으면서 운동도 하는 등의 관리를 잘하면 거의 정상인처럼 오랫동안 잘 살 수 있다는 뜻.

현주도 그럴 수 있을 것이다. 건강해서 감기 한 번 앓지 않았던 이전만큼은 아니더라도 아프지 않고 잘살 수 있을 터. 최소한 물은 마음껏 마실 수 있을 테고 다리저림 때문에 불면의 밤을 보내지 않을 것이다.

그리고 다시 웃을 수 있을 것이다.

"현주야."

강현은 그녀를 불렀다. 큰 목소리가 아니었으나 주변의 소음을 뚫고 현주의 귀에 도달했는지 현주는 뒤돌아 그를 바라보았다. 십여 미터 정도 거리이다. 멀다면 먼 거리. 강현은 천천히 다가가기 시작했다.

현주는 뺨에 더 이상 수줍은 쑥스러움이 남아 있지 않았다. 굳건한 의지를 나타내듯 입술은 앙다문 채였고, 동그란 눈동자는 싸늘한 빛을 흘리고 있었다. 거부감이 얼굴에, 아니, 온몸에 드러났다.

내 키스를 거부하지 않은 것을 후회하는 건가?

가슴이 무겁게 울렸으나 강현은 속으로 삭였다. 어떤 반응이든 감수해야 한다. 그리고 무슨 말이든 받아들여서 현주의 마음을 녹일 것이다.

박강현이었던 소년은 이제 성장했다. 신강현인 남자는 사랑하는 여자에게 최선을 다할 것이고, 더 이상 지난 실수를 반복하지 않을 것이다.

"건강하자."

강현은 현주에게만 건강하라고 말하지 않았다. 수혜자인 그녀와 기증자인 그 둘 다 건강해야 한다. 아무리 미워한다고 해도 수술 때문에 그에게 무슨 일이 생긴다면 그 충격은 현주의 인생 전체에 상처로 남으리라.

"우리 둘 다 건강하게 퇴원하자. 그리고 현주야."

강현은 반걸음 앞에서 멈추었다. 현주는 여전히 차가운 눈빛이었으나 언뜻 혼란한 기운도 엿보였다.

"너를 사랑해. 첫눈에 반했어. 네게 그런 상처를 줬을 때도 사랑했어. 지금도, 아직도…… 사랑해."

자장가를 부르듯 조용하고 나긋한 노랫가락 같은 말소리는 번잡하고 시끄럽기만 한 병원 로비에서 단 한 사람에게 향했다.

"너와 다시 시작하고 싶어."

무표정하면서도 복잡해 보이던 현주의 눈빛은 다시 흔들리고 있었다. 어떤 감정 때문일까? 강현은 읽을 수가 없었다. 2,000피스짜리 퍼즐이 부서진 것을 눈앞에서 보고 있는 기분이었다. 원래 형체가 어땠는지 상상조차 할 수 없었다.

아니다. 얼마나 많은 피스의 퍼즐이든 맞출 수 있다. 끈기 있게 노력하면 다시금 원상태로 만들 수 있으리라.

강현은 현주가 원래 어떤 형체의 빛을 보여주었는지 잘 알았다. 되돌릴 수 있다. 되돌릴 수 있을 것이다. 강현은 그렇게 믿었다.

"노력할 거야. 현주야, 네 마음을 다시 되돌리기 위해…… 최선을 다해 노력할 거야."

그는 손을 들어 현주의 뺨을 만졌다. 목도리를 한 상태였으나 추운 겨울의 흔적을 완전히 막지 못했기에 아직 차가웠다. 손끝에 감기는 냉기를 안타까워하면서 강현은 그녀의 어깨를 살짝 잡았다.

"들어가서 기다리자."

현주는 여전히 강현으로서는 읽을 수 없는 표정이었다. 그녀는 아주 잠깐 강현의 눈을 뚫어져라 쳐다보았다. 아주 강렬한 시선이었다. 방금 한 말이 진실인지 거짓인지 판별하는 눈빛이기도 했다.

"혼인신고를 안 한다고 해도…… 병원 내에서는 널 내 약혼녀라고 소개할 거야. 그래야 네가 대우받을 테니까."

강현은 조심스럽게 덧붙였다. 현주는 눈썹을 꿈틀거렸으나 아무 말도 하질 않았다. 이번에도 무슨 생각을 하는지 알 수 없는 반응이었다. 강현은 그녀가 격렬하게 거부하지 않는다는 사실에 안도하는 마음으로 서둘러 병원 안으로 데려갔다. 일단은 현주가 따듯한 곳으로 들어가는 게 우선이었다.

다행히 현주는 그를 뿌리치지 않았고 시선을 내리깐 채 조용히 입술을 다물고 있을 따름이다. 로비 의자에 앉은 지 몇 분 되지 않아 손 수행비서가 두 손에 짐을 들고 나타났다.

"71병동으로 가시면 됩니다. 이쪽으로 오세요."

손 수행비서는 엘리베이터로 걸어갔고, 강현은 현주의 곁에 바싹 붙어서 걸어갔다. 낮 시간대라 그런지 사람이 꽤 많았다. 몇 분을 더 기다려서 홀수 층으로 가는 엘리베이터를 잡아탄 강현은 현주가 조금이라도 편하게끔 공간을 열어주려고 했으나 사람들이 엘리베이터를 가득 메운 상태라 쉽지 않았다.

어쩔 수 없이 강현은 안듯이 현주의 곁에 바싹 붙었다. 현주는 흠칫 몸을 떨더니 고개를 바닥으로 숙였고, 강현이 조금 더 붙자 그녀는 자연스럽게 그의 가슴에 얼굴을 묻는 자세가 되었다. 현주가 걸친 두꺼운 패딩과 목도리에는 아직 한기가 남아 있었으나 강현은 훈훈한 온기를 느꼈다.

7층이 되자 대부분의 사람들이 우르르 내렸다. 현주는 도망치듯 잽싸게 움직였고, 강현은 아쉬움의 한숨을 흘리며 내렸다. 뒤따라오던 손 수행비서가 엄지손가락을 내밀어 보이고 씩 웃으며 앞으로 걸어가자 강현은 얼굴이 살짝 달아오르는 것 같았다.

강현과 현주가 복도에 서 있는 가운데 손 수행비서가 간호사들이 모여 있는 데스크에 가서 무언가를 이야기했다. 그러자 가장 나이도 많고 엄격한 인상의 간호사가 안내하기 시작했고, 강현은 현주와 함께 가장 안쪽의 병실로 들어갔다.

1인실은 1인용 병실 침대에 둥근 탁자, 성인 남자가 몸을 눕힐 수 있는 크기의 침상도 있어 혼자 쓰기엔 여유로운 공간이었다. 벽은 새하얀 색이라 병원 특유의 건조하고도 답답한 느낌이 들었으나 벽걸이 텔레비전과 한 면에 걸려 있는 차분한 그림, 투명한 창문을 통해 보이는 바깥 풍경 덕분에 병실이 아니라 호텔에 있는 것 같은 기분을 주었다.

"환자분은 옷을 갈아입으세요."

간호사의 말에 강현과 손 수행비서는 일단 병실 밖으로 나왔다. 그들을 향해 걸어오는 사람이 있었다. EH그룹 일가의 주치의인 동시에 B병원의 내과 교수 중 한 명인 하운수였다.

"자네, 정말 왔군."

강현을 어려서부터 봐온 하 교수는 혀를 찼고, 강현은 어머니가 교수에게 연락해서 사정을 설명했다는 것을 깨달았다.

"진짜 이식할 생각인가?"

강현은 즉시 답했다, 굳건한 어조로.

“네.”

“자네 어머니는…… 반대하더군.”

“알고 있습니다. 하지만 전 해야 합니다. 무슨 일이 있어도 할 겁니다.”

강현이 굳은 눈빛으로 연거푸 내뱉자 하 교수는 짧게 한숨을 내쉬었으나 곧 고개를 끄덕였다.

“의사로서 최선을 다하겠네. 그런데 난 이쪽 담당이 아니야. 나중에 장기이식센터 전담팀의 안 교수를 만나게 될 걸게. 장현주 환자의 주치의이기도 하지. 임상강사인 곽 선생도 만날 테고. 둘 다 훌륭한 의사이니 걱정 말게.”

“신경 써주셔서 감사합니다.”

“장현주 환자는 곧 몇 가지 검사를 시작할 걸세. 입원은 하루만 하면 되네. 코디네이터와 이야기는 했나? 이식 허가가 나려면 시간이 꽤 걸릴 텐데. 빨리 준비하는 게 나을 거야.”

“네, 코디분과 나중에 만나기로 했습니다. 그리고 교수님, 현주를 제 약혼녀로 대우해 주십시오. 부탁드립니다.”

하 교수는 약간 당황한 기색이었으나 곧 고개를 깊게 끄덕였다. 간호사가 병실 문을 열고 나오자 강현은 하 교수와 함께 들어갔다. 헐렁한 환자복을 걸친 현주는 더 작고 연약해 보였다. 팔은 물론 목도 손 안에 쥐고 힘을 살짝 주면 그냥 뚝 부러질 것처럼 가녀릴뿐더러 안색도 여전히 좋지 못했다.

“현주야, 인사드려. 우리 집안 주치의인 하 교수님이야. 교수님, 제 약혼녀 장현주입니다.”

현주는 눈을 한번 깜빡이더니 공손하게 고개를 숙여 인사했다. 하 교수가 빙그레 웃으면서도 날카로운 시선으로 현주를 바라볼 때 안 교수와 곽 선생을 포함한 여러 의사들이 나타났다. 강현은 뒤로 물러나 안 교수가 현주와 이야기를 짧게 나누는 모습을 바라보았다.

새하얀 가운을 입은 의사들에게 둘러싸인 환자.

현주는 정말로 아픈 것이었다. 물론 잘 알고 있는 사실이지만, 강현은 이 순간 손끝에 닿는 병실 벽의 촉감만큼이나 분명하게 실감했다.

그러니 어서 다 나아서 건강하게 퇴원해야 한다.

강현은 다시금 다짐했다. 곧 의사들이 전부 사라졌고, 간호사가 기계가 들어 있는 캐리어를 밀면서 나타나 현주의 체온과 혈압을 쟀다. 체온은 정상인 듯싶었으나 혈압이 생각보다 높아서 강현은 깜짝 놀라고 말았다.

"이거 괜찮은 겁니까?"

"네, 정상 범위예요. 걱정 마세요."

간호사는 빙긋 웃고는 나갔고, 조용히 뒤에 있던 손 수행비서도 어느새 사라진 상태였다. 병실에 남은 건 강현과 현주뿐이다. 그리고 어색한 정적.

강현이 무슨 말을 해야 할지 잠시 고민할 때, 현주는 무표정한 얼굴로 침대 옆에 있는 보관함 앞으로 걸어가 열더니 안에 넣어둔 가방에서 묵직한 노트북을 꺼냈다. 콘센트에 선을 꽂을 때 강현은 침대의 책상 부분을 꺼내주었다. 현주는 시선을 계속 내리깔아 그와 눈이 마주하는 것을 피한 채 침대에 앉고는 노트북을 펼쳤다. 강현은 침대 맞은편에 있는 탁자로 간 뒤 침상에 앉은 채 현주에게 시선을 고정했다.

현주는 집중한 듯 노트북 화면을 뚫어져라 바라보더니 손을 움직였다. 열 개의 길고 가느다란 손가락은 리드미컬하게 움직이면서 키보드를 쳤다가 잠시 멈추는 것을 한참 동안이나 반복했다.

현주의 손톱은 짧았다. 2년 전에는 살짝 길러서 투명한 매니큐어를 발랐었으나, 현재는 키보드를 치기 위해서인지 짧았다. 아무것도 바르지 않은 상태였는데, 외모에 신경을 쓰지 않는다는 뜻으로 보였다.

맨얼굴로 다니는 걸 보면 확실히 꾸미는 데 관심이 없는, 아니다, 오늘은 얼굴에 뭔가를 바른 것 같은데…….

강현은 현주를 레이저처럼 샅샅이 훑어본 끝에 맨얼굴이 아니라 뭔가를 아주 살짝 발랐다는 것을 깨달았다. 크게 티가 나는 건 아니지만 자세하게 살펴보니 확실했다.

입원하는 길인데 갑자기 왜 화장을 한 거지? 혹시 날 의식해서인가? 나한테 좋은 인상을 주기 위해?

"현주야."

강현은 기침으로 목을 가다듬은 뒤 입을 열었다. 현주는 노트북에 시선을 고정한 채 싸늘하게 말했다.

"나 마감이야. 말 시키지 마."

"마감?"

"번역 말이야. 며칠 안 남았어, 더 이상 말 시키지 마."

현주는 입을 꾹 다물었다. 강현은 하고 싶은 말이 많았으나 일단은 침묵을 지킨 채 현주만 바라보았다.

2년 전에도 현주는 각이 딱 잡힌 바른 자세로 앉아 있곤 했다. 어머니가 디스크 때문에 고생하셨다면서 자식들에게 바른 자세를 엄격하게 가르치신 덕분이라던데 현재도 마찬가지였다. 병실 침대에 앉아 있는데도 현주는 반듯한 자세로 노트북을 사용하고 있었다.

변하지 않은 부분. 그래서 강현은 더욱 기뻤고, 미소를 지은 채 현주에게서 시선을 떼지 않았다. 뭔가에 집중하면 주변 상황을 잘 모르는 면모도 여전했다. 입원병동 가장 끄트머리에 있는 1인실이고 문은 닫혀 있었지만 바로 옆이 복도인지라 말소리와 발소리, 링거대를 끄는 소리 등의 소음이 드문드문 들렸다. 그럼에도 현주는 이전에 그래 왔듯이 노트북만 쳐다보며 일에 몰두하고 있었다.

가운을 입은 의사가 등장한 뒤에야 현주의 집중이 깨졌다. 의사가 피를 뽑아간 후, 간호사가 등장해서 검사를 받으러 갈 곳과 차례를 알려주었디.

강현은 안과와 이비인후과, 산부인과, 방사선과, 치과 등등 여러 곳을 순차적으로 방문하는 현주를 조용히 따라다녔다. 병원이 워낙 넓은데다가 사람이 많은지라 생각보다 시간이 꽤 걸렸는데, 현주가 심장 초음파를 할 때 강현은 자신의 심장이 돌처럼 무거워지는 기분이었다. 이식수술의 성사 여부가 걸려 있는 부위니까.

당사자인 현주를 신경 써야지, 내가 괴롭게 생각할 일이 아니다. 지켜보는 내가 이러는 건 멍청한 짓이다.

강현은 그렇게 결론짓고 마음을 다독였으나 몸이 미세하게 떨렸다. 현주가 곧 밖으로 나왔다. 너무 많은 검사를 해서 그런지 그게 아니면 심장 초음파 때문인지 현주는 매우 힘든 기색이었다.

"현주야."

강현은 저도 모르게 물었다. 현주가 검사받는 몇 시간 동안 침묵을 지킨 탓에 목소리는 조금 낮게 나왔다.

"업어줄까?"

현주는 황당한 눈동자로 그를 쏘아보았다. 왜 실없는 소리를 하나는 표정이기도 했다. 강현은 얼른 그녀의 앞으로 가서 등을 내밀었다.

"업어줄게."

그의 등에 닿은 건 현주의 주먹이었다. 그녀는 쿵 소리가 나게 후려치고는 그를 지나쳤다. 꽤 아팠으나 강현은 약해 보이는 그녀가 이 정도의 힘이 있다는 사실이 반가울 뿐이었다. 그는 미소 지으며 따라갔고, 지친 표정이던 현주의 입가가 실룩이는 것을 보았다. 웃음을 참는 게 분명했다.

2년 만에 현주의 웃음을 볼 수 있는 걸까?

기대감이 치솟았으나 현주는 크게 웃지 않았다. 살짝 미소 짓는가 싶었으나 강현의 시선을 눈치챘는지 다시 무표정한 얼굴이 되었고, 병실로 돌아간 뒤로는 침대에 곧바로 눕고는 눈을 감았다. 몇 분 지나지 않아 고른 숨소리가 들려왔다.

강현은 침대로 다가가서 아주 조심스럽게 현주의 왼쪽 손등에 손을 얹었다. 크고 강한 손 아래에 있는 것은 작고 마르면서도 거칠었다. 강현은 심장이 찢어지는 것처럼 아팠다.

다시는, 다시는!

강현은 맹세를 거듭하면서 현주를 바라보았다. 세상에 존재하는 사람은 그녀 혼자뿐인 것처럼.

뭔가가 머리카락을 부드럽게 쓰다듬고 있었다. 작고 가느다란 다섯 개의 손가락. 포근한 손길이다.

낯익은 느낌이다. 2년 전 아침잠을 깨우던 손길. 현주의 것.

강현은 눈을 뜨면서 엎드려 있던 몸을 일으켜 고개를 들었다. 머리카락을 만지던 손이 사라졌고, 강현은 현주가 왼손을 위로 번쩍 든 채 눈을 껌뻑거리는 것을 발견했다. 강현은 몇 초가 지난 뒤에야 정신을 차렸고, 현주가 무엇을 했는지 깨달았다. 온몸으로 벅찬 기쁨이 퍼져 나가는 가운데 강현은 미소를 지었다.

"왜 그렇게 웃는 거야?"

현주는 왼손을 잽싸게 뒤로 숨기더니 붉으락푸르락하는 표정으로 따졌다. 그러니 아주 작은 목소리인지라 종알거리는 것처럼 들렸다.

"기뻐서."

"뭐가?"

반문하는 현주의 뺨은 이제 분홍빛이었다. 강현은 충동을 이기지 못한 채 몸을 일으켜 아주 짧게 현주의 입술을 훔쳤다. 차 안에서 그랬던 것처럼 현주는 다시 뒤로 물러나며 손등으로 입을 가렸으나 닦지는 않았다.

“아직 마음이 남아 있는 거니?”

“무슨, 무슨 마음?”

“나를 사랑하는 마음. 아니, 이 질문은 전제 자체가 틀렸지. 사랑이 남아 있을 리 없다는 것, 알아. 불은 이미 꺼졌지.”

강현은 고통을 누르기 위해 눈을 질끈 감은 채 어둠 속에서 속삭이듯 내뱉었다. 그는 사랑의 붉은 불은 꺼졌으되 분노와 증오, 원망의 또 다른 푸른 화염이 타오르고 있다는 것을 잘 알았다.

“하지만 이건 알고 싶어. 불씨는 남아 있는 거니? 자그마한 불씨라도 남아 있는 거야?”

현주의 얼굴은 이제 어떤 감정도 없었다. 그러나 정말로 아무 생각이 없는 게 아니라 마치 무표정의 가면을 쓴 것처럼 부자연스러웠다. 가면을 벗겨내면 진실을 볼 수 있으리라.

그러고픈 충동은 손끝까지 치솟았지만 강현은 강제로 그래서는 안 된다는 것을 무엇보다도 잘 알았다. 그러나 가면 전체는 아니더라도 한 번도 열린 적이 없는 철옹성처럼 굳게 닫힌 입술만큼은 열고 싶었다.

몇 시간 전의 차 안에서는 허락을 구하듯 천천히 움직였으나, 이번엔 달랐다. 강현은 몸을 더 일으키며 현주의 목 뒤를 붙잡아 빠르게 앞으로 끌어왔다.

현주의 마르고 거친 입술은 그의 입술에 부딪치듯 닿자마자 열기를 피워 올렸다. 눈앞이 하얗게 변하는 전율 속에 강현은 목 뒤의 털이 곤두서는 기분이었다. 강현은 허겁지겁 그녀의 입안 깊숙하게 들어가 뜨겁게 맛보았다.

현주는 여전했다. 아껴 먹고 싶은 사탕 같기도 하고, 당장 삼키고픈 솜사탕 같기도 하고, 오랫동안 핥아 먹고 싶은 아이스크림 같은 맛 그대로였다.

더 원한다. 더 바란다!

하지만 강현은 폐가 비명을 지르기 직전, 입술을 뗐다. 거칠고 건조했던 현주의 입술은 이제 그의 타액으로 반들거리고 있었다. 또한 현주는 발갛게 변한 얼굴로 속눈썹을 파르르 떨뿐더러 가쁜 숨을 내쉬고 있었다.

아주 오랜만에 보는 표정이다. 갓 사귀기 시작했을 때, 그가 격렬하게 키스하면 현주는 이렇게 수줍어했기에 강현은 자신이 실수한 게 아닌가 걱정했었다. 그러나 현주는 그런 얼굴이면서도 더 해달라는 듯, 혹은 더 가까이 다가오라는 듯 두 손으로는 그의 옷가지를 움켜쥔 채 끌어당기곤 했다. 마치 지금처럼.

눈으로 보지 않아도 현주가 2년 전처럼 자신의 셔츠를 두 손으로 붙잡고 있다는 것을 알았으나 강현은 확인을 위해 고개를 내렸다. 현주의 가느다란 두 손이 그를 움켜쥐고 있는 모습을 두 눈으로 직접 보니 심장이 터질 것 같았다.

현주는 강현의 시선을 보더니 화들짝 놀라면서 두 손을 거두었다. 강현은 그녀의 두 손을 잡아채서 오른쪽 손등에 입술을 도장처럼 찍어 눌렀다. 이어 왼쪽에도 그렇게 한 뒤 고개를 들어 현주의 시선을 마주했다.

마치 취한 것처럼 현주의 눈빛은 흐리면서도 흔들리고 있었다. 그러나 강현이 똑바로 쳐다보자 눈을 좀 더 크게 뜨더니 황급히 고개를 옆으로 돌렸다. 강현은 그녀의 입술을 따라가 입 맞추었다. 현주의 입술이 다시 열렸고, 강현은 이번에도 깊고 뜨겁게 키스했다.

"……하지 마."

마침내 현주가 가쁜 숨을 몰아쉬며 속삭였다. 그녀의 얼굴에는 붉은 기운이 여전히 너울치고 있었다. 쑥스러워하는 것 같기도 하고 화가 난 것 같기도 했다. 그러면서도 실망한 것 같으면서도 기뻐하는 것 같기도 했다.

이 모든 감정을 느끼는 건가?

"하지 마. 하지 마, 신강현."

그녀는 부탁하듯, 명령하듯 다시 읊조렸다.

"그래, 싫다면 키스는 하지 않을게."

강현은 고개를 끄덕였다.

"하지만 네 마음은 앞으로도 흔들 거야. 네가 다시 나를 받아줄 때까지, 다시 내게 미소 지을 때까지…… 네게 내 마음을 계속 말하고 보여줄 거야. 그리고 이건……."

그는 다시 그녀에게 키스했다. 현주의 얼굴과 눈빛이 뜨겁게 달아오를 만큼 아주 열렬하게.

"이건 그렇게 되기 전에 하는 마지막 키스야. 내게 다시 돌아오고 싶으면 네가 먼저 키스해 주겠어?"

"그런 일은 없어."

말 자체는 거부감으로 그득했다. 그러나 귀를 기울이지 않으면 알아들을 수 없을 만큼 희미한 중얼거림이었다. 현주의 얼굴 또한 아직 붉을뿐더러 입술은 타액의 흔적으로 반짝이면서 살짝 부은 상태였다.

싫은 게 아니었다. 오히려 반대에 가까울 터. 그러나 지금의 현주가 인정할 리 없다는 것을 강현은 잘 알았다.

"너를 사랑해, 현주야."

현주의 얼굴이 더욱 타오르기 시작했다. 그녀의 모습이 더없이 달콤한 과일로 보였지만 강현은 뒤로 물러났다. 더 이상 키스하지 않겠다고 선언한데다가 이 갈망이자 욕망을 병원에서 보여줄 수는 없었다. 더군다나 현주는 준비되지 않았다.

필사적으로 거부하진 않는다. 그것만으로도 현재로선 큰 수확이었다. 강현은 소리 내어 기쁘게 웃었고, 현주는 그게 짜증 나는 모양이었다. 그녀가 입안에 공기를 머금자 뺨이 복어처럼 동그랗게 변했다.

현주가 삐쳤을 때 하는 버릇. 강현은 오랜만에 보는 모습에 가슴이 찡했다.

"내가 예전에 말한 적 있지? 그 표정 지으면 너 정말 귀여워."

현주가 이렇게 굴면 그녀의 마음이 풀릴 때까지 두 뺨에 쪽쪽거리며 뽀뽀를 수십 번 해주었던 기억이 새록새록 떠올랐다. 때로는 치아로 살짝 깨물기도 했지만, 지금은 어느 것이든 할 수 없었다. 충동이 샘솟자 강현은 억제하기 위해 뒤로 물러났다.

"어딜 가는 거야?"

현주는 깜짝 놀란 표정으로 빽 소리를 질렀고, 강현은 그녀가 자신이 멀리 가는 걸 원치 않는다는 것을 깨달았다. 같은 사실을 알아차렸는지 현주는 다시 당황한 기색이었고, 얼굴색은 붉으락 푸르락 달라졌다.

어쩜 이렇게 귀여울까?

얼굴이 짜증과 분노로 가득했을 때나 무표정할 때에 비해 지금 시시각각으로 표정이 변하는 현주는 정말 사랑스러웠다. 2년 전의 현주가 이랬었다. 감정을 잘 숨길 줄 모르고 거짓말도 할 줄 모르며 그저 투명하고 선량하며 솔직한 여자.

"사랑해."

강현은 다시 말하지 않을 수 없었다. 현주는 이번에는 앙증맞은 주먹을 꼭 쥐더니 꽥 소리쳤다.

"시끄러워!"

"사랑해."

"시끄럽다니까!"

"사랑해."

현주의 얼굴은 이제 잘 익은 토마토 같은 색이 되었다. 강현은 다시 크게 웃었다. 막힌 가슴이 상당 부분 뚫리는 기분이었다.

빠른 시일 내에 이 무거운 마음이 완전히 소멸하리라. 완전한 기쁨으로 뛰는 심장을 안고 현주를 소중하게 보듬게 되리라.

어서 그날이 다가오길 기다리며 강현은 다시 말했다.

"사랑해, 현주야."

"참 잘도 말하네. 예전엔 입도 뻥긋 안 하던 인간이."

내용 자체는 비아냥거림이었으나 말투는 귀여운 투덜거림에 불과했다.

"그땐 어렸고 겁쟁이였으니까. 이젠 아니야, 더 이상은 아니야. 현주야, 사랑해. 언제든 말해줄게. 언제든 행동해 줄게. 사랑해. 사랑해."

강현이 눈웃음을 지으며 다시 마음을 담아 속삭일 때였다. 뭔가 무겁게 끄는 소리가 나더니 문이 열렸다. 캐리어를 끌고 들어온 간호사는 현주를 보고 고개를 갸웃거렸다.

"환자분, 열이 나는 건가요?"

"아니에요."

현주는 조그맣게 중얼거리며 손을 부채처럼 부쳤고, 강현을 흘끔 노려보았다. 간호사는 그제야 알아챘다는 표정으로 미소 짓고는 현주의 혈압과 체온을 쟀다.

"그런 소리 하지 마! 체온 올라가잖아!"

간호사가 나가자 현주는 이번에는 조금 앙칼지게 내뱉었다. 강현이 느긋하게 팔짱을 낄 때였다. 다시 문밖에서 인기척이 느껴지더니 몇 시간 전에 인사한 곽 선생이 들어왔다. 방금까지 긴장을 푼 채 기쁘게 웃었으나 순간 강현은 얼어붙고야 말았다. 곽 선생의 손에 들려 있는 차트 때문이었다. 오늘 받은 검사 결과가 들어 있으리라.

심장 초음파 결과는 어떻게 나왔지? 이식할 수 있을까?

"오늘 검사받느라 고생하셨어요. 금식하면서 내일 아침에 위장 내시경만 받으면 됩니다."

곽 선생의 표정은 나쁘지 않았다. 강현이 좋은 징조로 받아들여야 할지 고민할 때 곽 선생은 차트를 보면서 말을 이었다.

"3개월 전 자료가 있던데, 그때에 비하면 좀 좋아지셨어요. 하지만 크게 좋아진 건 아니네요."

"그렇다면 이식이 불가능하다는 뜻입니까?"

강현은 무례한 태도라는 건 잘 알았으나 캐묻지 않을 수 없었다. 답을 너무도 알고 싶어서 눈앞이 아찔할 정도였다.

"그건 아닙니다. 아직은 가능한 수치입니다. 하지만 더 나빠지면 불가능해질 수도 있습니다. 신강현 씨께서 기증자가 되실 거죠?"

"네."

강현은 굳건하게 답했고, 곽 선생은 부드러운 목소리로 조언했다.

"그러면 빨리 진행하는 게 좋을 듯싶습니다. 투석을 적게 하는 환자가 많이 한 환자보다 경과가 좋으니까요. 정확한 이식 절차와 수술 일정은 코디네이터와 상의하세요. 그리고 신강현 씨는 얼마 전에 검사받으셨지만 내일 몇 가지 빠진 검사를 마저 받는 게 좋을 듯합니다."

"감사합니다."

강현은 깊게 고개 숙여 인사했고, 곽 선생은 곧 밖으로 사라졌다. 손 수행비서가 나타나 코디네이터를 만날 시간이 됐다고 알리자 강현과 현주는 조용히 1층으로 내려갔다. 코디네이터는 친절하게 그들을 맞이한 뒤 수술 과정에 대해서 설명해 주었다.

이미 다 알고 있는 이야기였으나 강현은 귀를 기울여 집중해서 들었다. 현주는 조용히 입을 다물고 있을 따름이다. 코디네이터가 물었다.

"약혼 관계라고 하셨죠? 약혼을 증명하는 약혼식 사진 같은 걸 제출하셔야 해요."

"그런 게 필요합니까?"

"네, 물론이죠. 가족끼리 이식하는 것도 가족관계증명서 같은 확실한 증거가 필요한 걸요. 더군다나 혼인신고가 안 된 관계라면 법적으로는 타인이에요. 얼마나 사귀셨나요? 오래 사귀었을수록 좋지만 그 사실을 입증해 줄 서류가 충분해야 해요. 불충분하다면 승인 신청을 해도 부족한 부분의 서류를 준비하고 제출하는 과정이 반복되어 몇 달이 걸릴 수도 있어요."

2년 전에 동거했을 때 함께 사진을 몇 번 찍긴 했다. 하지만 헤어진 뒤 강현은 전부 불살라 버렸었다.

혹시 제출할 증거가 없어서 현주가 이식을 못 받게 되는 건 아니겠지?

강현의 심장이 덜컥 내려앉을 때 현주가 입을 열었다.

"사귄 지 4년 정도 됐는데…… 사진은 많지 않아요. 하지만 증거 자료로는 충분할 것 같아요. 그걸 제출할게요."

강현은 놀란 마음을 애써 숨겼다. 이어 코디네이터는 몇 가지 주의사항을 더 이야기했고, 강현은 병실로 돌아가면서 입을 열었다.

"사진, 아직 가지고 있구나."

"정확하게 말하자면 가지고 있는 게 아니라 방치해 둔 거지. 내일 퇴원한 뒤에 찾아서 줄게."

현주는 싸늘하게 답했다. 강현은 뭐라 더 할 말이 없었다. 곧 병실에 도착한 현주는 침대에 앉아 짙은 피로가 담긴 길고 긴 한숨을 내쉬었다. 그는 그녀가 눈을 감은 채 생각에 잠기는 모습을 조용히 지켜보았다.

"신강현."

현주는 눈을 뜬 뒤 그를 똑바로 바라보았다.

"나 저녁부터는 대장내시경 약을 먹어야 해. 네 어머니, 지금 만날 수 있을까?"

"현주야."

"네 어머니께 어떤 말을 듣든 간에 수술 안 받겠다고 도망가지 않을 거야. 내 동생에게 미안하지 않게 다른 사람에게 이식받을 수 있는 이 좋은 기회를 내가 왜 내던지겠어?"

현주는 분명 빈정거리고 있었으나 진심인 듯싶었다. 그러나 강현은 안도할 수 없었고, 이해할 수도 없었다.

"왜 어머니를 만나려는 거니?"

"왜 만나려는 것 같아?"

"현주야."

강현은 짧게 한숨 쉬며 재촉의 의미로 이름을 불렀다. 현주는 눈꼬리 끝을 위로 세웠다.

"바보야, 네 어머니잖아."

"응?"

"어떤 어머니가 아들이 옛날에 사귀었던 여자한테 이식해 주는 걸 좋게 생각해?"

현주의 말을 듣고 보니 떠오르는 게 있었다. 어머니가 주먹을 불끈 쥐고 눈물이 맺힌 눈으로 소리쳤던 것.

"어떤 엄마가 아들이 옛날에 사귀었던 여자에게 이식해 주겠다는 걸 허락해?"

"넌 그동안 말 잘 듣는 아들이었어. 완벽한 효자 아들이었다고. 그런데 갑자기 큰 사업체끼리 맺은 약혼도 하루아침에 끝냈지, 가업인 그룹 일도 중단했지, 얼굴은 코빼기도 안 보이지, 전화도 안 드리지, 너 이러고 있는 거 맞지? 거기다가 신장을 이식하겠다고 하지……."

현주의 말을 계속 듣고 있자니 강현은 어머니께 통보하고 본가에서 나온 뒤로 가슴속에 들어앉은 돌덩이가 더욱 커지는 느낌이었다.

"네 어머니 지금 심경이 말이 아니실 거야. 조금이라도 풀어드리는 게 도리야."

강현은 목이 막히는 기분이 들자 마른침을 삼켰다.

"그건 내가 할 일이야. 괜히 네가 만났다가 어머니께서……."

"네 어머니께서 나쁜 소리를 하실지 모른다고? 하시겠지. 그건 당연한 거야."

"그게 뭐가 당연해?"

"아들 키워봤자 소용없다는 말의 대표적인 예가 바로 너네."

현주는 혀를 차면서도 피식 웃고 있었다. 기분이 나쁜 게 아니라 좋은 것 같았다. 강현은 이해가 가질 않았다.

"왜 표정이 그래?"

"아아, 네가 확실히 날……."

현주의 얼굴이 다시금 붉게 물들었다. 참 잘 변한다는 생각이 든 건 찰나였고, 아주 맛있는 홍시를 눈앞에 둔 기분이 곧이어 강현을 삼켰다.

강현은 현주를 외면하듯 고개를 돌리고 두 손으로는 탁자를 움켜쥐었다. 그러지 않으면 홍시를 삼키고자 두 손을 뻗을 것 같으니까. 그는 자리에서 일어나 문 앞에 대기 중인 손 수행비서에게 가서 간략하게 이야기했다.

"임 비서님으로부터 사장님의 이번 주 스케줄에 대해 미리 고지받았습니다. 언제든 된다고 하셨으니 오늘도 가능할 겁니다."

강현은 손 수행비서가 휴대전화를 꺼내는 것을 보고는 병실로 돌아갔다. 침대에 앉아 있던 현주가 딱딱하게 내뱉었다.

"신강현, 넌 그만 가."

"네가 어머니를 만나는 자리에 나도 같이 있을게."

"……네 어머니께 죄송하다는 말 이외에 다른 말을 안 한다면."

목소리를 높여 반대할 줄 알았으나 현주는 그런 조건을 달았다. 무슨 수를 쓰더라도 떠나지 않을 거라는 사실을 알고 있는 모양이다. 강현은 고개를 끄덕여 그러겠다고 약속했지만, 어머니가 현주에게 모진 말을 하면 자신이 반발하리라는 사실을 잘 알았다. 물론 어머니께서 그러실 것 같진 않았으나 알 수 없었다.

난 정말 불효자구나.

새삼스럽게 그런 생각이 드는 동시에 의아하긴 했다. 어머니께선 왜 현주를 만나보려고 하시는 걸까? 이식받지 말라고?

하지만 그런 부정적인 의견이 용건이라면 강현에게 허락을 구하는 형식으로 연락을 취하진 않으셨을 터였다.

"오늘 오실 수 있답니다."

손 수행비서가 안으로 들어와 용건을 전달했다. 뭔가 이상하다는 생각이 들어 강현은 급한 마음에 현주가 옆에 있다는 것도 잊고 물었다.

"손 비서님, 혹시 어머니께 무슨 일이 생긴 겁니까?"

"그건 아닙니다. 단지…… EH그룹 내부에 파장이 있는 모양입니다. 가안은행이 보복하는 건 아니지만, 파혼에 관한 주변 소문이 좋지 못합니다. 이사님께서 갑자기 사직서를 낸 것 때문에 여러 말이 오가기도 하고요."

"여러모로 힘드시겠군요."

강현은 짧게 한숨을 내쉬었다. 무거운 고개를 바닥으로 떨어뜨렸던 그는 현주를 바라보았다가 그녀의 얼굴이 어두워지는 것을 보았다. 강현은 서둘러 말했다.

"현주야, 좀 더 자. 아직 피곤하지?"

현주는 아까 잠시 수면을 취했으나 그래도 피곤할 터였다. 더군다나 곧 어머니를 만날 텐데, 정신적으로 괴로운 일이 생길지도 몰랐다.

"잘 테니 넌 나가서 식사하고 와."

"그래, 다녀올 테니 쉬고 있어. 손 비서님, 이만 식사하러 갑시다."

마침 저녁 식사 때라 그런지 병원 가장 위층의 스카이라운지 식당에는 사람이 굉장히 많았다. 강현은 늦어도 20분 안에 다시 돌아갈 생각이었으나 40분이 넘어서야 7층으로 내려갈 수 있었다. 엘리베이터에서 나와 모퉁이를 돌 때 손 수행비서가 휴대전화를 꺼내 들었다.

"사장님께서 10분 후에 도착하신답니다."

강현은 보고를 들으며 현주의 병실로 들어갔다. 자고 있을 줄 알았으나 현주는 또 노트북으로 일을 하고 있었다.

"현주야, 어머니께서 곧 도착하실 거야."

현주는 고개를 끄덕이더니 노트북을 정리하기 시작했다. 침대 책상도 도로 넣고 침대에서 일어나 딸려 있는 화장실로 들어갔다. 몇 분 뒤 나온 현주의 얼굴은 세안을 하고 뭔가를 바른 티가 날뿐더러 머리를 빗었는지 좀 더 단정해 보였다.

그래 봤자 환자복을 입은 환자지만, 현주는 가방 속에서 커다란 카디건을 꺼내 걸쳤다. 덕분에 안타까운 마음이 절로 솟을 만큼 마른 몸이 가려졌고, 상체에는 환자복이 안 보여서 환자 같지도 않았다.

"강현아, 너도 면도 좀 해."

현주는 말한 뒤에야 거리감 없이 대했다는 것을 깨달은 모양이다. 그녀는 복잡하게 변하는 표정을 바로 하며 이어 말했다.

"병원 편의점에서 면도기도 팔 텐데 지금은 면도할 시간이 없네. 더 일찍 생각할 걸 그랬어. 어머니께서 걱정하실 텐데…… 오늘 집에 들어가면 면도 꼭 하고 옷도 갈아입어."

현주가 저런 말을 하는 걸 보면 그가 꽤 불쌍해 보이는 게 확실했다. 손 수행비서의 조언이 적중한 것 같았다. 강현은 현주에게 동정심을 사기 위해서라면 평생 면도는 물론이거와 옷도 안 갈아입을 수 있었다. 하지만 현주의 의향도 고려해야 했고, 환자의 곁에 있으려면 청결해야 하리라.

"그렇게 할게."

강현이 고개를 끄덕일 때였다. 정중한 노크 소리가 났고, 문이 열리더니 손 수행비서가 들어와 말했다.

"사장님께서 오셨습니다."

8.

손 수행비서 뒤로 한은희가 등장했다. 어머니가 병실로 들어온 순간, 강현은 현주를 걱정하기 시작했다. 그는 어머니를 대하는 게 익숙하지만 거의 모든 사람들이 EH그룹의 한은희 사장을 어려워하고 심지어 매우 무서워했다. 현주도 마찬가지이리라.

"어서 오세요."

현주는 공손하게 허리를 숙였다가 폈다. 작은 어깨가 긴장한 듯 빳빳하게 굳어 있는 것을 보면서 강현도 인사했다. 불과 이틀 전에 본가에서 마지막으로 뵈었을 때가 떠올라 이 상황이 어색하면서도 더없이 죄송한 마음이 들었다.

"어머니, 바쁘실 텐데 시간을 빼앗아서 죄송합니다."

"괜찮다."

아들을 훑어보는 은희의 눈매가 살짝 가늘어졌다. 마음에 들지 않는 것을 바라볼 때의 표정이고 걱정하는 기색이기도 했다. 강현은 현주가 말한 대로 면도도 꼭 하고 옷도 갈아입어야겠다고 다짐했다.

"현주야, 몸은 어떠니?"

은희는 아들을 살펴보던 눈을 움직여 현주에게 고정한 채 아주 조심스럽게 물었다. 마치 보기만 해도 부스러질 것 같은 약한 사람을 대하는 태도였다.

"괜찮습니다. 걱정해 주셔서 감사드려요."

현주는 한 글자 한 글자 또박또박 말했고, 강현은 그녀가 자신을 너무 약하게 다루지 말라는 의미를 담고 말했다는 것을 깨달았다. 현주는 다시 고개 숙여 인사하고는 탁자를 가리켰다.

"앉으세요."

은희는 탁자 앞의 의자에 앉았고, 현주와 강현은 침상을 의자 삼아 앉았다. 병실 안의 공기가 매우 어색하면서도 불편했다. 현주가 먼저 입을 열었다.

"강현 씨가 자기는 나가 있는 게 좋겠다고 말했는데, 제가 같이 있어달라고 했어요."

강현은 현주가 왜 저런 거짓말을 하는지 이해하지 못했으나 은희는 바로 알아차렸다.

"내 생각엔…… 현주 네가 그렇게 말하는 것 같구나. 지금 붙어 있는 걸 보니 강현이는 내가 혹시 뭔가 나쁜 말을 할까 싶어 널 보호하는 태도인데?"

“아니에요. 제가 아직 사장님을 잘 모르니까, 강현 씨에게 부탁한 거예요.”

현주는 마른 입술을 축인 뒤 다시 거짓말을 했고, 은희는 긴가민가한 표정이었으나 조금 더 따듯하게 현주를 바라보았다. 그제야 강현은 현주가 왜 거짓말을 했는지 이해했다.

어머니를 위해서, 그리고 어머니와 그의 사이가 더 나빠지지 않도록 마음을 보듬어주는 것.

현주는 나와 어머니를 배려하는 거구나.

그와 현주는 동갑이라 서로 편하게 말을 놓을뿐더러 이름을 불렀다. 그러나 현재 현주는 그에게 호칭을 붙이고 있다. 아들을 애지중지하는 어머니의 마음을 헤아려서 그러는 것일 터. 그뿐만이 아니었다. 곧 현주는 고개를 탁자에 닿을 정도까지 숙였다.

“사장님, 정말 죄송합니다.”

“네가 왜 죄송하다고…….”

“아닙니다. 이건 제가…… 관리를 못한 탓입니다.”

현주의 목소리가 떨리고 있었고, 은희의 표정 또한 비슷하게 흐트러지기 시작했다. 어머니의 눈시울이 붉어지자 강현은 번개를 맞는 느낌이었다.

“어머니…….”

강현은 서둘러 재킷 안쪽 주머니에서 손수건을 꺼내 내밀었다. 체크무늬의 갈색 손수건을 보는 순간 기억이 떠올랐다. 새해 초가 되면 어머니는 항상 그에게 직접 고른 손수건을 선물해 주셨다. 네 아버지가 손수건을 가지고 다니는 게 참 좋아 보였다면서.

이것 또한 어머니가 준 것이다. 아들에 대한 사랑의 증표.

"됐다."

은희는 손수건을 보고는 눈을 깜빡였고, 맺히던 눈물이 곧 사라졌다. 냉정을 되찾는 속도는 아주 빨랐으나 강현은 어머니의 속마음은 말이 아닐 거라는 걸 짐작하고도 남았다.

"이야기 들었단다. 수술, 되도록 빨리 하는 게 더 좋다고?"

"네."

고개를 들면서 대답하는 현주는 흘리기 직전의 눈물을 간신히 그친 표정이었다.

"혼인신고를 할 생각이니?"

은희의 목소리는 아주 신중하면서도 조심스러웠다. 강현은 어머니가 반대하는지 아닌지 알 수 없었다. 그러나 반대한다고 해도 아들의 의지를 꺾을 수 없다는 사실을 알고 계신다는 건 알았다.

"그러고 싶지 않습니다."

상현은 현수를 쳐다보았고, 현주는 그의 시선을 알 텐데도 담담한 표정으로 이어 말했다.

"원인이 어떤 것이든…… 신장을 주는 것만으로도 강현 씨는 할 일을 다 하는 거라고 생각합니다. 혼인신고는 그 이상의 것이라고 생각해요. 더군다나 미래와도 직결된 일이고요. 이 혼인신고는 강현 씨의 인생에 도움이 되지 않을 거예요."

입원 전에 강현과 통화할 때 현주는 하고 싶지 않다고 싸늘하게 답하긴 했었다. 지금은 그때보다는 공손하고 부드러운 말투였으나,

혼인신고를 하지 않겠다는 의사를 더 확고하게 전달하고 있었다.

"강현이의 인생을 걱정하는 거니? 내가 보기엔 그게 아니라 네가 강현이를 저어해서 그런 것 같은데?"

은희는 나긋하게 말하고 있었지만 내용은 날카로웠다. 강현은 호흡까지 멈춘 채 기다렸고, 현주는 몇 초 동안 눈을 내리깔더니 조심스럽게 입을 열었다.

"저는…… 2년 전과 다릅니다."

그렇게 말은 했으나 현주는 손으로 입술을 가리고 있었다. 미세하게 붉은 기운이 얼굴에서 넘실거린다는 것을 강현은 깨달았다.

키스를 떠올리는 걸까?

"나는 네가 강현이를 생각한다면 혼인신고를 해야 한다고 생각한단다."

전혀 예상하지 못한 말에 강현은 크게 놀라 어머니를 쳐다보았고, 그건 현주도 마찬가지였다. 현주는 눈만 깜빡이다가 물었다.

"반대하시는 게…… 아닌 건가요?"

"아니란다. 수술은 반대했지. 아무리 그래도 수술이고, 내 아들에게 흉터가 생기는 건 싫으니까."

은희의 눈이 파혼의 흔적이 남아 있는 강현의 이마로 향했다. 은희는 화가 나는지 한순간 싸늘한 표정이 되었으나 다시 현주를 바라보는 눈빛은 부드러웠다.

"난 강현이가 사랑하는 여자라면 누구든 환영이야. 2년 전에 그렇게 됐어야 해. 그렇지만 이미 이렇게 됐고……."

은희는 병실을 둘러보다가 아주 잠깐 눈살을 찌푸렸다.

“지금부터라도 차근차근 제대로 진행하고 싶구나.”

“하지만 사장님.”

“어머니라고 부르렴.”

강현은 이 말이 얼마나 큰 의미를 가지고 있는지 잘 알았다. 현주는 잠시 아무 소리도 내지 못한 채 은희만 바라보았다.

“너를 잘 아는 건 아니야. 하지만 내 아들을 행복하게 해줄 수 있다면 그것만으로 내 며느리가 될 자격은 충분하다고 생각한단다. 네가 좀 더 건강했으면 좋겠지만…… 그건 내 아들 탓이지.”

현주가 뭔가를 말하려고 입술을 달싹거렸지만 은희는 고개를 저었다.

“아니야. 난 이 모든 일이 강현이 탓이라고 생각한단다. 내 아들이지만 인정할 건 인정해야지.”

은희는 말은 그렇게 했으나 먹이를 앞에 둔 상어처럼 번뜩이는 눈빛이다. 현주가 정말로 이 모든 일이 신강현 탓이라고 말한다면 입으로 불같은 화를 토할 섯 같았다.

“미움은 쉽게 사라지지 않을 거야. 네가 지난 2년 동안에 겪은 일이 계속 생각날 거라는 걸 잘 안단다. 사랑하는 남자에게 받은 상처는 쉽게 사라지는 게 아니거든.”

은희는 회한에 젖은 목소리였고, 강현은 어머니가 아버지를 떠올리고 있다는 것을 깨달았다. 집안끼리의 정략결혼이었으나 어머니는 아버지와 매우 금슬이 좋았다고 한다. 하지만 아버지는 창부에게서 자식을 보았다.

아버지가 사망한 뒤에 드러난 사실이고, 어머니를 만나기 전에 저지른 짓이었다. 그러나 그렇다고 어머니에게 상처가 안 될 리는 없다. 그런데도 어머니는 남편이 그녀에게 준 흉터 자체를 의미하는 강현을 호적에 올리고 더없이 사랑해 주었다.

그의 어머니.

현재 남아 있는 단 하나뿐인 가족.

"하지만 네가 지금 강현이 곁에 있는 걸 보면…… 아직 마음이 남아 있는 것 같구나."

강현은 현주가 목소리를 드높여 아니라고 소리칠 것 같아 순간 돌처럼 굳어버렸다. 다행히 현주는 그러는 대신 조용히 입을 다물고 있었다.

"아직은 미움과 원망이 불쑥불쑥 치밀어 오르겠지. 그러다 보면 실수도 저지를 테고, 서로 더 큰 상처를 주고받을 수 있단다. 사람은 강하면서도 약한 존재니까. 하지만 그러면 안 되잖니. 일단 혼인신고를 하렴. 호적에 정식으로 서로를 배우자로 올리면 책임감을 가지게 되어 마음이 조금은 더 빨리 풀릴 거야. 결혼식은 이식수술이 끝나고 너희들 몸이 좀 좋아지면 그때 하자꾸나."

은희는 평소에는 카리스마 있게 지시 내리는 스타일이었다. 그러나 현재는 목소리를 부드럽게 낮추어 조곤조곤 속삭이고 있었다. EH그룹의 사장이 아니라 신강현의 어머니로서 말하는 것이기 때문이리라.

"그동안 힘들었던 건 나와 강현이가 다 보상해 주마. 혼인신고는 내일 검사가 끝나면 바로 하렴. 알았지?"

"……그럴 수 없습니다."

현주의 목소리는 물기로 흥건했다. 얼굴 또한 마찬가지였다. 투석과 짙은 피로의 여파 때문에 어둡게 변한 안색의 현주는 두 눈으로 여러 감정이 뒤섞인 눈물을 뚝뚝 흘리기 시작했다.

"저는…… 저는 그냥 평범한 사람이에요. EH그룹 신강현에게 어울리는 여자가 아니에요. 신장을 받는 것만으로도 강현 씨의 몸에 평생 흉터를 남기는 건데, 이런 식으로 발목을 잡을 수는 없어요. 더군다나…… 저 임신이 어려울 수도 있어요."

"가능하다고 들었는데……."

어머니는 크게 당황한 기색이었고, 강현은 이식에 대한 보고서를 떠올렸다.

신장이식 수술을 한 사람도 임신할 수 있었다. 여자의 경우, 이식을 받고 아무 이상이 없다는 가정하에서 수술을 받고 대략 2년쯤 뒤에 가능했다.

"불가능한 건 아니지만…… 제 몸 상태로는 힘들 것 같아요. 건강이 많이 좋아지너라도 관리를 잘해야 수술 2년 뒤에나 가능한데, 그때가 되면 저도 나이가 서른넷이에요. 그때 바로 임신이 된다는 보장도 없으니 아이를 가지는 건 어쩌면 영영 힘들 수도 있어요. 강현 씨네 집안은 손이 귀하잖아요. 이런 제가 며느리로 들어가면 강현 씨와 사장님께 폐만 될 거예요."

강현은 망치로 뒤통수를 얻어맞는 느낌이었다.

현주는 이런 걸 걱정했던 건가?

강현은 아이 같은 건 전혀 생각하지 않았다. 구체적이지 않은 미래의 일이니 중요하지 않다고 봤으니까. 더군다나 떠난 아이를 생각하면 임신은 현재로서는 떠올리는 것조차 죄스러운 부분이었다.

본질적으로 신강현에게 후손을 생산할 의무가 있는 건 맞았다. 가문의 유일한 후계자로서 자손을 많이 낳아야 한다는 말을 어려서부터 귀가 따갑도록 들었다. 어릴 때는 별생각 없이 그러겠다고 했지만 나이가 든 뒤 강현은 자신이 종마가 된 듯한 불쾌감 속에 빠졌다. 하지만 어른들의 마음을 이해 못하는 건 아닌지라 적당히 어울리는 여자와 결혼할 경우 아이를 되도록이면 많이 낳을 생각이었다.

그러나 그건 현주와 다시 만나기 전의 계획이었다. 현주가 그의 신장을 이식받아서 더 이상 투석을 받지 않고 이전의 미소를 찾을 수만 있다면 후손 같은 건 어찌 되든 상관없었다. 그에게 중요한 건 현주의 건강뿐. 그건 앞으로도 마찬가지이리라.

하지만 강현은 인간이라는 종족은 욕심이 많은 존재라는 걸 누구보다 잘 알았다. 현주가 이식수술을 거부했을 때 그의 갈망은 현주가 수술을 받는 것이었다. 현주가 신장을 받기로 결정한 현재는 혼인신고를 하는 게 그의 새로운 소원이 되었다. 혼인신고를 하고 이식수술을 잘 끝내고 결혼식을 올리고 나면 그때는 또 다른 욕심이 생길 것이다. 현주를 닮은 딸아이를 원하게 될지도 몰랐다.

현주는 그것을 다 내다본 것일 터.

터무니없는 염려가 아니다. 충분히 현실적으로 있을 수 있는 걱

정이다. 하지만,

"현주야, 난 아이 같은 건 상관없어. 그래, 아마도…… 욕심이 생기겠지. 그럴 거야. 그러겠지. 그렇지만 너 건강해질 테고, 요즘엔 서른 중반 넘어서도 아이를 많이 낳잖아. 조금 힘들겠지만 그래도 철저하게 준비하면 잘될 거야. 설사 네가 아이를 낳지 못하더라도…… 아이는 가슴으로도 낳을 수 있어. 나를 봐. 어머니는 나와 핏줄로 이어진 건 아니지만 누구보다 사랑해 주셔. 내 어머니야. 내 가족이라고. 우리에게도 가능한 일이야."

마치 자리에 없는 것처럼 무거운 침묵을 고수하던 강현이 입을 열었다. 그는 현주의 작은 어깨를 잡고 품으로 끌어왔다. 현주는 잠시 어찌할 바를 모르는 듯싶었으나 그의 어깨에 얼굴을 묻었다.

현주의 울음소리는 잦아들었지만 몸의 떨림은 계속되고 있기에 강현은 더없이 마음이 아팠다. 길게 한숨을 내쉰 그는 다른 한숨 소리도 들었다. 어머니의 것이었다.

현주에게 시선을 못 박고 있던 강현은 고개를 움직여서 어머니의 얼굴을 보았다. 안타까움과 슬픔은 물론 아쉬움이 혼합된 표정이다.

"현주야."

은희는 다소 가라앉은 목소리로 입을 열었다.

"강현이를 행복하게 해주는 존재라는 사실만으로도 넌 내게, 강현이에게, 우리 가문 전체에 도움을 주는 거야. 아이는…… 그래, 난 괜찮다."

미처 숨기지 못한 쓰라림이 분명히 느껴졌다. 강현은 그제야 어머니가 핏줄에 대해 기대하고 있었다는 것을 깨달았다.

이유는 알 수 없으나 어머니는 결국 남편에게서 아이를 얻지 못했다. 집안을 직접 잇지 못한 것. 그런데 아들마저 그렇게 된다면 이미 돌아가신 분들께 또 다른 죄를 짓는 기분이 들리라.

강현은 어머니께 또다시 고개 숙여 사죄드리고 싶었다. 하지만 원치 않으실 터.

"아이는 수술이 끝난 뒤에 너희들이 생각해서 결정하렴. 일단은…… 수술에 집중하려무나. 혼인신고도 했으면 해. 한시라도 빨리 이식받아야지. 그래야 경과가 더 좋다면서."

강현의 어깨에 얼굴을 묻었던 현주는 천천히 그를 밀었다. 현주는 카디건 소매 깃으로 눈물을 닦더니 은희를 바라보았다. 현주의 얼굴은 붉은색의 눈물 흔적이 남아 있었으나 엉망으로 보이지는 않았다. 아니, 실제로는 이상한데 강현에게만 여전히 예쁘게 보이는 건지도 몰랐다. 뭐가 됐던 강현은 상관없었다.

현주는 카디건으로 얼굴을 다시 한 번 닦고는 힘주어 내뱉었다.

"죄송합니다. 혼인신고는 하지 않겠습니다."

강현은 반사적으로 짖어대듯 소리쳤다.

"현주야!"

"사장님, 부탁드립니다. 강현이, 아니, 강현 씨의 보호자 동의서를 써주세요. 혼인신고는 무슨 일이 있더라도…… 하지 않을 생각입니다. 설사 제가 내일 당장 죽더라도 하지 않을 겁니다."

강현은 당장 혼인신고를 하겠다는 답을 듣기 전까지 현주의 온몸을 뒤흔들고 싶었다. 그러나 현주가 그를 뚫어져라 바라보자 진실을 깨달았다. 동그란 눈은 아직 눈시울이 붉었다. 눈물의 흔적이었으나 연약하게 보이는 건 아니었다. 굳건한 맹세를 반드시 지키고 말겠다는 의지로 빛나고 있었다.

현주는 어떤 일이 벌어지더라도, 최악의 경우 죽더라도 혼인신고는 하지 않을 심산이다. 강현은 깨달았다.

"보호자 동의서만 써주시면 수술을 빨리 받을 수 있을지도 몰라요. 혹시 몇 달 늦어진다고 해도 큰 이상은 없을 거예요. 그동안 건강 관리를 더 열심히 해서 수술을 제대로 준비하겠습니다. 강현 씨도 다시 제자리로 돌아갈 겁니다. 너무 걱정하지 마세요. 죄송합니다."

현주는 다시 고개를 탁자에 닿을 만큼 깊이 숙였다. 은희는 어찌할 바를 몰라 하는 표정이었으나 결국 고개를 끄덕였다.

"일단…… 보호자 동의서는 써줄게. 하지만 내 생각은 바뀌지 않을 거란다. 혼인신고, 언제든 해도 돼."

"동의서, 감사합니다."

혼인신고는 절대 하지 않겠다는 강경한 뜻이 담겨 있는 말이라는 걸 강현은 잘 알았다. 어머니도 분명히 눈치챘으리라.

강현은 어머니가 의사를 묻듯이 쳐다본다는 건 잘 알았지만 할 말이 없었다. 그는 가슴속에서 불길이 치솟는 기분이었으나 입을 꾹 닫은 채 아무 말도 하지 않았다.

"그만 쉬렴. 다음에 또 이야기하자꾸나."

은희는 자리에서 일어났다. 현주와 강현은 따라서 일어났고, 현주가 아직 울음기가 남은 목소리로 말했다.

"강현 씨, 어머니 바래다 드리는 게 어때?"

강현은 말없이 어머니를 따라나섰다. 등 뒤로 병실 문이 닫힌 가운데 그는 어머니와 복도를 걷기 시작했다. 어머니의 오른팔인 임 비서와 손 수행비서가 몇 걸음 뒤에서 따라오는 가운데 강현은 현주가 어머니와 단둘이 이야기할 시간을 준 것임을 깨달았다. 그러나 이 순간 그는 머릿속이 하얗게 된 것 같아서 할 말이 없었다.

"강현아."

엘리베이터 앞에서 은희가 입을 열었다. 앞만 쳐다보던 강현은 고개를 돌렸고, 어머니의 얼굴에 뚜렷하게 떠오른 걱정의 마음을 보게 되었다.

EH그룹의 사장으로서 어머니는 든든한 배경을 갖춘 며느리가 사업에 얼마나 도움이 되는지 누구보다도 잘 알고 계시리라. 더군다나 아무리 원인이 아들에게 있다지만 현주는 환자였다. 어쩌면 기대했던 손자를 얻지 못할 가능성이 높았다.

그럼에도 아들을 행복하게 해준다는 사실 하나만으로 현주를 환영하는 분. 진정으로 아들을 사랑하는 사람만이 할 수 있는 선택이었다. 하지만 강현은 묻지 않을 수 없었다.

"어머니, 어째서 갑자기 수술을 허락하셨는지…… 여쭤봐도 될까요?"

"모르겠니?"

"죄송합니다. 모르겠습니다."

은희는 한숨을 내쉬고는 답했다.

"내가 반대하든 찬성하든 어차피 할 테니까. 계속 반대하면 넌 날 미워할 거야. 난 하나뿐인 아들에게 원망을 받고 싶지 않거든. 자식 이기는 부모 없다더니 딱 그러네."

은희는 미간을 찌푸렸다. 분명 못마땅한 것을 말하는 어투였으나, 깊고 넓은 체념이 섞여 있기도 했다.

"아참, 강현이 너, 흉터 엷어지는 수술은 받아야 한다."

"네, 그러겠습니다."

강현이 즉시 답하자 은희는 안도하는 기색이 되었다. 곧 은희는 얼굴을 평소처럼 무표정으로 돌린 뒤 가볍게 내뱉었다.

"시집살이 같은 건 안 시킬 거라고 현주에게 말해두렴."

아들의 마음을 가볍게 해주기 위한 위로가 틀림없었다. 그렇기에 강현은 또 다른 전율에 사로잡혔다. 그렇게나 아들에게 흉터가 생기는 걸 저어하는 분이 수술을 허락했으니 속이 말이 아닐 것이다. 그런데 어머니는 아들에게 위로까지 전하고 있었다.

"어머니."

주차장의 차 앞에서 상현은 미소 지으며 속삭였다.

"사랑합니다."

죄송하다거나 고맙다는 말은 틀린 표현이었다. 이 순간 해야 하는, 알맞은 말은 바로 이것이었다.

"어머니, 항상 사랑했습니다. 26년 전 처음 뵈었을 때 천사인 줄 알았던 그 순간부터 항상 어머니를 사랑했습니다. 앞으로도 그럴 겁니다."

은희의 눈이 커졌고, 입술이 살짝 벌어졌다. 잠시, 아주 잠시 은희는 아들을 생전 처음 보는 것처럼 쳐다보고는 갑자기 고개를 숙였다. 강현은 어머니가 입술을 깨무는 건 눈물을 참기 위해서라는 것을 깨달았다.

어머니는 아들 앞에서 울고 싶지 않으리라.

"이만 들어가 보겠습니다. 허락해 주셔서 정말 감사합니다."

강현은 얼른 인사하고는 돌아섰다. 등 뒤로 울음소리가 희미하게 들리는 것 같았다. 그러나 슬픔의 소리가 아니기에 강현은 미소 지으며 움직일 수 있었다. 하지만 그건 현주의 병실 앞에 도착하기 전의 상황이었다.

강현은 얼굴을 싸늘하게 굳힌 채 병실 안으로 들어갔다. 침대에 앉아 있는 현주는 짜증이 가득한 얼굴로 앞에 나열되어 있는 것들을 쏘아보고 있었다. 대장내시경을 하기 위한 가루 설사약 여섯 포와 하얀색의 500㎖짜리 물병이었다.

"정말 싫어."

현주는 투덜거리기 시작했다.

"이 약 먹어본 적 있지? 진짜 토할 것 같은 맛인데 이걸 마셔야 하다니. 아버지가 대장암으로 돌아가셨잖아. 가족력일 수도 있다고 검사한대. 아, 싫다."

혼인신고에 대해 말하지 않기 위한 수다일 터였다. 강현이 어떤 행동을 해야 할지 망설이는 가운데, 현주는 고개를 들어 그와 시선을 마주했다. 현주는 세안을 했는지 머리카락에 물기가 살짝 남아 있을 뿐 얼굴에는 눈물 자국이 전혀 없었다. 그러나 눈시울은 아직 붉었다.

"신강현, 오늘은 이만 가."

"알았어. 면도하고, 옷 갈아입고 다시 올게."

"내일 나 오전 11시에 검사할 건데, 점심 먹고 와."

"현주야."

"지금 약 먹으면 내일 검사 전까지 화장실에 자주 갈 거야."

"그 약 먹으면 그러겠지. 나도 알아."

현주는 짜증 나는 표정으로 소리쳤다.

"그런 모습을 보이기 싫다고!"

얼굴이 살짝 붉어진 걸 보니 정말로 부끄러워하는 게 분명했다. 강현은 그제야 이해했고, 어쩔 수 없이 고개를 끄덕였다.

"내일 아침에 올게."

"오후에 와."

"아침."

"신강현, 네가 옆에 있으면 불편해. 제대로 쉴 수가 없어."

이번 공격은 꽤나 아팠다. 강현은 현주를 물끄러미 바라보다가 병실 문을 열고 대기 중인 손 수행비서에게 부탁했다.

"간병인 불러주세요. 간병인 오는 거 보고 퇴근해 주세요. 전 먼저 가겠습니다."

"운전기사분 부르겠습니다. 잠시만 기다리세요."

강현은 고개를 돌려 현주에게 말했다.

"네 말대로 오후 1시 넘어서 올 테니 그전까지 간병인과 같이 있어."

"지금 나한테 명령하는 거야?"

현주는 짜증 난 기색이었다. 강현은 확고하게 선언했다.

“그래, 명령 맞아. 그러니 들어.”

그는 현주의 눈꼬리 끝이 올라가는 것을 보았으나 무시하고는 병실 밖으로 나왔다.

“전 로비로 가서 기다리고 있겠습니다. 손 비서님, 오늘도 고생하셨습니다. 감사합니다.”

“아닙니다. 이만 쉬세요.”

손 수행비서는 상냥하게 응대했고, 강현은 엷게 미소 지은 뒤 걸음을 옮겼다. 곧 그의 얼굴에서 웃음은 흔적도 없이 사라졌다.

강현은 20여 분 뒤 운전기사가 모는 차를 타고 집으로 향했다. 오늘 오후에 나갔는데 몇 주 만에 돌아온 기분이었다.

강현은 일단 씻은 뒤 면도까지 깔끔하게 하고 침대에 던지듯 몸을 뉘었다. 별로 한 게 없는데도 몸이 정말 무겁고 피곤했다. 그럼에도 정신은 맑았다.

현주가 혼인신고를 거부한다.

강현의 발목을 잡고 싶지 않다는 현주의 그 발언은 진심으로 들렸다. 하지만 강현 스스로 원하고 있으니 그런 표현은 옳지 않았다. 그에게 족쇄로 작용하는 일이 아니라 기쁨을 주는 일이라는 걸 현주도 잘 알고 있을 터.

그런데도 거부한다는 건 나와 결혼하고 싶지 않다는 뜻일까?

이해되는 일이다. 2년 동안의 미움이 벌써 녹아버렸을 리는 없다. 그러나 속상하지 않은 건 아니었다. 아니, 그 정도가 아니라 심장에 금이 가는 것 같았다.

어떻게 해야 현주가 혼인신고에 동의할까?

고민을 거듭했으나 사실 강현은 현주의 결심이 어떤 일이 생겨도 바뀌지 않으리라는 것을 잘 알았다.

아니다. 달라질 수도 있다. 현주를 설득할 수 있는 사람이 존재하니까.

장명주. 처음에 이식을 받지 않겠다던 현주의 마음을 돌려놓은 현주의 쌍둥이 동생. 명주가 이번에도 현주의 생각을 바꿀 수 있지 않을까?

저번에 명주는 혼인신고를 할 수도 있다는 강현의 언급에 화를 내지 않았다. 그렇다고 찬성한 건 아니지만, 적극적으로 찬성 의사를 표할 가능성이 있다는 뜻이다.

명주는 군의관인지라 지방 군병원에서 근무하기에 주말에만 서울로 올라오곤 했다. 지금 당장에라도 가고 싶었으나 너무 늦은 시각이었다. 강현은 내일 저녁에 명주에게 면회를 가야겠다고 다짐했고, 마음이 약간 편안해진 상태로 잠 속에 빠졌다.

다음날 아침, 간만에 달게 잠을 사고 일어난 강현은 손 수행비서에게 전화를 걸었다. 명주를 면회할 수 있는지 묻기 위해서였다.

[가능할 겁니다. 좀 더 알아본 뒤 다시 연락드리겠습니다.]

십여 분 뒤, 손 수행비서는 확실히 가능하다고 전화를 걸어왔다. 명주가 하루의 일과를 끝내는 때에 맞춰 가기로 결정한 뒤 강현은 간만에 격한 아침 운동으로 땀을 흘렸고, 샤워 후 도우미가 차려준 아침 식사를 시작했다. 운동 덕분인지 입맛이 좋아서 밥이 가득 담긴 한 공기를 뚝딱 비울 수 있었다. 조금 더 먹을까 했으나 순간적으로 현주가 떠올라 수저를 더 놀릴 수가 없었다.

현주는 이런 현미밥 같은 건 못 먹겠지.

투석 환자는 칼륨과 인에 주의해야 하는지라 현미밥을 다량으로 섭취했다간 심장마비가 일어날 수도 있었다. 또한 저염식(低食)으로 먹어야 하기에 김치나 장아찌 종류 같은 건 손댈 수도 없었다. 가장 고통스러운 문제는 물을 마음껏 먹을 수 없다는 사실이었다.

이식하면 훨씬 나아지리라.

이식받을 신장, 즉 이식신(移植腎)은 기본적으로 타인의 것이기에 거부반응을 일으킬 수 있었다. 요즘에는 워낙 약이 좋아서 거부반응이 몇 차례 와도 거의 잡을 수 있지만, 거부반응 자체를 일으키지 않기 위해 수혜자인 환자는 평생 면역억제제를 하루에 두 번씩 반드시 복용해야 했다.

매일 빠짐없이 정해진 시간에 약을 두 번씩 챙겨 먹는 건 보통 일이 아니다. 물론 사람은 습관의 동물인 만큼 하다 보면 익숙해질 터. 그러나 어느 순간 빼먹는 일이 발생할 테고, 그런 일이 반복되다 보면 거부반응이 일어날 수도 있었다. 그렇게 되면 이식신의 수명은 짧아질 것이다. 괴로운 투석 생활로 가는 지름길.

평생 철저하게 관리해야 했다. 물론 일단 이식을 하면 음식의 경우 정상인들처럼 마음껏 먹을 수 있긴 했다. 그러나 복용하는 면역억제제의 농도를 낮출 수 있는 한약이나 건강보조제, 면역력을 강화하는 자몽 등은 금기 식품이었고, 되도록 짜지 않게 먹어야 했다. 또한 면역력이 일반인에 비해 약해지기에 회 같은 날것은 주의해야 되며, 음식을 한 종류만 너무 과하게 섭취해서도 안 되었다. 체중 조절을 위해 운동을 꾸준히 해줘야 하는 건 물론이었다.

관리하다 보면 익숙해질 것이다. 환자만이 아니라 정상인도 음식에 신경 쓰고 운동을 해야 건강하게 살 수 있다. 환자니까 정상인보다 약간만 더 신경 쓰면 되는 것일 터.

현주도 일단 수술을 받은 뒤 잘 관리하면, 남은 평생 건강하게 살 수 있으리라. 아이도 가질 수 있을 것이다. 설혹 못 가진다고 해도 괜찮았다.

하지만 현주는 괜찮지 않은 모양이었다. 어제 어머니 앞에서 말한 것만 봐도 현주는 환자이고 미래가 불확실하다는 사실을 크게 마음 걸려 하는 게 분명했다. 아니, 근본적으로 다른 이유가 있을지도 모른다.

장현주는 신강현을 남편으로 원치 않는 것일지도.

강현은 현주가 그에게 마음을 열고 있다는 것을, 그리고 때로는 따듯한 눈빛으로 그를 바라본다는 것을 모르지 않았다. 그를 단순히 기증자로만 본다면 아무리 현주가 선량하다고 해도 어머니를 만날 리도 없고, 어머니의 마음까지 배려해 줄 리는 없다.

그러나 어느만큼의 감정으로 그를 바라보는지 강현은 알 수가 없었다. 이건 현주도 마찬가지인 걸까?

때때로 뾰족하게, 때때로 거칠게, 그러면서도 때로는 부드러운 배려심을 보여주는 현주의 태도는 종잡을 수 없었다. 현주 본인도 매번 당황스러워하는 걸 보면 스스로의 마음을 모를 가능성이 컸다.

그렇다면 서로의 감정을 정확하게 알기 위해서 무엇을 해야 하는 거지?

알 수 없었다. 분명한 건 시간이 조금 걸릴 거라는 사실이다. 다시 만난 지 얼마 되지 않았으니, 최소한 이식수술이 끝나야 뭔가 가닥이 잡히리라. 그러니 어서 수술을 받게 해야 하는데 명주는 현주를 설득할 수 있을까?

강현은 우울한 기대감을 안고 시간 맞춰 병원으로 향했다. 현주는 그 어느 때보다도 피곤한 기색으로 침대에 곤하게 잠들어 있었다. 그는 안타까운 눈으로 현주를 바라보다가 병실 밖으로 간병인을 불러냈다.

"검사 잘 받았습니까? 투석은요?"

"검사 잘 받았어요. 이상 없다고 들었습니다. 투석은 오늘 저녁에 받기로 했대요. 아직 마취약 기운이 안 사라지고 피곤해서 좀 자겠다고 하더라고요. 일해야 한다면서 두 시간 뒤에 깨워달라고 부탁했어요."

"그렇군요. 수고하셨습니다."

강현은 손 수행비서에게 정산을 부탁한 뒤 병실로 들어갔다. 현주는 움직이지도 않고 가만히, 그리고 아주 조용하게 잠들어 있었다. 숨소리조차 들리지 않았다.

강현은 서둘러 손을 현주의 코 아래로 가져갔다. 손끝에서 고른 호흡을 느낀 뒤에야 바닥으로 떨어진 심장을 그러모을 수 있었다.

그는 조용히 침대 아래 침상에 앉아 현주를 보았다. 살아 있는 현주를.

정확히 두 시간 뒤, 강현은 현주의 어깨를 잡고 부드럽게 흔들었다. 현주는 눈을 반짝 뜨고는 강현을 뚫어져라 쳐다보고 딱 한마디 내뱉었다.

"아."

이게 무슨 뜻이지?

"현주야, 잘 잤어?"

"아니. 악몽이었어, 네가 나왔거든."

"내가 나온 꿈이 악몽이야?"

"응."

몸을 일으킨 현주는 단칼에 대답했고, 강현은 저도 모르게 얼굴을 돌처럼 굳히고야 말았다. 현주는 그의 표정을 빤히 쳐다보고는 미간을 찌푸린 채 명령조로 말했다.

"나가. 옷 갈아입을 거야."

"옷은 왜?"

"퇴원해야지. 검사 다 끝났잖아."

"투석은?"

"동네에서 할 거야. 익숙한 곳에서 하고 싶어. 천천히 가면 될 거야. 어서 나가. 옷 갈아입어야 한다니까."

현주는 표정은 물론 말투도 싸늘한 칼날이었다. 사정없이 찔린 강현은 병실 밖으로 밀려났고, 현주는 옷을 갈아입고 천천히 나왔

다. 손 수행비서가 병실로 들어가 짐을 손에 들고 나오자 현주가
쏘아붙였다.

"신강현 네가 들어."

손 수행비서가 당황해서 걸음을 멈춘 가운데 강현은 말없이 걸
어가 손 수행비서가 든 짐을 들고 왔다. 현주는 무표정한 얼굴로
강현을 노려보다가 등을 휙 돌려 앞으로 걸어갔고, 손 수행비서는
가만히 눈치를 살피다가 앞서서 걸어갔다.

현주의 짐은 무겁지 않았다. 그러나 강현의 심장은 무거웠다.
강현은 운전기사가 운전하는 차를 타고 집에 갈 때까지 현주가 눈
썹 하나 까딱하지 않은 채 무표정을 고수하는 것을 바라보고 있었
다.

집 앞에 도착하자 강현은 현주가 자신을 쫓아낼 줄 알았다. 그
러나 그녀는 그가 집으로 들어오는 것을 막지 않고 그냥 내버려
두었다. 강현은 트렁크에서 짐을 꺼내 손에 든 채 뒤따라 들어갔
다. 등 뒤로 현관문이 닫히는 소리가 무거우면서도 서늘했다.

강현이 짐을 신발장 옆에 내려놓을 때였다. 몇 걸음 먼저 들어
가 있던 현주가 팔짱을 끼고는 그를 마주 보았다. 투석 때문에 어
둡게 변한 얼굴에는 또렷한 불만이 서려 있었다.

"신강현 네가 하인이야? 왜 짐을 들고 다녀?"

현주는 고분고분한 그의 행동이 마음에 들지 않는지, 눈에 불을
켰고 작은 몸을 파르르 떨기까지 했다.

"그런 짐꾼 같은 건 안 하겠다고 해야지! 네가 뭘 잘못했다고 짐
꾼까지 하는 거야? 지금 시위하는 거야?"

강현은 아무 말도 하지 않은 채 짐을 바닥에 놓고는 현주에게 가까이 다가갔다. 갑자기 그가 반걸음 거리까지 오자 현주는 움찔한 기색이었다. 강현은 무릎을 살짝 굽혀 그녀와 시선을 마주한 뒤 코가 닿을 만큼 얼굴을 가까이 가져갔다.

"저리 안 가? 지금 뭐 하는 거야?"

현주는 허둥지둥 뒤로 물러나려고 했지만 강현은 서둘러 두 손을 뻗어 그녀를 품속으로 끌어왔다. 현주는 아주 작았다. 온통 뼈밖에 느껴지지 않는 몸.

그래서 마음 아프고 슬펐다.

"괜찮아."

강현은 바르작거리는 그녀를 더욱 꼭 껴안고는 등을 부드럽게 쓸면서 토닥거렸고, 동시에 위로하듯 속삭였다.

"난 괜찮아, 현주야."

현주는 바동거림을 멈추었다. 그러고는 그의 어깨에 얼굴을 묻은 상태로 그냥 가만히 안긴 채 길고도 긴 숨을 몰아쉬었다. 한참 뒤에나 그 자세 그대로 조용하게 입만 열었다.

"대장내시경 약을 물에 타서 먹었어."

현주는 답을 원하는 것 같지 않았다. 강현은 조용히 경청했다.

"난 투석 환자니까 4리터가 아니라 절반인 2리터만 마시라고 하더라. 2리터라고 해도 이렇게까지 물을 많이 마시는 건 석 달 만이거든. 카테터를 단 뒤로 처음인 거지. 약을 타서 맛이 아주 괴상한데도 물을 많이 마실 수 있다는 것 자체가 반가웠고, 기분이 정말 좋았어. 그런데 그러다가…… 갑자기 나 자신이 바보 같은 거야. 남들은 마시다가 토한다는 이 이상한 물을 많이 마시는 게 뭐가 이렇게 기쁜가 해서 말이야. 웃기더라. 내가 바보라는 걸 깨달았지. 내가…… 환자라는 걸 실감했어. 투석할 때마다, 식사할 때마다, 얼음을 먹을 때마다, 다리가 저려서 잠을 제대로 못 잘 때마다 아주 잘 알고 있는 사실인데 말이야. 새삼스러워.”

두서없는 마음을 털어놓는 현주의 목소리는 칭얼거림에 가까웠다. 말의 내용 자체는 심장을 날카롭게 긁었으나 강현은 한편으로는 기뻤다.

현주가 속마음을 그대로 이야기하고 있으니까.

“신강현.”

강현이 그녀를 안은 손에 힘을 줄 때, 현주는 이번에는 좀 더 분명한 목소리로 말했다.

“몸이 아프면 마음도 아파진다는 말은 진짜 같아. 내가 점점 이상해지는 것 같아. 화가 나. 신경질적으로 대하게 돼. 특히…… 너한테 더 그렇게 돼. 아무 말도 하고 싶지 않은데 속마음까지 모조리 쏟아놓게 되곤 해. 명주에게도 하지 못한 말까지 하게 돼. 불쾌하게 군다는 걸 알면서도, 상처를 준다는 걸 알면서도 무례하고 거칠게 내뱉게 돼. 넌 너무도 건강해. 투석 환자라 장애 2급인 난 이식을 받더라도 장애 5급으로 평생 살아갈 텐데 말이야. 너를 아프게 때리고 싶은 충동까지 들어. 그러면서도…… 그러면서도 이렇게…….”

현주는 말을 잠시 중단한 채 밑으로 떨구었던 손을 움직였다. 오른손은 그대로 밑으로 향한 상태였으나 왼손으로는 그의 허리를 감았다. 강현은 온몸에 전율이 일었으나 오른손잡이인 현주가 오른손은 밑으로 늘어뜨린 상태라는 것을 잘 알았다.

"강현아."

현주는 아주 다정하게 그를 불렀다. 마치 2년 전처럼.

"저번에 전부 네 탓이라고 했지만 그건 내가 실수한 거야. 그게 아니야. 내 탓이 더 커. 네게 버림받고…… 큰 충격을 받은 건 사실이지만 아이가 그리된 건…… 내 몸이 이리된 건 내가 관리를 못한 탓이 커. 더군다나 만약 네게 미리 연락했다면…… 그런 일은 없었겠지. 너와 결혼할 순 없었겠지만…… 적어도 아이는 물론 내 몸도 이렇게 되진 않았을 거야. 연락조차 하지 않은 내 자존심 탓이야."

조용하고 부드럽게 이야기했으나 말을 마친 뒤 현주는 잠시 가쁜 숨을 헐떡거렸다. 아주 큰 힘을, 용기를 소모한 것처럼.

"하지만 네가 미워. 치가 떨릴 정도로 싫어. 그리고 이런 나 자신이 한심하다고 생각해. 그렇게 당해놓고 너를 완전히 떠밀지 못하는…… 나는 대체 얼마나 멍청한 걸까?"

마지막 질문은 현주가 스스로에게 하는 질문이었다. 경멸하는 어조였으나 강현의 마음 한 부분은 기쁨을 노래하고 있었다.

현주는 그에게 마음이 전혀 없는 게 아니다. 미움과 원망의 파도에 정신없이 떠밀려 다니는 것처럼 더없이 혼란스러운 듯싶었으나, 그 파도가 닿는 백사장에는 사랑이 아직 남아 있었다. 희망의 불씨가 남아 있다는 뜻. 그러니 불씨를 더 키우면 될 것이다. 결코 쉽진 않겠지만.

강현은 부드럽게 포옹을 풀었다. 현주는 그와 시선을 마주하고 싶지 않은지 고개를 바닥으로 떨구었다. 강현은 그녀의 얼굴을 보고 싶었으나 부담을 줘선 안 된다는 것을 잘 알았다.

"현주야, 이만 투석하러 갈 시간이야."

현주는 조용히 따라 나왔고, 강현 또한 침묵 속에 그녀를 병원까지 데려다 주며 물었다.

"보통 몇 시에 자니?"

"자정쯤."

"그때 갈게."

"왜?"

"다리 주물러 줄게."

"됐어."

현주는 병원 안으로 들어갔고, 강현은 등 뒤에서 소리쳤다.

"이따 봐!"

현주는 무시하고는 사라졌다. 강현은 미소 지으며 근처까지 따라온 차를 탔다. 운전기사는 손 수행비서가 미리 이야기해 둔 장소로 차를 몰기 시작했다.

명주는 강원도 부대에서 대위로 근무하고 있었다. 부대마다 다르지만 군의관은 오후 5시까지 근무하는지라 퇴근한 뒤에는 비교적 자유롭게 시간을 보낼 수 있었다. 아마도 명주는 관사가 아니라 누나가 사는 서울의 집으로 출퇴근하고 싶을 터였다. 그러나 부대가 꽤나 구석진 곳에 위치한지라 시내로 나오는 것도 시간을 상당히 잡아먹는 상황이었다.

강현은 부대까지 찾아갔다면 자정 전에 현주에게 돌아갈 수 없었으리라는 것을 깨달았다. 미리 손 수행비서가 연락을 해둔 덕분에 강현은 늦지 않게 명주와 약속 장소에서 만날 수 있었다.

워낙 시골인 터라 카페는 없고 다방뿐이지만 내부가 얼마나 좁은지, 인테리어가 얼마나 허름한지 눈에 보이지도 않았다. 강현은 다방으로 들어가자마자 명주를 발견했고, 빠른 걸음으로 다가갔다. 명주는 자리에서 일어나 적당히 예의 바르게 강현을 맞이했다. 그러나 결코 반가워하는 기색은 아니었다.

"안녕하세요, 신강현 씨."

"안녕하세요. 현주는 괜찮습니다."

강현은 손 수행비서가 챙겨준 검사 결과지를 내밀었다. 명주는 별다른 표정 없이 고개를 끄덕이며 받았고, 강현은 명주가 결과를 안다는 것을 깨달았다. 명주는 설명을 해주었다.

"곽 선배님께서 메일로 보내주셨습니다."

"전공을 정말 이식 쪽으로 바꿀 생각입니까?"

"네."

"현주를 위해 인생을 바꾼 거로군요."

강현은 가감 없이 감탄했고, 명주는 엷게 미소 지었다. 재미있어하는 기색이다.

"그 정도는 아닙니다. 원래 관심이 있던 분야니까요. 내가 아니라 신강현 씨야말로 누나를 위해 인생을 바꾸지 않았습니까? 파혼도 하고, 이식도 결심했고요."

주인으로 보이는 사람이 커피를 두고 사라지는 동안 대화가 끊겼다. 강현은 잠시 커피를 쳐다보다가 고개를 들어 명주를 바라보았다. 무슨 일로 여기까지 왔는지 궁금해하는 기색이다. 강현은 입을 뗐다.

"현주는 당장 죽는 한이 있어도 혼인신고는 하지 않겠다고 합니다."

"그렇군요."

강현은 명주의 태평한 답이 마음에 걸렸다. 짜증도 났다.

"수술을 빨리 받으려면 혼인신고를 해야 하지 않습니까?"

"그건 그렇지요."

"장명주 씨가 현주를 설득해 줬으면 합니다. 그걸 부탁하려고 왔습니다."

명주는 고심하는 표정이었다. 한참 동안 입을 꾹 다문 채 아무 말도 하질 않자 강현은 치밀어 오르는 조바심을 내리누르느라 힘을 기울여야 했다. 명주는 한참 만에 입을 열었다.

"신강현 씨, 사실은 내가 이식해야 하는 일입니다."

"네?"

"엄밀하게 따지자면 내가 이식하는 게 맞지요. 물론 조직 적합 항원 검사 결과를 보면 여섯 개 중에 하나밖에 안 맞지만요."

장현주와 장명주는 이란성 쌍둥이라 유전자가 달라서 여섯 개의 유전자 가운데 딱 한 개만 맞는 형제였다. 여섯 개 가운데 세 개가 맞는 신강현보다 일치하는 게 적은 남매.

"원론적으로는 가족이니까 내가 하는 게 맞습니다. 그렇지만 난 신강현 씨가 이식을 하겠다는 주장에 동의했습니다. 누나에게는 30년쯤 뒤에 재이식할 때를 대비해 그때 내 것을 쓰고 일단 지금은 준다고 하는 신강현 씨 것을 받으라고 했지만, 그 이유가 전부가 아닙니다. 혼인신고를 반대하지 않은 것도 같은 일환입니다. 원래 그 상황에서는 신강현 씨에게 주먹을 뻗어야 정상이지요. 하지만 난 그러는 대신 혼인신고를 할 수도 있다는 가능성을 조용히 받아들였습니다. 누나의 여자로서의 인생이 걸린 대단히 큰 사안인데도 그랬지요. 그 이유가 무엇일 것 같습니까?"

강현은 대답하지 못했다. 명주는 짧게 한숨을 내쉰 뒤 지긋지긋하고 짜증 나는 것을 대하는 눈빛으로 내씹듯이 뱉었다.

"누나가 신강현 씨에게 아직도 미련이 있기 때문입니다."

강현의 호흡이 멎었다. 그럴 수밖에 없었다.

"내가 누나에게 화를 낸 건 딱 한 번입니다. 병의 원인을 알게 되었을 때지요. 대체 왜 아이를 지우지 않았냐고 불같이 화를 내는 나한테 누나가 그러더군요. 사랑하는 남자의 흔적이라서 그랬다고. 차마 그럴 수가 없었다고."

다시금 시야가 흐릿해졌다. 그러나 강현은 이번에는 눈물이 흘러나오게 두지 않았다. 더 이상 약한 모습 따윈 보이지 않을 거라고 맹세했으니까.

"당시엔 상대가 누구인지 알 수 없었지만, 분명한 건 누나가 그 남자를 아주 깊이 사랑했다는 사실입니다. 누나답지 않게 아주…… 멍청한 짓이지요. 그러나 누나가 미련을 품고 있다는 건 확실한 일이지요. 미움과 원망이 더 크더라도 마음속 깊은 곳에서는 아직 모든 것을 떨쳐 내지 못한 것 같습니다. 그래서 혼인신고를 반대하지 않은 겁니다. 누나가 그 남자를 아직도…… 바란다는 걸 알고 있으니까요. 나로서는 불쾌한 일이긴 합니다만, 누나가 원한다면 들어줘야지요. 설혹 그 결과가 아주 나쁘게 나오더라도 어쩔 수 없지요, 누나가 바라니까.”

명주는 이름을 말하지 않고 있었다. 또한 그는 강현을 눈빛만으로도 살인할 것 같은 얼굴로 쳐다보고 있었다.

“신장이식을 찬성한 건 내가 그 남자를 아주 증오하기 때문입니다. 신장이라도 받아내야지요. 그 남자는 그렇게라도 보상해야지요.”

명주는 두 손으로 깍지를 끼고 있었다. 그러지 않으면 앞으로 뻗어 나갈 것 같아 최대한 스스로를 자제하는 것 같았다. 억제하느라 손등 위로 돋은 푸른 힘줄이 그 명백한 증거였다.

“누나가 원하니 신장이식은 그대로 진행하세요. 누나가 바라지 않으니 혼인신고는 하지 마세요. 현재 누나의 건강은 보이는 것만큼 나쁘지 않습니다. 어쩌면 투석에 적응해서 건강이 더 좋아질 수도 있지요. 몇 개월 뒤에도 이식을 진행할 수 있을 겁니다.”

“장명주 씨.”

“닥치고 들으세요, 신강현 씨. 누나에게 한 번만 더 상처를 주면…….”

끝을 알 수 없는 분기를 내리누르느라 어느새 얼굴이 시뻘겋게 변한 명주는 더 말하지 않았다. 그러나 그의 눈빛만으로도 충분했

고, 강현은 고개를 끄덕였다. 알아들었다는 뜻만이 아니라 약속,
아니, 맹세한다는 의미를 담아서.

명주가 내뿜는 감정은 달라지지 않았다. 강현은 그게 당연한 반
응이라고 생각했고, 조용히 자리를 떠났다. 서울로 돌아가는 차
안에서 강현은 넥타이를 풀고 단추를 끌렀지만 묵직한 돌은 가슴
위에서 떨어져 나가지 않았다.

이 고통스러운 무게는 내가 자초한 것. 그러니 내가 감당해야
한다. 하지만 힘들지 않은 건 아니었다.

현주는 다리가 저려서 잠도 잘 못 잘 텐데, 죄인인 내가 이런 걸
로 괴로워하다니.

강현은 자조의 미소를 지었다. 그러나 미소는 곧 흔적도 없이
사라졌고, 남은 건 고통에 몸부림치는 신강현이라는 남자였다. 눈
물을 애써 참으며 사랑하는 여자를 그리워하는 존재.

"현주야."

강현은 충동을 억누르지 못하고 앞좌석과 뒷좌석과의 격벽을
차단한 뒤 전화를 걸었다. 부시할 줄 알았으나 예상외로 그녀는
받았다. 물론 목소리는 차가웠다.

[왜 걸었어?]

"미안해."

[사과는 이제 지겨워.]

"네가 보고 싶어."

[……그 말은 좀 새롭네.]

아주 퉁명스러웠다. 그러나 강현은 그것만으로도 만족했다.

“사랑해.”

[나 일해야 해. 끊는다.]

현주는 말은 그렇게 했으나 바로 끊지는 않았다. 마치 할 말이 있는 것처럼 잠시 조용하게 호흡만 할 뿐이다.

“현주야?”

[정확히 언제 오는데?]

짜증으로 가득한 목소리였고, 강현은 그제야 현주가 이 말을 참고 있었다는 것을 알아차렸다. 그는 웃을 수밖에 없었다.

[왜 웃어?]

“목소리를 들으니 기분이 좋아서.”

[쓸데없는 소리는 말고 언제 올지 말해. 그래야 잘 준비하지.]

“아마 11시쯤일 것 같아. 근데 현주야.”

[왜?]

“현주 너희 집에 들렀다가 내 오피스텔로 가면 피곤할 것 같은데, 나 그냥 너희 집에서 자면 안 될까?”

전화가 뚝 끊겼다. 강현은 더 크게 웃었고, 몇 시간 뒤 그 웃음을 머금은 채 현주의 집 앞에서 내릴 수 있었다.

강현은 벨을 눌렀다. 그러나 몇 분 뒤에도 여전히 대문은 견고하게 닫혀 있을 따름이다. 강현은 덜컥 겁을 집어먹는 자신을 발견했고, 벨을 몇 번 더 누르다가 119를 불러야 할지 심각하게 고민했다. 일단 그는 전화를 했으나 현주가 그것도 받지 않자 울타리가 생각보다 낮다는 것을 깨닫고는 넘어가기 위해 덥석 매달렸다.

운전기사를 보내고 운전석에서 대신 핸들을 잡고 있던 손 수행비서는 경악한 채 차 밖으로 튀어나와 강현의 바짓가랑이를 붙들었다.

“아이고, 이사님! 이러시면 안 됩니다! 이러다 강도로 오인받아 경찰에 잡혀가거나 다치면 어쩌려고요! 내려오세요!”

당황한 강현이 울타리에 매달린 채 이러지도 못하고 저러지도 못하고 있을 때였다. 대문이 열리는 소리가 나더니 현주가 얼굴을 내밀었다. 현주는 마치 외계인을 발견한 표정이다.

“지금 뭐 하는 거야?”

“현주야, 무사했구나!”

강현은 겨우 50㎝ 올라간 울타리에서 껑충 뛰어내려 현주에게 달려갔다. 현주는 추리닝과 무릎까지 내려오는 패딩을 대충 걸친 상태였으며, 머리카락이 아직 물에 젖어 있었다.

“샤워 중이었던 거야? 왜 나왔어? 추운데 어서 들어가!”

“샤워를 막 하고 나오는데 밖에서 이사님 외치는 소리가 들려서 나왔지. 뭔 일인가 했네.”

이제 현주는 한심한 사람을 쳐다보는 표성이 되었으나, 어쨌든 놀라서 달려 나온 게 분명했다.

날 걱정한 건가?

“벨을 눌렀는데 안 나와서, 전화도 안 받고. 어서 들어가자.”

강현이 안으로 들어가라는 손짓을 하자 현주는 혀를 차고는 들어갔다. 강현은 졸졸 따라 들어갔고, 현주는 방으로 들어가 문을 닫았다. 아마 옷을 갈아입는 것이리라.

옷을 갈아입…….

강현이 상상하지 않으려고 애쓰는 가운데 곧 헤어드라이기 소리가 났다. 머리카락을 다 말리고 자야 감기에 걸리지 않을 테니 당연한 일이다.

시간이 좀 걸릴 것 같았다. 강현은 목이 마르자 어떻게 할까 고민하다가 부엌으로 향했다. 냉장고에서 물을 꺼내 마실 요량이었던 그는 부엌 식탁 위에서 낯익은 것을 발견했다. 며칠 전 그가 현주와 식사할 때 가져왔던 한 송이 장미꽃이었다.

장미꽃은 며칠이 지나서 그런지 색이 약간 바랬고 꽃잎 두 개가 떨어진 상태였다. 그러나 쓰레기통에 처박힌 건 아니었다. 그때 그가 내려놓았던 그대로 식탁 한구석에 자리 잡은 채였다.

현주는 장미꽃을 버리지 못했다. 버리지 않은 것이기도 했다. 동시에 제대로 간직하지도 못한 것.

강현은 쓸쓸하게, 그러나 간절한 희망을 담은 눈으로 장미를 다시 바라보고는 뒤돌아 거실로 가서 소파에 앉았다. 목이 말랐으나 참을 수 있었다.

강현은 기다렸고, 헤어드라이기 소리가 사라진 뒤 문 앞으로 가서 노크했다.

"들어와."

오늘따라 이상하게 긴장이 되었다. 강현은 기침으로 목을 가다듬고는 문을 열었다. 현주는 푸른색 추리닝을 입은 채 침대에 앉아 있었다. 강현은 일단 슈트 재킷을 벗었고, 현주는 갑자기 얼굴이 새빨갛게 변하더니 소리쳤다.

"옷을 왜 벗어?"

"재킷에 물 묻을까 봐. 왜 그렇게 놀라?"

강현은 알면서 물었고, 현주는 고개를 옆으로 홱 돌렸다. 강현은 웃음을 참으며 방에 딸려 있는 화장실로 들어가 수건에 뜨거운 물을 묻혀서 나왔다.

"현주야, 엎드려 봐."

현주는 조용히 입을 다문 채 그렇게 했고, 강현은 뜨거운 수건으로 종아리를 감싸 한참을 주물러 주었다. 현주는 길게 한숨을 내쉬며 점차 몸의 긴장을 풀었고, 강현은 수건의 온기가 식자 다시 화장실에 가서 뜨겁게 축였다.

"이런 건 어디서 배웠어? 내가 아는 신강현은 이런 건 전혀 못하는 남자인데."

다른 쪽 다리도 해줄 때 현주가 웅얼거리듯 물었다.

"할아버지가 할머니께 해드리는 걸 본 적이 있어. 할머니는 다리가 약하셨거든."

"작년에…… 돌아가셨지? 기사 봤어."

"응, 호상…… 이라고 다들 그러너라."

"네겐 호상이 아니었구나."

현주의 말은 날카로웠다. 그녀는 여전히 엎드려 있는지라 그의 표정을 보지 못하겠지만, 강현은 고개를 끄덕이며 답했다.

"맞아. 남들에겐 호상으로 보이겠지만 나한테는 아니었어. 좀 더 효도를 했어야 하는데…… 아쉬워. 죄송하고."

"네 존재만으로도 행복하셨을 거야."

다른 사람들도 진심으로 강현을 생각해서 비슷한 위로의 말을 건넸다. 그러나 지금 이 순간, 현주의 한마디만큼 강현의 심장을 따스하게 해주는 건 없었다.

사랑하는 여자가 위로해 주고 있다.

"고마워, 현주야."

"이만하고 가. 다리 이젠 괜찮아."

"현주야."

"왜?"

"나 정말 자고 가면 안 돼?"

"빨리 안 가?"

붉게 물든 얼굴의 현주는 벌떡 일어나 앉으며 베개를 손에 붙잡았다. 강현은 베개세례를 받기 전에 씩 웃고는 나가기 위해 문고리를 잡았다. 문득 잊고 있던 것이 떠올랐다.

"현주야, 증거 사진 찾았니? 신청할 때 제출할 자료 말이야."

"그래, 찾았어."

현주는 한숨을 쉬더니 옆방으로 들어갔다. 강현은 고개를 살짝 내밀었고, 데스크탑 컴퓨터가 있는 원목 책상과 벽의 두 면에 붙어 있는 책장을 보았다. 여섯 단으로 나눠진 책장은 온갖 종류의 책으로 빽빽해서 빈틈이 전혀 보이지 않았다. 거기다가 바닥 한편에는 책이 1미터 정도 쌓여 있기도 했다.

"책이 정말 많네."

"명주 거야. 갠 활자중독증이거든."

명주에게 오늘 들은 이야기를 떠올린 강현이 입을 꾹 닫을 때, 현주는 책상 위에 놔둔 서류봉투를 내밀었다. 그렇게 두껍진 않았다.

“사진이 스무 장밖에 안 되더라. 그래도 현상해 둔 사진에 예전 날짜가 전부 박혀 있으니 증거가 될 것 같긴 해. 혹시 몰라서 스캔해서 SD메모리 카드에 파일을 넣어뒀으니 필요하면 프린팅해서 제출하라고 비서분께 전해줘.”

강현은 잠시 머릿속이 하얗게 되는 기분이었다. 현주는 그의 시선을 피한 채 말했다.

“이만 돌아가. 나 이제 잘 거야.”

현주는 그대로 침실로 갔고, 강현은 천천히 집 밖으로 나왔다. 손에 들고 있는 서류봉투가 묵직하게 느껴졌다.

“이사님, 그건 뭡니까?”

손 수행비서가 그를 맞으며 물었다.

“예전 사진입니다. 이식을 신청할 때 제출하면 될 것 같습니다.”

“아, 정말 다행이군요. 임 비서님이 사장님의 동의서를 보내주시긴 했시만, 그것만으로는 부족한 상황입니다.”

손 수행비서가 손을 내밀자 강현은 마른침을 삼킨 채 말했다.

“이 사진은 내일…… 주겠습니다.”

손 수행비서는 눈치 빠르게 그렇게 하라는 말을 끝으로 입을 다물고는 강현을 집으로 데려갔다. 집에 도착한 뒤 강현은 식탁 위에 서류봉투를 놓고 주변을 서성거리며 걸어 다니기만 했다. 그는 한참 뒤에야 서류봉투를 열 수 있었다.

SD카드 작은 것과 스무 장의 사진이 들어 있었다. 사진은……

강현은 식탁 위에 사진을 전부 늘어놓았다. 대부분이 디지털카메라의 타이머 기능을 사용해서 함께 찍은 것이었다.

현주가 그의 등에 찰싹 달라붙어 있거나, 강현이 그녀의 뺨에 뽀뽀하거나, 공부하는 강현 등 뒤에서 현주가 손가락으로 브이자를 그리고 있거나, 둘이 함께 여러 괴상한 표정을 지은 얼굴을 찍은 것 등 모든 사진은 그야말로 서로 사랑하는 연인의 것이었다. 그리고 모든 사진 속의 신강현과 장현주는 웃고 있었다. 입매를 다문 사진도 있지만 그때에도 눈빛으로는 미소를 짓고 있었다.

사랑하기 때문. 정말로 서로를 사랑하기 때문. 그런데…….

강현은 곧 깨달았다. 이 모든 사진의 공통점은 한 가지가 더 있었다. 집 안에서만 찍었지 외부에서 찍은 것은 단 한 장도 없었다.

신강현이 장현주를 인정하지 않았기 때문. 집 안에서만 연인으로 대했기 때문. 1년 넘게 같이 살았는데도 그 이상으로 생각하지 않았기 때문.

강현은 치솟은 감정 때문에 묵직하게 짓눌리는 가슴을 두드리며 바닥에 주저앉았다. 그는 눈물을 참기 위해 눈을 질끈 감았다. 더 이상은 울 수 없다. 울어서는 안 된다.

"……고마워."

대신 강현은 이렇게 속삭였다. 잠들어 있을 현주에게 그렇게 말했다. 진실로 그러니까. 그들이 사랑한 증거를 버리지 않은, 그대로 간직해 준 현주에게 더없이 감사하니까.

못해준 만큼 앞으로 더 소중하게 다뤄줄 것이다. 더 귀하게 사랑해 줄 것이다. 명주처럼 현주가 원치 않는 것은 하지 않고 바라는 것만 들어주면서 살아갈 것이다. 그래야 한다.

강현은 기운을 내 자리에서 일어났다. 그러고는 사진을 다시 한 장 한 장 눈과 두뇌, 영혼에 깊이 기억하기 시작했다. 2년 전 건강하고 쾌활했던 장현주를 되찾겠다고 다시 결심하며.

9

"이건 뭐야?"

강현은 두 손 가득 들고 있는 커다란 상자 때문에 시야가 막힌 상태였다. 하지만 목소리만 들어도 현주가 못마땅한 표정을 짓고 있는 게 보였다.

"각탕기."

"그게 뭔데?"

"일종의 족욕기인데 족욕기보다 더 크고 진동 기능이나 물방울 기능이 있는 제품이야. 양발을 따로 담글 수 있어."

강현은 손 수행비서가 들려준 설명을 그대로 이야기하며 욕실로 걸어갔다. 7kg도 안 되기에 무겁지는 않았으나, 크기 때문에 들고 다니는 게 곤란했던지라 강현은 상자를 내려놓을 때 저도 모르게 끙 소리를 냈다.

"이렇게 무거운 걸 네가 왜 직접 들고 와? 이런 건 비서분들한테 부탁해야지."

이 각탕기를 추천하고, 크기 때문에 드는 게 불편하지만 직접 들고 가서 현주에게 좋은 점수를 따라고 조언해 준 건 손 수행비서였다.

"괜찮아."

강현은 무겁지 않다고 말하려 했으나 손 수행비서의 당부가 떠오르자 꿀꺽 삼켰다. 되도록 현주에게 불쌍하게 보여야 하며, 실제로 잘해주는 건 물론이거와 말로도 최대한 잘해주는 척하는 것도 잊지 말라고 강조했다.

왠지 바보가 된 기분이지만 강현은 뭐든 할 각오가 되어 있었다.

"근데 이건 왜 사왔어?"

"너 다리 안 좋잖아. 이거 쓰면 혈액 순환에 도움이 된대."

강현은 박스에서 각탕기를 꺼내 설명서를 본 뒤 설치해 주었다. 그는 해보라고 말하기 위해 현주를 쳐다보았다. 예상과는 달리 현주는 팔짱을 낀 상태였고, 못마땅한 것을 보는 표정이었다.

"마음에 안 들어?"

"아니야."

"아닌 게 아닌데. 말해봐."

현주는 미간을 찌푸린 채 입을 조개처럼 꼭 다물었고, 강현은 답답했지만 더 묻지 못했다. 그는 속으로 한숨을 삼키고는 각탕기를 가리켰다.

"물 데울 테니까 일하면서 기다릴래? 다 되면 부를게."

현주는 바람 소리가 날 만큼 몸을 휙 돌려서 서재로 사라졌다. 강현은 삼켰던 한숨을 입으로 내뱉다가 살펴보았다. 아무래도 욕실에 설치하기에는 자리가 마땅치 않았다. 그는 거실 소파 밑에 수건을 깔고는 그 위에 각탕기를 올렸다.

물을 넣고 예열이 끝난 뒤 강현은 현주를 다시 불렀다. 현주는 여전히 못마땅한 기색이었으나 꾸물거리지 않고 바로 왔다. 면바지에서 추리닝으로 갈아입은 상태였는데, 분홍색이 아주 잘 어울렸다.

강현이 묵묵히 마른침을 삼킬 때, 현주는 소파에 앉아 수면양말을 벗고 추리닝 바지를 무릎 위까지 올렸다. 각탕기에 발을 넣은 뒤 덮개를 덮자 강현이 볼 수 있는 건 무릎 위의 허벅지 약간뿐이었다. 현주는 투석을 하는지라 그 영향으로 안색은 어두워졌으나, 반 뼘도 되지 않은 부분은 2년 전처럼 뽀얗다.

강현은 기침을 한 뒤 소파에 앉았다. 현주와 약간 먼 자리에.

보글보글 하는 소리가 조용하게 울리는 가운데 현주의 표정이 조금 풀렸다. 마음에 드는 것 같았다. 강현은 조심스럽게 입을 열었다.

"번거롭더라도 매일 저녁 30분씩만 해. 잘 때 훨씬 편할 거야."

"그렇겠지."

다시 현주는 미간을 찌푸리고는 비아냥거리듯 내뱉었고, 강현은 현주가 대체 왜 저런 반응을 보이는지 알 수가 없었다. 정말 답답했다.

"신강현, 너 출근 안 해?"

현주는 손으로 벽시계를 가리켰다. 오전 9시에 다다른 시간이다.

"안 해."

"안 한다고? 왜? 사장님께서 수술을 허락하셨잖아."

"그건 그렇지만……."

강현은 현주의 말이 옳다는 것을 그제야 깨달았다. 어머니께 버림받을 거라고 예상했기에 미리 회사를 정리하고 나온 것이었다. 하지만 어머니는 천륜은 끊을 수 없는 것이며 이식수술은 물론 현주까지 허락해 주셨다.

"현주 네 말이 맞아. 출근해야겠네."

이제야 회사를 떠올린 자신이 멍청하다 싶었으나 동시에 강현은 스스로가 변했다는 것을 분명하게 깨달았다.

더 이상 EH그룹이 내 삶의 중심이 아니다.

강현은 이제 인생의 핵심이 된 여자를 바라보며 웃어주었다.

"하지만 현주 네가 우선이야. 출근을 재개하더라도 매일 저녁마다 올게."

착각이 아니라면 현주의 표정이 조금 따듯해지는 것 같았다. 현주는 이런 질문을 내놓았다.

"그런데 아직 출근을 안 한 거라면…… 어제 어디 갔었던 거야? 출근한 줄 알았는데."

"맞아. 출근한 건 아니야."

“그럼 어딜 다녀온 거야?”

현주는 별다른 의도 없이 가볍게 묻는 것이었다. 그러나 강현은 움찔거리고야 말았고, 현주는 그 반응을 눈치챘다.

“뭐야?”

“사실…… 네 동생 명주를 만나러 갔었어.”

현주의 눈꼬리 끝이 위로 죽 올라갔다. 강현은 사실을 털어놓았다.

“네가 혼인신고를 하게 도와달라고. 그런데…… 네 동생은 네가 원치 않는 건 그대로 놔두라고 하더라.”

“흠, 그랬구나.”

화를 낼 줄 알았으나 현주의 반응은 그게 끝이었다. 강현은 안도했고, 오늘 오기 전에 생각한 것을 조심스럽게 꺼냈다.

“손 비서님이 이식 신청을 하러 갔어.”

“그래?”

“그래. 오래 사귀었고 증거 자료가 충분하다면 타인끼리라도 2주 안에 승인이 난다고 하더라. 우린 증거가 충분하진 않으니 시간은 좀 걸리겠지만 승인이 날 거라고 생각해. 그리고 현주야, 이식 비용 말인데…….”

“내 건 내가, 네 건 네가 내자. 말 나온 김에 말하는데, 이번에 내가 검사받은 비용을 네가 냈지? 돌려줄게.”

이럴 줄 알았다. 강현은 속으로 무거운 한숨을 삼키고는 의도적으로 가볍게 말했다.

“내가 내고 싶어. 나 돈 많은 거 알잖아.”

"그래, 부자라 좋겠다. 근데 됐어. 네 돈 필요 없어."

"현주야."

"나도 돈 있어. 아버지가 많이 벌어두셨다니까. 그리고 보험금도 있어."

"무슨 보험금?"

"실비보험. 들어두길 잘했지. 이식하고 나서 어느 정도 받을 거야. 암보험도 비갱신형으로 두 개나 있어. 요즘엔 전이가 잘돼서 암보험은 두 개가 있는 게 좋대. 처음에 걸렸을 때 첫 번째 것을 쓰고, 전이됐을 때도 쓰려면 두 개여야 한다고 하더라. 이식 환자들이 면역억제제 때문에 일반인보다 암에 걸릴 확률이 높다는 거 알지? 아버지가 혹시 모른다고 대학생 때 나랑 명주 거 다 들어주셨는데 정말 다행이야. 그땐 정말 건강해서 걸릴 게 하나도 없었거든. 보험은 정말 꼭 들어둬야 해. 제대로 된 것으로."

현주는 마치 보험설계사 같은 말투로 줄줄 내뱉었다. 강현은 그녀가 의도적으로 그렇게 말하고 있다는 것을 잘 알았다.

"현주야, 보험금을 받으려면 시간도 걸리고 까다롭잖아. 그리고 근본적으로 이건 내가 부담해야 한다고 생각해."

현주는 칼날처럼 딱 잘라서 이렇게 말했다.

"싫어."

"현주야, 부탁이야."

"돈 받으라고 부탁하는 건 너뿐일 거야."

현주는 목소리와 표정이 다소 누그러졌다. 하지만 강현은 그게 승낙의 뜻이 아니라는 걸 잘 알았다.

"그렇지만 부탁을 하든 말든 싫어. 난 네 신장만 받을 거야. 사실 네가 검사받는 비용도 내가 내고 싶지만 그건 거절하겠지?"

강현은 결국 이렇게 내뱉을 수밖에 없었다.

"좋아, 네 마음대로 해."

현주는 크게 놀란 기색이더니 곧 눈을 가늘게 뜨고 그를 노려보았다.

"무슨 꿍꿍이야?"

"다른 생각 없어. 그저 네가 바라는 거라면 뭐든 들어줘야 한다고 생각하니까. 네 의사가 가장 중요해."

현주는 미심쩍은 눈빛이었으나 입술은 희미하게 호선을 그렸다. 강현이 자신의 선택에 만족해할 때, 30분이 되자 각탕기에서 끝났다는 소리가 났다. 강현은 욕실로 가서 수건을 가져왔다. 현주가 달라는 뜻으로 손을 내밀었으나 그는 고개를 가로저었고, 현주는 입안에 공기를 머금어 뺨을 복어처럼 만든 채 노려보았다. 강현이 아랑곳하지 않자 현주는 결국 오른쪽 다리를 빼냈다. 강현은 냉큼 수건으로 다리를 감싸고는 가볍게 주물러 주었다. 이어서 왼쪽 다리도 그렇게 해주었다.

"좀 어때?"

현주는 그를 흘겨보고는 추리닝을 밑으로 내리고 침실로 들어갔다. 강현은 빙긋 웃고는 각탕기를 밑에 달린 바퀴를 사용해서 욕실로 가져가 물이 빠지게 장치한 뒤 침실로 향했다. 현주는 침대에 앉아서 추리닝을 다시 허벅지 위까지 올린 뒤 맨다리에 바디로션을 바르고 있었다.

“내가 해줄게.”

강현이 다가가 옆에 앉으며 바디로션에 손을 댔다. 현주는 화들짝 놀라더니 그의 손을 찰싹 때리며 뒤로 물러났다.

“싫어?”

강현은 조금 더 다가갔고, 현주는 그가 다가온 만큼 물러났다가 등이 침대 헤드에 닿자 눈을 크게 떴다. 강현은 다 알면서 물었다.

“왜 그렇게 놀라?”

“저, 저리 가!”

현주는 두 손을 뻗어 그의 가슴에 댔다. 강현은 그녀의 오른손을 잡아채 손바닥에 따뜻하게 입을 맞추었다. 문득 강현의 머릿속에 떠오르는 사실이 있었다.

사랑을 나누기 전, 항상 그는 이렇게 현주의 손바닥에 키스했다. 마치 필수적인 의식처럼.

“사랑해, 현주야.”

강현은 미소 지으며 다시 손바닥에 키스한 뒤 혀로 살짝 핥았다. 현주의 얼굴색이 선명한 붉은색으로 바뀐 건 그때였다.

“사랑해.”

강현은 고개를 들어 그녀의 입술 앞으로 다가갔다. 숨결이 닿을 만큼 아주 가까운 거리에서 그는 멈추었다.

“키스, 해줄래?”

지난번 키스 때 그에게 다시 돌아오고 싶으면 먼저 키스해 달라고 했었다. 당시 현주는 그럴 일은 없을 거라고 했으나, 지금은 시간이 좀 더 흐른 상황이다.

어쩌면, 어쩌면…….

솟구치기 시작한 희망은 몇 초 지나지 않아 부스러졌다. 현주가 지진을 겪는 것처럼 흔들리는 눈동자를 질끈 감은 채 고개를 옆으로 돌려 그를 외면했기 때문이다. 더군다나 그를 떠밀며 침대에서 몸을 일으켰다.

"다시는, 침실에 들어오지 마."

"현주야."

"내가 그렇게 쉬워 보여?"

화가 나서 하는 말 같았으나 현주의 붉은 얼굴을 보면 단순히 그런 것만은 아니었다. 흔들리는 스스로에 대한 짜증도 섞여 있으리라.

"그런 거 아니야. 아니라는 거, 너도 잘 알잖아."

"몰라. 이만 가."

현주는 등을 돌리기까지 했다. 작고 가녀린 등을 본 강현은 물러나야 한다는 것을 깨달았다. 그러나 그는 바로 자리를 뜨는 대신, 한쪽 무릎을 침대에 대고 등을 돌린 자세인 현주에게 더 가까이 다가갔다. 그는 고개를 깊이 숙여 현주의 발바닥 중앙 오목한 부분에 경배하듯 입을 맞추었다. 현주가 순간 얼어붙는 것이 느껴졌다.

전율을 느껴서일까? 아니면 싫어서 그런 걸까?

전자이길 바라며 강현은 바닥에 일어섰다.

"오늘 저녁에 올게. 식사 몇 시에 해? 같이할 수 있니?"

"……사실 나 투석 시작한 뒤로는 항상 혼자서 먹어."

대답은 조금 늦게 흘러나왔다. 현주는 목소리가 약간 가라앉은 상태였다.

"왜?"

"짜증 나거든. 같이 먹는 사람은 어떤 음식이든 마음대로 먹을 수 있는데 난 그렇지 못하니까. 그 사실이 머릿속에 자꾸 떠올라서 싫어. 명주랑은 같이 식사하지만…… 명주에겐 비밀이야."

현주가 진짜 마음을 털어놓고 있었다. 비록 등을 보여주는 상태지만.

그 사실이 기뻤으나 순간적으로 뭔가 좋지 않은 기분이 강현의 등골을 훑고 지나갔다. 오염된 스모그 같은 회색빛의 무언가가 눈앞을 가리는 것 같은 느낌까지 들었다. 정체를 알고 싶었으나 그는 일단 미뤄놓은 채 입을 열었다.

"명주에게 말하지 않을게. 식사 같이하는 게 싫으면 그 뒤에 올게. 너 자정쯤에 잠들지? 11시면 되니?"

"뭐 하러 매일 와? 나 투석하는 날에만 와. 아니, 안 와도 돼. 각탕기가 있으니끼 이젠 올 필요노 없잖아? 귀찮은 마사지 안 해줘도 돼."

투덜거림 같은 말이었고, 그제야 강현은 깨달았다.

"잠깐, 현주야. 너 혹시 내가 마사지해 주기 귀찮아서 각탕기를 사준 거라고 생각하는 거니? 그래서 못마땅한 기색이었던 거야?"

현주는 고요하게 등만 보여주고 있었다. 강현은 웃음소리가 새어 나올 것 같아 손으로 입을 막았다. 그는 한참 만에 입을 열 수 있었다.

"현주야, 그런 거 아니야. 그냥 네 다리가 더 좋아졌으면 해서 산 거야. 각탕기는 매일 자기 전에 써. 쓴 뒤에 아까처럼 마사지해 줄게."

"됐어. 누가 해달래?"

현주는 여전히 툴툴거리고 있었으나 이전처럼 뾰족하진 않았다. 강현은 결국 충동을 참지 못하고 손을 뻗어 뒤에서 현주를 껴안았다. 가느다란 현주는 뼈만 남아서 딱딱한 촉감뿐이었으나 강현은 그녀의 체온을 느낄 수 있다는 사실만으로도 만족스러웠다. 그는 그녀가 물 밖으로 나온 생선처럼 파닥거리기 전 뺨에 뽀뽀하고는 얼른 놓았다.

"회사 나가봐야겠어. 오늘 저녁에 봐."

"저리 안 가? 키스 안 한다면서 이게 대체 뭐야?"

현주는 이제야 뒤돌아 그와 마주 보았다. 눈꼬리 끝을 위로 죽 올린 상황이었으나 얼굴은 붉게 물든 상태였다. 정말 귀여웠다.

"방금 한 건 뽀뽀지 키스가 아니야. 키스가 뭔지 보여줄까?"

"이, 이 능구렁이야! 빨리 나갓!"

현주는 다시 빨간 얼굴로 소리쳤고, 강현은 씩씩하게 한마디 한 뒤 움직였다. 바로 이 말.

"사랑해."

그는 휘파람을 불며 나갔다. 집 앞에서 대기 중이던 운전기사는 얼굴 가득 웃음 지은 강현을 반갑게 맞았다.

"어디로 모실까요?"

"회사로 갑시다."

차가 출발했다. 30분 뒤에 EH그룹 본사에 도착하기까지 강현은 여전히 웃고 있었다. 도착한 뒤에도 마찬가지였다. 그는 엷게 미소 지으며 본사 건물로 들어갔다.

근 몇 주 만에 출근하는 강현을 발견한 사람들의 표정이 다양했다. 대부분 안도하는 눈빛으로 입가에 미소를 지은 채 인사했다. 훌륭하게 능력을 발휘하던 그룹의 성실한 후계자가 다시 돌아왔다는 사실을 다들 기뻐하는 게 분명했다.

"어떤 소문이 난 겁니까?"

강현은 비서진에게 인사한 뒤 사무실로 들어가 박 비서를 호출해서 물어봤다. 박 비서가 슬쩍 눈치를 보는 기색이자 강현은 가감 없이 말해 달라고 요청했다.

"파혼하신 것 때문에…… 다른 여자분을 만나신 걸로 소문이 났습니다. 가안은행 측에서 비서진이 이 총재의 사무실에서 나오던 이사님에 대해 의도적으로 그런 소문을 퍼뜨렸기 때문입니다."

이 총재가 구질구질하게 행동했다는 뜻이다. 강현은 미간을 찌푸렸고, 박 비서는 이어 보고했다.

"사장님께서 대노하셔서 가안은행 측에 비공식적으로 항의를 했고, 언론 쪽에서도 조정 중입니다. 하지만 소문 자체는 아직 남아 있습니다. 이사님, 차라리 사실을 공개하시는 게 좋지 않을까요?"

박 비서는 아주 조심스러운 어조로 의견을 내놓았다.

"언론팀에서는 이사님의 허락만 떨어지면 확실하게 일하겠다고 했습니다."

“EH그룹의 후계자 신강현을 옛 연인에게 신장을 이식해 줄 정도로 희생적인 사람으로 홍보하겠다는 말이로군요. 더불어 현주와의 재회를 세기의 연애담으로 포장하겠다는 뜻이고. 그렇지요?”

“그렇습니다만…… 원치 않으시면 언론팀에 그런 행동은 절대 하지 말라고 단단히 경고를 주겠습니다.”

“일단…… 기다리세요. 현주에게 물어봐야겠습니다.”

신강현 자체에 대한 포장 같은 건 아무래도 좋았으나, 강현은 다른 부분에 관심이 갔다. 아무리 언론을 단속한다고 해도 소문은 어느 정도 퍼질 게 뻔했다. 즉, 입방아를 찧기 좋아하는 뭇 사람들은 현주를 나쁘게 볼 수도 있었다.

절대로 그래선 안 된다. 현주를 보호해야 한다. 현주에게 힘을 실어줘야 한다.

보통 재벌 일가라면 해외로 이식수술을 하러 가거나 국내에서 다른 사람을 통해 이식해 줄 거라고 생각할 터. 그런데 이번에는 후계자가 직접 신장을 이식해 주기로 결정한 상황이다. 즉, 이 사실을 알게 된 사람들은 강현이 현주를 얼마나 소중하게 생각하는지 분명하게 깨닫게 되리라. 뒤에서는 몰라도 적어도 앞에서는 누구도 현주를 함부로 대하지 못할 것이다. 더군다나 이번 일을 겪으면서 강현이 품게 된 소망 한 가지가 있었다.

장기이식에 대한 세간의 인식을 좀 더 긍정적으로 바꾸는 것.

현주가 아프기 전까지 강현은 장기이식에 대해서 아무 생각이 없었다. 타인의 일이니 특별한 관심이 없을 수도 있지만, 지금처럼 이식이 필요한 입장이 되어보니 이전에 아예 아무 인식도 하지 못한 게 조금 아쉬웠다.

최근엔 좀 달라져서 장기이식 희망자로 등록하는 사람들이 점차 많아지고, 뇌사자로 판명난 가족의 장기를 기증하는 경우도 많아지고 있다고 했다. 그러나 장기 적출에 대한 부정적인 느낌 때문에 아직은 일반화된 건 아니었다. 더군다나 의식을 회복할 수 있는 여지가 있는 식물인간과 완전히 사망했다는 판정이 난 뇌사자는 다른 것인데, 그 두 개를 구분하지 못하는 사람들이 오해해서 이식을 꺼리는 경우도 아직 많았다.

골수이식, 즉 골수 조혈모세포이식도 그랬다. 흔히 골수이식은 기증자가 큰 고통을 겪는 것이라고 생각해서 매우 꺼리지만, 사실 그건 오해였다. 사람마다 다르긴 하지만 실제로는 그다지 힘들지 않기 때문이었다. 영화나 드라마에서 극적인 효과를 주기 위해 과장해서 혹은 잘못 표현한 것.

이런 부분을 되짚어본 강현은 사람들의 잘못된 인식 자체가 안타깝게 생각되었다. 뇌사자 기증의 경우, 뇌사자가 된 사람을 바라보는 친지들의 비통한 심정을 이해 못하는 건 아니다. 아니, 누구도 그 상황이 되지 않는 이상 당시의 마음을 알 수 없는 법이다. 하지만 이식을 절실하게 필요로 하는 사람들에 대한 이야기를 접하게 되니 강현은 사회적으로 장기이식에 대한 인식이 좀 더 긍정적으로 바뀌기를 절실하게 바라게 되었다.

뇌사자가 된 사람들은 정말로 아쉽고 아쉬웠다. 그러나 완전히 꺼지지 않은 그 생명의 불꽃이 이식을 기다리는 환자들에게 새로운 삶을 선사할 수 있는 기회가 된다면 더 좋지 않을까?

강현은 자신에게 권력과 재력이 있다는 사실을 아주 잘 알았다. 그런 위치인 만큼 그가 직접 이식을 하고 그 사실을 널리 알린다면 뭇 사람들의 인식을 바꿀 수 있는 큰 계기가 되리라. 뇌사 판정을 받고 여섯 명에게 기증한 고(姑) 최요삼 권투선수를 비롯해서 선종(善終)하면서 각막을 선물한 김수환 추기경의 이야기는 실제로 장기 기증 서약 운동을 확산시키는 기폭제가 되었으니까.

EH그룹의 후계자인 신강현은 축복받은 위치이다. 그러니 그는 사회 고위 지도층 인사로서 어머니가 누누이 말씀하시고 실천하신 것처럼 노블리스 오블리제, 즉 사회에 대한 책임을 수행해야 했다.

정말로 나는 변했구나.

강현은 지금 손에 잡히는 책상의 감촉만큼이나 분명하게 깨달았다. 이전에는 EH그룹이 사회에 보상하는 건 적당히 티가 날 정도로만 하면 된다고 생각했으나, 지금은 할 수 있다면 좀 더 책임져야 한다는 생각이 들었다. 많은 것을 누리고 있으니 그만한 것을 베풀어야 할 의무가 있다는 생각이 새삼 들었다.

이건 다 현주 덕분이다.

현주가 그런 고난을 겪은 건 분명 비극이다. 할 수만 있다면 지금도 그의 생명을 대신 바쳐서라도 현주가 겪은 비극을 되돌리고 싶었다. 그러나 그럴 수 없는 이상 긍정적인 부분에 집중하는 게 옳은 일일 터.

더 나은 남자가 되게끔, 더 나은 사람이 되게끔 힘을 심어주는 현주에게 감사할 것. 신장을 이식해서 건강한 미소를 되찾게 해주고, 앞으로도 소중하게 대하면서 끝없이 사랑할 것.

물론 다른 부분에서도 최선을 다해야 한다. 강현은 어머니께 좀 더 다가가야 한다는 것을 잘 알았다. 아무리 내리사랑이라고는 하지만, 아들에 대한 어머니의 사랑은 정말 바다처럼 깊고 깊었다.

어머니께 효도해야 한다. 현주를 통해서가 아니라 직접. 그리고 그룹의 일도 마찬가지였다. 현주를 지키려면 그만한 힘을 가지고 있어야 한다. 앞으로는 이전보다 더 훌륭한 결과를 내야 한다. 그만한 권력과 재력이 있어야 더 많이 베풀 수 있으니까.

"앞으로 더 열심히 일하겠습니다."

강현은 박 비서에게 맹세하듯 말했다. 이런 말을 덧붙였지만.

"하지만 아무리 늦어도 매일 밤 10시에는 퇴근할 생각입니다. 그리고 주말에는 출근하지 않을 겁니다."

강현은 내뱉은 말 그대로 수행했다. 이전보다 더 노력해서 일했으나 퇴근 시간은 확실히 지켰다. 평일에는 매일 밤 10시가 되면 재깍 퇴근해서 현주의 집으로 갔다. 항상 손에 뭔가를 들고 가는 건 물론이었다.

지난주에는 첫날에는 꽃병을, 그 다음날에는 장미와 백합, 튤립, 해바라기 등등을 딱 한 송이씩만 선물했다. 현주는 손 내밀어 받지는 않았으나 강현이 거실 테이블 위에 둔 꽃병에 꽃을 꽂는 것을 뭐라 하진 않았다. 그렇다고 물을 주는 건 아니지만 적어도 다른 곳으로 치우지 않고 그대로 두었다.

꽃은 시들기 때문에 강현은 이번 주는 다른 것을 택했다. 꽃일 거라고 생각했는지 현주는 강현이 직사각형 모양의 상자가 들어 있는 검은색 봉지를 가지고 오자 의아한 기색이 되었다.

"직접 봐."

현주는 망설이는 기색이었으나 검은색 봉지를 받아 안에 들어 있는 상자를 꺼내보았다.

"퍼즐이네."

"너 퍼즐 좋아하잖아. 일단 300피스짜리로 사왔어."

"내일은 400짜리를 사오려고?"

"들켰네."

강현이 너스레를 떨 듯 말하자 현주는 소리 없이 살짝 웃었다. 그러나 그건 찰나의 시간으로 현주는 곧 진지하게 말했다.

"선물, 그만해."

"주고 싶어."

"하지만……."

"키스해 주면 그만할게."

현주가 그를 노려보기 시작했다. 강현은 소리 내어 웃었고, 현주가 씩씩거리며 서재로 들어가자 각탕기를 준비했다.

현주가 여전히 삐친 표정으로 조용히 각탕기에 다리를 담그고 있을 때 강현은 그동안 고민했던 것을 간략하게 언급했다. 원래는 좀 시간이 흐른 뒤에 이야기할 생각이었으나 언론팀에서 오늘 다시 요청해 온지라 이쯤에서 말을 해두는 게 좋을 것 같았다.

"날 약혼녀로 소개하고 싶다고?"

"그래, 혼인신고는 네가 원치 않는다는 걸 잘 알아. 병원 내에서는 약혼녀라고 말해뒀지만, 외부에서도 널 약혼녀로 소개하고 싶어. 그리고 몇 달 뒤에 내가 네게 신장이식을 한다는 사실도 알리고."

현주의 눈매가 가늘어졌다. 눈빛은 한겨울의 혹한이 생각날 만큼 아주 차가워 보였다.

"네가 고귀한 일을 한다는 걸 홍보하고 싶은 거니?"

"그 말도 맞아. 내가 네게 이식하는 건 고귀하다기보다는 당연한 일이지만, 난 장기이식 자체는 고귀하다고 생각해. 너처럼, 아니, 너보다 더 아픈 환자들이 많잖아. 이식에 대한 자료를 읽다 보니 장기이식에 대한 세간의 인식을 좀 더 긍정적으로 바꾸고 싶어졌어. 내가 직접 행동하면 바뀔 거라고 생각해. 그리고……."

"그리고?"

"내가 직접 이식하고 널 약혼녀로 소개하는 건 EH그룹 총수인 어머니가 널 공식적으로 인정한다는 뜻이기도 해. 그리고 그만큼 내가 널 많이 사랑한다는 사실을 널리 공표한다는 의미이기도 하고. 넌 EH그룹 일가로서 힘을 갖게 될 거야. 다들 널 네 자리에 걸맞게 대우해 줄 거야. 현주야, 난 널 보호해 주고 싶어."

"내 과거를 다 까발려서 말이지? 내가 버림받고, 임신중독증에 걸려서 아이를 잃었다는 비참한 사실을 모든 사람에게 밝히자 그거야? 그게 보호야? 겉으로는 재벌가라고 대우해 줄지 모르지만 뒤에서는 다들 손가락질할 거야. 임신으로 발목 잡았다고 말이야."

현주의 얼굴은 붉게 상기되어 있을뿐더러 마치 엄청난 모욕을 당하고 있는 사람 같은 표정이었다. 또한 소파에 올려둔 두 손으로 주먹을 쥔 채 파르르 떨고 있었다. 강현은 고개를 저으며 손을 뻗어 현주의 주먹을 감쌌다. 뼈만 남은 손은 메마르고 작았다.

"세부적인 사실까지는 밝히지 않을 거야. 사람들이 얼마나 잔인한 말을 내뱉을 수 있는지 나도 잘 아니까. 하지만 현주야, 내 위치 때문에 어느 정도 말은 나올 거야. 이미 나오고 있기도 해. 그 사람들이 하는 말을 네가 원하는 내용으로 바꾸고 싶어. 우리 언론팀, 일 잘해. 보도자료 같은 건 네게 아주 유리하게 만들 수 있어. 네 얼굴은 물론 직업, 나이, 주소, 졸업한 학교 같은 건 철저하게 비밀로 할 예정이야. 내 약혼녀 장현주가 너라는 걸 아는 사람은 거의 없게 될 거야. 평생 그런 정보는 공개적으로 드러나지 않을 테니 염려하지 마. 내게 그 정도의 힘은 있어."

"그래, 재벌가의 후계자니까 그 정도의 힘은 있겠지."

내용 자체는 비아냥거리는 것 같았으나 현주의 목소리는 담담했다.

"내 신상이 드러나지 않으리라는 거…… 믿어. 그래, 그렇게 되겠지. 네가 직접 이식을 한다는 사실을 밝히면 장기이식에 대한 사람들의 인식도 많이 달라질 거야. EH그룹 차원에서 홍보도 할 테니까. 그렇지?"

"맞아. 그룹 차원에서 대대적인 장기이식 홍보와 후원을 검토 중이야."

"그래, 그런 건 괜찮네. 좋은 일이야. 투석하기 전에 이식에 대해서 알아본 적이 있어. 그때 신장이식만이 아니라 다른 장기이식 관련 자료도 봤는데, 신장은 사실 생명이 달린 게 아니잖아. 투석이라는 대체제가 있으니까. 하지만 심장이나 간 같은 건 생명이 걸린 건데 뇌사자 이식이 아주 많이 부족하다고 들었어. 뇌사자가 생기는 건 슬픈 일이지만, 뇌사자 기증이 더 늘어나면 한 명이라도 더 살아나겠지.”

현주는 이식을 갈구하는 환자들을 떠올리는 모양이었다. 깊은 동정심과 슬픔을 담고 있는 눈빛이 되었다.

“강현아, 그런 배려 고마워.”

재회한 뒤 현주가 직접적으로 감사의 말을 입에 올린 건 처음이다. 강현이 전율하기 전 현주의 또 다른 말이 냉정하게 이어졌다.

“이식 홍보 같은 건 해도 돼. 아니, 이식을 기다리는 다른 환자들을 생각하면, 해주면 정말 고마운 거지. 수술이 끝난 뒤가 좋을 것 같아. 하지만 그때, 날 드러내진 마. 네가 누구에게 이식해 줬는지 말하지 말고, 약혼도 언급하지 마. 네 약혼녀로 소개되고 싶지 않아.”

“나와 미래를 함께하기 싫어서인 거야?”

강현이 공포감에 떨면서 내뱉은 질문에 현주는 아무 말도 하지 않는 것으로 대응했다. 강현은 참지 못하고 그녀의 손목을 더 세게 틀어쥐며 고함질렀다.

“대답해!”

“지금 나한테 답을 요구하지 마. 너무 이르다고 생각하지 않니?”

현주는 또다시 얼음이 연상될 만큼 차가워졌다. 강현은 자신이 선을 넘었다는 것을 깨달았고, 얼른 손을 놓았다.

“미안.”

“사과할 행동 자체를 하지 마. 가끔 정말…… 정말 널 견딜 수가 없어.”

현주는 주먹을 쥐었다 펴면서 눈을 질끈 감았고, 고운 미간도 일그러뜨렸다. 강현은 이럴 때 어떻게 행동해야 할지 알 수가 없었다.

현주의 곁에 있고 싶다. 하지만 현주가 나 때문에 괴롭다면…….

만약 몇 개월이 흐른 뒤에도 계속 이러면 어쩌지? 수술 뒤에도 이러면? 몇 년 뒤에도, 평생 이러면?

만약 정말로 그런 거라면 내가 떠나는 게 현주를 진정으로 위하는 길이 아닐까?

“뭘 그렇게 얼어붙어 있어?”

잠시 강현이 쏟아지는 공포에 호흡조차 멈춘 사이 현주가 타박의 말을 내뱉었다. 강현은 그녀의 얼굴을 재빨리 확인했다. 그 짧은 시간에 어디로 간 건지 고통은 더 이상 없었다.

“퍼즐 좀 가져와 줘.”

현주는 몇 걸음 떨어진 테이블 위에 놔둔 상자를 가리켰다. 강현은 어느새 뻣뻣하게 변한 몸을 움직여 상자를 가져와 현주에게 건네주었다. 현주는 뚜껑을 열어 퍼즐이 든 비닐과 밑에 깔 종이를 꺼냈다.

소파는 평평한데다가 넓은지라 퍼즐을 하기에 알맞았다. 현주는 진중한 표정으로 일단 테두리 퍼즐과 안쪽 퍼즐을 골라냈고,

밑에 종이를 깐 뒤 테두리 퍼즐을 맞추기 시작했다.

2년 전, 공부 때문에 워낙 바빠서 500피스짜리 하나를 맞추는데 한두 달이 넘게 걸리곤 했지만, 현주는 하루에 한두 개는 꼭 맞출 만큼 퍼즐을 참 좋아했다. 하는 동안에는 머릿속의 잡념이 사라진다며 그 기분이 아주 상쾌하다고 했다.

지금도 마찬가지였다. 몇 초 만에 현주는 강현의 존재도 잊고 퍼즐에만 집중한 표정이다. 강현은 현주가 고통을 잊었다는 사실은 반가웠다. 그를 잊고 있는 건 아쉽지만.

삐익.

현주가 테두리 퍼즐을 다 맞췄을 때, 어느새 각탕기가 30분을 알리는 소리를 냈다. 강현은 미리 준비한 수건을 가지고 와서 현주의 다리를 닦으면서 주물러 주었다. 전날까지만 해도 현주는 그가 이렇게 해주는 걸 쑥스러우면서도 불편해했으나, 지금은 퍼즐에만 집중할 뿐 그를 쳐다보지도 않았다.

선물하지 말걸 그랬나?

"나머지는 내일 해. 늦었으니 이만 자."

강현은 현주의 눈앞에 손을 흔들었다. 현주는 그제야 깜짝 놀라 퍼즐에서 눈을 뗐다.

"아, 그래야겠네."

"완전히 집중했네. 퍼즐이 그렇게 좋아?"

"응, 잡념이 전부 사라져. 오랜만이라 그런가? 이 기분, 정말 반가워."

그만큼 요즘 잡념이 많다는 뜻이리라. 마음이 복잡하다는 의미.

강현은 씁쓸한 기분을 누르고는 각탕기를 밀어 욕실로 가져가 물을 뺐다. 현주는 아쉬운 눈으로 퍼즐을 바라보며 소파에 그대로 앉아 있었다.

"이만 갈게. 쉬어."

강현은 소파에 둔 재킷을 걸치고 밖으로 나갔다. 오늘도 현주는 인사 같은 건 하지 않았다. 새삼스러운 사실은 아니지만, 오늘따라 가슴에 구멍이 난 것 같았다.

허전하고도 아픈 기분은 다음날에도 계속되었다. 아니, 어젯밤보다 조금 더 심해진 상황이다. 강현은 무겁게 가라앉은 표정을 관리한 뒤 현주의 집으로 들어갔다. 현주는 오늘따라 얼굴에 짜증이 가득했다.

"무슨 일 있었어?"

"그냥."

"나한테 말 못하는 일이야?"

현주는 입을 굳게 닫았고, 강현은 포기할 수밖에 없었다. 현주는 각탕기를 사용하는 내내 퍼즐만 하고 있었다.

"아참, 선물."

강현은 밖으로 나가기 전, 재킷 주머니에서 선물을 꺼내 소파 위에 올려놓았다. 다행히 넣어둔 상태 그대로였다. 현주는 잠시 눈만 깜빡거리다가 드디어 입을 열었다.

"그거 뭐야?"

"보이는 대로."

앞으로 살짝 꺾인 머리와 꼬리, 두 개의 날개가 달린 학 모양으로 접은 종이. 즉 종이학.

현주는 다가와 엄지와 검지로 종이학의 꼬리 부분을 집어 들었다. 그녀는 생전 처음 보는 것처럼 그렇게 우두커니 서서 한참 동안이나 쳐다보았다.

예상과는 다른 반응이다. 강현은 현주가 왜 이렇게 유치하냐고 비웃을 줄 알았던지라 약간 당황했다.

"직접 만든 거야?"

"맞아."

사실 일주일치 선물로 퍼즐 여러 종류를 미리 준비해 뒀으나 강현은 어젯밤에 손 수행비서에게 퍼즐은 더 이상 주고 싶지 않다는 의견을 피력했다. 그러자 손 수행비서는 오늘 점심시간에 어딘가에서 구해온 색종이를 건네주면서 인터넷에서 찾은 종이학 접는 법을 알려주었다. 딱 하나라도 직접 접어서 줘야 효과가 있는 법이라는 말을 덧붙였고.

"반듯하게 만드는 게 생각보다 어렵더라. 세 번째로 접어서 제대로 성공한…… 현수야?"

현주는 두 눈으로 눈물을 뚝뚝 흘리기 시작했다. 강현은 경악할 수밖에 없었다.

"어디 아프니? 아픈 거야? 당장 병원에 갈까?"

그는 어쩔 줄 몰라서 현주에게 바싹 다가갔다. 현주는 종이학을 잡은 손이 아니라 다른 손으로 서둘러 눈을 닦았으나 눈물은 계속 흘러내렸다.

"현주야, 왜 그런 거야? 혹시…… 겨우 이런 걸 선물한 게 서러워서 그런 거야?"

현주는 고개를 옆으로 열심히 저었다.

"아니야. 기뻐서…… 기뻐서 그래. 고마워."

대체 종이학 하나가 뭐라고?

강현은 도저히 이해할 수가 없었으나, 현주가 고마워하자 기쁘긴 했다. 그는 잠시 망설이다가 그녀를 품에 안았다. 여전히 작고 뼈만 만져지지만, 따듯했다.

계속되는 냉대 때문에 가슴에 난 구멍이 메워지는 기분이다. 현주의 존재감만으로도 온몸은 물론 영혼까지 충만해지는 느낌.

강현은 미소 지으며 현주의 정수리에 입을 맞추고는 좀 더 끌어안았다. 이런 기회는 정말 흔치 않았다. 그는 내친김에 손을 슬쩍 내리기 시작했다.

"신강현."

몇 초 뒤 현주는 울음기가 싹 가신 목소리로 내뱉었다.

"거기서 스탑."

아쉽군.

강현은 입맛을 다시며 허리에서 멈추었다. 현주는 그를 떠밀고는 주먹으로 가슴을 때렸다.

"이 변태!"

"사랑해. 내일 봐."

현주는 얼굴에 눈물 자국이 남아 있었으나 한결 편해 보였다. 강현은 환하게 웃으며 집 밖으로 나갔다. 들어갈 때에 비해 정말 마음이 가벼웠다.

다음날 강현은 출근한 손 수행비서에게 감사의 말을 날렸고, 앞으로 조언을 더 잘 듣겠다고 속으로 다짐했다. 그리고 이날 저녁, 현주의 집으로 간 강현은 전날에 그녀에게 무슨 일이 있었는지 듣게 되었다.

"고등학교 동창 전화?"

"응. 오랜만에 전화했다 싶었더니 역시 결혼한다는 용건이었어. 그래 놓고 열심히 자랑을 하더라. 결혼할 남친이 뭘 해줬다 어쩐다 그러면서. 좀 많이 짜증 나더라."

"현주야, 말만 하면 뭐든 해줄 수 있어. 보석이든 가방이든."

현주는 고개를 저었다.

"물질적인 것 때문에 짜증이 난 게 아니야. 사실…… 질투한 거야. 걔 정말 행복한 것 같았어. 걱정거리 하나 없이. 그게…… 부럽고 질투가 났어. 내 인생은 왜 이런가 싶어서."

현주가 가감 없이 속마음을 말하고 있다. 강현은 기쁘면서도 기분이 약간 이상했다. 현주는 저런 솔직한 생각을 쌍둥이 동생인 명주에게도 말하시 못하리라. 오로지 강현에게만 털어놓는 것.

기뻐할 일이지만 뭔가 이상했다. 뭔가, 뭔가…….

"그 결혼할 남친이 직접 만들어서 선물해 줬다며 자랑한 것 중에 하나가 종이학이야. 요즘 이런 거 싫어하는 사람도 많지만…… 난 한 번도 받아본 적 없어서 그런지…… 어제 받으니까 갑자기 눈물이 나더라."

"더 줄까? 말만 해."

"아니야. 하나만으로도 충분해. 고마워."

현주는 빙긋 웃으며 감사의 인사를 했다. 강현은 심장이 뭉클거렸지만, 여전히 등골에는 좋지 않은 기운이 싸하게 남아 있었다.

대체 왜 이런 거지?

"현주야, 내일도 명주 오지?"

"응."

명주는 금요일 밤 늦게 집에 와서 토요일 오후에 내려가곤 했다. 때문에 강현은 금요일에는 현주의 집에 올 수가 없었다. 오겠다고 말한 적이 있지만, 현주는 소름이 돋을 것 같은 차가운 태도로 단칼에 말을 잘랐다. 명주는 안 만나는 게 서로를 위해 좋다고.

일주일에 하루. 현주에게 올 수 없는 날.

그래서 강현은 금요일이 싫었다. 주말을 앞둔 날이라 직장인이라면 누구나 금요일을 반기지만, 그는 아니었다.

하지만 앞으로는 문제가 더 커질 수도 있었다. 일주일 중 금요일 하루만 현주를 만나지 못하는 게 아니라 다른 요일도 그렇게 될 수 있으니까.

"제대가 얼마 남았지? 이제 한 달인가?"

"맞아. 그때부턴 안 오는 게 좋을 것 같아."

"아니, 그러지 않을 거야."

살기로 활활 타오르던 명주의 눈빛이 눈앞에 선했으나 강현은 고개를 가로저었다. 현주를 일주일에 하루 안 보는 것도 괴로웠다.

"강현아, 명주가 널…… 많이 괴롭게 할 거야."

"괜찮아. 그러는 게 당연하니까. 그리고 명주는 네 가족이고,

내 가족이 될 사람이기도 해. 아니, 이미 내 가족이야. 난 현주 널 내 아내라고 생각하니까. 내 인생에서 네가 내 유일한 아내가 될 거야. 사랑해, 현주야.”

강현은 열렬하게 고백했으나 현주는 입을 다물었다. 새로운 건 없었다. 미래를 언급할 때면 현주는 항상 이래 왔으니까. 언제나 같은 반응.

얼마나 시간이 지나야 현주가 대답할까? 얼마나 시간이 지나야 현주가 대답할까? 언제쯤에야 현주가 웃으면서 미래를 함께 이야기할까? 혹시…… 불가능한 게 아닐까?

“명주 문제는 나중에 제대할 때 다시 이야기하자. 이만 가.”

현주는 어서 나가라는 듯 손짓을 했다. 강현은 갑자기 삐걱거리기 시작한 몸을 움직여 그의 집으로 돌아갔다. 한숨을 내쉬며 침대에 풀썩 주저앉을 때, 칼로 나무를 판 것처럼 머릿속에 선명하게 새겨지는 사실이 있었다.

어쩌면 미래라는 게 없을 수도 있다.

“아니야.”

강현은 이를 악문 채 내뱉었다.

그래, 정말로 아니다. 미래는, 신강현과 장현주가 함께하는 미래는 존재한다. 존재할 것이다. 그래야 한다. 반드시 그럴 것이다!

그러나 강현은 100퍼센트 확신할 수가 없었다. 그건 당연한 일이긴 했다. 현주는 아직 그를 용서하지 못했고, 재회한 지 한 달도 지나지 않은 상황이니까.

인간은 망각의 축복을 받은 존재이다. 더군다나 시간이 약이라는 말이 있는 만큼 시간이 흐르면 아무리 선명한 고통이든 분노든 사그라지기 마련이다. 그게 정상이니까. 그러니 시간이 흐를수록 현주는 그에게 가지고 있는 부정적인 마음을 조금씩 흘려 버릴 것이다. 그러다가 마침내 사랑만으로 그를 볼 수 있으리라.

하지만 만에 하나 그러지 못한다면? 아무리 시간이 흘러도 날 용서할 수 없다면? 그러면 어쩌지? 현주가 날 진정으로 받아들이지 못하면? 날 바라볼 때마다 고통만 뼈저리게 느낀다면?

아니다, 아니다. 괜찮아질 것이다. 그럴 것이다. 실제로 현주는 뾰족한 가시를 휘두르긴 해도 때때로 미소를 보여주었고, 고맙다는 말도 했으며, 그의 장난 같은 말과 스킨십도 받아주었다. 더군다나 속마음도 솔직하게 털어놓을 때가 있었다.

하지만 이상하다. 그건 좀 이상하다.

강현은 저번 대화를 떠올렸다. 현주는 남들과 같이 식사하는 것을 싫어한다면서 그 사실은 명주에게도 비밀이라고 했다. 그 말을 들었을 때도 지금과 같은 불길한 느낌이 엄습했다.

이상했다. 어째서 현주는 때때로 꼴 보기 싫어하는 그에게 속마음을 다 털어놓는단 말인가? 그와 거리를 좁히고 싶어서일 수도 있지만, 아니다. 그건 아닌 것 같았다.

그렇다면…….

순간 어떤 깨달음 하나가 강현의 머리를 거대한 망치처럼 후려쳤다.

가까운 이에게는 솔직한 마음을 못 털어놓는 사람이 처음 보는 타인에게 모든 것을 말하는 경우가 있긴 했다. 그건 그 타인을 다시 보지 못할 거라는 사실을 알고 있기에 하는 행동이다. 즉, 다시 만나지 않을 사이이기에 허심탄회하게 말할 수 있는 것.

현주는 결국에는 나를 떠날 생각인 건가? 그런 건가?

강현은 덜덜 떨리는 손으로 휴대전화를 움켜쥐었다. 방금 그를 데려다 주고 간 운전기사를 다시 호출해서 현주의 집으로 갈 생각이다. 그러나 번호를 누르기 전, 그나마 남아 있는 이성이 강현을 붙들었다.

아무리 캐물어도 현주는 답하지 않을 것이다. 이제까지 그래 왔듯이 미래에 대해서는 아무 말도 하지 않으리라.

기다려야 한다.

현주는 아직 미래를 모르겠다고, 말하기엔 이르다고 직접 언급했다. 어쩌면 그건 거짓말일 수도 있었다. 사실은 신장만 받고 떠나겠다고 결심한 것일지도.

두려움이 온몸을 잔인하게 난도질했으나 강현은 저항했다. 그는 이제 이름대로 강하고 현명해졌다. 그대로 무너질 수는 없다.

수술 전까지 아직 시간이 있다. 짧게 몇 주, 길게 몇 달은 남아 있다. 일주일에 여섯 번뿐이라고 해도, 수십 번 더 만날 기회가 있다는 뜻. 그동안 현주에게 사랑의 씨앗을 더 심을 수 있을 것이다. 현주의 손을 잡고 함께 행복의 꽃을 피어나게 할 수 있을 것이다.

반드시 그럴 것이다. 반드시 그렇게 해야 한다!

강현은 결의를 다지듯 맹세에 맹세를 거듭했다. 그리고 다음날, 명주가 오는 날임에도 저녁때 현주의 집을 찾아갔다.

그러나 현주는 집에 없었다. 불빛도 안 보이는 걸 보니 아무래도 외출을 한 모양이다. 강현은 길고 긴 한숨을 내쉬며 대문에 등을 기댔다. 코트를 걸쳤음에도 차디찬 기운이 등골을 후려쳤지만, 강현은 차 안으로 피신하지 않았다. 계속 그러고 있자 보다 못한 운전기사가 차 밖으로 나왔다.

"이사님, 안에서 기다리시는 게 어떻습니까?"

"아닙니다. 괜찮습니다."

"그래도 아직 많이 추운데……."

운전기사는 걱정하는 기색이었으나 강현이 손짓을 하자 차 안으로 들어갔다. 강현은 새삼 휴가 중인 손 수행비서가 아쉬웠고 계속 고생만 시킨 게 미안하고 이래저래 도움받은 게 고마워서 요 며칠 특별 휴가를 준 상황이었다.

그러나 손 수행비서가 곁에 있든 어쩌든 사실 이건 근본적으로는 신강현이 해결할 문제였다. 신강현이 진심을 보여주는 방식으로 풀어야 하는 어지러운 매듭.

사랑한다는 말을 더 자주 할 것. 진실한 마음이 담긴 선물을 할 것. 항상 부드럽고 상냥하게 대할 것.

강현은 속으로 굳건한 다짐을 되뇌면서 휴대전화를 꺼내 들었다. 배경화면에 현주와 뺨을 마주한 채 웃고 있는 사진을 깔아놓은 상태이다. 2년 전에 찍은 것.

수술 후, 같은 자세로, 하지만 더 환하게 웃는 얼굴로 사진을 다시 찍을 것이다. 행복을 그렇게 기록할 것이다.

강현이 그날을 생각하며 미소 지을 때, 발자국 소리가 들렸다. 저편에서 현주가 명주와 걸어오고 있었다. 강현은 그를 발견하고 깜짝 놀란 그녀의 표정이 아니라, 명주와 팔짱을 끼고 있다는 사실 자체가 신경 쓰였다.

남동생을 질투하는 건 좀 우스운 일인데……

강현은 감정을 내리누르고는 최대한 부드러운 목소리로 현주에게 물었다.

"어디 다녀왔어?"

"운동할 겸 동네 산책했지. 근데, 오늘 웬일이야? 추워 보이는데…… 많이 기다린 거야? 전화하거나 차 안에서 기다리지."

현주가 약간 안타까워하고 있는 데 반해, 명주는 분노로 활활 타오르는 눈빛으로 강현을 쳐다보고 퉁명스레 물었다.

"무슨 일입니까?"

"현주가 보고 싶어서 왔습니다. 현주야, 네가 그리워서 왔어."

현주는 눈을 깜빡이다가 한 손으로 입을 가리며 고개를 옆으로 돌렸다. 귀가 빨개지는 게 보였다. 강현은 만족하며 웃었다.

"너 봤으니 됐어. 이만 가볼게. 잘 자."

강현은 달콤하게 속삭이고는 고개를 끄덕여 인사했다. 명주의 살벌한 시선이 뒤쫓아왔으나 그는 미소 지으며 차에 탔다. 전날과는 달리 이날 강현은 편안하게 잠들 수 있었다.

다음날부터 강현은 조금 일찍 가서 현주와 함께하는 시간을 늘렸다. 반드시 달콤한 어조로 사랑한다는 말을 두세 번씩은 했고, 최소한 손이라도 한 번은 붙잡아서 온기를 확인한 뒤에야 나왔다. 그리고 현주가 시퍼런 냉기를 풀풀 흘리며 침묵으로 찌를 때도 그는 쾌활한 어조로 그날 있었던 일, 즉 그의 일상에 관해서 몇 마디

씩은 반드시 말했다.

듣지 않는 걸까? 아니면 듣고는 그냥 무시하는 걸까?

강현이 답을 알게 된 건 열흘 뒤였다. 그동안 무거운 침묵에 짓눌려 있던 현주는 얼마 전에 그가 간략하게 설명한 진행 중인 프로젝트에 대해서 물었다. 강현은 환하게 웃고 싶은 충동을 내리누르고는 답을 주었다.

"사랑해, 현주야."

집을 나서기 전, 강현은 미소 지으며 현주의 이마를 입술로 훔쳤다. 현주는 저리 가라는 듯 그의 어깨를 콩 소리 나게 쳤으나 아프게 때린 건 아니었다.

그리고 다음날부터 현주의 반응은 좀 더 부드러워졌다. 그러나 때때로 날카롭고도 싸늘하게 강현의 심장을 후벼 파는 행동을 계속 하긴 했다. 고통스러웠으나 강현은 버티고 버텼다. 죄인이니 당연히 감수해야 할 일.

그러나 피가 나지 않는 건 아니다. 현주에게 외면당하고 냉혹한 시선 속에 노출될수록 강현은 상처에서 피가 철철 흘러나오는 기분이었다.

너무도 웃긴 일이다. 현주는 그 비극을 오로지 혼자서 겪었고, 지금도 일주일에 세 번, 네 시간씩 투석을 하는데다가 음식도 철저하게 가려 먹어야 하는 상황인데 그는 현주가 따듯하게 대하지 않는다고 마음 아파했다.

바보 같은 짓.

이래선 안 된다. 그런 것 때문에 상처 입어선 안 된다. 그러나 근본적으로 두려웠다. 미래에 대해서 확신을 가질 수 없기 때문이다.

시간이 더 흘렀으나 현주는 여전히 냉랭한 모습을 종종 보여주었다. 아주 가끔은 웃어주었고, 농담도 했으며, 그가 사랑한다고 고백할 때는 얼굴에 홍조를 띠기도 했다. 그의 포옹을 받아주었고, 뽀뽀도 거부하지 않았으며, 때로는 물끄러미 그의 눈을 바라볼 때도 있었다.

그러나 그 이상은 아니었다. 그리고 무엇보다 명주의 제대 전날이 되자 단호하게 이런 말을 했다.

"내일부터 오지 마. 명주가 알아서 해줄 거야."

"현주야."

"네가 부담스러워."

강현은 주춤거렸으나 곧바로 대응했다.

"너를 사랑해."

"네 신상만으로 충분해."

"내 마음은? 그건 안 받을 거니?"

강현은 좀 더 가까이 다가가 손을 뻗어 현주의 손을 잡았다. 현주는 뿌리치지는 않았으나 그렇다고 마주 잡지도 않은 채 그를 차가운 눈으로 쳐다보았다.

"현주야, 나와의 미래는? 그건 어떻게 할 거야?"

그는 현주가 검사를 위해 입원하기 전, 병원 로비에서 같은 말을 했었다. 그때 현주는 침묵으로 반응했고, 강현은 그것을 나쁜 징조라고 생각하지 않았다. 그러나 현주의 이번 반응은 또 달랐다.

"내가 왜 네 마음이나 미래를 받아야 하는데?"

이번 공격은 상당히 아팠다. 강현이 소리 없이 주춤거릴 때 현주는 그에게서 손을 빼냈다. 강현은 그 사실을 받아들일 수 없었고, 쫓아가 손을 움켜쥐었다.

"널 사랑해."

"그래서?"

"저번에도 말했잖아. 다시 시작하고 싶다고."

"싫다면?"

강현은 순간 눈앞이 캄캄해졌다. 그야말로 빛이라고는 한 점도 없는 암흑 속으로 추락한 기분이다.

"아파."

현주의 짤막한 말이 울리자 강현은 자신이 그녀의 손목을 너무 세게 쥐고 있다는 것을 알아차렸다. 그는 서둘러 손을 거두며 사과했다.

"미안."

"네가 미워. 싫어. 증오해. 짜증 나. 화가 나. 그리고……."

현주는 말을 멈춘 채 눈을 바닥으로 내리깔았고, 몇 분 뒤에 다시 입을 열었다.

"나도 답답해. 아직도 감정을 조절할 수가 없어. 아직도…… 재회한 지 좀 지났는데도 말이야. 그래서…… 문득 그런 생각이 들어. 앞으로도 이러는 게 아닐까? 너에 대한 이 나쁜 마음이…… 그대로 남는 게 아닐까? 평생 이러는 게 아닐까?"

강현은 묵직한 것으로 뒤통수를 후려 맞는 기분이었다. 무섭기 때문이었다.

그가 고민했던 것을 현주도 고뇌하고 있었다. 그러나 그가 공포 속에서 몸을 벌벌 떨었던 것과는 달리, 지금 현주는 평온하면서도 냉철해 보였다. 또한 그의 표정을 살피는 현주의 눈매는 대단히 날카로웠다.

"너도 이 생각, 해본 거로구나."

강현은 답하지 않았다.

"수술은 몇 달 뒤겠지. 그런데 강현아, 그 뒤에도 내가 이러면 어떻게 할 거니? 나는 지금 이 상태에서 변하지 않을 수 있어. 반면에 너는, 네 감정은 변할 수도 있지."

설상가상이다. 강현은 터질 것 같은 머리를 부여잡고 싶었으나 초조하게 뒤흔들리는 마음을 가라앉히려고 노력하며 침착하게 내뱉었다.

"내가 널 사랑한다는 걸 못 믿는 거니? 현주야, 난 모든 걸 정리했어."

"알아. 넌 사장님께 버림받을 거라는 걸 각오하고 나왔지. 결과적으로 사장님께 허락받았지만 이제까지 네가 한 말이나 행동을 보면 내게 진심이야. 하지만 말이야, 그 마음이…… 미래에도 그대로일까?"

강현이 미처 입을 열기 전, 현주가 이어 말했다.

"오늘 아침에 물을 한 모금 마실까, 두 모금 마실까 고민하다가…… 이런 생각이 들었어. 내가 그런 일을 겪지 않았다면 네가 혼인신고를 하자고 했을까? 사랑한다고 고백했을까?"

"당연히!"

"아니겠지."

현주는 아주 담담한 목소리였다. 그러나 그를 바라보는 그녀의 얼굴에 짙은 고통의 그림자가 내려앉았다.

"내게 그런 일이 생기지 않았다면, 난 미국에 그대로 남아서 공부하고 있을 테니 우린 다시 만나지 못했을 거야. 혼인신고는커녕 그냥 평생 서로 보지 못한 채 넌 너대로, 난 나대로 살았을 거야. 그래서…… 지금의 상황이 반갑지 않아. 난 결국 네 발목을 잡은 거야. 넌 아니라고 말하겠지. 그런 표현은 틀리다고 말하겠지. 하지만 그건 사실이야. 난 네 발목을 잡았어. 네가 지금 날 사랑하는 이유는…… 죄책감이 가장 큰 원인인 거야. 신장, 바로 그거."

"신장을 이식하면 죄책감이 사라질 테고, 죄책감이 사라지면 너에 대한 내 사랑도 사라질 거라는 말이니? 그런 거야?"

"모르겠어. 미래는 아무도 알 수 없으니까. 내가 알고 있는 건, 지금 이렇게 우리가 마주 앉아 있는 근본적인 이유는 죄책감 때문이라는 거야. 그리고 죄책감은 언젠가 사라져. 넌 평생 갈 거라고 생각하겠지. 그렇게 평생 갈 만큼 큰일이긴 해. 하지만 강현아, 난 그래선 안 된다고 생각해. 그 일은, 그런 기억은 고통이자 괴로움이야. 그런 걸 오랜 시간 가지고 있어선 안 돼. 그랬다간 마음이 치유될 수 없을 만큼 병들 테니까. 강현아, 나도 내 마음이 정상적이지 않다는 걸 알아. 나, 굉장히 신경질적이고 변덕스럽지?"

강현이 답하기도 전, 현주는 이번에도 빠르게 말을 계속했다.

"그런데 어쩔 수가 없어. 몸이 아프니까 마음도 아파. 노력하고 있지만…… 힘들어. 이런 걸 생각하다 보니 망각이라는 게 절실해지더라. 다 잊고 싶은 마음도 들어. 망각, 그거 축복이라고 생각해. 나도 마찬가지지만, 너도 이 괴로움을 잊어야 해. 죄책감을 덜어야 해. 그리고 강현아, 너도 나와 재회한 뒤 많이 힘들잖아."

강현이 아니라고 답하기 전, 현주는 고개를 저으며 한 손을 그의 뺨에 살짝 댔다. 강현은 호흡도 멈춘 채 기다렸다. 현주는 안타까운 표정으로 그의 뺨을 쓰다듬었다.

"재회한 뒤에 체중 많이 줄었지? 얼마나 줄었어? 5kg?"

"그 정도는…… 아니야."

"어머니께서 많이 걱정하시지?"

강현은 이번엔 정말로 답을 할 수가 없었다. 그는 기습적으로 현주의 입술 바로 옆에 키스한 뒤 속삭였다.

"난 긴깅해."

"알아. 아직은 육체도 건강할 거야. 하지만 힘든 상황이 계속될수록…… 고통은 마음에 머무르지 않고 네 육체로도 연결될 거야. 이미 체중이 줄어들었잖아. 그 정도에 그치지 않고 건강이 크게 상할지도 몰라. 네 어머니를 위해서라도 이래선 안 되잖아. 강현아, 이제 죄책감은 조금씩 버릴 때가 된 것 같아."

강현은 다시 손을 뻗어 현주의 손목을 붙들었다. 가늘고 연약한 뼈가 만져졌다. 죄책감이 들지 않을 수 없다. 그러나 강현은 현주의 말이 일정 부분은 옳다는 것을 잘 알았다. 정신이 병들지 않기 위해서 조금이라도 잊어야 되는, 최소한 흐릿하게 만들어야 되는 기억도 있으니까.

"장현주. 현주야, 난 너를 사랑해. 죄책감 때문만이 아니라 정말로 너 자체를 사랑해."

순간 강현은 깨달았다. 지난 2년 동안에 진행되었던 사랑에 대해 아직 이야기하지 않았다는 것을.

이제 이야기할 때이다. 과거부터 현재, 미래까지.

"2년 전까지 난 사랑이라는 단어를 아예 입에 담지 않았지. 하지만 이번에 너와 재회한 뒤 깨달았어. 네가 이번에 검사받기 위해 입원하기 전에 말했잖아, 첫눈에 반했다고. 그 말, 진짜야. 4년 전 해변에서 널 처음 본 순간 첫눈에 반했어. 그리고 너와 헤어진…… 아니, 내가 널 버린 뒤에도……."

강현은 눈을 질끈 감았다가 떴다. 눈을 감은 찰나의 순간에 보였던 암흑은 사라지고 현주가 보였다. 피곤한 기색이지만 그를 똑바로 응시하고 있는 여자.

"난 지난 2년간 널 떠올리지 않았어. 잊었다고 생각했지. 하지만 그게 아니라 넌 내 마음속에 뿌리를 내린 상태였어. 원래부터 그랬던 것처럼 너무도 당연하게. 호흡하는 것처럼 너무도 자연스럽게. 처음 만난 순간부터 사랑하지 않은 적이 없어. 그렇기 때문에 너와 재회했을 때 바로 쫓아갔고, 네 주소를 알아보게 해서 찾아갔고, 과거에 무슨 일이 있었는지 알아낸 뒤 즉시 이식을 하겠다고 결심한 거야. 만약 널 사랑하지 않았다면, 죄책감만으로 널 대했다면 병원에서 널 발견했을 때 애초에 쫓아가지도 않았겠지. 그리고…….”

망설였으나 강현은 가감 없이 털어놓았다.

“과거를 알게 되었어도 그냥 돈만 쥐어주고 끝냈을 거야. 난 나쁜 놈이니까.”

순간적으로 분기가 치밀었는지 현주는 그를 매섭게 쏘아보며 소리쳤다.

“그래서? 지금 그래서 사랑해 주는 걸 고맙게 여기라는 거야?”

강현은 현주의 감정이 다시금 요동치고 있다는 것을 깨닫고 서둘러 고개를 저었다.

“그게 아니야. 내가 네게 진심이라는 거야. 나는 좋은 남자가 아니야. 유약하고 비겁해. 어머니께 불효자였고 네게는 나쁜 연인이었어. 하지만 널 생각하면…… 더 나은 존재가 되고 싶어. 너는 내게, 더 좋은 남자가 되고픈 마음을 갖게 해. 나를 더 나은 존재로 만들어. 저번에 내가 장기이식에 대해서 이야기했지? 네가 아니었다면 그런 생각 같은 건 아예 안 했을 거야. 하지만 너로 인해 나는 다른 사람들을 배려하게 되었어. EH그룹의 후계자로서, 더 강력한 권력과 더 많은 재력에만 관심 있던 내게 다른 사람들을 돕고 살아야 된다는 사실을 알려줬어. 날 이렇게 더 나은 사람으로 만들어준 건 너야. 고마워. 현주야, 정말로 고마워.”

강현은 진심을 담아 속삭이며 현주의 손을 잡은 손에 힘을 더 주었다.

“진심으로, 장현주, 너를 진심으로 사랑해.”

“……그게 수술 뒤에도 이어질까?”

대화가 다시 출발 지점으로 돌아왔다는 사실을 깨달은 강현은 즉각적으로 이렇게 대응했다.

“그래, 그럴 거야. 현주야, 내가 알고 있는 건, 지금 이렇게 우리가 마주 앉아 있는 근본적인 이유는 사랑 때문이라는 거야.”

현주는 죄책감 때문이라고 했다. 하지만 강현은 사랑을 이야기했다. 그의 진심이니까, 사실이자 현실이니까.

“수술 전에도, 수술 뒤에도 이렇게 너와 함께 있고 싶어. 이전에 그랬듯이 너와 다시 한집에서 살고 싶어. 동거 관계가 아니라 법적으로 모든 권리가 보장되는 남편과 아내로서 그러고 싶어. 현주야, 넌 그런 마음이 전혀 없는 거니?”

현주는 입술을 열었으나 아무 말도 하지 못했다. 말하고는 싶으나 목이 무언가에 의해 가로막힌 것처럼 현주는 한 손으로 목을 움켜쥐고 있었다. 얼굴도 일그러져 있었다.

아직은 준비가 안 됐다는 뜻.

이전까지 강현은 현주가 거부감을 보이면 물러났으나, 이번에는 도저히 그럴 수가 없었다. 그는 지금이 중요한 시점이라는 것을 잘 알았다.

“현주야, 말해줘.”

강현은 그녀의 얼굴 가까이 다가갔다. 숨결이 닿는 거리에서 그는 애걸하듯 속삭였다. 아니, 애걸했다.

“제발.”

“나는…….”

현주의 입술이 드디어 열렸다. 무표정하거나 짜증과 분노가 스쳐 지나갔던 얼굴이 봄날의 햇살을 받고 있는 눈사람처럼 녹아내리기 시작했다. 그리고 새로이 남은 건 맑고 투명한 눈물이었다.

어떤 감정이 담겨 있는 걸까?

강현은 알지 못했기에 고개를 숙여 혀로 맛을 보았다. 그저 짭짜름했으나 강현에겐 특별했다. 현주의 것이니까.

"말해줘, 현주야. 제발, 제발."

그는 다시 애걸했고 현주는 답하듯 눈을 감았다가 떴다. 맺힌 눈물이 뺨으로 흘러내리는 가운데 그녀는 입을 열었다.

"강현아, 나는……."

벨소리가 울렸다. 강현의 휴대전화 벨소리.

품속의 현주가 얼어붙자 강현은 이 순간 휴대전화를 짓밟고 싶은 폭력적인 충동에 시달렸다. 그는 무시할 생각이었으나, 현주는 강한 힘으로 그를 떠밀고 등을 보였다.

"현주야!"

"전화 받아."

현주는 곧바로 화장실로 도망쳤다. 문을 잠그는 둔탁한 소리가 울리는 가운데, 강현은 어쩔 수 없이 재킷 주머니에서 휴대전화를 꺼냈다. 손 수행비서였다.

이 순간만큼은 손 수행비서를 탓하지 않을 수가 없었다. 강현은 일그러진 얼굴과 거친 손짓으로 전화를 받았다.

[이사님, 장현주 씨와 계시는데 방해해서 죄송합니다. 바로 알려 드릴 소식이 있어서 전화드렸습니다.]

손 수행비서의 목소리는 약간의 흥분으로 들떠 있었다. 강현은 천둥번개가 꽂히는 듯한 전율 속에서 깨달았다.

"혹시…… 결과가 나온 겁니까?"

[그렇습니다. 연락이 왔습니다.]

손 수행비서가 열띤 목소리로 소리치듯 이어 말했다.

[이식 승인이 났습니다!]

10

현대 장기이식에서 가장 금기시되는 건 비윤리적이고 상업적인 장기 거래 행위였다. 따라서 국립장기이식관리센터, 즉 KONOS에서는 장기 매매가 이루어질 수 있는 가능성 자체를 철저하게 차단했다. 때문에 실제 가족끼리 이식하는 상황에서도 가족관계증명서 같은 확실한 서류가 반드시 필요했고, 타인끼리의 이식은 특별한 사정이 있지 않는 한 승인받기 매우 힘들었다.

신강현과 장현주는 법적인 접점이 있는 사이가 아닌 타인끼리의 이식이기에 허락 절차가 매우 복잡했다. 기증자와 수혜자는 일단 장기이식 코디네이터를 만나서 상담 및 교육을 받아야 하며 사회사업사도 만나봐야 했다. 또한 기증자는 장기이식 대상자 선정 승인 신청서와 이식 대상자 선정 사유서를 제출해야 했으며, 수혜자와의 관계를 확인할 수 있는 서류도 준비해야 했다. 가장 문제가 될 수 있는 쟁점인 금전을 받고 매매하는 게 아니라는 사실을 증명하기 위해 재산관계증명서도 보여야 하는 건 물론이었다.

오래 사귀었고, 사진 같은 증거 자료가 충분하다면 타인끼리의 이식이라고 해도 2주일이면 허락을 받을 수 있다고 했다. 그러나 수혜자 장현주와 기증자 신강현의 수술 허가는 신청한 지 한 달 하고도 반달 만에 결과가 나왔다. 사귄 건 확실했으나 증거 자료라고 부를 수 있는 사진이 많지 않았기 때문이다.

그러나 어찌 됐든 결과적으로 승인을 받았는데, 그건 재산 덕분도 있었다. EH그룹 후계자인 강현이 금전 때문에 장기를 매매하는 게 아니라는 사실이 너무도 명백하기 때문이다. 더군다나 강현의 법적인 보호자이자 EH그룹 총수인 한은희가 기증을 허락한다는 서류도 첨부된데다가 강현이 기존의 다른 약혼 관계를 청산했다는 사실이 공개적으로 기사화된 상황이며, 현주가 가지고 있던 사진은 장 수는 많지 않지만 두 사람이 연인이었다는 사실을 확실하게 증명하고 있었다. 즉, 신강현과 장현주가 재회한 연인이라는 사실이 분명했다.

─사랑하는 여자가 이전처럼 건강해져서 환하게 웃는 모습을 보고 싶습니다.

강현은 이식 대상자 선정 사유서에 자필로 그렇게 썼다. 그게 그의 진심이니까.

약혼이나 결혼을 예정한 사이라는 건 언급하지 않았다. 그러고 싶은 마음은 굴뚝같았으나 현주가 원치 않았으니까. 그래서 한두 달은 더 걸릴 줄 알았는데 허락이 떨어졌다.

수술을 할 수 있게 된 것!

강현은 더없이 기뻤으나, 소식을 들은 현주의 표정은 좋지 못했다. 아니, 나쁘기까지 했다. 금기를 범해야 한다는 명령을 들은 사람처럼 괴롭게 보일 정도였다.

"기쁘지 않은 거니?"

강현은 직접적으로 물어보았다.

"나한테 이식받기 싫은 거야?"

"아니, 그런 게 아니야. 남들은 이식 못 받아서 난리인데 당연히 기쁘지."

"그런데 표정이 왜 그러니?"

"무서워서……."

화장실에 들어갔다가 나온 현주는 세안을 했는지 말간 얼굴에 더 이상 눈물도 없었고 머리카락 끝에는 물기가 몇 방울 맺혀 있었다. 그러나 강현은 현주가 보이지 않게 흘리는 두려움의 눈물을 감지했다. 그는 성큼 걸어가 현주를 꼭 끌어안고 속삭였다.

"아주 쉬운 수술이잖아. 괜찮을 거야. 우리 둘 다 건강하게 퇴원할 거야. 걱정하지 마."

강현은 현주의 마른 등을 위아래로 연신 쓰다듬어 주었다. 뻣뻣하기 그지없었던 현주의 몸이 서서히 부드럽게 풀렸다. 강현은 깊이 안도하며 그녀의 어깨와 목 사이에 얼굴을 묻었다.

상큼한 레몬 향이 강현의 코에 감돌기 시작했다. 현주는 레몬 향 바디워시를 사용하기 때문이다. 2년 전과 똑같은 부분.

강현도 쓴 적이 있다. 함께 샤워할 때, 현주는 여자 냄새라고 질색하는 그를 놀리면서 온몸에 발라주었다. 처음에 그는 이맛살을 찌푸렸으나 현주가 뜨겁게 몸을 겹쳐 온 뒤에는 환희만 느꼈다.

강현은 치솟는 충동을 내리누르기 위해 눈을 질끈 감고 천천히 고개를 들었다. 코앞에 있는 현주의 얼굴은 여전히 두려움으로 질려 있었다. 겁먹은 여자를 앞에 두고 2년 전에 욕실에서 있었던 일에 관해 생각해선 안 될 터.

"괜찮을 거야. 괜찮을 거야, 현주야."

강현은 굳건하게 속삭인 뒤 현주의 작은 어깨를 가볍게 쥐었다가 놓으며 한 걸음 뒤로 물러섰다. 레몬 향의 유혹에서 멀어져야 했다.

"내일 투석한 뒤 만나서 B병원으로 가자. 코디네이터와 다시 만나서 수술 날짜를 정해야 해."

"그래, 알았어."

"이만 난 갈게. 잘 자. 사랑해."

강현은 미소 지은 뒤 돌아섰다. 현주는 여전히 인사가 없었다. 항상 그랬으나 마음 아프지 않은 건 아니었다. 강현은 속으로 한숨을 참으며 그대로 집을 나섰다. 남겨진 현주가 수술이 무서운 게 아니라고 속삭이는 것을 듣지 못한 채.

"되도록 빨리 하고 싶습니다."

강현은 단호하게 말했고, 코디네이터는 고개를 끄덕이더니 손에 들고 있는 달력을 보여주었다.

"음, 6일 뒤가 캔슬 되어서 자리가 있지만 수혜자분이 탈감작 치료를 받으셔야 되니까 이날은 안 돼요. 기증자분도 검사받을 게 아직 남아 있기도 하고요. 3주일 뒤는 어떠세요?"

"전 괜찮습니다. 현주야, 넌 어때?"

한 시간 전에 투석 병원에서 만난 뒤 지금까지 계속 침묵만 지키던 현주는 이제야 입을 열었다.

"저도 괜찮아요."

"그럼 이날로 잡을게요. 수혜자분은 2주일 전에 오셔서 항암제 주사를 맞으셔야 해요. 그런 뒤 일주일 전에 장기이식병동에 입원하시면 되고, 기증자분은 하루 전에 비뇨기과병동에 입원하시면 돼요."

신장이식 수술은 기증자의 경우 비뇨기과에서 담당하게 되어 있었다. 이 B병원의 경우 장기이식병동과 비뇨기과병동이 같은 층인지라 수술 전후로 서로 움직이기에 편리했다. 정확하게 말하자면, 강현이 현주를 방문하기에 괜찮았다.

"그러겠습니다. 말씀 감사합니다."

강현은 자리에서 일어나며 인사했고, 코디네이터도 상냥하게 웃으며 마주 인사했다. 현주는 고개를 숙인 뒤 강현과 함께 나왔다. 뒤에 조용히 물러서서 메모하던 손 수행비서는 따라 나온 뒤 잠시 서서 스마트폰을 만지면서 상사의 일정에 대해 조정하기 시작했고, 강현은 현주의 손을 잡았다. 뿌리칠 줄 알았으나 다행히 현주는 그러지 않았다.

"번역 일은 잘 되고 있어?"

"그럭저럭."

답을 해주는 게 정말 기뻤다. 강현은 현주의 손을 잡은 채 천천히 걷기 시작했다. 주차장까지는 백여 미터로, 이 순간 강현은 열 배는 더 먼 거리이길 바랐다.

"적성에는 맞니?"

"나름 재미있어."

"음, 혹시 말이야. 다시 공부하고 싶어?"

현주의 꿈은 교수였다. 그 길을 착실하게 걷던 그녀가 이탈하게 된 건 뜻하지 않은 임신 때문이었다. 그리고 이어진 투석.

"글쎄. 상황이 바뀌어서 그런지 이전이랑 생각이 달라졌어. 아쉽지 않은 건 아니지만……. 사실 교수님한테 연락 왔었어. 다시 온다면 받아주시겠대. 그렇지만 장학금은 이미 날아간데다 타국에서 투석하면서 공부하고 싶진 않았어. 체력도 안 되고 미국 병원비가 워낙 어마어마하기도 하고……."

"이식하면 좀 더 편하게 공부할 수 있을 거야. 미국 병원비 같은 건 내가 다 대줄게. 학비와 생활비도 물론 대줄게. 하지만……."

"하지만?"

"국내 대학은 싫니? 미국은 너무 멀어. 네가 원한다면 보내줄게. 하지만 정말 보고 싶을 거야. 한 달에 한 번은 꼭 보러 갈게."

현주는 우뚝 걸음을 멈춘 뒤 그의 손아래에서 손을 빼낸 뒤 올려다보았다.

“내가 C대학교에 다시 가겠다면, 보내주겠다는 말이야?”

“네가 원하면 남극이라도 보내줄게.”

“내가 원하면?”

“그래. 네가 원하면 무엇이든, 어디든.”

현주는 고통 때문인지 아니면 짜증 때문인지, 그것도 아니면 그 두 가지 모두 때문인지 눈을 질끈 감으며 미간을 일그러뜨렸다.

“신강현, 넌 원래 이렇지 않았어. 날 존중했지만 배려하지는 않았지. 그때가 좋았다는 말은 아니야. 난 좀 더 배려받고 싶었으니까. 하지만 이런 식은…… 이런 식은 좀 아니야. 넌 평생을 말했지? 남은 평생 이렇게 나한테 모든 걸 맞추면서, 아니, 내 비위를 맞추면서, 네 생각을 죽이면서 살 생각이야? 그걸 네가 언제까지 버틸 수 있을 것 같아? 넌 힘들지 않니? 이렇게 내가 널 외면한 채 고함만 내지르는 게 좋아? 네가 언제까지 버틸 수 있을 것 같아?”

현주는 주차장 주변을 저나다니거나 서 있는 몇몇 사람들이 돌아볼 정도로 크게 소리를 내지르고 있었다. 손 수행비서가 뒤에서 안절부절못했으나, 강현은 감정을 거의 내리누른 채 무표정만 보여주던 현주가 폭발하듯 많은 것을 보여주는 게 순간 반가웠다. 그러나 말의 내용 자체를 알아들은 순간, 강현은 심장에 묵직한 고통을 느꼈다.

현주의 말은 틀리지 않았다. 지금 이 순간, 익숙하게 찾아온 아픔이 그 증거였다. 단순히 현주를 친절하게 대하는 것 자체는 문제가 아니었다. 현주는 때때로 감정 변화를 억누르지 못한 채 그를 외면하거나 냉담하게 대했고, 그 사실 자체가 그녀를 사랑하는 그에게 상처가 된다는 게 문제였다.

현주가 평생 이럴지도 모른다는 것, 그게 문제.

"강현아, 강현아, 난 짐이 되고 싶지 않아. 네가 내게 상처 준 건 맞지만…… 내 몸이 이렇게 된 건 내 탓이야. 네게 신장을 받는 것만으로도 충분해. 날 배려하는 건 좋아. 하지만 널 소모시키면서까진 그러지 마. 계속 그러면, 너 못 버텨. 지금도 아프잖아. 내 냉대 때문에 아프잖아. 피 철철 흘리는 거 모를 줄 알아?"

"그래, 맞아. 아파. 그런데 현주야, 그걸 알면서 그런다는 건…… 아직도 내가 그렇게나 증오스럽니?"

"그래, 증오해."

현주의 답은 즉각적이었다. 강현은 따귀를 연거푸 얻어맞는 기분이었다. 그의 표정을 코앞에서 본 현주는 입술을 깨물었으나, 곧 입을 열었다.

"하지만 미안해."

"미안…… 하다고? 현주 네가 왜?"

"나는 네 발목을 잡았어. 비서의 딸이 재벌가 후계자의 창창한 미래를 박살 낸 거야."

"현주야, 현주야……."

현주는 고개를 옆으로 마구 흔들었다. 푸석푸석한 머리카락이 겨울바람에 차갑게 흩날렸다.

"내가 아니었다면 넌 네가 원래 바라던 인생을 살았을 거야. 그런데 나 때문에 울고, 무릎도 꿇고…… 난 네가 자존심을 지키길 바라. 오만한 그 신강현이 나 때문에 이렇게 달라지는 게 너무 싫어. 나한테 모든 걸 맞춰주면서 희생하는 것도 싫고, 내 냉대에 다치면서도 아프지 않은 척 가장하는 것도 싫어. 왜 버티는 거야? 수술이 겁나지도 않니? 만약의 경우 잘못되면 죽는 건데? 도망치고 싶지 않아? 내가 이만큼 너한테 못되게 굴면 버리고 가야 되는 거 아니야? 대체 왜 안 그러는 건데?"

"버리고 가길 바라서, 그렇게 대했던 거니?"

"그래. 네가 이만 포기했으면 좋겠어. 너한테 미안해. 더 미안하고 싶지 않아. 네 몸에 흉터 남기고 싶지 않아. 나 때문에 네가 아파하는 건 싫어. 원래의 빛나던 네 인생으로 돌아갔으면 좋겠어."

현주는 말을 마치고는 그 자리에 풀썩 주저앉았다. 육체의 고통만이 아니라 정신의 아픔도 겪고 있는 그녀는 평소보다 더 작아 보였다.

강현은 주변 사람들이 쳐다보든 말든, 한쪽 무릎을 꿇고 앉아 두 손으로 현주의 뺨을 감쌌다. 현주는 마라톤을 방금 마친 사람처럼 지친 기색이 역력했다.

"난 도망갈 수 없어. 도망가지 않아. 내가 살려면, 그럴 수 없어. 네가 내 곁에 있어야 난 숨을 쉴 수 있으니까. 현주야, 네가 내 옆에 존재하는 인생이 진짜 빛나는 내 인생인 거야. 내겐 네가 있어야 돼. 나를 좀 더 좋은, 더 나은, 더 훌륭한 남자로 만들어주는 네가 있어야 돼. 가지 마. 곁에 있어줘."

강현은 온 마음을 다해 미소 지으며 속삭였다.

"진심으로 사랑해, 장현주."

현주는 입술을 벌렸으나 답을 말하지 않았다. 마치, 말을 할 자격이 없다고 생각하는 것처럼, 입술을 얼른 닫더니 울기 시작했다. 작은 두 주먹으로 강현의 어깨를 툭툭 때리면서 눈물을 줄줄 흘렸다.

강현은 잠시 가만히 놔두었다. 하지만 시간이 흐를수록 현주의 얼굴에 내려앉은 그림자가 짙어지자 그는 현주의 팔을 잡아 일으켜 세웠다. 품으로 끌어오자 현주는 그의 가슴에 얼굴을 묻은 채 흐느꼈다.

마음이 다시 괴롭기 시작했다. 강현은 그녀를 끌어안은 채로 등을 위아래로 토닥이면서 걸어갔다. 몇 걸음 뒤에서 긴밀하게 상황을 살피던 손 수행비서는 서둘러 앞으로 달려 나가 뒷좌석 문을 열어주었다.

강현은 조심스럽게 현주를 뒷좌석에 태웠다. 비스듬히 앉아 있는 현주는 그의 어깨에 얼굴을 묻은 상태였다. 그에게 눈물 젖은 얼굴을 보여주기 싫은 게 분명했다.

강현은 앞좌석과 뒷좌석의 격벽을 내려달라고 입 모양으로 말했다. 손 수행비서가 그렇게 해주자 강현은 현주의 정수리에 입을 맞추었다.

"현주야."

답 대신 희미한 울음소리가 들렸다.

"사랑해."

"……바보."

몇 분 뒤, 훌쩍거림으로 변한 목소리로 현주가 중얼거렸다.

"멍청이, 해삼, 말미잘, 똥개."

초등학생 수준의 비속어에 강현은 웃을 수밖에 없었다.

"왜 웃어?"

"귀여워서. 우리 주는 욕도 귀엽게 하는구나."

강현은 현주의 어깨를 토닥거리면서 속삭였고, 현주는 잠시 침묵했다. 강현은 자신이 실수했다는 것을 깨달았다.

아직은 2년 전의 애칭으로 부를 때가 아니다. 하지만 언제가 되어야 2년 전처럼 돌아갈 수 있을까? 수술한 뒤에? 그 뒤에 얼마나 더 지나야?

아니, 그런 일을 겪었는데 아무 일도 없었던 때로 돌아갈 수 있을 리 만무했다. 이게 정답이다.

그렇다면 대체, 시간이 얼마나 더 지나야 그나마 상처가 줄어들까? 내가 어떻게 해야 할까?

"현주야, 내가 어떻게 하면 좋겠니?"

정답을 알 수 없기에 강현은 직접적으로 물었다. 며칠이고 머리를 싸맨 채 혼자 고민할 수 있지만, 그가 택한 건 현주에게 솔직하게 질문하는 방법이었다.

그가 생각하는 미래에는 현주가 존재하니까. 그러니 현주의 의견이 가장 중요했다.

"이식을……."

"이식은 해야 돼."

강현은 단칼에 잘랐다. 아무리 그래도 양보할 수 없는 부분이 존재했다.

"그리고 현주야, 정말 네가 날 걱정한다면 말이야, 넌 내 인생을 책임져야 돼."

"뭐?"

강현은 가볍게 웃으며 말을 걸었다.

"나 너 때문에 파혼했잖아. 파혼하느라 이마에 흉터도 생겼다?"

현주는 주먹으로 그의 어깨를 세게 때렸다. 꽤 아팠다.

"누가 파혼하래? 그게 왜 나 때문이야?"

"너 때문이 맞아. 네가 정말 매력적인 탓이지. 그래서 사랑해. 사랑해, 현주야."

강현은 너스레를 떨면서 가볍게 말했으나 고백할 때는 고개를 숙여 그녀의 귓속에 뜨거운 숨을 불어 넣으며 진지하게 내뱉었다. 현주는 온몸을 부르르 떨더니 그의 가슴에서 드디어 얼굴을 떼어 손수건을 꺼내 눈물 자국이 남아 있는 얼굴을 닦았다.

오랜 시간 운 탓인지 손수건을 내린 뒤에도 현주의 얼굴에는 흔적이 남아 있었다. 눈이 작아지고 부었음에도 강현에겐 참 예뻐 보였다. 그는 충동을 이기지 못하고 현주의 손을 입가로 가져와 손가락 끝 하나하나에 입을 맞추었다. 현주는 숨을 몰아쉬며 내뱉었다.

"하지 마."

"싫으면 피하면 되잖아. 그런데 왜 안 피하는 거지?"

강현은 그녀의 얼굴 앞으로 바싹 다가갔다. 숨결이 닿는 거리에서 그는 현주의 눈동자를 뚫어져라 바라보았다. 동그랗고 예쁜 눈. 그가 사랑하는 여자의 것.

"넌 날 사랑해."

현주의 눈동자가 바닥으로 이슬을 흘리는 수줍은 잎새처럼 파르르 떨렸다.

"나를 미워하면서도…… 여전히 사랑하고 있어. 그래서 내가 수술 때문에 힘들어할까 봐 걱정하는 거야. 그래서 내 인생을 염려해 주는 거야. 그렇지?"

현주는 아무 말도 하지 않았다.

"그래, 네 말이 맞는 부분도 있어. 네가 날 차갑게 대할 때마다 아파. 그 모든 일을 혼자서 겪은 너야말로 진짜 피해자이고 환자인데 네 시선과 말, 행동 때문에…… 상처에서 피가 흘러내리는 기분이야. 그동안 잘살아온 나한테 상처가 존재하는지도 몰랐는데. 가해자인 내가 이런 생각을 하다니…… 그래선 안 된다는 걸 알면서도 그런 느낌이 들어."

"강현아, 너도 피해자야."

전혀 예상하지 못한 말이다.

"나도 피해자라고?"

"그래, 어찌 됐든…… 너도…… 아이를 잃은 거니까. 아이에 대해서 그전에 관심이 없었던 사람이라고 해도…… 명확한 기록으로 보는 건 충격이겠지. 더군다나 넌…… 네 생모 때문에 힘들어했으니까 더 큰 고통이 됐을 거야. 그게 바로 네 상처인 거야. 저번에 내가 말했지? 잊어야 된다고. 너도 상처받은 게 눈에 보이기 때문에 그런 말을 한 거야. 더군다나 난 아직도 감정 조절을 못해. 내 태도가 네가 존재조차 미처 몰랐던 상처를 건드리는 거야."

현주는 아주 조심스럽게 말하고 있었다. 그러나 미처 의식하지 못했던 것이 말로 만들어지자, 새삼스럽게 강현은 심장에 통증이 일었다. 하지만 단순히 고통스럽기만 한 건 아니었다. 사실, 기뻤다.

현주는 현주 나름대로 날 정확하게 관찰하고 있었던 거로구나. 그리고…….

"정말 날 걱정해 주고 있구나."

"넌 네 상처가 아니라 그런 게 중요해?"

현주는 팩 소리쳤다.

"그래, 그런 게 중요해. 네가 날 사랑한다는 증거니까."

"그게 어쨌다는 건데? 신강현, 사랑이 해답이라고 생각해? 사랑하든 안 하든, 그게 중요해? 우린 수술을 앞두고 있어. 그럴 가능성은 거의 없지만, 만에 하나 죽을 수도 있다고. 그런데 사랑 따위가 중요해? 그따위 것이 중요하냐고!"

현주는 거칠게 따졌고, 강현은 차분하게 입을 열었다.

"중요해, 내 인생을 변화시켰으니까. 그리고 장기이식 홍보 등의 활동을 통해 어쩌면 다른 사람들의 인생도 더 나아지게 만들 수 있어. 현주야, 내 인생이 내가 예상했던 것과 다르게 흘러가고 있는 건 사실이야. 하지만 본질적으로 더 나은 삶을 살게 됐어. 말했잖아. 네가 있어서 난 더 나은 사람이 되었어. 난 더 나은 남자가 되었어. 너 덕분이야. 네가 그런 고통을 겪은 건 이루 말로 다 표현할 수 없을 만큼 마음 아픈 일이지만……."

강현은 현주의 양쪽 뺨에 번갈아 입을 맞추었다. 도장을 찍듯이 길고 깊게.

"신강현은 장현주 덕분에 다시 태어난 거야. 네가 없으면 안 돼. 그러니 현주야, 약속해 줘."

그는 시선을 피하려는 현주의 턱을 꼭 붙들어 얼굴을 마주했다.

"수술, 도망가지 않겠다고. 3주일 뒤에 있을 수술, 반드시 받겠다고."

"내가 왜 도망가? 이식을 얼마나 손꼽아 기다리고 있는데? 마음껏 물 마실 수 있는 날을 얼마나 바라고 있는데?"

현주는 앙칼지게 소리쳤으나 눈가에는 다시 눈물 한 방울이 맺혀 있었다. 그에게 신장을 받는다는 사실 때문이리라.

"신장 때문에 내게 미안해하지 마. 내게 고마워하지도 마. 이건 널 사랑하는 남자의 당연한 의무야. 네 남편으로서도 당연히 해야 할 일이야."

현주는 손수건으로 눈물을 닦아내더니, 악문 잇새로 내뱉었다.

"누가 내 남편이야? 누가? 꿈도 크다."

"그러면 약혼자로 낮출까?"

"됐거든?"

"음, 그러면 애인?"

"그것도 싫어!"

"그러면 남자친구?"

"싫거든?"

"그럼 뭐가 좋을까?"

실없는 소리라는 건 알았으나 강현은 계속해서 가볍게 말을 이었다. 현주의 얼굴에는 아직 눈물 자국이 남아 있었다. 강현의 마음이 아픈 또 다른 원인이었다.

항상 웃게 해주고 싶은데……. 그늘 없는 미소를 언제쯤에나 선물할 수 있을까? 가능하긴 할까?

"강현 씨는 어때? 저번에 어머니를 뵐 때 날 강현 씨라고 지칭했잖아. 그 호칭 괜찮은 것 같아."

"뭐, 그 정도는 불러줄 수 있어."

현주는 선심 쓰듯 어깻짓을 하면서 말했다. 강현이 미소 지으며 고맙다고 말할 때 차가 속도를 줄이더니 곧 멈추었다.

"현주야."

강현은 그녀가 내리려고 문에 손을 댄 순간, 진중한 표정으로 강하게 내뱉었다.

"도망가지 마."

현주는 대답 없이 문을 열었다. 강현은 즉시 따라 내렸고, 손목을 잡아채서 그녀와 마주했다.

"도망치면, 무슨 수를 쓰더라도 잡아올 거야. 절대 도망치지 마. 절대!"

강현은 현주의 코앞에서 진심을 담아 경고했다. 거칠고도 강렬한 기세에 놀랐는지 현주는 순간 몸을 움츠러뜨렸다. 누군가가 강현의 팔을 뒤에서 잡아끌고는 얼굴에 주먹을 내리꽂은 게 그때였다.

안경이 날아가고 순간 눈앞에 별이 번쩍일 정도로 강한 펀치였으나 강현은 그대로 쓰러지지 않았다. 그러나 중심을 잡기 전, 명주는 이어서 두 손으로 강현의 멱살을 붙들고 차로 밀어붙였다. 쿵 소리가 나며 등에 둔통이 일었지만 강현은 신음하는 대신 명주의 두 손목을 붙들었고, 찰나의 순간 어떻게 할지 고민했다.

강현은 어려서부터 킥복싱을 배운데다 아직도 한 달에 한두 번은 도장에 나가고 매일 아침 헬스도 하는 건장한 남자였다. 명주는 지금 이성을 잃은 눈빛인데다가 무조건 밀어붙이는 것을 보면 제대로 싸울 줄 모르는 게 분명했다. 몇 번 타격하면 금세 때려눕힐 수 있으리라.

그러나 현주의 동생이다.

그렇기에 강현은 그냥 참으면서 명주의 등 너머로 현주를 바라보았다. 갑작스럽게 벌어진 상황에 경악한 듯 얼굴은 하얗게 질렸고 눈이 커진 상태였다.

"난 괜찮아, 현주야."

강현은 안심시켜 주기 위해 한마디 했으나 곧 실수했다는 것을 깨달았다. 얼굴을 얻어맞을 때 혀를 잘못 깨물었는지 피가 입 밖으로 흘러나왔나. 새빨간 핏방울이 바닥으로 뚝뚝 떨어지자 현주는 온몸을 파르르 떨더니 작은 두 손으로 주먹을 꼭 쥐고는 명주의 등을 때렸다.

"장명주! 이게 대체 뭐 하는 짓이야!"

"이 자식이 누나를 위협했잖아!"

"현주가 수술을 안 받고 도망칠까 봐 그러지 말라고 언급한 건데, 그게 위협이었나 보군."

강현은 싸늘하게 한마디 내질렀고, 명주는 눈을 가늘게 뜬 채로 강현을 노려보았다.

"누나, 이 자식 말이 맞아?"

"이 자식이 아니라 신강현 씨야. 강현 씨 말이 맞아. 그러니 그 손 치워."

강현은 현주에게 수시로 차가운 말을 들었으나, 지금처럼 얼음이 뚝뚝 떨어지는 냉기 서린 목소리는 처음이었다. 명주는 분한지 이를 악물었지만 곧 멱살을 놓고는 한 걸음 뒤로 물러났다. 그러면서도 강현을 차갑게 쏘아보는 눈길은 거두지 않았다.

"강현 씨한테 사과해."

"하지만 누나……."

"당장."

명주는 주먹을 쥐었다가 펴는 것을 몇 번 반복하더니 결국 현주에게 등을 한 대 더 얻어맞은 뒤에야 입을 열었다.

"미안합니다, 신강현 씨."

내용은 사과였으나 말투는 시비를 거는 양아치의 것이었다. 강현은 속이 뒤틀렸지만 고개를 짧게 끄덕이며 내뱉었다.

"받아들이지요."

"장명주, 들어가 있어."

현주는 딱 손윗사람답게 지시하고 있었다. 명주는 짜증을 온몸으로 내뿜었으나 순순히 그렇게 했다. 현주는 명주가 대문 안으로 들어가자 얼굴 가득 걱정을 드리우고는 바닥에 떨어진 안경을 손에 소중하게 쥐고 한 걸음 다가왔다.

"괜찮아? 많이 아프지? 명주가 평소엔 침착한데 가끔 확 폭발

할 때가 있어. 미안해.”

“아니야, 아니야. 네가 사과할 일이 아니야.”

안경을 받아서 쓴 뒤 강현은 손을 내저었다.

“그리고 괜찮아. 아프지 않아.”

사실 잘못 깨문 혀가 따끔거려서 말하는 게 곤란했지만 강현은 현주를 안심시켜 주기 위해 말했다. 그러나 말을 할수록 입안의 피가 나와서 결국 입술 밖으로 피를 흘릴 수밖에 없었다. 현주는 사색이 된 얼굴로 입고 있는 패딩 앞주머니를 뒤지더니 강현이 준 손수건을 꺼냈다. 그러다가 차 안에서 콧물을 닦았던 것을 떠올렸는지 주춤거리고는 손수건을 다시 주머니에 넣고 맨손을 뻗었다.

현주가 맨손으로 그의 피를 닦아주고 있다. 더군다나 현주는 더없이 걱정하는 기색이었다. 이 세상에 존재하는 사람이 강현뿐인 것처럼 두 눈 가득 그를 담은 채로.

2년 전의 모습이다. 2년 전, 순수하고 투명한 마음으로 그를 사랑했던 장현주의 모습.

강현은 명주의 주먹보다 더 강한 것으로 온몸을 얻어맞는 느낌이었다. 저항하기 힘들 만큼 강렬한 감정이 그를 뒤흔들었다. 현주를 끌어안고 입 맞추고 그대로 사랑을 나누고픈 충동, 아니, 열망.

강현이 본능의 급류에 휩쓸리기 직전이었다. 현관문이 벌컥 열리더니 명주가 버럭 고함을 내질렀다.

“누나! 추운데 안 들어오고 뭐 해?”

망할 자식.

현주가 도망치듯 손을 떼고 뒤로 물러서자 강현은 속으로 욕설을 내뱉을 수밖에 없었다.

"이만 갈게. 강현아, 아니, 강현 씨. 명주가 이제 집에 왔으니까 강현 씨는 저녁마다 올 필요는 없어."

"아니, 싫어. 그럴 수 없어. 매일 하루에 한 번이라도 너를 만나야 살 것 같아."

현주는 얼굴을 붉게 물들이더니 마음대로 하라는 말을 남기고 도망치듯 떠났다. 강현은 길고 긴 한숨을 땅이 꺼져라 내쉰 뒤 차에 탔다. 운전석의 손 수행비서가 손수건을 건네며 사과했다.

"제가 나가볼까 했다가…… 안 그러는 게 좋을 것 같아서 가만히 있었습니다."

손 수행비서는 평소 경호원의 역할도 겸하게 되어 있었다. 명주는 격투기 선수 출신인 손 수행비서에게 걸렸다면 몇 군데는 부러졌을 터였다.

"잘하셨습니다. 현주 동생이니까요."

그래서 강현은 주먹을 내뻗지 않았다. 더군다나 명주의 마음이 이해되었다. 죽도록 패주고 싶은 게 솔직한 마음이리라. 이제까지는 참고 참다가 누나에게 함부로 대하는 줄 알고 이성이 날아가 버린 것일 터.

명주는 더는 걱정하지 않아도 될 것이다. 강현은 평생 현주를 아껴줄 생각이니까. 그러나 현주의 생각도 공감하긴 했다.

나는 버틸 수 있을까?

현주의 냉대는 더없이 쓰라리고 아팠다. 그래서 그런지 평소처럼 운동도 꼬박꼬박하고 음식도 잘 챙겨 먹는데 현재 4kg이나 체중을 잃었다. 이건 다 마음의 고생 때문이었다.

하지만 감수해야 할 터였다. 이 모든 건 그의 탓이니까. 2년 전의 그 다정한 눈빛을 내팽개친 건 신강현 본인이었다.

강현은 아까 잠시 보았던 것을 떠올렸다. 세상에 신강현만 존재하는 것처럼 바라보았던 현주의 사랑스러운 표정. 2년 전의 모습.

더없이 행복했다.

언제가 되어야 현주는 다시, 계속 그렇게 그를 봐줄까? 몇 초뿐이었으나 강현은 세상을 다 얻은 기분이었다. 그러나 수술이라는 중대한 고비가 남아 있는 이상, 현주는 당분간 그런 표정을 짓지 못하리라.

또다시 고통이 그를 갉아먹을 거라는 뜻이다. 아마도 더 아플 것이다. 계속된 냉대 속에 버려진 사람보다, 찰나의 순간이나마 온기를 느꼈던 사람이 추위를 더 버텨내지 못하는 법이니까.

난 정말 견딜 수 있을까? 현주가 완전히 나를 용서하기까지, 아니, 최소한 싸늘한 말로 날 할퀴지 않을 정도가 되기까지 얼마나 걸릴까? 난 그동안 버틸 수 있을까?

강현은 답을 내놓을 수 없었다. 알지 못하니까. 그가 할 수 있는 건 오로지 행동뿐이었다. 매일 밤마다 현주를 찾아가 각탕기를 사용하게 도와주고, 대화를 나누며 다리를 주물러서 좀 더 편하게 잠들 수 있게 도와주는 것.

예상과는 달리 명주는 방해하지 않았다. 애초에 집에 있질 않았다. 강현과의 마찰을 염려한 현주가 명주를 그 시간마다 운동이나 하라며 헬스장으로 쫓아 보냈기 때문이다.

"멍이 아직 남아 있네."

현주는 여전히 걱정하는 기색이었다. 5일 전에 찰나의 순간 보여주었던 그 깊이 있는 눈빛은 아니었으나 강현은 그것만으로도 기분이 좋았다.

더 맞을 걸 그랬나?

"아니야. 괜찮아."

지금은 아주 희미해져서 그 자리에 멍이 있다는 것을 알지 못하는 사람에겐 보이지 않을 정도였다. 덕분에 오늘은 화장을 하지 않았다. 남자가 얼굴에 그런 화장품을 바른다는 게 치 떨릴 만큼 싫었으나 얼굴에 맞은 흔적이 있다는 사실을 들키면 어머니께 큰 걱정을 끼치는지라 여직원의 손을 빌릴 수밖에 없었다.

"점심에 어머니를 뵈었는데 모르시더라. 그 정도면 다 나은 거나 다를 바 없어."

"사장님과 만났다고?"

"일요일 점심에는 본가에서 같이 식사를 하거든."

이전에는 좀 진중한 분위기였으나, 이식을 허락받은 이후로 강현은 좀 더 편하게 어머니를 대할 수 있었다. 그건 어머니도 마찬가지인지 조금 더 많이 웃으셨다. 가끔 보이지 않게 한숨을 쉬긴 하시지만.

"사장님께 수술 날짜 말씀드렸어?"

"날짜가 정해진 날에 전화를 드렸어. 빨리 결정돼서 잘됐다고 하시더라."

“혹시 수술 때 오시는 거야?”

“아니. 우리 수술 때는 일주일간 유럽 출장을 가서야 해. 취소하겠다고 하셨는데, 내가 그러지 말라고 말씀드렸어. 어머니께선…… 안 보시는 게 나을 것 같아.”

아들이 이식하는데 출장을 떠난다면 주변에서 말이 많을 거라는 건 잘 알았다. 하지만 강현은 아들의 건강에 매우 민감한 어머니께 환자복을 입은 모습조차 보여드리고 싶지 않았다.

“현주야, 어머니께서 너 입원하면 병문안을 오고 싶다고 하셨는데, 부담될 수도 있으니 의향을 미리 물어보라고 하셨어.”

“말씀은 감사하지만, 괜찮다고 말씀드려. 안 좋은 모습인데…… 그런 모습은 더 보이고 싶지 않아.”

“그렇게 전할게.”

“그런데 진짜 뭐라고 안 하셨어?”

강현은 고개를 저었고, 현주는 크게 놀란 기색이었다.

“정말…… 대단하신 분이네.”

“나도 그렇게 생각해. 시집살이도 안 시키신대. 물론 분가도 시켜주고. 정말이야. 그러니 시집와.”

“뭐라고?”

“시집오라고. 나 돈도 많아. 잘생겼고 똑똑하고 앞으로의 미래도 창창하고. 이만하면 일등 신랑감이잖아.”

강현은 열띠게 자신을 홍보했으나 현주의 반응은 신통치 않았다. 그녀는 어이없는 것을 보는 것처럼 혀를 차더니 손짓으로 이만 가라고 했다. 강현은 잽싸게 그녀의 손을 잡아채 손등에 키스한 뒤 속삭였다.

"사랑해."

"잘 가세요, 신강현 씨."

이제 인사는 해주는구나.

강현은 만족하며 자리에서 일어났다. 다음날도 마찬가지였다. 시간이 흐를수록 현주는 그에게 꼬박꼬박 인사를 해줄뿐더러 차가운 말도 더 이상 내뱉지 않았다. 또 한 번은 긴 회의 때문에 그가 아직 저녁 식사를 못했다고 하자 바로 차려주었다.

"고마워."

강현은 하늘을 날아갈 것 같은 기분으로 환하게 웃었다. 현주는 턱을 괸 채로 그를 흘겨보았다.

"겨우 이런 걸로 그렇게나 기뻐하다니."

"내일도 차려줄 수 있니?"

"뭐, 해줄게."

현주는 귀찮다는 표정과 목소리였으나, 다음날부터 좀 더 정성껏 식사를 차려주었다. 그가 좋아하는 생선을 한두 마리씩 꼭 챙겨준 건 덤이었다.

잊지 않았구나.

현주는 그가 어떤 음식을 좋아하고 싫어하는지 확실하게 기억하고 있었다. 단순히 기억력이 뛰어난 것일지도 모르지만 강현은 현주가 아직도 그를 사랑한다는 증거로 생각했다.

그건 사실이리라.

어느덧 시간은 흘러 수술 일주일 전이자 현주가 입원하는 날짜가 되었다. 탈감작 치료, 즉 혈액형이 다른 사람들끼리의 이식 준비를 위한 입원.

AB형의 경우 모든 혈액형으로부터 신장을 제공받을 수 있지만, O형의 경우 같은 O형에게만 제공받을 수 있는지라 기존에 맞는 혈액형이 없을 경우에는 이식수술에 어려움이 많았다. 혈액형의 차이로 거부반응 항체가 형성되어 교차반응에서 양성을 보이기 때문이다. 이런 감작 상태는 이식 즉시 신장이 소실되는지라 탈감작 치료인 혈장 교환을 통해 거부반응인 타이터 수치를 최대한으로 낮추는 방법이 개발되었다.

현주는 A형으로 B형인 강현에게 이식받을 예정인지라 탈감작 치료를 거쳐야 했다. 타이터 수치는 낮을수록 좋은데, 다행히 현주의 타이터 수치는 16대 1이었다. 혈장 교환을 하지 않아도 되는 매우 양호한 수치였으나 혹시 모를 상황을 대비해 수술 일주일 전에 입원해서 세 번만 받기로 했다.

현주가 항체가 없는 타입이라 다행이었다. 강현은 2년 전, 현주가 건강했던 때를 선명하게 기억했다. 현주는 예방주사를 맞아도 효과가 잘 안 나타난다며 불평했었다. 그러나 지금은 현주가 그런 타입이라는 사실이 더없이 감사했다. 그래서 감기 한 번 제대로 앓은 적이 없을 만큼 건강했고, 타이터 수치가 낮은 것이니까.

혈장 교환술은 그다지 어려운 건 아니라고 했다. 하지만 가려움과 두드러기 등의 부작용이 나타난다고 들은지라 꽤나 걱정이 되었다. 그래서 강현은 현주가 입원한 당일에 혈장 교환술 1차를 할 시간이 되자 병원으로 향했다.

"회사는 어쩌고? 중요한 회의가 있다면서?"

회의 때문에 오전에 입원할 때 같이 오지 못했는데, 다행히 그를 맞이하는 현주는 화가 난 표정이 아니었다.

"끝나고 바로 퇴근했어."

"3시밖에 안 됐는데?"

"회사보다 네가 중요해."

현주는 눈을 흘겼다.

"일반인이면 당장 잘릴 텐데, 좋겠다?"

"이 정도로는 안 잘려. 사실 난 그동안 휴가를 쓴 적이 한 번도 없거든."

현주가 아프다는 것을 알게 된 뒤로는 출근을 안 한 적이 있긴 하지만, 기본적으로 강현은 그야말로 몸이 부서져라 일했다.

"그리고 앞으로 EH그룹 차원에서 모든 기증자에게 혜택을 줄 생각이야. 몇 명이나 해당될지 모르겠지만 한 달의 유급 휴가를 줄 거야. 어머니께 이야기했더니 긍정적으로 검토해 보시겠대."

"어…… 대단하네."

"이사진 반응도 봐야 하니까 정식으로 시행되려면 좀 걸릴 거야. 너무 급하지 않게 차근차근히 바꿀 생각이야. 그룹 내에서 이렇게 시행하다 보면 언젠가는 나라 전체로 퍼지겠지. 기증자에 대한 배려가 너무 없더라. 기증자를 차별하는 건 불법인데도 보험사에서 안 받아준대. 이식에 금전이 오가면 안 되지만, 최소한 기증자에게 대중교통 수단을 100원씩이라도 할인해 주면 어떨까 싶어."

현주는 피식 웃더니 고개를 절레절레 저었다.

"왜 그래?"

"강현 씨가 정말…… 많이 달라졌다 싶어서. 그런데 버스나 지하철 기본요금이 얼마인지는 알아?"

강현이 꿀 먹은 벙어리가 되자 현주는 더 크게 웃었다. 강현은 맑은 웃음소리를 크게 듣는다는 사실만으로도 기뻤다.

"장현주 환자분, 혈장술 받으러 가세요."

간호사가 병실로 들어와 말했고, 현주는 침대에서 내려와 바닥에 내려섰다.

"강현 씨는 따라오지 말고 여기에 있어."

"나도 갈 거야."

현주는 눈을 흘기더니 걸치고 있던 카디건을 벗었다. 작고 마른 데다가 약간 굽은 몸이 드러났다. 강현은 쓰린 마음을 감춘 채 그녀를 따라 가면서 애써 밝게 말했다.

"이식한 뒤에 너 살 찌울 거야."

"체중 증가하면 크레아티닌(Creatine:피 검사를 통해서 신장 기능을 어느 정도 가늠할 수 있는 수치. 정상인은 체형마다 다르지만 대략 0.5~1.5㎎/㎗ 사이) 높아져서 안 돼."

"그래도 지금은 너무 말랐어."

"그게 불만이라 그거야?"

"그래. 난 이전의 네가 좋아."

현주는 잠시 걸음을 멈추고 물끄러미 그를 올려다보았다. 순간 강현은 자신이 실수한 건가 고민했다. 현주는 곧 걸음을 재개했고, 곧 혈장 교환술을 하는 2층 헌혈실에 도착했다.

병원 로비를 비롯해서 진료실 앞은 워낙 사람이 많아 시장통이 생각날 만큼 시끄러운 공간이다. 병실도 복도를 오가는 사람들의 소리 때문에 소음이 느껴지기 때문이었다. 그에 비하면 헌혈실은 그야말로 조용한 장소였다. 의료진을 비롯해서 보호자들이 조곤조곤 말을 하는데다 큰 기계에서 나오는 여러 선을 몸에 연결한 환자들은 잠에 빠져 있거나 역시 작은 목소리를 내는 공간이었다.

강현은 갑자기 온몸이 위축되는 느낌이었다. 이곳이 병원이라는 사실이 새삼 인식되었다. 물론 잘 알고 있는 사실이었으나, 이제까지는 현주에게 집중하느라 생모가 비참하게 죽어 나간 공간에 들어와 있다는 사실을 떠올리질 못했었다. 그러나 지금 순간적으로 그의 시야를 늪에 빠진 사람처럼 만드는 건 병원이라는 공간 자체였다.

"강현 씨."

강현이 등 뒤로 땀이 솟아났다는 것을 깨달은 순간이었다. 의사의 지시에 따라 침대에 누워서 링거로 약을 맞고 타이레놀을 먹은 현주가 조용하게 입을 열었다.

"내 폰 좀 가져다주겠어? 병실에 있어."

말도 잘 나오질 않았기에 강현은 고개를 끄덕이고는 몸을 돌렸다. 복도로 나가자 다시금 소음이 그의 귀로 흘러들어 왔고, 땀이 식기 시작했다.

강현은 천천히 병실로 갔고, 안에 딸린 화장실에서 차가운 물로 세안했다. 거울 속의 남자는 파리하게 질린 안색이었다. 겁에 질린 얼굴.

환자는 현주인데! 허약해 빠진 자식!

강현은 꽉 쥔 주먹을 파르르 떨고는 침대 위에서 현주의 휴대전화를 찾아 다시 현주를 찾아갔다.

현주는 언뜻 보기에 투석기 비슷한 기계를 옆에 둔 채 침대에 누워 있었다. 이상하게도 아까보다 안색이 나빴다. 아픈 표정은 아니었으나 뭔가 꽤나 불편한 것처럼 보였다.

"현주야? 왜 그래?"

"환자분, 왜 그러세요?"

옆 책상에 서 있던 간호사와 의사가 강현의 말을 듣더니 바로 다가왔다.

"좀 더워요. 몸이 욱신거리는 것 같기도 하고……."

의사는 기계의 버튼을 눌러 속도를 떨어뜨리더니 주사를 놔주었다. 그런 뒤 당부했다.

"아까 말씀드렸잖아요. 뭔가 좀 이상한 느낌이 들면 바로바로 말하셔야 해요."

"네, 죄송해요."

곧 현주는 눈을 감고 한숨을 내쉬었다. 아까보다는 나아진 것 같았다. 그러나 강현은 그렇지 않았다. 그는 손바닥에 흥건하게 솟은 땀을 주먹 쥐는 것으로 감추고는 침대 옆의 둥근 의자에 앉았다.

"현주야, 괜찮니?"

"이젠 괜찮아. 근데…… 왜 벌써 왔어? 나가 있어도 된다는 뜻
으로 말한 건데."

강현은 깨달았다.

"너 혹시…… 알고 있어?"

"그래, 병원 분위기 안 좋아하는 거 알아. 옛날에 아버지한테 도
련님이 병원을 매우 싫어한다는 말을 들었거든. 그리고 미국에 있
을 때 네가 담당 교수님을 병문안 갔다가 안색이 아주 나빠졌다는
말을 다른 선배한테 들었어."

현주는 담담하게 답을 해주었고, 강현은 무슨 말을 해야 할지
알 수가 없었다.

"지금도 안색이 나쁜데, 그냥 밖에 있어. 금방이라도 쓰러질 것
같네. 무리하지 마."

"현주야."

"응?"

"사랑해."

현주는 그가 고백하자마자 고개를 돌려 몇 걸음 떨어진 곳에 서
있는 의사와 간호사를 확인했다. 강현은 여자인 그들이 눈을 반짝
이며 쳐다본다는 것을 알았으나 아랑곳하지 않았다.

"정말로 사랑해."

내가 미울 텐데, 나를 이렇게도 배려해 주는 널 사랑해.

사랑해.

강현은 미소 지으며 거듭 속삭였고, 현주는 얼굴이 빨갛게 된
채 중얼거렸다.

“시, 시끄러워. 병원에서 뭐 하는 거야? 그만 나가. 내 혈압 올라가잖아.”

“옆에 있을 거야. 방해되면 안 되니까 조용히 있을게.”

강현은 휴대전화를 건네주었고, 현주는 이 뒤부터는 빨간 얼굴 그대로 휴대전화만 쳐다보았다.

다행히 부작용은 더 이상 없었다. 그러나 천천히 진행한 덕분에 예상한 세 시간을 훌쩍 넘어서 끝이 났고, 침대에 누워 있는 환자를 병실로 옮겨주는 일을 하는 직원이 늦게 내려왔기 때문에 입원실로 돌아가기까지 상당한 시간이 소모되었다.

현주는 꽤나 피곤한 기색이었다. 강현은 그녀가 병원식을 다 먹은 것을 본 뒤, 잠이 들 때까지 곁을 지켰다. 밤사이 현주를 지켜봐 줄 간병인이 온 뒤에야 강현은 병실 밖으로 나갔다.

저절로 긴 한숨이 나왔고, 온몸이 저린 것처럼 피곤했다. 그러나 정신은 얼음물을 방금 뒤집어쓴 사람처럼 맑았다. 몇 시간 전에 부작용을 겪던 현주의 얼굴이 눈앞에 떠올랐다.

심각한 긴 아니라고 했다. 별것 아니라고 했다. 하지만…….

강현이 벽에 등을 기댄 채로 격렬한 통증을 호소하는 심장 부분의 옷을 움켜쥘 때였다. 발자국 소리가 났고, 이어 짜증으로 그득한 목소리가 날아왔다.

“어디가 아픕니까?”

명주였다. 현주의 곁을 지키다가 강현이 나타나자마자 짜증과 함께 사라진 인물. 현주는 나가는 명주에게 좀 쉬라고 했지만, 아마도 명주는 의사로서 누나의 상황에 대해 재확인하고 신장이식에 대해서 공부를 하고 또 했을 터였다.

"아닙니다."

"당연히 그래야지요. 수술이 얼마 안 남았는데, 아프더라도 그 뒤에 아파야지요."

수술 뒤에는 죽어도 상관없다는 말투였다. 강현은 명주의 심정을 이해하면서도 짜증이 났다. 명주는 한마디 더 날렸다.

"신강현 씨, 혹시 수술이 무섭다고 도망치는 건 아니겠지요?"

강현이 입을 벌리기 전, 몇 걸음 뒤에 있던 손 수행비서가 재빠르게 다가왔다. 명주를 흘긋 보는 손 수행비서의 눈빛은 아주 차가웠다. 강현은 자신이 명주에게 얻어맞았던 사실을 손 수행비서가 기억하고 있다는 것을 깨달았다.

"이사님, 차 대기시켰습니다."

"참 팔자도 좋습니다. 차도 재깍재깍 대기시킬 수 있고."

강현이 받아치기 전, 손 수행비서가 먼저 입을 열었다.

"장명주 씨, 차라리 주먹을 다시 날리는 게 어떻습니까?"

명주가 한쪽 눈썹을 치켜들었다.

"당신 상사인데 그런 말을 해도 됩니까? 정말로 그럴 수 있는데."

"네, 그러셔도 됩니다. 그렇게 하면 어떻게든 자국이 남을 테고, 그러면 장현주 씨께선 장명주 씨에게 화를 내겠지요. 대신 이사님께는 더 안타까운 마음을 품게 될 테고요. 아, 직접 때리지 않으셔도 됩니다. 여차하면 제가 때려놓고 장명주 씨가 그랬다고 말하면 되니까요. 전적이 있는지라 장현주 씨는 그 말을 믿겠지요."

명주는 경악한 듯 눈을 크게 떴다. 이란성 쌍둥이인지라 얼굴이 다른데도 눈은 닮아 놀란 표정의 현주와 똑같았다. 강현은 피식 웃고야 말았고, 명주는 눈을 가늘게 뜬 채 살기를 담아 강현을 노려보았다.

"지금, 웃어?"

"놀란 눈이 현주와 똑같아서."

상대가 말을 놓았기에 강현도 똑같이 대응했다. 강현은 다시 웃었다가, 명주의 눈빛이 더욱 형형해지자 웃음을 멈추고 진중하게 말했다.

"때려도 되지만, 적어도 현주 앞에서는 그러지 마세요. 걱정시키고 싶지 않으니까."

"누가 당신 걱정을 해?"

명주가 짖어대듯 소리치자 손 수행비서가 다시 매섭게 공격해 왔다.

"말은 좀 높이시죠? 매형이 될 분한테."

명주는 이번엔 정말 눈이 보름달만큼 커졌다.

"음, 그러고 보니 내가 현주와 결혼하면 장명주 씨는 처남이 되는군요. 날 매형이라고 불러야 되고, 존댓말을 써야 하고."

강현은 고개를 연신 끄덕이면서 느물느물 내뱉었고, 명주는 이제 양 주먹을 꾹 쥐다 못해 큰 몸을 파르르 떨었다. 그러더니 분노의 불길이 활활 타오르는 얼굴로 내뱉었다.

"누나는 당신과 결혼 안 해. 절대 안 할 거야."

동생의 생떼로 읽혔다. 그러나 강현은 순간 심장이 철렁 내려앉는 느낌이었고, 명주는 으르렁거리듯 이어 내뱉었다.

"당신은 신장을 제공한 뒤에 꺼져야 할 거야. 누나의 인생에서 완전히 사라져야 해. 그래야 누나가 괴로운 과거를 잊을 수 있으니까. 너 때문에 이렇게 됐으니, 네가 없어져야 행복해질 수 있는 거야!"

강현은 입을 열었다. 그러나 아무 말도 나오지 않았다. 아무 말도.

강현이 막혀 버린 입을 손으로 가렸을 때, 손 수행비서가 명주를 향해 싸늘하게 말하기 시작했다.

"장명주 씨가 누나를 생각해서 어쩔 수 없이 참고 또 참았다는 건 잘 압니다. 하지만 지금은 수술이 얼마 안 남은 중요한 시기입니다. 이제 와 이러지 말고 차라리 처음에 분노를 표출했어야지요. 이성적인 성인으로 보이고 싶었던 것 같은데, 흔들리지 말고 끝까지 진중한 척 행동하세요."

"뭐, 뭐라고?"

"목소리 낮추세요. 장현주 씨가 깨어날 수도 있습니다."

손 수행비서는 싸늘하게 경고하고는 강현에게 바싹 다가왔다.

"이사님, 가시죠."

강현은 아무 말 없이 조용히 따라가기 시작했다. 등 뒤로 명주의 살기가 느껴졌으나 강현의 머릿속을 터질 것처럼 메운 건 단 한 가지 질문뿐이었다.

정말로 내가 없어져야 현주는 행복해질까?

현주는 하루는 투석을, 그 다음날에는 혈장 교환술을 했다. 마지막이자 세 번째 혈장 교환술을 할 때는 시간도 오래 걸렸고 부작용이 꽤나 심해서 현주는 상당히 괴로워했지만, 그래도 무사히 끝냈다.

그리고 다음날이 되었다. 이식수술 전날이자 마지막으로 투석을 받는 날.

"이게 마지막이야."

강현은 병원 내에 있는 투석실에서 투석을 받는 현주의 손을 잡고 굳건하게 말했다.

"현주야, 이게 네 인생의 마지막 투석이 될 거야. 내 것을 받아서 30년 잘 쓰고 그 뒤에는 네 동생 것을 받자. 아니, 그전에 획기적인 치료약이 발견될지도 몰라. 우리 희망을 가지자."

"나 웃겨."

"응?"

"수술이 어떻게 될지 모르는데, 하루에 두 번씩 정해진 시간에 면역억제제를 먹어야 한다고 생각하니까 귀찮네. 아, 그렇다고 안 챙겨 먹겠다는 말은 아니야. 이식신의 건강을 챙겨주는 건데 꼭꼭 챙겨 먹을 거야. 습관화되면 괜찮겠지."

현주는 결의를 다지고 있었고, 강현은 고개를 끄덕였다.

"그래, 습관이 되면 안 빠뜨리겠지. 약 복용이 제일 중요하다는 거 잘 알지?"

"알아. 아, 이번에 면역억제제를 안 먹는 방법도 개발됐다고 하더라."

"아직 실용화된 게 아니잖아, 치사율도 있고. 그건 안 돼."

현주는 아쉬운 듯 말하고 있었으나 강현은 단호하게 가로저었다. 골수이식, 또는 조혈모세포를 같이 이식해서 기증자와 수혜자의 면역 체계를 똑같이 만들어 면역억제제를 먹지 않도록 하는 게 이 새로운 방법의 골자였다. 그러나 아직 제대로 된 결과가 여럿 나온 게 아닐뿐더러 골수이식, 또는 조혈모세포까지 받아야 하므로 수혜자가 굉장히 힘들다고 했다. 더군다나 죽을 수도 있었다.

만에 하나라도 절대 그런 일이 벌어져서는 안 되었다. 절대, 절대!

"그나저나 환자복이 잘 어울리시네요, 신강현 씨."

현주는 살짝 비꼬는 말투였으나 강현은 빙긋 웃다가 사뭇 진지하게 말했다.

"패완얼이라 그런 거야."

"응?"

"손 비서님이 그러던데, 패션의 완성은 얼굴이래. 이게 다 내가 잘생긴 덕분이지."

현주는 기가 막힌 표정이었다. 그녀는 혀를 차다가 진중한 얼굴로 입을 열었다.

"사장님, 오늘 유럽으로 출장을 가셨다고 했지? 일주일 뒤에 오시는 거야?"

"맞아. 아까 나 입원하기 전에 병원 근처에서 점심 식사 같이 했어."

"걱정 많이 하시지?"

거짓말을 할 순 없었다. 강현은 고개를 끄덕인 뒤 자그맣게 속삭였다.

"기증자는 보통 하루 이틀만 아프다니까 그 모습만 안 보여드리면 된다고 생각해. 일주일 뒤에 돌아오셨을 때 건강한 모습을 보여드리면 되겠지. 아, 흉터를 엷게 만드는 수술도 나중에 받기로 했어. 어머니께서 그 조건으로 허락해 주신 거야.”

“흉터를 많이 신경 쓰시네.”

“맞아. 26년 전, 그러니까 내가 여섯 살 때 어머니께 발견되었을 당시…….”

강현은 잠시 말을 멈추고 길고 긴 한숨을 내쉬었다.

“그때 내 모습이 심각했거든. 생모한테 맞아서 머리에서 피를 많이 흘린 채 기절한 상태라서……. 어머니께선 나한테 조금만 상처가 나도 그때가 떠오른다고 아주 저어하셔.”

“아.”

현주가 아주 짧게 내뱉은 말은 감탄사 같기도 하고 신음 같기도 했다. 그리고 한순간 현주의 눈망울이 흐릿해졌다. 마치 눈물을 흘리려는 것처럼.

“현주야? 아프니?”

“아니야. 이래저래 좀…… 정신없어서. 드디어 내일이네.”

강현은 그제야 자신이 실수했다는 것을 깨달았다. 수술 전이라 예민한 현주에게 어머니를 언급하는 건 우둔한 일이었다. 그는 느물거렸다.

“그래, 드디어 한 몸이 되는 거지!”

현주가 다시 노려보기 시작하는 가운데 강현은 충동을 못 이기고 입술에 뽀뽀했다. 그러자 현주가 몸을 움직이느라 투석기가 일시적으로 멈췄다. 지나가던 간호사가 달려와 엄한 태도로 주의를 주었다.

"죄송합니다."

강현은 사과할 수밖에 없었고, 현주는 그제야 웃었다. 투석이 끝난 뒤 강현은 현주가 투석실 입구에서 잠시 멈춰 선 채 돌아보는 것을 발견했다. 그는 그녀의 얼굴에 떠오른 감정이 굳건한 결의라고 예상했고, 실제로 그러했다.

다시는 투석실에 오지 않을 것이다. 다시는 일주일에 세 번, 네 시간씩 힘들게 투석기와 연결된 채 인생을 낭비하지 않을 것이다.

아무 말도 하지 않았으나 현주는 온몸으로 그렇게 다짐하고 있었다. 그녀는 길고 긴 한숨을 남겨둔 채 한참 만에 등을 돌렸다.

"가자."

"그래."

강현은 대답하며 손을 내밀었다. 현주는 무시하며 걸어가다가 강현이 앞을 가로막자 멈추게 되었다.

"뭐야?"

"손."

"내가 강아지야, 손 하면 손 주게?"

"손이 싫어? 선택해."

"뭘 선택해?"

"손잡고 갈래, 아니면 나한테 안겨서 갈래?"

현주는 눈을 형형하게 떴다.

"미쳤어? 병원에서? 그리고 나 링거대 밀고 있는 거 안 보여?"

"내가 장소가 어디든 상관할 것 같아? 링거대는 한 손으로 되잖아. 자, 빨리 선택해."

강현은 당당하게 요구했고, 현주는 얼굴색을 빨갛게 물들이더니 결국 손을 내밀었다. 강현은 환하게 웃으며 손을 잡고 천천히 움직였다. 현주는 가면서 투덜거렸다.

"그렇게 좋아?"

"그럼, 좋지. 현주야, 수술 뒤에 너 꾸준히 운동해야 되잖아. 산책할 때는 꼭 이렇게 손잡고 다니자."

현주는 그를 흘겨볼 뿐이었다. 강현은 못 본 척 그녀의 손을 꼭 잡은 채로 움직였다. 현주의 병실로 간 그는 무언가를 든 채 침대 앞에 서 있는 명주를 발견했다. 명주는 강현은 물론 잡고 있는 손을 향해 눈을 번뜩였지만 누나에겐 다정하게 물었다.

"마지막 투석 어땠어?"

"그냥 그렇지, 뭐."

"자, 누나. 수술 대비해서 폐 운동 해야지."

명주는 현주가 침대에 앉자 세 개의 투명한 긴 튜브에 입으로 불 수 있는 마우스가 달린 플라스틱 기구를 주었다.

"인스파라미터(Inspirometer)라는 거야. 심호흡 자극 운동기인데, 공이 각 튜브에 하나씩 들어 있잖아? 마우스에 입을 대고 이걸 들숨으로 위로 올려야 해. 전신마취를 하면 폐가 수축되거든. 그걸 펴기 위한 거야. 미리 연습해 둬야 해."

명주의 설명은 조곤조곤하고 아주 친절했다. 현주는 받아 들고 시도해 보았지만 공은 꿈틀거리기만 할 뿐 위로 올라오질 않았다. 명주는 인내심을 잃지 않고 더 자세하게 설명해 주었다. 현주는 몇 차례 시도 끝에 겨우 공 하나를 올린 뒤 강현에게 말했다.

“강현 씨도 전신마취잖아. 이거 연습해야지.”

“이사님, 가져왔습니다.”

현주의 말이 끝나자마자 병실 문이 열리더니 손 수행비서가 강현의 병실에서 가져온 인스파라미터를 내밀었다. 명주가 못마땅한 눈으로 노려보는 가운데 강현은 해보았고, 몇 번 만에 바로 공 세 개를 전부 위로 올렸다.

“와, 잘하네.”

현주는 놀라더니 다시 시도해 보았다. 하지만 공은 하나만 움직일 뿐이었다.

“누나, 힘들어도 좀 쉬다가 다시 해봐. 이거 수술 뒤에도 해야 되는 거야. 그리고 오늘 밤에 잠 설치지 말고 푹 자둬. 내일 수술한 뒤에 힘들어서 자고 싶을 텐데, 자정 전까지는 자면 안 되거든. 전신마취 때문에 수축된 폐를 원상 복귀시켜야 해. 알았지?”

“강현 씨도 마찬가지인 거지?”

현주가 묻자 명주는 퉁명스레 내뱉었다.

“그렇지.”

“명주야, 넌 의사가 돼서 왜 환자를 차별하니? 더군다나 강현 씨는 네가 다니는 이 병원의 환자잖아.”

강현은 유치하다는 건 잘 알았으나 현주가 동생을 타박하자 좀 기뻤다.

“나 아직 이 병원 소속 아니야. 누나 수술 끝나고 3주 뒤부터 출근하기로 했어. 교수님께서 그렇게 하라고 배려해 주셨어.”

“3주? 왜 3주야?”

"혈액형 불일치 수술은 3주가 고비니까. 그 시간만 지나면 일반 수술과 똑같아. 그동안 내가 간병할게."

명주의 말은 다정했으나 강현은 그 속의 뜻을 읽었다. 그러니 그동안은 신강현더러 꺼지라는 의미였다.

"타이터 수치는 이제 1대 1 이하야. 혈장 교환술이 잘됐어. 수술, 잘될 거야. 그 뒤에 거부반응도 없을 거고. 걱정하지 마."

명주는 손을 뻗어 누나의 머리카락을 귀 뒤로 넘겨주었다. 강현은 스스로가 어이없었다.

이란성 쌍둥이한테 이런 질투심을 느끼다니, 나도 참.

"이사님, 오늘은 이만 쉬셔야지요."

손 수행비서는 손목시계를 흘끔 바라보더니 반걸음 앞으로 나오면서 한마디 했다. 강현은 손 수행비서가 눈빛으로 말하는 것을 알아듣고는 이만 일어나 현주에게 다가갔다. 누나 옆에 딱 붙어 있던 명주는 비키지 않으려고 했다. 강현은 한마디 안 할 수 없었다.

"저남, 좀 비켜봐."

명주가 온몸을 파르르 떨 때 현주는 어이없다는 듯 눈을 굴렸다. 강현은 씩 웃고는 여전히 장승처럼 버티고 선 명주를 피해 몸을 약간 틀어 현주의 이마에 입을 맞추었다.

"잘 자야 해. 알았지?"

현주는 답하지 않았다. 동그란 눈동자에 수없이 많은 감정이 흐르고 또 흐르는 것 같았으나, 현주는 아무 말도 않은 채 물끄러미 그를 쳐다보고만 있었다.

입 맞추고 싶다. 이마뿐만이 아니라 코끝, 양 뺨, 입술에도 키스하고 싶었다. 하지만 그랬다간 명주가 당장 주먹을 날리리라. 맞는 건 문제가 아니었으나 내일이 수술이니 오늘은 불상사가 일어나지 않도록 가만있는 게 나을 터였다.

"내일 봐."

강현은 눈웃음을 지어주고는 병실 밖으로 나갔다. 그가 입원한 곳은 비뇨기과병동으로, 장기이식병동과 같은 층이지만 50여 미터 떨어진 거리였다.

"도착하셨습니다."

뒤따라오던 손 수행비서는 병실로 가면서 보고했다. 강현은 고개를 끄덕였고, 병실 문을 열었다.

"안녕하세요."

EH그룹 오너 일가의 개인적인 일을 맡아서 하는 공증인이었다. 작년에 할아버지와 할머니는 돌아가시기 직전 이 공증인에게 유언장 업무를 맡기셨다. 그때 강현은 1년 만에 자신의 유언장 문제로 공증인을 다시 부르게 될 거라고는 상상도 하지 못했다.

복강경으로 신장을 빼내는 건 지극히 간단한 수술이다. 수술 취급도 안 하는 그런 것. 그러나 만일의 상황이라는 게 있다. 만에 하나 잘못된다면…….

상상도 할 수 없는 비극이 일어나리라. 어머니와 현주 모두에게 어마어마한 충격을 주게 될 터였다.

별일 없을 것이다. 강현은 그렇게 확신하고 또 확신했으나, 만약의 사태를 대비해 법적인 준비를 해놓는 게 좋다는 걸 잘 알았다. 거대한 슬픔의 쓰나미에 휩쓸릴 어머니의 충격을 덜어줘야 하며, 현주의 미래도 보장해 줘야 하기 때문이다.

"제 유언장입니다."

강현이 고갯짓을 하자 손 수행비서가 봉투에서 서류를 꺼냈다. 오늘 작성한 것으로, 사실 미리 준비하려고 했지만 혹시 유언장을 작성했다는 사실이 어머니의 귀에 들어갈까 싶어 어머니가 비행기를 탄 뒤에 작성했다.

공증인은 강현이 자필로 쓴 유언장 내용과 날짜, 주소, 성명을 확인했다. EH그룹 오너 일가의 일을 오랫동안 담당한 사람이지만 상당히 놀란 표정이다. 강현은 자신이 작성한 것을 다시 한 번 보고는 도장을 찍었다.

내내 침묵을 지키던 공증인은 서류를 챙기면서 결국 입을 열었다.

"이사님, 이 유언장을 쓸 일이 없을 거라고 생각합니다."

"저도 그렇게 생각합니다. 그러니 어머니께 비밀을 엄수해 주세요."

"약속하겠습니다. 수술 뒤에 뵙겠습니다."

공증인은 오른손을 내밀었고, 강현은 힘 있게 악수했다. 공증인이 사라진 뒤 강현은 환자복 상의를 벗고는 셔츠를 걸쳤다. 그러자 손 수행비서가 캠코더를 가져와 강현을 찍기 시작했다.

"어머니."

강현은 캠코더를 바라보면서 진중하게 입을 뗐다.

"이 영상을 보신다면 아마 수술이 잘못됐다는 뜻이겠지요. 불효자라 죄송합니다."

그는 고개를 깊이 숙여 사죄했다.

"고개를 숙여서 죄송합니다. 나중에 언제 다시 뵙게 되면, 그때 제 잘못을 야단쳐 주세요. 하지만 오랜 시간 뒤에 뵈었으면 합니다. 건강하게, 즐겁게 살아주세요. 부탁드립니다. 그리고…… 어머니, 어려운 일이 될지도 모르지만…… 부디 현주를 미워하지 말아주세요. 현주가 많이 상처받지 않도록 해주세요. 끝까지 불효자라 정말 죄송합니다. 부탁드립니다. 사랑합니다, 어머니."

강현은 눈을 질끈 감았다. 다시는 울지 않겠다고 다짐했으니까. 그래선 안 되니까.

강현이 온몸을 휩쓸고 간 감정을 이겨낸 건 한참 뒤였다. 손 수행비서는 영상이 녹화됐다는 사실을 알려주었고, 다시 캠코더를 손에 잡았다. 강현은 고개를 저었다.

"현주에겐 편지를 쓰겠습니다."

현주는 아직 그를 미워하고 있다. 만약 그가 잘못된다면 미움은 슬픔으로 작용해서 현주는 더 크게 상처받을 터였다. 그러니 되도록이면 얼굴을 보여주지 않는 게 나으리라.

손 수행비서는 고개를 끄덕이더니 잠시 다녀오겠다고 말하고는 사라졌다. 얼마 뒤 돌아온 손 수행비서의 손에는 편지지가 들려 있었다. 받아 든 강현은 깊은 고민 끝에 펜을 들었고, 손 수행비서는 자리를 비켜주었다.

한참 뒤, 강현은 간호사가 혈압을 재기 위해 병실을 방문하자 펜을 놓았다. 곱게 편지지를 봉투에 넣고는 손 수행비서가 오자 건네주었다. 만에 하나 뇌사자가 될 경우를 대비해 장기이식신청서와 사후 장기기증신청서도 같이 작성해서 건넸다.

"이 편지는 만약 제게 문제가 생기면, 그때 현주에게 주세요."

"이 편지를 전달할 일이 없을 거라고 생각합니다."

손 수행비서는 공증인이 한 말과 같은 말을 내뱉었다. 강현은 정중하게 고개를 숙였다.

"항상 고맙게 생각합니다, 손 비서님. 아니, 손정운 씨."

고개를 드니 손 수행비서는 놀랄 때의 현주처럼 눈을 부릅뜬 상태였다. 그 모습이 재밌기도 하고 자신의 행동이 그만큼 놀라운가 싶어 강현은 피식 웃었다.

"이사님, 진짜 이러실 필요 없다고 생각합니다. 신장이식 수술은 정말 별것 아닙니다."

"저도 그렇게 생각합니다."

강현은 좀 더 크게 웃었다. 손 수행비서도 똑같이 따라 웃을 때, 가운을 입은 의사 여럿이 우르르 들어왔다. EH그룹 일가의 주치의인 동시에 B병원의 내과 교수인 하운수와 장기이식센터의 안 교수, 그리고 내일 수술을 담당할 외과 교수였다.

다들 좋은 일을 한다면서, 수술이 잘될 거라고 한마디씩 해주고 사라졌다. 강현은 그제야 안도감을 느끼는 자신을 발견했다.

나도 무서워하는 건가?

현주가 아프게 된 원인을 알게 된 뒤 당연히 신장을 이식해야 한다고 생각했다. 가능하다면 생명까지 대신 주고 싶은 마음인지라, 생명에 비하면 신장 한 개 정도는 아무것도 아니라고 생각했다.

그러나 현주에게 집중하면서도, 당연히 수술을 준비하면서도 마음 한편에서는 두려움을 느낀 모양이다. 권위자인 교수님들이 한마디씩 해준 말에 이렇게나 안도감이 들다니…….

물론 죽음은 두렵지 않았다. 그 뒤에 어머니와 현주가 받을 상처가 걱정될 뿐. 그러나 수술의 성공이나 실패, 그 뒤의 미래는 그가 어쩔 수 없다. 조용하게 받아들여야 하는 부분.

그러니 온 마음을 다해 이식이 성공하길 빌어야 한다. 자신의 수술뿐만이 아니라 가장 중요한 현주의 수술이 성공하길 기대해야 했다. 아니, 자신의 수술은 어차피 잘될 테니 현주의 수술을 걱정해야 하리라.

이런 걸 겁내다니, 난 정말 나약하구나.

강현은 다시금 스스로의 한계를 깨달았으나 한편으로는 아직 무서웠다. 그러나 눈앞에 현주가 떠오르자 용기를 낼 수 있었다.

현주가 중요하다. 사랑하는 여자가 중요하다.

강현은 편안하게 침대에 누운 뒤 다음날을 대비했다. 혈압 측정과 관장 등의 수술 준비 때문에 잠을 잘 자지 못했지만, 그래도 생각과는 달리 전혀 떨지 않을 수 있었다. 그가 두려움을 느낀 건 수술 한 시간 전에 현주를 만나러 갈 때였다.

혹시 수술을 하지 않겠다고 입장을 바꾸는 게 아닐까?

다행히 그건 아니었다. 예상외로 현주는 아주 편안해 보였다. 재회한 뒤 처음 보는 모습이다. 아니, 편안한 게 아니라 그냥 다 포기한 건가?

“현주야.”

“응.”

옆에 명주가 팔짱을 낀 채 눈을 부라리고 있었으나 강현은 침대에 걸터앉아 현주의 두 뺨에 손을 올렸다. 아직도 마르고 거칠지만, 이식한 뒤에 제대로 관리하면 이전처럼 고와지리라.

“사랑해.”

옆에서 명주가 토할 것 같은 표정을 짓는 게 눈에 보였다. 강현은 고개를 휙 돌려 명주에게 툭 던졌다.

“처남, 우리 키스할 건데 좀 뒤돌아서 있지?”

“뭐? 누가 처남이야? 그리고 뭘 한다고?”

“장명주, 나가 있어.”

명주가 입에서 불을 뿜기 전, 현주가 눈을 흘기며 한마디 했다. 명주는 찍 소리도 못하고 사라졌고, 강현은 한마디 안 할 수가 없었다.

“처남이 참 누나 말을 잘 듣네.”

“누가 처남이야?”

“우리가 결혼하면 그렇게 되는 거지.”

“누가 결혼한다고?”

“장현주, 신강현.”

“나 말고 장현주가 또 있나 보지?”

“장현주, 인간적으로 너무한다. 너 나랑 한 몸이 되면서 그럴 수 있어?”

“변태!”

“그래, 이 변태가 신장이식해 주는 걸로 네 발목 좀 잡아볼란다. 너, 내 신장 들고 딴 남자한테 못 가.”

“시끄럽거든?”

“내 입 막는 방법 알려줄까?”

“뭔데?”

“키스. 자, 여기다가 입술 문대봐.”

“이 변태가 진짜!”

“우리 현주는 눈꼬리 끝을 쭉 올려도 예뻐.”

현주가 얼른 눈꼬리를 내릴 때 강현은 미소 지으며 다시 속삭였다. 세상에서 가장 달콤하게.

“사랑해, 현주야.”

현주는 답하지 않았다. 그냥 그를 물끄러미 쳐다볼 뿐. 그러다가 그녀는 손을 올려 그의 뺨에 댔고, 강현은 물었다.

“키스, 해줄 거니?”

“……아니.”

“실망인걸.”

강현은 말은 그렇게 했으나 씩 웃었다. 현주가 이렇게 그를 코앞에서 바라봐 주고 있다는 사실만으로도 기뻤다.

“강현아, 아니, 강현 씨.”

“응.”

“고마워.”

메마른 어조였으나 분명 현주는 진심을 말하고 있었다. 약간 부끄러운 듯 두 뺨을 살짝 붉히기까지 했다.

"정말 고마워. 이식이라는 게 가족끼리라도 쉽지 않은 일이라는 거 잘 알아. 더군다나 네 위치상 더 그렇겠지."

"위치 같은 건 상관없어. 2년 전에는 지독하게도 멍청하게 굴었지만, 현주야, 네 앞에서 난 그냥 남자야. 사랑하는 여자를 앞에 두고 있는 평범한 남자. 그러니 네게 이식하는 게 당연한 거야. 너를 사랑하니까. 네가 건강하길 바라니까. 네가 행복하길 원하니까. 네 미래의 행복 속에…… 내가 들어가길 바라."

강현은 그의 뺨을 감싸고 있는 현주의 손을 잡아 입가로 가져와 양 손바닥 중앙에 뜨겁게 키스했다.

"나는 네 곁에 있을 거야. 하지만 네 허락이 필요하다고 생각해. 내가 있는 게…… 미래에도 널 불행하게 만들 수도 있다는 걸…… 알고 있으니까. 결정은 네게 맡길게. 이식을 받고, 수술 후에…… 이야기해 줘."

강현은 부탁하듯 애걸한 뒤 그녀의 이마에 다시 키스했다. 도장을 찍듯이 뜨겁고 진하게.

"이제 가봐야 해. 오늘은 아마 못 보겠지? 내일 만나자."

떠나고 싶지 않았다. 그러나 기증자는 먼저 수술에 들어가야 했다. 어서 수술을 해야 현주가 더 빨리 건강해질 터.

"사랑해, 현주야."

강현은 다시 한 번 말한 뒤 움직였다. 초인적인 노력이 필요한 일이었다. 병실 문을 잡은 순간이었다.

"강현아."

강현이 뒤돌아보았다. 현주의 눈동자에는 어느새 솟아난 눈물이 맺혀 있었다. 그녀는 고통스러운 어조로 속삭였다.

"미안해."

어째서 사과의 말을 하는 거니?

강현은 묻지 못했다. 그럴 수가 없었다. 그는 다시 한 번 온 마음을 담아 말했다.

"사랑해, 장현주."

그리고 강현은 자신의 병실로 돌아갔다. 그는 간호사가 지시하는 대로 수술실로 이동하기 위해 이동침대에 누웠다. 이동침대는 편했으나 사방이 움직이는 느낌은 고스란히 그의 온몸을 흔들었다.

수술실도 시끄럽구나.

영화나 드라마를 보면 수술실 앞에서 눈물의 이별을 하는데, 강현은 현실에서는 그럴 분위기가 아니라는 것을 알게 되었다. 이동침대만 들어갈 수 있는 전용 엘리베이터에 탔을 때는 그나마 조용했지만, 엘리베이터에 타기 전이나 내린 뒤에 대기실 앞까지 갈 때까지 전혀 침묵을 느낄 수가 없었다.

이동침대의 바퀴 소리는 물론이거와 따라다니는 많은 보호자들의 여러 말이 진짜 시끄러웠다. 생사가 걸린 수술실 앞이 아니라 마치 도떼기시장 한복판에 들어와 있는 것 같았다.

이런 장소에 어머니께서 안 오셔서 정말 다행이군.

강현이 속으로 안도의 한숨을 내쉴 때였다. 대기실 앞에서 잠시 기다리는 상황에서 수행비서가 허리를 숙이며 인사했다.

"이사님, 이따 뵙겠습니다."

"그럽시다."

짤막한 인사였으나 강현은 갑자기 눈시울이 뜨거워지는 느낌이었다. 눈을 몇 번 깜빡거릴 때 대기실 문이 열리더니 그는 안으로 들어가게 되었다. 이십 명이 넘어 보이는 환자들로 가득 찬 공간이었다.

정말 시장이군. 아니, 공장인가? 현주도 이 대기실을 통할 텐데, 같은 생각을 하려나?

문득 현주가 마지막에 한 말이 떠올랐으나 강현은 다른 생각은 하지 않았다. 이 순간 그는 오로지 수술의 성공만을 빌었다. 그의 머릿속에는 그것뿐이었다.

"신강현 씨, 맞으시죠?"

이식수술 다큐에서 본 수술실과 똑같은 공간으로 옮겨진 뒤, 마스크를 쓴 의사들이 이것저것 뭔가를 연결하더니 이름을 물어보면서 강현의 팔에 달린 확인증 같은 것을 재차 눈으로 검사했다.

"네."

"걱정하지 마세요. 잘될 겁니다. 자, 10부터 1까지 세면서 심호흡하세요."

입에 마스크가 내려앉았다. 강현은 눈을 깜빡인 뒤 심호흡을 하면서 속으로 숫자를 셌다.

10.

2년 전, 현주가 하루에 가장 많이 사랑을 고백한 숫자. 황홀하다.

9.

2년 전, 현주와 그나마 외식 아닌 외식을 한 횟수. 너무 적다.

8.

2년 전, 현주가 그를 위해 바쁜데도 연속으로 식사를 만들어준 횟수. 고맙다.

7.

2년 전, 현주가 행운의 숫자라면서 좋아했던 숫자. 귀엽다.

6.

2년 전, 현주가…….

전등을 끈 것처럼 순식간에 시야가 까맣게 변했다.

이제 새로운 추억을 쌓을 수 있을까? 현주야…….

제3부 · 미래

11

"⋯⋯혈압 못 재요. 그러니 가만히 있으세요."

이게 무슨 말이지?

소리는 들었으나 현주는 무슨 뜻인지 알지 못했다. 뇌가 작동하질 않았다.

왜 이러지? 왜 머릿속이 텅 빈 것 같지?

"장현주 환자분, 잠시만 가만히 계세요."

현주는 그제야 깨달았다. 자신은 환자였다. 수술을 받은⋯⋯.

수술실로 옮겨져 마스크를 쓴 뒤 곧 세상이 까매졌던 게 기억났다. 그리고 지금인 건가?

"수술⋯⋯."

입을 열자 말이 나왔다. 하지만 희미한 속삭임에 불과했다.

“어떻게……..”

“잘됐으니 걱정 마세요.”

마스크를 쓴 채 옆에 있던 간호사가 답을 해주었다. 마스크 위로 보이는 눈은 아주 상냥했다. 현주는 친절한 눈웃음보다 말의 내용에 마음이 놓였다. 하지만 자신의 수술보다 더 걱정되는 게 있었다.

기증자 신강현은 어떻게 됐죠?

묻고 싶었으나 말이 잘 나오질 않았다. 현주가 입만 뻐금거릴 때 간호사가 이어 말했다.

“여긴 회복실이고요, 곧 병실로 다시 올라가실 거예요. 아참, 장 선생님은 잠시 차트 확인하러 가셨어요. 저기 오시네요.”

“누나.”

역시 마스크를 쓰고 있는 명주가 다가왔다. 마스크 위로 보이는 눈은 언제나처럼 참 따뜻했다.

“수술 잘됐어. 아프진 않아? 통증약 미리 넣었어. 혹시 더 아프면 이거 자가통증약이니까 통증 올 때마다 누르면 돼.”

현주는 그제야 줄이 달려 있는 리모컨 같은 것이 손안에 들어와 있다는 것을 알아차렸다. 생소한 감촉이다. 현주는 마른 입술을 축였다.

“괜찮…… 아. 허리가 좀 불편한데…… 아픈 건 아니야.”

다행히 말은 할수록 좀 더 분명하게 흘러나왔다.

“안 아파서 다행이야.”

명주는 마스크 위로 눈웃음을 지었고, 현주는 동생의 반응을 통해 강현의 수술도 안전하게 잘됐다는 것을 깨달았다. 명주가 강현을 증오하긴 하지만, 잘못됐다면 저렇게 웃고 있지는 않을 테니까.

현주가 강현에 대해 좀 더 정확하게 물어보려고 할 때, 이동침대를 옮겨주는 사람이 도착했다. 현주는 엘리베이터를 타고 다시 병실로 돌아가게 되었다.

간호사나 명주가 도와줘서 침대째 잘 옮겨졌지만 그래도 아프지 않은 건 아니었다. 현주는 마침내 침대에 제대로 눕게 되자 안도의 한숨을 내쉴 수 있었다. 정신이 또렷해진 가운데 그녀는 명주에게 물었다.

"강현 씨는? 문제없이 잘된 거 맞지?"

"맞아. 그 인간도 잘됐어. 그냥 복강경으로 신장 하나 빼낸 것뿐인걸, 뭐. 그쪽 수술방에 들어간 비뇨기과 선배한테 들었는데, 신장이 크고 상태가 아주 좋더래. 누나에게 좋은 거지. 정말로 이식하다니, 그 인간……."

명주는 못마땅한 기색이 역력했으나 언뜻 감탄하는 것 같기도 했다.

"누나, 피곤하지? 하지만 되도록이면 자면 안 돼. 5분씩은 괜찮지만 오늘 자정까지는 덜 자면서 버텨야 돼."

"알았어. 강현 씨…… 옆에는 누가 있어?"

"간병인이랑 그 비서까지 두 명이나 있어. 걱정 안 해도 돼."

다행이네.

현주는 길고 긴 한숨을 내쉬며 눈을 감았다가 명주가 5분 이상은 자면 안 된다고 앞에서 손을 흔들자 다시 뜨게 되었다.

"계속 자고 싶어."

"5분 이상은 안 돼."

"진짜 자고 싶은데."

"진짜 안 돼."

현주가 웃자 명주는 누나를 따라 웃었다. 마스크를 쓰고 있었으나 명주의 웃음소리는 병실 전체로 따듯하게 퍼졌다.

"누나, 텔레비전 틀어줄까? 뭐 볼래?"

"요리 채널로 틀어줘."

투석을 시작한 뒤로는 텔레비전도 잘 보질 않았다. 음식이 나오면 참을 수 없었기 때문이다. 먹고 싶은 마음보다 마음대로 먹을 수 없게 된 이 상황 자체가 너무도 싫었으니까. 그리고 스스로가 너무도 혐오스러웠다.

강현에게 두 가지를 말했다. 모든 건 너 때문이라고, 그리고 이건 내 탓이라고.

현주는 진실을 알고 있었다. 후자가 진짜라는 걸. 강현이 그녀를 버리긴 했다. 더군다나 임신까지 시켰다.

하지만 마지막 날에 끝까지 거부하지 않은 건 자신이었다. 임신이라는 충격적인 사실을 알게 된 뒤 낳기로 결정한 것도 자신이었다. 그랬으면서 몸 관리를 제대로 하지 못했고, 결국 그 사달이 났다.

아직도 고통스럽다.

현주는 첫 초음파 사진을 여지껏 가지고 있었다. 버리려고 했지

만 결국 책상 아주 깊은 곳에 넣어두는 것으로 대신할 수밖에 없
었다.

잊을 수 없다. 잊을 수 없다.

아마도 평생 가리라. 이 상처는 육체적으로 그녀의 신장을 망가
뜨려서 투석을 하게 만들었고, 정신적으로는 정신과 치료까지 반
년 넘게 받아야 할 만큼 그녀의 마음을 찢어놓았다.

평생 기억할 것이다. 그럴 수박에 없을 만큼, 큰 고통이니까.

하지만 상처의 일부분은 조금씩이지만 치유되고 있는 것 같았
다. 아니, 확실했다. 강현이 돌아왔으니까.

아이를 잃었을 때 현주를 직격으로 내려친 고통 중의 하나는 강
현의 흔적을 더 이상 품지 못한다는 사실이었다.

집착이라는 건 잘 알았다. 중학생 때 첫눈에 반한 상황에서는
그냥 풋사랑에 불과했지만, 미국에서 우연히 재회해서 첫 데이트
를 하게 된 후로는 성인으로서, 여자로서 진실로 사랑하게 되었
다.

신강현이 더 많은 재력과 권력을 원하는 남자라는 건 잘 알았
다. 그럴 만한 위치로 태어난데다 그렇게 자라왔으니까. 그녀를
뜨겁게 안지만, 일상생활에서는 결코 배려하지 않으며 더없이 오
만하게 행동하는 남자. 공부를 끝내고 한국으로 돌아간 뒤에는 비
서의 딸에 불과한 그녀를 냉정하게 내칠 존재.

그 사실을 잘 알면서도 현주는 욕심을 품었고, 마음을 내비쳤
다가 비참하게 버림받았다. 그런데도 임신 사실이 기뻤다. 강현
의 흔적이니까. 한때마나 강현이 그녀를 품었다는 분명한 증거

니까.

70년대 신파극의 주인공도 이렇게 구질구질하게 행동하진 않으리라.

그 사실을 잘 아는데도 아이를 선택했다. 그럼에도 결국 잃었고, 신장마저 기능이 떨어져 투석을 하게 되었다.

현주는 5개월 전, 길거리에서 쓰러졌던 날을 기억했다. 시야가 흐릿해진다 싶었다가 깨어나 보니 가슴에 카테터가 달렸고, 응급 투석을 받은 뒤였다. 남은 평생 투석기에 얽매이게 된 것.

이식을 할 수 없는 상황의 환자에게는 투석기가 생명을 지켜주는 무척 고마운 것이었다. 그러나 현주에겐 아니었다. 그녀는 자신이 투석 환자가 됐다는 사실 자체를 받아들일 수가 없었다. 투석을 할 때마다 어째서 이렇게 됐는지 떠올랐기 때문이다.

신강현에게 버림받았기 때문. 그렇게나 뜨겁게 사랑하는 남자에게 내처졌다는 그 사실. 더군다나 강현은 약혼까지 한 상황이었다. 한낱 비서의 딸이 아니라 거대 금융인 가안은행의 고명딸과.

강현은 어리고 예쁜 그 여자와 결혼하리라. 더 많은 재력과 권력을 손에 쥐고, EH그룹의 총수가 되어 남은 평생 패기만만하게 살아가리라.

그에 비하면, 난 대체 뭐지? 난 대체 뭐야?

그렇게 자괴감의 진흙탕에서 비참하게 몸부림칠 때, 매달 정기적으로 하는 피 검사를 하러 방문한 병원에서 강현과 마주쳤다.

강현은 2년 전에 비해 더 멋있게 변한 상태였다. 더 값비싼 것을 온몸에 두르고 있을뿐더러 그야말로 건강해 보였다.

증오심. 가장 먼저 솟구친 감정.

나는 이렇게 망가졌는데, 너는 어떻게 그렇게 멀쩡해?

그렇게 목이 터져라 소리치며 그 자리에서 달려들어 피를 보고 싶을 정도였다. 그게 솔직한 심정이었다. 더군다나 강현은 한 번의 만남으로 그치지 않고 그녀를 찾아오기까지 했다가 과거를 알아버렸다.

그 뒤에 강현이 보여준 행동은 예상과는 완전히 달랐다. 현주는 그가 사실을 알게 된다면 그냥 돈만 대주고 끝낼 거라고 생각했다. 거기다가 미안하다는 사과의 말 한마디 정도?

그러나 달랐다. 현실은 예상과 완전히 달랐다.

그 오만한 신강현은 눈물을 흘렸고, 무릎까지 꿇으면서 그의 신장을 받으라고 부탁, 아니, 애걸했다.

천둥벼락에 직격되는 듯한 충격을 받았으나, 현주는 강현의 그런 결심은 오래가지 않으리라고 생각했다. 하지만 강현은 이마에 상처를 새기면서까지 파혼을 감행했고, 그렇게나 고귀하게 떠받들던 EH그룹 후계자 자리를 정리하고 나왔다. 어머니가 그를 다시 받아주었지만 어쨌든 모든 것을 버린 건 사실이다.

그리고 강현은 끊임없이 이렇게 속삭였다.

"사랑해, 현주야."

현주는 외면하기 위해 눈을 감았다. 그러나 온 마음을 담뿍 담은 강현의 절실한 고백은 어둠 속까지도 그녀를 따라왔다.

"누나, 자면 안 돼. 눈 뜨고 텔레비전 봐."

명주는 다시 당부했고, 현주는 어쩔 수 없이 눈을 떴다. 아프진 않았으나 피곤한데 잠을 잘 수가 없으니 정말 괴로웠다. 더군다나 강현이 끊임없이 떠올랐다.

다리를 주물러 주는 강현, 너스레를 떨면서 긴장을 풀어주는 강현, 사랑한다고 속삭이는 강현…….

"누나, 아픈 거야?"

시야가 흐릿해지더니 눈물이 솟아난 모양이다. 명주가 크게 놀란 기색으로 다가왔다.

"그런 거 아니야. 그냥…….'

현주는 눈을 깜빡거렸고, 곧 눈물은 사라졌다. 명주는 눈을 가늘게 뜨고 따지듯 내뱉었다.

"혹시 신강현 그 자식 때문이야? 수술 잘됐다니까. 걱정할 필요 전혀 없어."

"통증은?"

사람에 따라 다르지만 신장이식 수술의 경우 기증자가 수혜자보다 더 아플 수도 있었다. 대부분 다음날이 되면 가라앉는다지만 그래도 현주는 상당히 걱정되었다.

"뭐, 어느 정도는 있겠지."

"다녀와 줘."

명주는 눈썹을 꿈틀거렸지만 결국 움직였다. 그러나 나가기 전 분명하게 한마디 했다.

"자지 마."

현주는 웃고야 말았다. 금방 잠들고 싶을 만큼 피곤했지만, 이상하게도 정신은 또렷했다. 그녀는 명주가 강현의 소식을 가지고 오기를 기다렸다. 10분도 지나지 않아 명주는 돌아왔다.

"뭐, 나쁘진 않아."

"장명주 너, 거짓말할 때 내 눈 못 쳐다보더라. 지금 그렇거든?"

명주가 마스크를 쓰고 있기에 표정을 잘 볼 수 없었으나 눈은 확실히 보였다. 현주는 심장이 쿵 하고 내려앉는 기분이었다.

"당장 말해. 당장!"

"진통제를 맞고 있는데도 통증이 좀 심해. 그래서 전화를 못하고 있다고 비서가 말하더라. 원래 병실로 돌아오자마자 누나와 통화하려고 했었대."

"통화를 못할 정도로 아프다는 거야?"

"심각한 정도는 아니야. 워낙 곱게 자라서 통증에 약한가 보지. 하여간 도련님이라."

"장명주."

현주가 싸늘하게 내뱉자 명주는 누나가 얼마나 화났는지 깨달은 표정이었다. 한껏 비아냥거리던 눈빛을 그제야 거두었다.

"곧 괜찮아질 거야. 누나, 다른 채널 틀어줄까?"

현주는 아직도 텔레비전이 켜져 있다는 것을 그제야 깨달았다.

"아니야. 괜찮아. 놔둬."

요리 채널에서는 마침 기름기가 자르르 흐르는 참치대뱃살 초

밥을 방송하고 있었다. 입에 침이 고일 만한 영상이었으나 현주는 가슴이 까맣게 타들어가는 느낌이었다.

얼마나 많이 아픈 거지?

한참 그렇게 걱정하고 있을 때, 밝은 얼굴의 곽 선생이 들어와 수술이 잘됐다면서 이런저런 사실을 알려주었다.

"현재 크레아티닌은 7입니다. 내일 측정하면 더 내려갈 거예요."

정상인이라면 보통 1.5이하여야 했으나 투석 전에 24까지 올라가서 심장마비가 일어날 뻔했던 때에 비하면 훨씬 나은 수치였다. 현주는 질문했다.

"저기, 신강현 환자는 어떤가요?"

"음, 어디 보자. 0.8입니다. 수술 전과 같네요. 워낙 건강한 분이니."

현주는 깊게 안도의 한숨을 내쉬었다가 수술 부위가 불편해지자 얼른 입을 다물었다. 곧 곽 선생은 사라졌고, 현주는 다시 텔레비전에 시선을 고정했다. 여전히 머릿속에 내용이 잘 들어오질 않았다.

자정이 되자 현주는 드디어 잠을 깊이 잘 수 있게 되었다. 그러나 온몸이 곤죽이 된 것처럼 피곤한 탓인지, 아니면 머릿속이 복잡해서 그런지 잘 수가 없었다.

"명주야."

"응."

수술 전날부터 제대로 자지 못했을 텐데도 명주는 끄떡없었다.

의대에 다닐 때부터 단련된 덕분이라고 했다.

"강현 씨한테 다시 잠깐만 다녀와. 통화할 수 있는 상태인지 알아봐 줘."

명주는 짜증 나는 기색이었으나 고개를 끄덕이고는 사라졌다. 얼마 뒤 돌아온 그는 이렇게 말했다.

"그 인간, 잔대."

"진짜지?"

"내가 거짓말하는지 안 하는지 안다면서."

현주가 보기엔 확실히 명주는 사실을 말하고 있었다.

"누나도 어서 자. 자고 일어나면 한결 나을 거야. 그 인간도 그럴 거고."

현주는 눈을 감았다. 내일이 되면 강현이 더 나아질 테니까.

이렇게 잠들어서 내일이 되면 강현에게…….

잠을 더 설칠 줄 알았지만 예상과는 달리 현주는 아주 편안하게 잠들었다가 깨어났다. 명주의 말에 따르면 몸 상태를 체크하느라 간호사들이 계속 병실에 들락날락했다는데 현주는 그 사실도 전혀 알지 못했다.

그러나 몸이 가뿐한 건 아니었다. 수술 부위의 통증은 희미했으나 수술 환자들이 겪는 욱신거림이 현주의 온몸에 몰아닥쳤다. 아픈 건 아니지만 여기저기 안 걸리는 곳이 없었다.

"짜증 나."

결국 현주는 이런 말을 내뱉고야 말았다. 더군다나 강현은 그녀가 깨어나기 전에 일어났다가 다시 쿨쿨 자고 있다고 했다. 어디가 나쁜 것도 아니고, 통증은 많이 가라앉은 상태라는 소식은 들었으나 현주는 예상과는 달리 오후가 되어서도 통화조차 하질 못하자 상당히 기분이 좋지 않았다. 아니, 단순히 기분이 나쁜 정도가 아니라 불쾌한 느낌까지 들었다.

더군다나 오후가 되어 간호사가 몸무게를 재야 한다며 다가오자 기분은 완전히 바닥으로 처박혔다.

"일어나야 된다고요?"

"네, 일어나서 몸무게를 재셔야 해요. 장 선생님, 누나분을 일으켜 주세요."

"명주야, 나 어제 수술했는데?"

"누나, 일어나서 몸무게 재야 돼. 괴롭겠지만 조금만 힘내보자. 알았지?"

명주는 상냥하게 토닥거렸으나 현주는 짜증이 솟구쳤다. 그녀는 감정을 숨기기 위해 입술을 꼭 깨문 채 명주의 도움을 받아 몸을 일으켰다. 그리고 바로 그 순간, 속이 역류했다. 이럴 거라고 예상했는지 간호사는 손에 들고 있던 통을 현주의 입에 가져다 댔고, 현주는 그대로 구토했다.

싫다, 싫어!

아무리 간호사와 동생 앞이라도 이렇게 토하는 건 정말 수치스러웠다. 더군다나 하필이면 이때 병실 문이 열리며 강현이 등장했다.

강현의 안색은 나쁘지 않았다. 그러나 그는 링거대를 붙잡은 채

엉거주춤 서 있는 자세였다. 아무리 복강경이라지만 수술이기 때문에 복부에 복대를 하고 있어서 그런 것이리라.

"현주야, 괜찮니?"

강현은 뛰어 들어오고 싶은 표정이었다. 현주는 수치심이 온몸을 다닥다닥 뒤덮는 기분이었다. 이미 구토를 다 한 상황이었으나 그녀는 고개를 돌리며 소리쳤다.

"나가!"

"현주야?"

"이사님, 일단 나가시죠."

눈치 빠른 손 수행비서가 재빨리 한마디 한 뒤 병실 문을 닫았다. 강현이 사라지자 현주는 그제야 기분이 약간 나아졌지만 그래 봤자 이미 더러운 모습을 들킨 뒤였다.

정말 싫다.

현주는 기운을 짜내어 간신히 몸무게를 쟀다. 명주가 웃으며 잘했다고 칭찬을 해주었지만 현주는 그저 부끄러울 뿐이었다.

"명주야, 나 세안하고 싶어. 입도 헹구고……."

"아직 더 움직이는 건 무리야. 잠깐만."

명주는 물을 축인 수건은 물론 컵에 물을 담아왔다. 현주는 수건으로 얼굴을 씻은 뒤 명주가 가져온 더 큰 컵에 입안을 헹군 물을 뱉었다.

"고마워, 명주야."

"뭘 이런 걸 가지고."

명주는 정말 상냥했다. 언제나 착한 동생. 누나 일에는 물불 가리지 않고 나서서 도와주고 보호해 주는 하나뿐인 가족.

언제나 누나에게 웃어주는 명주가 32년 동안 화를 낸 건 딱 한 번뿐이었다. 신장이 급격하게 나빠진 원인을 알게 된 명주는 아이를 왜 지우지 않았냐고 불같이 분노를 토했었다. 그러나 명주는 그녀가 사랑하는 남자의 흔적이라 그럴 수가 없었다고 말하자 조용히 입을 다물었고 그 뒤로 절대 화를 내지 않았다. 그러나 명주의 마음속에 터지기 직전의 화산 같은 분노가 부글부글 끓고 있다는 것을 현주는 모르지 않았다.

명주는 강현을 증오했다. 어쩌면 버림받았을 당시의 현주보다 더 그럴지도 몰랐다. 누나를 사랑하는 동생으로서 당연한 일. 사실 현주는 명주가 강현에게 화를 내는 모습을 보면서 약간이지만 쾌감을 느꼈다.

상처를 주고 싶다.

강현의 심장에 평생 사라지지 않을 칼날이 박히기를 바랐다. 그녀가 그런 꼴을 당했으니까. 그렇기에 현주는 강현이 이식수술을 처음 제안했을 때 격렬하게 거부했었다. 강현에겐 무엇이든 받고 싶지 않았다.

하지만 명주가 받을 권리가 있다고 강력하게 주장한데다가 현주의 마음속에 투석하지 않는 이전의 삶으로 돌아가고 싶은 간절함이 깃들기 시작했다. 또한 현주는 동생의 몸에는 칼자국을 남기고 싶지 않았으나, 강현의 몸에는 흔적이 생기기를 바랐다. 강현이 고통받기를 원했다. 적어도 수술 다음날 하루뿐이라고 해도 아픔에 힘겨워하리라.

그러나 정작 그렇게 되니…….

"누나, 생각이 바뀌었어?"

명주가 물었다. 무엇을 질문하는 건지 잘 알았으나 현주는 침묵을 지켰다. 그녀는 명주의 도움을 받아 침대를 조작해 반쯤 몸을 일으킨 뒤 이렇게 답했다.

"들어오라고 해."

병실 밖에서 대기 중이던 강현이 들어왔다. 명주가 문을 닫고 나가자 현주는 강현과 단둘이 남게 되었다. 그녀는 그가 말을 하기 전에 서둘러 내뱉었다.

"이제 보지 말자."

사실 걱정이 되었다. 수술한 지 하루밖에 안 지났으니 정신적으로 충격을 받게 된다면 강현은 쓰러질 수도 있었다. 그는 지금도 안색이 좋지 않을뿐더러 링거대를 잡고 움직이는 모습은 거북이처럼 느릿했다. 그러나 분명히 그녀의 말을 들었을 텐데도 그는 그다지 충격받은 표정이 아니었다. 오히려 웃었다.

"현주야, 안색이 좋아 보여. 수술 정말 잘됐나 보다."

마스크를 쓰고 있었으나 강현의 목소리는 또렷하게 현주를 감쌌다. 강현은 링거대를 질질 끌고 침대 앞으로 왔다. 앉고 싶은 눈치였으나 복대를 차고 있고 어제 수술했기 때문에 그는 선 상태 그대로 움직였다. 눈웃음을 담뿍 담고 세상에서 가장 사랑스러운 생명체를 보듯 그녀를 응시했다.

"2주일 정도 더 입원해야 하지? 난 경과가 좋아서 2박 3일이면 될 것 같아."

“신강현.”

“응.”

현주가 다시 입을 벌릴 찰나, 강현은 갑자기 얼굴을 찡그렸다. 그게 통증이라는 것을 현주는 바로 깨달았다.

“아픈 거야?”

“약간.”

“뭐가 약간이야? 어제 진짜 심했다면서.”

“잠깐 그랬어. 그때 수술실에서 한꺼번에 환자가 많이 나와서 통증약이 늦게 투약됐거든. 하루 지나니까 가라앉았어. 이젠 좀 뻐근할 뿐이야.”

강현은 빙긋 웃고는 손을 뻗어 현주의 손을 잡았다. 와 닿는 그의 체온은 언제나처럼 따듯했다.

“난 괜찮아, 걱정할 필요 없어. 그러니까 현주야. 내게 미안해하지 마.”

“내가 왜 미안해해? 그것도 너한테?”

“보지 말자는 말, 해도 된다는 뜻이야. 그 말을 하는 걸 미안해하지 마.”

현주는 강현의 얼굴을 쏘아보았다. 그의 눈빛은 손이 그런 것처럼 봄바람마냥 따스할 뿐이었다.

“생각을 죽 해봤어. 넌 정말 많이…… 힘들었어. 나 때문에 말이야. 그러니 네가 이식받은 뒤에 나를 멀리한다고 해도…… 이해해. 그럴 생각인 거지?”

현주는 답하지 않았다. 그러나 강현의 조심스러운 예측은 사실이었다.

처음에 현주는 이식받지 않으려고 했다. 아무리 투석에서 벗어나고 싶다고 해도 다른 사람의 장기를 받는 건 죄를 짓는 기분이었으니까. 물론 투석을 경험할수록 이식이 생각나긴 했다. 하지만 세상에 단 한 명밖에 안 남은 가족인 명주는 물론이거와 생각만 해도 치가 떨리는 강현의 것은 받고 싶지 않았다. 그러나 명주가 설득했다.

그렇게나 싫은 인간에게 복수할 기회로 생각하라고. 신장이 하나만 있어도 평생 잘살 수 있을 테니, 건강을 해치게 만드는 건 아니지만 적어도 흉터는 희미하게나마 새길 수 있다면서.

상처를 남긴다. 더군다나 절대 잊지 못할 터였다. 누군가에게 이식을 해줬다는 사실은 영원히 기억에 남을 테니까.

현주가 그를 잊지 못하는 것처럼 강현도 그녀를 기억하리라. 남은 평생.

그래서 현주는 그러고자 하는 갈망과 투석에서 벗어나고픈 절박한 마음을 합쳐 깅현에게 이식받기로 결정했다. 이식받은 뒤 완전히 끝내기로 결정한 건 물론이다.

신강현은 지긋지긋하다. 그러니 신장이나 받고 그 뒤에는 완전히 이별하자.

그게 명주가 주장하고 현주가 받아들인 계획이었다. 그 뒤로 현주는 강현의 접근을 받아들였다. 그러나 아무리 상대가 극도로 증오하는 남자라고 해도 속인다는 사실 때문에 마음이 편한 건 아니었다. 더군다나 아무리 좋게 대하려고 해도 분기를 참을 수 없을 때도 있었다. 하지만 냉기를 내뿜을 때마다 강현이 상처받는 눈빛이 되는 것도 보기 힘들었다.

어째서 나는 증오하는 이 남자가 아파하는 게 싫은 걸까?

사실 현주는 이유를 잘 알았다. 너무도 잘 알았다.

아직도 사랑하니까. 아직도, 아직도, 아직도…….

멍청하기 그지없는 감정이다. 지긋지긋한 집착이기도 했다. 그럼에도 파도가 몰려오는데 온몸을 두 손으로만 가리는 느낌이다.

막을 수가 없었다. 강현이 상처받을 때마다, 그녀에게 더없이 정성을 다할 때마다, 사랑한다고 진심으로 속삭일 때마다 바닥에 파묻은 신강현에 대한 장현주의 사랑이 솟구치는 것을 막을 수가 없었다.

하지만 그렇다고 사랑이 그녀를 완전히 뒤덮게 놔둘 수도 없었다. 물론 강현의 진심을 믿었다. 평생을 함께 행복하게 지내고 싶다는 그의 말을 신뢰했다.

다시는 버리지 않으리라. 아니, 그 정도가 아니었다. 남은 삶 동안 강현은 그녀를 세상에서 가장 값진 보물처럼 소중하게 대할 것이다.

그러나 강현을 곁에 둘 수는 없었다. 현주는 아직도 자신을 조절할 수 없는 상태였다. 그를 보고 있자면 그녀의 상처가 떠오를 때가 있었고, 그럴 때는 그를 죽도록 때려주고픈 심정이 되어 그런 말과 행동을 내뱉었다. 그리고 그때마다 강현은 상처를 받았다.

그걸 보고 싶지 않았다. 증오하는 남자인데도 어느새 상처를 아예 주고 싶지 않은 마음이 되었다. 더군다나 근본적으로 신강현은 EH그룹의 후계자였다. 그는 그녀 앞에서는 평범한 남자일 뿐이라고 했지만 현주는 그의 위치를 의식할 수밖에 없었다. 애초에 바로 그것 때문에 버림받았으니까.

더군다나 시간이 흐르면 마음도 달라지기 마련이다. 지금은 모든 것을 버리고 나올 정도로 그녀를 사랑하지만 언젠가는 변할 수도 있다. 더 좋은 집안의 여자와 결혼하지 못한 것을, 더 많은 권력과 재력을 얻지 못한 것을 뒤늦게 후회할 수도 있다.

물론 변하지 않을 수도 있지만, 또 다른 문제가 있었다. 손이 귀한 집안의 후사를 잇지 못할 수도 있다는 점. 그건 강현과 강현의 어머니는 물론이거니와 작년에 돌아가신 조부모님께도 결코 할 짓이 아니었다.

강현을 놔줘야 한다.

수술이 끝난 현재, 현주는 자신이 이제는 그를 버리는 게 아니라는 것을 알았다. 그를 놔주는 것이었다. 원래의 자리로 돌려보내는 것. 비서의 딸에게 더 이상 발목 잡히지 않는 것.

"어느 정도는…… 눈치채고 있었어. 수술 뒤에 어쩌면 네가 날 멀리할지도 모른다는 걸. 어제 아침, 수술 전에 미안하다고 말한 것도 그렇고……. 그런데 말이야, 단순히 내가 미워서 그런 거니? 내가 증오스러워서 곁에 있는 것도 혐오스러운 거니?"

강현의 조용한 질문에 현주는 입을 열었다. 그렇다고 답해야 했다. 그래야 강현이 그나마 순순히 물러날 테니까.

하지만 그럴 수가 없었다. 말하려 했으나 보이지 않는 무언가가 가로막은 것처럼 목에서 아무 소리도 새어 나오질 않았다.

말을 할 수가 없었다.

"현주야."

속눈썹 하나의 움직임조차 보겠다는 듯 날카롭고도 진중한 눈 빛으로 현주의 얼굴을 뚫어져라 응시하던 강현은 다시 천천히 말을 시작했다.

"네가 나를 아직 용서하지 못했다는 것, 잘 알아. 너는 나를 볼 때마다 버림받았던 과거를 떠올리고, 우리…… 아이를 생각하고, 신장을 잃은 뒤 투석 때문에 겪은 고통에 휩싸여. 그게 현재의 장현주 너야. 그러면서도 넌……."

강현은 현주의 마르고 거친 손에서 손을 떼고 뺨에 댔다.

"나를 사랑해, 아직도 여전히. 그래서 괴로운 거야. 나를 사랑하면서도 증오하니까. 그렇지?"

현주는 이번에도 아무 말도 하지 못했다.

"현주야, 사실 난 그런 생각이 들었어. 혹시 내가 네 인생에서 완전히 사라져야…… 네가 정말로 행복해지는 게 아닐까……. 바로 그 생각. 그래서 너를 놔줘야 하는 건가……. 그런 생각이 들었어."

그녀의 뺨을 어루만지는 강현의 손은 여전히 따듯했다.

"하지만 너를 완전히 떠나보내면 나는 살 수가 없어. 네게 어떤 일이 있든지 살아남겠다고 어머니께 맹세했지만…… 정말로 너를 볼 수 없게 된다면 나는 호흡할 수 없을 거야. 그러니, 그러니 현주야······."

강현의 마지막 말은 흐느낌에 가까웠다. 그 또한 이젠 눈물을 흘리고 있었다.

"시간을 줄게. 조금이라도 네가 날 덜 미워하게끔, 덜 증오하게끔······ 노력해 주겠어? 나는 정말로 너를 사랑해. 2년 전에 바보같이 너를 버렸고, 그 뒤로도 너를 계속 사랑했으면서도 찾지 않아서 네 고통을 알지 못하고 내버려 뒀던······ 멍청하고 비겁한 남자지만, 나는 진심으로 너를 사랑해. 그러니······ 시간을 줄게. 현주야, 현주야."

흐느낌 속에서 강현은 부탁, 아니, 애걸을 하고 있었다.

"언제든 좋아. 한 달이든 1년이든 10년이든······ 행복한 마음만을 바라는 건 아니야. 그건 욕심이니까. 적어도, 내 곁에 있어도 더는 불행해지지 않을 것 같다면 그때······ 나를 찾아와 줘. 다시 돌아와 줘. 그래야 내가 살 수 있으니까, 숨을 쉴 수 있으니까."

그녀를 사랑하는, 그녀가 사랑하는 남자의 애걸.

현주는 당장에라도 두 손을 뻗어 강현을 끌어안고 싶었다. 껴안아서 이제는 괜찮다고 속삭이며 키스하고 싶었다.

하지만 할 수 없었다. 그를 완전히 안을 수도, 반대로 저 먼 곳으로 떠밀 수도 없었다.

"사랑해."

강현은 몸을 애써 움직였다. 마스크를 쓴 상태 그대로 현주의 이마에 길게 입술을 눌렀다. 느껴지는 건 마스크의 감촉뿐이었으나 현주는 강현의 슬픔과 상처, 후회와 사랑을 느꼈다.

아프다. 강현의 눈물은 고통스럽다. 하지만…….

"사랑해, 현주야. 나는 변하지 않아. 너만을 사랑해. 내 아내가 될 사람은 내가 유일하게 사랑하는 여자 장현주뿐이야. 나는 여전히 EH그룹의 후계자지만, 더 이상 더 많은 권력과 재력에만 집착하는 사람이 아니야. 네 사랑과 네 행복을 원하는, 네게는 평범한 남자야. 그러니 떨어져 있을 때에도…… 기억해 줘. 너를 진심으로 사랑한다는 걸, 네가 내게 찾아와 주기를 바란다는 걸."

강현의 손이 멀어지기 시작했다. 뺨을 통해 이어지던 그의 따스한 체온이 스러지자, 현주는 즉각적으로 추위에 시달리게 되었다. 생각지도 못한 냉기.

"현주야, 사랑해."

강현이 더욱 멀어졌다. 그리고 마침내 그는 병실에서 완전히 사라졌다. 남은 건 몸을 떨고 있는 현주뿐.

"……누나?"

현주는 알지 못했다. 강현이 나간 뒤 명주가 들어왔다는 것을, 명주가 어깨를 아주 살짝 건드리며 여러 번 물은 뒤에야 깨달았다.

"명주야?"

"응, 그래."

명주는 눈물을 줄줄 흘리는 누나를 크게 걱정하는 눈빛이었다.

"왜 울어? 아파? 아니면 저 인간이 뭐 나쁜 말을 했어? 저 인간도 울면서 나오던데.”

“저 인간이 아니야.”

“누나?”

“그렇게 부르지 말고, 이름을 정확하게 불러. 신강현이야, 신강현. 나한테 신장을 이식해 준 고마운 기증자라고!”

마지막 말은 고함이었다. 울음으로 가득한 큰 소리.

“누나…….”

현주의 울부짖음이 터지자 명주는 더없이 당황한 목소리였다. 그러나 현주는 동생이 지금 어떤 마음인지 알지 못했다. 그녀는 그저 고통스러웠다.

강현이 떠났다. 신장을 주고 떠나 버렸다. 아니, 그녀에게 마음이 누그러질 시간을 주는 것뿐이라고 했다.

하지만 어째서 이렇게나 슬픈 거지?

버림받았을 때만큼이나 가슴이 찢어지게 아팠다. 심장에 거대하고 날카로운 못이 박힌 느낌. 이 상처는 아마도 평생 가리라. 아니, 아니다.

강현을 보지 못해서 난 상처였다. 강현의 곁을 떠났기 때문에 난 것. 그러니 강현에게 돌아가면, 그 온기를 다시금 느낄 수 있다면 이 못은 빠지지 않을까?

하지만, 하지만…….

현주는 움직일 수 없었다. 수술 때문에, 수술을 하게 된 원인 때문에 그럴 수가 없었다. 그러나 이대로 앉아 있고 싶지도 않았다.

“명주야, 나…… 나 말이야.”

명주가 침대 앞에 섰다. 아까 강현이 자리 잡았던 곳. 명주는 그 자리에서 조심스럽게 물었다.

"누나, 혹시…… 버리기 싫은 거야?"

"버릴 수가 없어. 4년이나 그러지 못했어. 아무래도…… 그럴 수가 없어. 그럴 수가 없을 것 같아. 앞으로도…… 그럴 것 같아."

현주는 동생이 비난할까 두려웠다. 실망할까 봐 겁이 났다. 하지만 언제나 그러하듯 명주는 상냥하게 물었다.

"그러면 다시 데려올까?"

"아니, 그건…… 아니야. 그건…….”

버릴 수도 없고 다시 데려올 수도 없다. 현주는 절망의 구렁텅이로 추락하는 기분이었다. 그런 그녀를 붙잡아준 건 명주였다.

"그렇다면 기다릴 수밖에 없는 거야. 누나, 기다릴 수밖에 없어."

"무엇을? 무엇을 기다려야 해?"

"누나의 마음 말이야. 누나의 감정이 어떤 길로 흘러갈지 기다릴 수밖에 없어. 누나, 일단은 회복에 집중해. 순조롭게 좋아져서 퇴원할 때, 그때 물어볼게."

마스크 위로 보이는 명주의 눈은 슬퍼 보였다. 당혹스럽고 힘들어 보이기도 했다. 하지만 명주는 분명히 이렇게 말하고 있었다.

"신강현을…… 받아들일 수 있냐고. 그때도 대답을 못한다면 일쥬일마다 물어볼게. 완전히 잘라낼 수 있다면 고개를 저어. 하지만 받아들일 수 있다면…… 그래야 할 것 같으면…… 고개를 끄덕여. 그러면 내가 신강현을 불러올게."

쥐어짜서 말하는 게 분명했다. 하기 싫은 일을 억지로 하는 것 같기도 했다. 그러나 명주는 누나를, 사랑하는 가족을 위해서 분명히 말하고 있었다.

"명주야."

폭포수처럼 흘러내리는 눈물 때문에 시야가, 아니, 세상이 지진을 겪는 것처럼 뒤흔들리고 있었다. 그 어떤 것도 제대로 볼 수 없는 상황. 하지만 명주의 마음만은 분명하게 보였다.

"미안해. 그리고 고마워."

"아니야, 누나. 나는…… 누나의 행복이 우선이야. 언제나 그래. 그러니 매주 물어볼게. 평생이라도 그래 줄 수 있어. 그러니 누나, 아프지 마. 힘들고 괴로운 기억은 내려놓고 우리 건강하게, 행복하게 살자. 알았지?"

명주는 다정하고 상냥했다. 언제나 그러했듯 앞으로도 그러하듯.

현주는 고개를 끄덕이지 않을 수 없었다. 약속하지 않을 수 없었다. 맹세하지 않을 수 없있다.

"그럴게, 그럴 거야."

"그래, 누나. 이만 눈물 그치고 누워. 어제 수술했는데 이렇게 계속 울면 안 좋아."

명주는 친절한 의사 모드로 돌아갔다. 현주는 동생의 지시대로 누워서 눈을 감았다. 종종 그랬던 것처럼 어두운 세상 속에서도 강현이 보였다. 그러나 오늘만큼은 지긋지긋하게 느껴지지 않았다.

상처가 약간이나마 흐려졌다는 뜻. 하지만…….

회복에 몰두하면서도 현주는 매일매일 생각해 보았다. 스스로에게 물어보았다. 그러나 수술 2주일 뒤에 크레아티닌 1.0이라는 정상인 수치로 퇴원할 때까지도 현주는 아무 답도 할 수 없었다. 하지만 강현을 떠올릴 때마다 항상 미움이 치솟거나 아픈 건 아니었다. 이제는 다른 느낌이 들었다. 수술 자국은 물론 이식신이 자리 잡은 곳이 따스해지는 기분이었다.

강현의 흔적이다. 과거의 아픔 대신 이제는 온기가 느껴졌다.

정말로 마음이 누그러지고 있는 걸까? 그러나…….

"누나, 환영해."

명주는 활짝 웃으며 대문을 열어주었다. 낡은 집을 좀 새롭게 단장하기 위해 푸른색의 페인트로 칠하던 때가 떠올랐다. 아이를 잃고 난 뒤 넋을 놓고 있다가 이래서는 안 될 것 같아 힘을 내서 했던 것. 그러나 페인트칠은 겨우 대문밖에 할 수 없었다. 그 뒤에는 울고 또 우느라 바빴으니까.

몸이 좀 더 회복되면 다른 곳도 단장해야지.

현주는 다짐하며 집의 현관문을 열었다. 명주가 고용한 도우미 덕분에 집은 아주 깨끗했다. 먼지가 있기는커녕 바닥이나 유리 부분에서는 반짝반짝 윤기가 흐를 정도였다. 현주는 감탄하며 소파에 앉았다.

"진짜 잘 치웠네."

"그러게. 이제 청결이 중요한데 괜찮네. 누나, 저녁 뭐 먹을래?

내가 나가서 재료 사올게.”

“만드는 건 내가 할래. 요리하고 싶어.”

“그래. 아, 맞다, 누나.”

부엌으로 들어가려던 명주는 다시 성큼성큼 걸어와 현주의 옆에 앉았다. 명주는 누나의 눈을 진중하게 바라보며 물었다.

“받아들일 수 있어?”

일주일 전, 약속대로 명주가 물었을 때 현주는 아무 말도 하질 못했다. 이번에도 그건 마찬가지로, 그녀는 입을 열지 못했다. 문득, 눈에 보이는 게 있었다.

소파 옆에 단정하게 자리한 각탕기.

도우미가 제대로 청소했는지 하얀색의 플라스틱 뚜껑 위는 다른 곳처럼 반짝반짝했다. 아니, 다른 곳보다 더 빛나고 있었다.

강현의 배려가, 사랑이 담긴 것.

강현이 시간을 주겠다고 떠난 날 뒤부터는 울지 않았다. 한 번 시작하면 끝이 없을 것 같았고, 그러면 회복에 문제가 생길 테니까. 하지만 2주 만인 오늘, 현수는 더 이상 눈물을 참지 못했다.

그럼에도 답은 할 수 없었다. 입술은 움직였으나 소리가 나오질 않았다. 아직도 아팠다.

“누나.”

명주는 현주의 입술이 움직이는 것을 보고는 길고 긴 한숨을 내쉬었다. 땅이 꺼질 것 같은 짙은 한숨이었다. 포기하는 것 같은 느낌도 있었다.

“잠깐 기다려 봐. 줄 게 있어.”

명주는 잠시 사라지더니 병원 짐을 넣어둔 침실에 들어갔다가 나왔다. 그의 손에는 편지봉투가 들려 있었다.

"그 비서가 며칠 전에 주고 간 거야. 누나한테 전해달라고 하더라. 누나에게…… 뭔가 힘이 더 필요할 때 주라고 했어."

"고마워, 명주야."

"응?"

"이거…… 숨길 수 있었잖아."

명주는 어깨를 위로 올렸다가 내리더니 다시 한숨을 내쉬며 답했다.

"누나의 행복을 위한 거니까. 나 장 봐올게."

명주는 그대로 집 밖으로 사라졌다. 혼자만의 시간을 배려해 주는 것이리라.

현주는 아직도 흘러내리는 눈물을 한 손으로 닦고는 다른 손으로 봉투를 열었다. 손이 희미하게 떨렸다.

—현주야,

이 편지는 만약에 내게 문제가 생길 때를 대비해서 수술 전날에 쓰는 거야. 하지만 이 편지가 네게 전달되는 일은 없을 거라고 생각해. 어머니를 위해, 너를 위해 그래야만 되고.

현주야, 하고 싶은 말은 많아. 미안하고, 고마워. 수백 번 말해도 부족하겠지. 하지만 지금 이 편지에서 말하고 싶은 건…….

내게 무슨 일이 생긴다고 해도 그건 네 잘못이 아니야. 내 선택이니까 자책하지 말아줘. 그리고 만약 어머니께서 널 탓하셔도…… 너무 마음 아파하지 말아줘. 부탁해.

현주야,

건강해야 해. 만에 하나 내게 무슨 일이 생긴다고 해도 이식은 잘됐으면 좋겠어. 네가 다시 건강해졌으면 좋겠어. 그리고 아주 나중에, 네가 건강하고 행복하게 살다가 아주 먼 미래에…… 다시 만났으면 좋겠어. 그래 줄 수 있지?

나의 주, 사랑해.

사랑해.

마지막 문장이 흐릿해졌다. 현주의 눈에서 다시 폭포수처럼 흐르기 시작한 눈물이 그 부분에 떨어졌기 때문이다. 현주는 얼른 손으로 눈물을 닦아냈다.

—사랑해.

현주가 눈물을 바로 닦아내서 그런지, 아니면 강현이 펜으로 꾹꾹 눌러 써서 그런지, 저 부분은 그대로였다. 아까처럼 진했다.

"……해."

현주는 말할 수밖에 없었다. 그럴 수밖에 없었다.

"사랑해."

그녀는 마침내 분명하게 말했다.

"사랑해, 신강현."

그리고 그녀는 휴대전화를 들었다. 사시나무처럼 떨리는 손을 간신히 움직여 강현의 번호를 눌렀다. 저장해 두지 않았으나 머릿속에 선명하게 박혀 있었다.

강현은 신호음 한 번이 끊어지기도 전에 받고 소리쳤다.

[현주야! 장현주!]

"……응."

울음 때문에 말이 잘 나오질 않았다.

[사랑해.]

"……나도."

현주는 고백했다. 아주 쉽게 흘러나왔다.

"나도 사랑해. 신강현, 강현아, 강현 씨, 나도, 나도 사랑해."

현주는 눈을 감았다. 어두운 암흑 속에 보이는 강현은 이제 웃음 짓고 있었다. 사랑하는 남자의 미소.

[10분만 기다려.]

"10분?"

[항상 너희 집 근처의 길로 퇴근했어. 지금 근처인데…… 명주가…… 네 동생이 아까 말해줬어. 지금 오는 게 좋을 것 같다고.]

명주가?

여러 감정이 온몸에서 휘몰아치고 있었으나 현주는 마음속으로 다시 동생에게 감사의 인사를 했다. 두고두고 갚아야 하리라.

[이제 거의 다 왔어. 기다려, 현주야. 기다려.]

현주는 깜짝 놀라 일어섰고, 그 바람에 휴대전화를 놓쳤다. 바닥에 떨어진 휴대전화는 바로 전원이 꺼져 버렸다. 현주는 너무 놀라서 얼음처럼 굳어 있다가 허둥지둥 욕실로 갔다. 눈물이 그치질 않아서 세안을 끝내는 것도 쉽지 않았다. 그러나 대문 벨소리가 울리자 버튼을 끈 것처럼 즉시 눈물이 멎었다.

현주는 터질 것처럼 박동하는 심장을 안은 채 서둘러 나갔다. 현관문을 열자마자 그녀는 쿵 하는 무거운 소리를 들었고, 발견했다.

"강현 씨!"

울타리를 넘어온 그는 바닥에 넘어진 상태였다. 앉아서 어깨를 주무르던 강현은 현주가 소리치지마자 고개를 번쩍 들어 일어났다. 아픔으로 살짝 찌그러졌던 얼굴은 꽃이 만개하듯 환하게 펴졌다.

"현주야!"

강현은 바로 달려와 그녀를 안아 들었다. 단단하고 따스한 육체. 사랑하는 남자의 것.

"강현 씨."

"고마워. 고마워. 정말…… 고마워."

강현의 목소리가 눈물로 얼룩지기 시작했다. 그는 포옹을 풀었고, 현주는 그의 눈에 맺힌 투명한 액체를 볼 수 있었다.

"고마워, 현주야. 사랑해. 사랑해."

그의 깊은 진심이 담긴 고백을 들은 현주 또한 같은 말을 할 수 있었다.

"나도 사랑해."

그리고 그녀는 발끝을 들어 올려 강현의 입술에 입을 맞추었다. 그가 그토록 바랐던 그 키스. 그녀의 마음이 담겨 있고, 미래를 약속하는 키스.

"사랑해."

강현은 현주와 손을 마주 잡았다. 열 개의 손가락이 하나가 되
었고, 행복한 미래를 향해 나아갔다.

에필로그

환갑(還甲)이 되었다.

61세가 되는 생일날, EH그룹의 총수 한은희는 언제나처럼 새벽 5시에 눈을 뜨면서 이런 생각을 했다.

행복하다.

61년 동안의 인생에서 고난이 없었던 건 아니다. 유력한 정치가의 딸로 태어나 그야말로 곱게 자라긴 했다. 집안 배경과는 달리 특이하게도 어렸을 때부터 경영 쪽에 관심이 있어서 경영학과에 들어갔지만 여자라는 이유로 취직을 허락받지 못했는데, 졸업한 뒤에는 부모님이 정해주는 대로 세 살 위인 EH그룹의 후계자 신우찬과 결혼했다.

집안끼리의 정략인데다가 신우찬은 여자 문제가 매우 지저분한 남자였다. 하지만 우찬은 결혼 후 다른 여자를 전부 끊은 채 그녀만을 진심으로 사랑해 주었다. 경영 쪽을 놓지 못하는 그녀에게 회사에 대해서 이야기해 주며 정식으로 경영 수업까지 시켜주었다.

결혼한 뒤 5년 동안 참 행복했다. 여자로서도, 경영학도로서도 즐거운 시간을 보냈다.

그러나 아이를 가지질 못했다.

이유는 알 수 없었다. 원체 EH그룹 일가가 손이 귀하기는 하지만, 결혼 3년째에 부부가 정밀검사를 받아봤는데도 이상이 없었다. 둘 다 나이가 젊은지라 좀 더 기다려 보자는 결론을 내린 뒤 2년이 더 흘렀다.

그렇게 결혼한 지 5년째가 되었을 때, 우찬이 갑작스러운 교통사고로 사망했다. 은희는 미칠 것 같았으나, 시름시름 앓고 있는 시부모를 위해, 그리고 남편이 그렇게나 사랑하는 EH그룹을 위해 정신을 차려야 한다는 것을 깨달았다.

장례식이 끝나자마자 은희는 비명에 간 남편 대신 출근을 감행했고, 아직 충격에서 헤어나지 못한 시아버지 밑에서 성실하게 일을 배웠다. 냉정하다는 평가를 이때부터 들었지만 사실 은희는 살기 위해 일을 한 것이었다. 일이라도 해야 슬픔의 늪에서 그나마 빠져나올 수 있으니까.

그러나 시부모는 그녀처럼 슬픔을 삭이지 못했다. 시어머니의 경우 상당히 심각해서 거의 정신을 놓았는데, 그러다가 남편의 비서 중 하나가 아이가 있을지도 모른다는 사실을 털어놓았다. 은희는 시부모만큼이나 매우 기뻤지만, 아이를 찾기 시작하면서부터 마음 한구석은 점점 뒤틀렸다.

물론 그녀를 만나기 전의 일이다. 하지만 사랑하는 남자가 방탕한 생활을 했다는 증거인데다가 무엇보다 그녀가 갖지 못한 아이가 존재한다는 사실 자체가 너무도 화가 났다.

내가 가지고 싶었다. 내가 낳고 싶었다!

그러나 그녀는 임신조차 하지 못했다. 아예 임신할 수 없는 몸이었던 것. 남편이 죽은 뒤 유품을 정리하다가 우연히 알게 된 사실이었다. 5년 동안 임신을 하지 못한 건 그녀 때문으로, 남편은 불임인 아내가 시부모에 의해 쫓겨날까 봐 의도적으로 그 사실을 감췄던 것이다.

진실로 사랑했다는 증거.

그 사실을 알고 얼마나 울었는지 모른다. 그래서 은희는 마음을 바꿀 수밖에 없었다.

원래는 박강현이었던 아이를 찾았을 때, 대충 살길을 찾아준 뒤 나시는 놀아보지 않으려고 했다. 하지만 남편의 사랑을 다시금 체감한 뒤 강현을 본가로 데려와 정식으로 호적에 올려 받아들였다.

치가 떨릴 만큼 싫은 마음이 남아 있긴 했다. 그녀는 하지 못한, 평생 하지 못할 임신을 기껏해야 창부에 불과한 여자가 해냈다는 가슴 아픈 증거니까.

그러나 처음 발견했을 당시 아이는 죽어가고 있었다.

이제는 기억이 많이 흐려졌으나, 강현이 6년 전에 결혼하기 전까지 은희의 머릿속에 생생하게 박혀 있는 장면이 있었다.

하얗게 질린 얼굴로 머리에서 새빨간 피를 뚝뚝 흘린 채 쓰러져 있던 조그만 아이.

처음에는 시체인 줄 알고, 그녀의 남편처럼 죽어버린 줄 알았었다. 천만다행으로 숨은 쉬고 있었으나 아이는 한 시간만 더 그렇게 방치되었다면 살아남지 못했을 터였다.

남편의 흔적을 그대로 잃어버릴 뻔했던 것.

은희는 살아 숨 쉬는 아이를 본가로 데려왔다. 그전에 말을 잘 듣겠다는 약속을 받긴 했지만 사실 기대는 하지 않았다. 아직 여섯 살에 불과하니까. 그러나 신강현이라는 원래의 이름을 되찾은 아이는 아주 훌륭하게 자랐다.

내 아들.

더 빛나게 만들어주고 싶다. 더 많은 것을 안겨다 주고 싶다.

그러나 은희는 아들을 마냥 오냐오냐 대하지는 않았다. 그러는 건 시부모들만으로도 충분한데다가 그녀에겐 남편이 남긴 또 다른 유산인 EH그룹을 훌륭하게 지켜야 할 의무가 있기 때문이었다.

이 위대한 제국을 올바르게 경영하기 위해서는 그만한 능력이 있어야 했다. 친정의 막대한 권력과 재력이 도움이 되기도 했고, 다행히 남편을 따르던 사람들이 지지해 주었기에 은희는 일선에서 그룹을 지킬 수 있었다. 더욱 발전시킨 건 물론이다.

강현도 이런 능력이 있어야 한다.

은희는 강현이 하나뿐인 핏줄이라고 해도 그냥 EH그룹을 맡길 생각은 없었다. 무능력자가 나섰다간 남편의 유산은 순식간에 망하고 말 터. 강현은 전문 경영인보다 더 탁월한 능력을 갖추고 있어야 했다.

다행히 강현은 아주 똑똑하고 성실한데다가 끈질겼다. 또한 목표도 분명했다. 후계자 수업을 잘 받아서 장차 EH그룹을 훌륭하게 이끌고 싶어 했다.

그래서 은희는 다소 힘들 거라는 걸 알면서도 강현에게 험한 길을 걷게 했다. 그러자 강현은 어떤 것에서든 훌륭한 성적을 얻을 뿐더러 국내 최고 대학에 수석으로 입학하고 졸업했고, 힘든 해병대에서 복무했으며, 최고의 글로벌 컨설팅 업체인 A에 입사해서 능력을 더 키웠을뿐더러 그 뒤에는 MBA를 선택하는 등 그녀가 지정한 길을 그대로 따라왔다.

재벌가의 일원이라고 흥청망청 놀기만 하는 방탕한 종자들과는 완전히 다른 존재.

정말 자랑스러운 내 아들.

완벽하기 그지없었다. 그러나 은희는 아들에게 부족한 것이 있다는 사실을 모르지 않았다. EH그룹의 후계자로서는 차고 넘치지만, 한 남자로서는 능력을 발휘하질 않았다. 그 악마 같은 아동학대범이자 생모인 박진희 같은 여자에게 엮일까 봐 어려서부터 여자를 조심하라고 철저하게 교육시키긴 했지만, 그렇다고 연애 한 번 하지 않길 바란 건 아니었다.

우찬과의 결혼 생활은 5년뿐으로 너무도 짧았다. 그러나 남은 평생을 살아갈 수 있는 힘을 줄 만큼 행복한 시간이었다.

은희는 자신이 누린 그 행복을 강현 또한 갖게 되길 소망했다.

정략결혼으로 EH그룹을 더 번창시켜도 좋지만, 그것보다는 강현이 진실로 사랑하는 여자를 만나서 한 남자로서 행복을 누리기를 바랐다.

상대의 배경은 상관없었다. 창부였던 생모처럼 아주 이상한 여자만 아니라면 괜찮았다. 강현이 사랑하고, 강현을 사랑하면 그것으로 자격은 충분했다.

그러나 강현은 MBA를 가기 전까지 누구에게도 딱히 관심을 보이질 않았고, 금욕적인 삶을 유지하면서 은희에게 이런 말을 했다.

"저는 EH그룹에 어울리는 여자와 결혼하겠습니다. 어머니께서 후보를 추려주세요."

어머니가 하는 말이라면 무엇이든 그대로 행하는 아들다운 말이었다. 은희는 한편으로는 크게 기쁘면서도 다른 한편으로는 매우 안타까웠다. 아들은 사랑하는 사람과 함께 살아가는 삶보다 EH그룹을 더욱 중요시 여기고 있으니까.

하지만 정략결혼으로도 사랑을 만날 수 있다. 은희 본인이 그 예이다.

그래서 은희는 강현이 흡족하게 여길 만한 이름 있는 가문 가운데 품성이 올바르고 어여쁘며 발랄한 여식을 신중하게 탐색했다. 그러다가 미국에서 공부 중인 아들이 동거하고 있다는 이야기를 들었다.

처음에는 믿을 수가 없었다. 여자에겐 시선 한 점 안 돌려서 쓸데없는 말을 좋아하는 호사가들에게 남자를 좋아하는 것 아니냐는 억측까지 나오게 했던 아들이 드디어 여자를 사귀는데다 같이 살고 있다니?

더군다나 비서의 딸이었다. 장한구 비서, 은희의 왼쪽 팔.

시간이 이렇게나 오래 흐른 현재까지도 은희는 장 비서가 생전에 딸과 강현의 동거 사실을 알았는지 몰랐는지, 알 수가 없었다. 대장암으로 갑자기 사망할 때까지 장 비서는 아무 언급도 하지 않았기 때문이다. 또한 동거 사실에 관한 보고서는 철저하게 다른 비서를 통해서만 은희에게 전달되었다.

은희는 내키지 않았으나 사람을 시켜 사진을 찍어오게 했었다. 사진은 한참 뒤에나 그녀의 손에 들어왔는데 그건 아들과 장 비서의 딸 현주는 같이 살고는 있으나 함께 외출하는 경우가 거의 없기 때문이었다. 아무리 강현이 공부에 바쁘다고 해도 그 사실이 뜻하는 바가 무엇인지 은희는 잘 알았다.

공식적인 사이로 인정하지 않는다는 뜻. 비서의 딸인 현주를 진정으로 인정하는 게 아니라는 의미.

강현이 현주를 사랑하는 건 사실이었다.

비록 사진뿐이었으나 은희는 사진 속에서 강현이 현주를 바라보는 눈빛을 분명하게 알아보았다. 남편이 그녀를 바라봤을 때의 그 뜨겁고 깊은 감정 그대로였다.

강현은 현주를 사랑한다.

그래서 동거한다.

그럼에도 공식적인 사이로 인정하지 않는다. 외출을 같이 하지 않는 건 물론이거와 종종 하는 영상통화에서 어머니는 물론 조부모에게 언급조차 하지 않는 게 그 명백한 증거였다.

강현은 언젠가는 현주를 버릴 터였다. 아니면 다른 재벌가의 망나니들이 그러하듯 어두운 그림자 속에 숨겨두거나.

현주는 매우 좋은 여자였다.

은희는 철저하게 뒷조사를 했고, 현주가 장 비서를 꼭 빼닮아 성실하고 모범적이며 똑똑하다는 사실을 알아냈다. 또한 현주는 매우 매력적인 여자였으며 무엇보다 강현을 진심으로 사랑했다.

물욕과 야심을 가지고 EH그룹의 후계자를 보는 것이 아니라 순수하게 남자 신강현만을 바라보고 있었다. 물론 현주도 강현에게 기대하는 게 있긴 했다.

사랑, 그리고 미래.

그러나 은희는 아들을 너무도 잘 알았다. 더 많은 재력과 권력을 갈구하는 완벽주의자. 현주를 결코 태양이 반짝이는 곳으로 이끌지 않으리라. 매력적인 아가씨의 미래를 그대로 망가뜨려 버리리라.

더군다나 장 비서의 딸이다. 남편이 죽은 뒤 허우적거리는 그녀를 훌륭하게 보좌해 준 고마운 인물.

그런데 다른 누구도 아닌 그녀의 아들이 장 비서의 딸을 농락하고 있었다.

심한 표현이나 사실이었다. 여자로서의 인생은 남편의 죽음과 함께 끝장났으나 은희는 같은 여자로서 현주를 가엾이 여기게 되었다. 그러나 아무리 현주에게 동정심이 들더라도 아들이 행복해하고 있었다. 그러니 방해할 순 없다.

그러다가 장 비서가 코앞에서 피를 토하면서 쓰러졌고, 죽음에 이르렀다. 수십 년 동안 은희를 보좌하는 데 모든 노력을 기울였기 때문에.

그래서 은희는 현주에게 말할 수밖에 없었다. 자신을 위해 모든 것을 바친 장 비서를 위해서라도 장 비서의 임종에 맞춰 한국으로 돌아온 현주에게 강현이 많은 것을 바라는 남자라는 사실을 경고해 줄 수밖에 없었다.

그렇게 현주와 강현은 헤어졌다.

예상했던 바지만 은희는 죄책감이 들고 미안하기까지 했다. 결국 아들의 행복을 깨뜨린 셈이니까. 하지만 떠난 장 비서를 위한 일이었다. 그리고 현주의 밝은 미래를 위한 일.

은희는 금전적으로라도 현주와 명주 남매의 미래를 보장해 주고 싶었다. 하지만 두 명 모두 정중하게 거절했을 뿐만 아니라 장례를 치러주고 장 비서의 임종을 지킬 수 있게끔 비행기 자리를 잡아준 것만으로도 감사해했다.

남매 모두 욕심 없고 선량했으며 지혜로웠다. 그래서 은희는 현주가 더 아까웠다. 강현이 더 많은 것에 대한 욕심만 버렸다면 강현과 현주는 진실로 행복하게 살 수 있었으리라.

하지만 강현은 미련 없이 현주를 버렸고, 뒤돌아보지 않은 채 한국으로 돌아와 약혼했다. 은희가 알려준 후보 중에 EH그룹에 가장 힘이 될 만한 배경을 가진 여자와.

은희는 사실 가안은행의 이우연이 마음에 들지 않았다. 문제점은 없었으나 강현이 데면데면하게 대했기 때문이다. 그야말로 전혀 상관없는 타인을 보는 태도.

불행해질 것이다.

은희는 아들의 결혼 생활이 그리될 거라는 사실을 직감했다. 그래서 파혼을 이야기하고 싶었지만 그럴 수가 없었다. 아들의 눈에서 가안은행에 대한 욕망을 보았기 때문이다.

그러나 은희는 곧 말을 하기로 결정할 수밖에 없었다. 아들이 쓰러졌기 때문이다. 아마도 스트레스가 한계에 달해서 그런 것일 터. 그리고 아마도 본인은 모르겠지만 사랑을 잃은 여파 때문일 터였다. 워낙 꾹꾹 억누르기만 하는 성품을 지니고 있어 2년 만에 폭발할 것일 터.

그러다가 강현은 현주와 다시 만났다. 2년 만의 재회.

은희가 그 사실을 안 건 베이징 출장에 가 있을 때였다. 현주의 병명은 물론이거와 원인에 대해 듣게 되었다. 또한 아들이 무엇을 준비 중인지 알게 되었다.

강현은 모든 것을 버릴 심산이었다.

매우 충격적인 일이었다. 은희는 세상이 무너지더라도 아들이 저 많은 것에 대한 욕망을 버리지 못할 줄 알았으니까.

그러나 현주를 위해 그렇게 했다.

그만큼 강현이 현주를 사랑한다는 뜻. 그리고 2년이 지난 이제야 그 사실을 깨달을 만큼 바보 같다는 의미이기도 했다.

아니, 아니다. 그녀의 아들은 결코 바보가 아니었다. 사랑 문제에선 약간 늦될 뿐이었다. 그 과정에서 현주가 상처 입고 아팠지만…….

그러나 은희는 마냥 기뻐할 수 없었다. 강현이 이식을 하기로 했기 때문이다. 아들이 고통을 겪을 거라는 것. 흉터를 몸에 새길 거라는 사실.

생각만 해도 은희는 가슴이 찢어지는 것 같았다. 여섯 살의 어린 아들이 피를 흘리며 시체처럼 쓰러져 있을 때가 떠올랐으니까.

또한, 근본적인 회의가 들기도 했다.

아들은 어머니가 현주를 무조건 반대할 거라고만 생각했다. 아들이 지극히 사랑하는 여자를 배경이 볼품없다는 이유 때문에 내칠 거라고만 판단하고 있었다.

내가 그렇게 믿음을 주지 못한 어미였던가?

남편의 유산인 EH그룹을 단단하게 지키기 위해, 그리고 강현 스스로가 강력하게 바랐기에 후계자로서 굉장히 엄격하게 교육시킨 건 사실이었다. 더군다나 은희도 EH그룹을 이끌어 나가는 데 분투하느라 아들과 따스한 시간을 많이 갖지 못했다.

너없이 속상하고 슬프고 화가 나서 은희는 베이징 출장을 다녀온 뒤 아들에게 이성을 잃은 모습을 보여주었다. 후회되는 점이다. 언제나 아들에게 완벽한 모습만 보여주고 싶으니까.

그리고 결국 수술을 허락해 주었다.

아들의 몸에 상처가 남는 일임에도 그럴 수밖에 없었다. 아들이 모든 것을, 어머니까지 버릴 각오로 결심했으니까.

절대 아들에게 미움받고 싶지 않다. 이전처럼 사랑받고 싶고 존경받고 싶다.

결국 강현은 현주에게 이식을 했고, 그 뒤로 몇 주 공백기를 가지는가 싶더니 다시 만났다. 그러고는…….

은희는 미소 지으며 고개를 돌렸다. 침대 옆자리에는 껴안으면 품에 쏙 들어오는 여자아이가 누워서 쿨쿨 자고 있다.

오래전에 세상을 떠난 남편의 눈을 쏙 빼닮은 손녀, 사랑.

호적에 올라간 정식 이름은 '연' 돌림자를 써서 신지연이지만, 다들 첫째를 태명인 사랑이라고 불렀다. 둘째인 신호연, 즉 행복이가 사내아이인지라 다들 은희가 손자를 더 아낄 거라고 생각하는 모양이었다. 그러나 은희는 사실 첫째인 사랑이를 더 애지중지했다. 그야말로 처음 얻은 손주이기 때문이다.

강현이 현주와 결혼한 건 이식한 다음해, 즉 6년 전이었다.

사실 은희는 둘이 수술 후에 바로 결혼할 줄 알았으나 대신 연애를 했다. 이전에 남들의 눈을 피해 동거한 것을 후회한다며 정식으로 연애를 하고 싶은 마음이 크기 때문이라고 했다.

그러나 보통 사람들처럼 드러내 놓고 여기저기 다니면서 연애를 하진 못한 모양이었다. 이식 거부반응은 수술 뒤 1년 사이에 특히 많이 일어나기 때문에 그동안은 더 철저하게 관리해야 하므로 현주는 외출 자체를 거의 하질 않았다. 주치의의 말대로 물을 하루에 2리터 이상 마셨고, 면역억제제의 효능을 떨어뜨리는 몇몇 식품을 피한 건 물론이었다.

그러나 투석할 때에 비하면 비교할 수조차 없을 만큼 삶의 질이 향상되었다. 현주는 이식 후 석 달은 집에 꼼짝없이 틀어박혀 있었지만, 그 후 석 달 동안은 강현과 함께 2주일에 한 번씩 본가를 방문해서 은희와 식사를 같이 했다.

수술 뒤에 처음 본 현주의 얼굴은 수술 전에 비해 몰라보게 좋아진 상태였다. 피부도 어둡지 않았고, 몸매도 안타까울 정도로 비쩍 말라 있는 대신 보기 좋게 날씬했다.

무엇보다 현주의 환한 얼굴에는 미소가 맺혀 있었다. 눈빛도 아프기 전처럼 생기로 반짝인 건 물론이었다.

현주는 참 마음에 드는 아이였다.

아주 약간이지만 아들을 빼앗긴 것 같은 느낌이 든 건 사실이었다. 함께 식사할 때조차 강현은 현주에게만 집중했기 때문이다. 하지만 현주는 아주 현명했다. 이식한 뒤 강현은 은희에게 이틀에 한 번씩은 반드시 전화를 걸어왔으며 때때로 꽃다발이나 스카프, 손수건 등의 자그마한 선물을 가져오곤 했다. 사랑하고 고맙다는 말도 종종 드러내 놓고 표현했다.

분명 현주가 그렇게 하라고 강현을 세뇌한 것이리라. 그게 아니면 갑자기 그렇게 바뀔 리 없으니까.

더군다나 현주는 이식한 지 6개월이 흐르자 강현과 함께 꼬박꼬박 일주일에 한 번씩 본가로 식사하러 왔고, 환하게 웃으며 즐거운 대화를 이끌어갔다.

미워할 수 없었다. 아니, 예뻐할 수밖에 없었다. 강현을 진심으로 사랑하면서 행복하게 해주는데다 현명하게 행동하니까.

그래서 이식한 지 1년이 넘자 은희는 식사하러 온 강현과 현주에게 대놓고 물었다.

"너희들, 결혼은 언제 할 거니?"

“모르겠어요. 이 사람이 아직 프러포즈를 안 했거든요.”

은희는 강현과 현주가 동갑이라 서로 말을 편하게 하지만, 현주가 자신 앞에서는 강현을 높여준다는 걸 알았다.

유치한 생각이지만 귀한 아들이 높게 대접받는 건 기분 좋았다. 그래서 더 현주가 마음에 들었다.

“무슨 말이야? 내가 혼인신고를 하자고 몇 번이나 말했어?”

현주가 웃으면서 말한 데 반해 강현은 화들짝 놀라더니 억울해했다.

“그건 그냥 혼인신고하자는 말이지 프러포즈가 아니잖아.”

“그게 그거 아닌가?”

은희는 아들을 향해 속으로 몰래 혀를 찼다. 현주와 재회한 뒤론 좀 나아진 모양이지만, 역시 이 둔한 아들 녀석은 로맨틱한 면모라고는 거의 없었다.

“그건 다른 거야. 혼인신고는 혼인신고이고 프러포즈는 프러포즈지.”

“아, 그래요? 음……. 현주야, 그러니까 근사하게 청혼을 해달라는 말인 거야?”

애는 공부나 경영 쪽에는 천재인데 왜 이런 문제에선 이럴까? 역시 신은 공평한 건가?

생각만 그리 할 뿐 은희는 대놓고 아들을 타박하지 않았다.

“어머니.”

현주는 강현에게 아주 살짝 눈을 흘겼으나 곧 미소 지으며 은희를 바라보았다. 어느 날에서부턴가 현주는 그녀를 어머니라고 불렀다.

"어머니께서 한 가지만 허락해 주시면 결혼 날짜 잡을게요."

"조건?"

"네, 여기 들어와서 살게 해주세요."

강현의 눈이 아주 커지는 것으로 보아 미리 서로 입을 맞춘 이야기는 아닌 듯싶었다.

"합가하자고?"

"네, 어머니. 전…… 부모님하고 같이 산 적이 거의 없어요. 효도를 못했던 게 정말 마음에 걸려요. 어머니께 잘해 드리고 싶어요. 집안일도 잘 못하지만……."

"집안일 같은 건 할 필요 없다. 가사 도우미가 세 명이나 있는데 네가 왜 집안일을 하니? 넌 하고 싶은 거 해. 공부 계속하고 싶다고 했지?"

"네, 영문학이지만 미국에 다시 가는 건 그래서 국내에서 박사를 다시 하려고요. 몸이 좀 더 좋아지면요."

현주는 웃으면서 강현을 수줍게 바라보았다. 강현과 떨어지고 싶지 않아서 미국을 선택하지 않는다는 뜻이리라.

"허락해 주시는 거죠?"

"허락이야 당연하지만…… 정말 같이 살고 싶은 거니?"

아무리 은희가 바빠서 같이 집에 있을 시간이 적다고 해도, 요즘 시대에 합가는 보통 일이 아니었다.

"네, 강현 씨도 이전부터 어머님을 모시고 싶어 했어요. 독립한 건 주변 시선 때문에 어쩔 수 없이 어머니를 위해 그랬던 건데, 이제 결혼하면 그럴 필요 없으니까요.”

강현의 표정을 보니 별생각이 없어 보이는데.

은희는 현주가 말을 참 현명하게 한다는 생각이 새삼 들었다.

“어머니, 같이 살아요. 네? 제 동생은 일단 제외한다면 우린 겨우 세 명뿐이잖아요. 가족끼리 함께 살아요. 그리고 어머니, 저 오늘부터 약 바꿨어요.”

“무슨 일이 있니? 결과 좋다면서?”

은희의 심장이 덜컹거릴 때 현주는 바로 답했다.

“결과 좋아요. 크레아티닌 1.0을 계속 유지하고 있어요. 1년째에 조직 검사도 해봤는데 거부반응도 없고요. 약을 바꾼 건 임신 준비 때문이에요. 보통 이식하고 괜찮으면 2년 후에 임신하는 게 좋다고 하던데…… 일단 준비라도 하려고요. 주치의분도 괜찮다고 하셨어요. 관련 검사도 다시 다 받아봤는데 아이…… 많이 힘들겠지만, 가능할 것 같아요.”

“현주야.”

“네.”

“난 네가 아이를 낳지 못해도 괜찮단다. 핏줄이 이어지지 않았다고 해도 키우다 보면 자식은 다 똑같은 자식이란다.”

진심이었다. 강현은 은희 그녀가 낳은 아이가 아니었으나 사랑한다. 무엇보다 소중하게 생각했다. 직접 낳았다고 해도 이보다 더 사랑할 수는 없었을 터.

“친자식한테도 부모 노릇 못하는 사람들이 세상에 천지야. 중요한 건 어떤 마음으로 아이를 사랑하는지 바로 그거란다. 나는 너와 강현이 모두 부모로서 잘해낼 거라고 생각해."

현주의 눈에 투명한 눈물이 그렁그렁 맺혔다. 강현 또한 눈시울이 붉었다.

"감사합니다, 어머니. 그런데 전…… 노력해 보고 싶어요."

"그래, 원하는 대로 하렴. 단, 정말 힘들거나 안 될 것 같으면 포기하겠다고 약속할 수 있니? 힘들면 불행해진단다. 네 불행은 곧 우리 가족 전체의 불행이 될 거야."

"네, 지금 서른세 살이니까 마흔 살까지만 시도해 볼게요."

"7년이나?"

"그때가 되어야 포기할 수 있을 것 같아요."

"그래, 그렇게 하렴. 그전에 포기해도 괜찮아. 너무 무리하지 말렴. 알았지?"

현주는 고개를 끄덕였고, 은희는 결국 강현에게 눈을 살짝 흘기며 이렇게 말했다.

"프러포즈 꼭 해라."

강현이 현주에게 어떻게 프러포즈를 했는지는 모르겠지만 어쨌든 6개월 뒤에 결혼식을 올리기로 했다.

원래는 결혼식을 상당히 성대하게 거행할 예정이었다. EH그룹 유일한 후계자의 결혼이기도 하고, 그렇게 해야 며느리 현주에게 공식적으로 큰 힘을 실어줄 수 있기 때문이다. 그러나 결혼식 과정은 최소한으로 생략되게 되었다.

현주가 임신 4주째에 접어들었기 때문이다.

결혼식 한 달 전에 강현과 현주가 잠깐 제주도에 여행을 다녀왔는데, 그때 임신한 모양이었다. 이식한 지 2년이 안 된 상황이라 약간 걱정이 되었으나 주치의는 이식신의 상태보다는 임신중독증에 다시 걸릴지도 모른다는 점을 걱정했다.

사실 결혼식을 미룰까 고민했었다. 하지만 주치의의 조언에 따라 일단 결혼식을 했고, 신혼여행은 포기한 채 현주는 집 아니면 병원만 오가게 되었다. 전담 의료진까지 붙이고 현주가 노력을 한 덕분에 무사히 아이를 낳았다.

신지연이라는 본명보다 태명이자 애칭인 사랑이로 불리는 첫째는 출산 예정일보다 일주일 먼저 태어났는데 그때 하필 강현은 해외 출장 중이었다. 출산 때 현주의 곁을 내내 지킨 건 은희로, 은희는 무서워하는 현주의 손을 꼭 잡아주며 위로해 주었다. 그 덕분인지 이 일 이후로 은희와 현주는 좀 더 서로를 편하게 대했다. 두 여자가 자길 소외시킨다고 강현이 장난스럽게 투덜거릴 정도였는데, 그는 사랑이가 태어난 이후로 자신이 어머니에게 두 번째가 되었다고 말하기도 했다.

그건 사실이다.

은희는 정말 사랑이가 예뻐서 어쩔 줄 몰랐다. 매일 새벽에 출근할 때 사랑이를 보고 나가야 했고, 집에 들어와서는 자고 있는 사랑이를 보고 나서야 잠이 들었다. 간혹 일찍 퇴근하거나 집에서 쉬는 주말에는 사랑이를 거의 품에서 놓질 않았다.

현주나 강현은 은희가 아이를 예뻐하는 건 좋아했지만, 너무나 오냐오냐 해주는 건 약간 저어했다. 그래서 은희도 사랑이가 떼를 쓸 때는 야단을 치곤 했지만 오래 그러지는 못했다.

이렇게 예쁜데 어떻게 따끔하게 뭐라고 한단 말인가?

은희가 이렇게 예뻐해서 그런지 사랑이도 언젠가는 앞니가 빠진 입을 열어 엄마랑 아빠보다 할머니가 더 좋다고 속닥거린 적이 있다. 또한 사랑이는 종종 할머니 옆에서 자곤 했다. 할머니의 휴식을 방해하면 안 된다고 현주와 강현이 반대했지만, 아주 가끔 말을 잘 들으면 허락받아서 지금처럼 은희의 옆자리를 차지한 채 잘 자곤 했다.

요 예쁜 것.

은희는 쿨쿨 자고 있는 사랑이의 이마에 뽀뽀를 살짝 한 뒤 일어났다. 방에 딸려 있는 욕실에서 씻고 부엌으로 나가자 싱크대 앞에 서 있던 현주가 인사했다.

"어머니, 안녕히 주무셨어요?"

"그래, 너도 잘 잤니? 컨디션은 어때?"

"괜찮아요."

현주는 매일 아침 듣는 질문에 오늘도 방긋 웃으며 답했다.

"사랑이는 아직 자죠?"

"그래."

"주말에는 동이 트기도 전에 깨어나서 놀더니 유치원에 가야 되는 평일에는 참 잘도 자네요."

현주는 혀를 내둘렀고, 곧 슈트를 갖춰 입은 강현이 품에 오동통한 아이를 안고 2층에서 내려왔다. 은희는 환하게 웃으며 아이를 받아 들었다. 상당히 묵직하지만 행복한 무게였다.

"우리 행복이, 잘 잤니?"

애칭으로 행복이라 불리는 호연이는 아들로, 이제 15개월이 된 차였다. 사랑이처럼 행복이도 집안의 복덩어리였다.

행복이를 낳을 때는 현주가 상당히 고생하긴 했다. 각오한 것보다 쉽게 사랑이를 얻은 뒤 현주와 강현은 둘째를 가질 생각으로 노력한 모양이었다. 아이가 쉽게 들어서지 않다가 4년 만에 겨우 임신을 했으나, 현주의 몸 상태가 썩 좋질 않았다.

임신 3개월째부터는 아예 병원에 입원해 있었는데, 덕분에 큰 위기는 없었고 현주의 이식신도 상태가 나빠지진 않았다. 이식한 지 7년이 흐른 현재 현주의 크레아티닌은 1.2를 유지하고 있었다. 정해진 시간에 면역억제제를 딱딱 맞춰서 챙겨 먹고 운동도 꼬박꼬박 했으며 음식도 잘 가려 먹은 덕분이다.

어쩌면 독할 정도로 관리를 잘하고 있는 것인데, 언젠가 은희가 힘들고 싫지 않느냐고 슬쩍 물어보니 현주는 이젠 익숙해진데다 자신은 사랑하는 가족을 위해서라도 건강할 책임이 있다면서 이식받아서 면역억제제를 먹을 수 있다는 것 자체가 감사하다고 웃으며 대답했다.

진심일 터였다. 그래서 은희는 현주가 더 예쁘기도 했다.

아무리 강현에게 이식을 받았다고 해도 큰 상처를 받았다는 사실이 달라지는 건 아닐 터였다. 하지만 결국 극복했고, 결혼에 이어 임신까지 해서 애를 둘이나 낳았다. 상상할 수조차 없을 만큼 굳건한 의지와 실천력이 있어야만 가능한 일일 터.

더군다나 현주는 강현을 사랑해 주었다. 가끔 토닥거리는 모양이었으나 그건 아마 아들의 잘못일 터였다. 아무리 아들을 우선시하는 입장이라고 해도 은희는 아들이 상당히 무딘 면이 있다는 것을 잘 알았다. 은근히, 아니, 대놓고 여우같이 굴 때도 있는 현주가 잘못을 저지를 리는 없었다.

강현이 현주에게 꽉 잡혀서 사는 게 처음에는 약간 거슬렸지만, 이젠 은희는 그저 현주가 고마웠다. 아들을 진심으로 사랑해 주고, 행복하게 해주고, 이렇게나 어여쁜 아이도 둘이나 낳아주었다. 물론 아이를 못 낳았더라도 괜찮지만.

아니, 솔직하게 말하자면 낳아준 게 그래도 좋긴 했다.

은희는 품 안의 행복이를 더욱 꼭 끌어안고는 식탁에 가서 앉았다. 현주는 방금 직접 간 주스를 강현과 은희에게 가져다주었다. 은희는 현주에게 집안일에 손가락 하나 까딱하지 말라고 했지만, 현주는 아침마다 주스는 직접 갈아서 가족에게 주었다, 그거라도 하고 싶다면서.

"고맙구나."

은희는 항상 그러하듯 감사의 인사를 했고, 현주는 빙긋이 웃었다.

"어머니, 생신 축하드려요."

"그건 안 고맙구나. 나이 드는 게 싫거든."

"알아요, 어머니. 그래도 환갑이시잖아요. 환갑 축하 파티는 꼭 참석하셔야 해요, 저녁때, 아시죠? 환갑, 정말 축하드려요."

애는 왜 환갑이라는 걸 세 번이나 말하는 거야?

은희는 요즘 아들이 얄미워진다는 사실을 새삼 깨달았다.

"넌 빨리 출근이나 하렴. 조찬회의가 있잖아."

"네, 어머니. 잠시 사랑이 보고 나올게요."

은희가 그러라고 하자 강현은 침실로 들어갔다가 나왔고, 행복이가 아빠아빠 하는 말을 듣고는 웃으며 뺨에 뽀뽀를 해주었다. 은희는 현주가 배웅하기 위해 강현을 따라가는 것을 지켜보았다. 강현이 미소 지으며 현주와 손을 꼭 맞잡는 것이 눈에 들어왔다.

행복한 커플.

그리고 저 커플의 어머니인 나도 행복하다.

은희는 환하게 웃으며 품속의 행복이에게 다시 뽀뽀했다.

＊

대문으로 나가는 길, 강현은 깍지를 낀 현주의 손을 잡고 손바닥 중앙에 키스하며 조심스레 물었다.

"피곤하지?"

현주는 눈을 흘겼다.

"당연히 피곤하지. 애 둘 키우는 게 보통 일인 것 같아? 그런데 왜 잠도 못 자게 해?"

현주가 말은 그렇게 했으나 사실 힐난하는 게 아니라는 걸 강현은 잘 알았다. 그가 인생에서 가장 우선시하는 게 그녀의 건강이라는 것을 누구보다도 잘 알기 때문이다.

"현주야, 낮잠 자고 나와. 알았지?"

"그럴게."

“아참, 우리 결혼 6주년 여행 말이야, 거기 예약해 뒀어.”

“거기? 제주도?”

“맞아.”

그때 기억이 떠오르자 강현은 입이 찢어져라 웃었다.

현주와 헤어진 뒤 강현은 그야말로 금욕적인 삶을 살았다. 딱히 끌리는 여자가 없을뿐더러 회사 일에 적응하느라 너무나 바빴기 때문이다. 더군다나 곧 약혼도 했고, 약혼녀에겐 특히나 더 관심이 없었으니까.

그러다가 현주와 재회한 뒤에는 현주만 바라보게 되었고 이식 문제와 준비, 수술까지 계속되느라 현주의 건강 이외에 다른 생각은 전혀 하질 못했다. 예를 들어, 함께 밤을 보내는 것에 대한 생각. 아니, 사실 종종 떠올리긴 했지만 상황상 제대로 표현할 수가 없었다. 더군다나 현주가 어느 정도 회복하기 전까지는 아팠던 몸을 보여주기 부끄럽다면서 그에게 일정 이상의 스킨십은 승낙하지 않았기 때문이다.

현주가 어느 정노 확실하게 회복한 건 수술 6개월 뒤였다. 투석했을 때에 비해 확연하게 달라진 현주는 미국에서 사귀었을 때로 거의 돌아가 있었다. 날씬하면서 탄력 있는 몸, 새하얀 얼굴에 생기로 반짝이는 눈동자.

여느 때처럼 저녁때 현주를 만나러 간 강현은 현주의 환한 웃음에 확 퓨즈가 나가고야 말았다. 정신을 차려보니 거실에서 사랑을 나눈 뒤였다. 사실 여전히 그때가 잘 기억나지 않았다. 기억하는 건 현주가 열렬하게 그를 받아들였다는 것뿐. 그리고 사랑한다는 속삭임.

그렇게 뜨거운 연애를 다시 시작했다. 정상적인 연인들처럼 외부에서도 손을 꼭 잡고 입도 맞춘 채 데이트를 했다. 약간 조심은 했지만.

그러다가 제주도 여행을 같이 가게 되었는데, 사실 호텔 밖으로 거의 나가질 않은 터라 구경이라곤 거의 못했다. 하지만 정말로 뜨겁고 행복한 기억뿐이었다. 그래서 강현은 결혼 6주년 여행 장소를 그곳으로 택했다.

그야말로 황홀한 장소. 그때 나누었던 사랑도 그렇지만, 그 결과도 그랬다. 그때 현주가 임신을 했으니까.

미리부터 준비는 했지만 그렇게 금방 임신하게 될 줄은 몰랐다. 급작스럽지만 정말로 기쁘고 황홀한 일.

행복이의 임신도 마찬가지였다. 사랑이를 낳고 둘째 소식이 없어서 사실 포기하고 있었는데, 어느 날 갑자기 찾아왔다. 사랑이 때보다 현주가 훨씬 더 힘들어했지만 무사히 아들 녀석을 출산해서 정말 다행이었다. 사실 강현은 드디어 아들이 생겨서 상당히 기뻤다. 현주와 어머니가 정말 친해진 터라 아주 가끔 소외감을 느꼈기 때문이다. 요즘엔 현주랑 툭탁거리면 어머니는 무조건 그의 탓이라고 하실 정도이다.

행복이는 남자니까 나중에 자라면 내 편을 들어주겠지.

강현은 집안에 남자가 더 있기를 바랐다. 현주와 명확하게 이야기를 한 건 아니지만 좀 더 시간이 지나면 입양 문제도 정식으로 고려해 볼 참이었다. 아이를 기르는 건 정말 힘들고 어려운 일이지만, 현주는 사랑이를 임신한 뒤로는 공부는 나중에 해도 된다면서 대신 아이 욕심이 생겼다고 했다.

현주가 이렇게 변한 건 단순히 과거에 아이를 잃은 상처 때문은 아닐 터였다. 수술한 지 7년이 넘게 흐른 현재, 그때의 고통은 거의 사라진 것 같았다. 그건 그에 대한 미움도 마찬가지인 것 같았다. 수술하고 그를 다시 받아들인 뒤에도 아주 가끔은 냉대하곤 했지만, 그 뒤로 사랑을 나누고 결혼과 임신과 출산이 이어지자 현주는 나쁜 일이 일어나지 않았던 것처럼 그를 대했다. 가끔 눈을 흘기긴 했지만, 그건 다른 일로 그가 그녀를 화나게 했을 때였다.

상처는 행복으로 지워지는 거구나.

강현이 깨달은 사실이다. 이제까지 좌절하고, 슬프고, 고통스러운 차가운 기억은 행복으로 따스하게 변하고 있었다. 그래서 그는 매일 행복하려고 노력했다. 사실 굳이 노력하지 않아도 가족의 존재감 자체가 그를 행복하게 만들어주고 있긴 했다. 특히 손을 잡고 있는 이 여자가 그러했다.

"현주야, 사랑이, 행복이 엄마."

"응."

"사랑해."

"나도 사랑해."

강현은 미소 지으며 아내의 이마에 입을 맞춘 뒤 손을 흔들어 인사했다.

"이따 봐."

"이따 봐."

현주는 똑같은 말을 하고는 손을 입술에 대고 쪽 소리를 냈다. 강현은 환하게 웃으며 출근했다. 앞으로 계속될 행복의 기운이 그를 따스하게 감싸 안았다.

The End

작가 후기

　어렸을 때 아주 잠깐 가난했던 적이 있긴 한데, 그때를 제외하곤 전 나름 평탄한 인생을 살아왔다고 생각합니다. 작가가 된 뒤에도 조용하지만 나름 괜찮은 결과를 얻고 있고요. 그러다가 작년 2012년 3월, 가족이 아프다는 사실을 알게 되었습니다. 악몽 같은 시기였는데, 다행히 작년 5월에 신장이식 수술이 잘됐고, 기증자와 수혜자 모두 건강합니다^^

　이런 경험을 통해서 여러 생각이 들더군요. 첫째, 건강할 때 제대로 된 보험을 미리 들어둘 것(저 보험 관계자 아닙니다. ㅎㅎ). 둘째, 평소에 건강 관리를 잘할 것. 물론 관리를 잘해도 병이라는 건 찾아오기 마련이지만요. 이외에 장기이식 쪽에도 상당히 관심이 많아졌고, 생명잇기(장기기증 관련 단체 http://www.vitallink.or.kr/)에도 소정의 후원을 시작하게 되었습니다.

　이 글에서 주요 시점이 강현인 건 제가 지켜보는 입장이기 때문입니다. 사실 수혜자 입장에서 쓰는 게 더 드라마틱하지만 제가 수혜자와 기증자를 다 '지켜본' 입장이기에, '지켜보는' 강현의 시점을 선택했습니다. 그 탓에 다소 시점이 좁긴 하지만 이게 더 실감나지 않을까 합니다. 손 수행비서를 등장시킨 것도 '가족'의 입장을 보여주기 위한 측면도 있습니다. 물론 손 수행비서는 큐피드 역할이 우선이지만요.

사실 이 글은 요즘 독자들이 바라는 달달한 로맨스가 많이 부족합니다.(그런 부분은 이 책의 진중한 분위기에 어울리질 않는지라, 책에서는 빼고 외전 형식의 무료 외전으로 따로 현시합니다.) 그러나 근본적으로 강현이 현주에게 신장이식을 해서 건강을 회복하게 됐고 둘이 행복해졌으니 그것만으로 이 커플에겐 로맨스가 충분하지 않을까 합니다. 하지만 로맨스가 덜하다는 측면이 분명한데다 독자들에게 어려울 수도 있다는 사실 때문에 2006년에 출간했던 '푸른 재회' 스타일을 의도적으로 차용해서 변형하는 방식으로 썼습니다. 이수림 작가의 책을 찾는 독자들에게 좀 더 친숙한 느낌이 들 테니까요.

병원 로비에 대한 인상이나 수술실 앞 분위기 등은 제가 직접 겪고 느낀 부분을 넣은 것입니다. 정확하게 알지 못하는 몇 가지 사항을 서울대학교병원 장기이식센터의 송인혜 코디네이터분께 여쭤봤는데, 친절하게 답변해 주신 점 감사드립니다. 이외에도 신장이식 관련 사이트에 드나들고 강좌에 참석하면서 얻은 지식을 책에 썼는데, 이 책의 의학적인 부분은 대략적이므로, 픽션이라고 생각하면서 읽으셨으면 합니다. 사실 병원마다 지침이 약간씩 다르기도 하고 환자마다 경우가 다른 터라 아무리 현주의 증세를 정확하게 설정했다고 해도 딱 이렇다고 적기엔 애매한 부분이 있습니다. 애초에 친족인 명주가 의학적으로 이상이 없는데 혼인 관계도 아닌 강현이 기증자가 되는 것도 사실 현실적으로는 무리가 있는 설정이고요. 하지만 소설의 전개를 위해 그렇게 썼으니, 양해 부탁드립니다.

　제가 '장기이식' 소재를 사용한 건 위에서도 언급했지만 이 책을 읽은 분들이 건강에 대해서 조금이라도 더 신경 쓰기를 바라기 때문입니다. 또한 장기이식에 대한 국내 인식이 매우 열악한지라 책을 읽는 분들께 알리기 위해서도 있습니다. 정말 안타깝더라고요. 제 소망대로 독자분들이 약간이라도 관심을 갖게 되시기를 기원합니다. 로설 작가로서, 제가 제 직업상 할 수 있는 부분은 이 정도가 아닐까 합니다.

　전 이식수술이 진행될 때 가족 중에 기증자를 간병하느라 3박 4일간 병원에 있었는데, 그때 어느 의사분이 그 기간 동안 집에 가지 못했다는 사실을 알게 됐습니다. 의사는 정말 힘든 직업이라는 걸 새삼 깨달았습니다. 당시 수술을 담당해 주신 신장내과팀, 비뇨기과팀, 외과팀의 의료진, 그리고 현재 가족 중 수혜자를 진료해 주시는 서울대학교병원 신장이식팀의 양재석 교수님께 다시 한 번 감사드립니다.

　한 권짜리인데 조금 긴 글, 긴 후기네요. 하지만 이 말은 덧붙이고 싶습니다. 모두 건강합시다. 건강, 정말 중요하더라고요^^

〈참고 사이트〉
—신장병 환우들을 위한 모임(신환모) http://cafe.daum.net/kidney
—신장병 환우 모임 http://cafe.naver.com/tlswkd
—서울대학교 신장이식 환우들의 모임 http://cafe.daum.net/snuhkt
—서울대학교병원 장기이식센터 http://www.transplant.or.kr/
—질병관리본부 장기이식관리센터(KONOS)
http://www.konos.go.kr/konosis/index.jsp
—머니투데이 기사 '차별도 없고 인종도 없고 실패도 격려하는 창업의
용광로'
—네이버 국어사전

〈참고 모임〉
—서울성모병원 세계 콩팥의 날 기념행사 2012년 3월 8일.
—현대아산병원 신장이식 연간 300례 기념 건강 강좌 2012년 12월 18일.

〈참고 도서〉
—조은아, 차 마시는 여자(네시간, 2011.)
—피터 로빈슨 저;최보은 역, 스탠포드 MBA(도서출판 푸른숲, 1995.)
—KO-MOON-SA, ENGLISH-KOREAN MEDICAL DICTIONARY
(KO-MOON-SA, 1996.)

〈참고 영화〉
—5쿼터

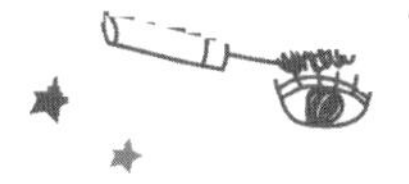

"독신주의자에게도 마음은 있거든, 단지 얼었을 뿐."

세상에 둘도 없는 '절대 그녀' 심효우.
그녀의 절대적인 존재가 되고 싶은 그 사람!

"넌 보면 볼수록 소장 욕구를 불러일으켜, 심효우."

예쁘장한 얼굴 뒤로, 야비할 정도로 잔인한 동물적 본성을 숨기고 있는 진성 마초. 이찬현.

VS

"원하는 게 너라고 했지, 네 몸이라곤 안 했어."

철통보완으로 겹겹이 차단되어 있는, 말 그대로 베일에 싸여 있다는 표현이 딱 어울리는 사람.

Jay Lee

'꽃 같은 남자'와 '차가운 심장을 가진 여자'의
같은 롤러코스터 로맨스!

세상을 보는 또 하나의 창 이젠북!

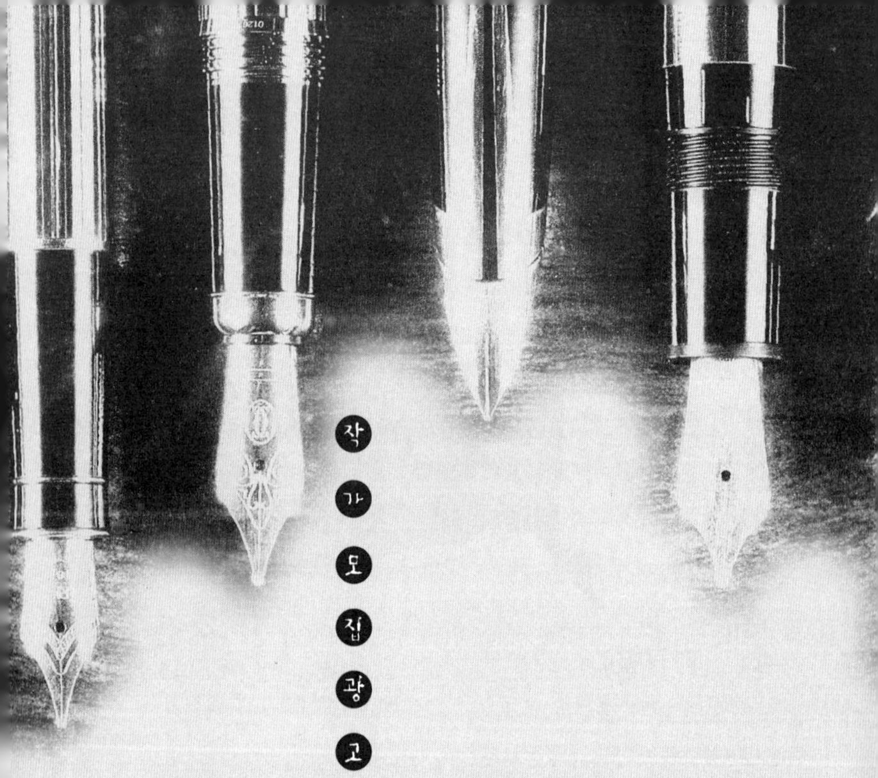